La isla de las ánimas

PIERGIORGIO PULIXI

La isla de las ánimas

Traducción de
Maria Pons Irazazábal

Grijalbo

Papel certificado por el Forest Stewardship Council®

Título original: *L'isola delle anime*

Primera edición: marzo de 2024

© 2019 Mondadori Libri S.p.A., Milano
© 2024, Penguin Random House Grupo Editorial, S. A. U.
Travessera de Gràcia, 47-49. 08021 Barcelona
© 2024, Maria Pons Irazazábal, por la traducción

ISBN: 978-84-253-6328-3
Depósito legal: B-623-2024

Compuesto en La Nueva Edimac, S. L.

Impreso en Liberdúplex
Sant Llorenç d'Hortons (Barcelona)

GR63283

Para los míos

Non timas sos mortos, ma time sos bios.
No temas a los muertos, teme a los vivos.

PROVERBIO SARDO

Esta tierra no se parece a ningún otro lugar...
Un espacio encantador, y distancia a recorrer:
nada acabado, nada definitivo.
Es como la libertad misma.

D. H. LAWRENCE,
Cerdeña y el mar

Prólogo

De los cinco policías encargados de esclarecer el asesinato de Dolores Murgia, soy la única que sigue con vida. He perdido a cuatro compañeros, cuatro amigos. Algunos decían que aquel caso estaba maldito. Que mejor habríamos hecho todos olvidándolo, dejándolo sin resolver. Sin embargo, a fuerza de indagar, habíamos despertado *sas animas malas*, los espíritus malvados, y la oscuridad nos había invadido a todos, uno tras otro. Como una maldición.

También sé lo que dicen de mí: afirman que mis colegas han tenido mejor suerte que yo; que quien ha pagado y pagará más que nadie soy yo, la que sigue viva. La condena pesa ahora sobre mí. Y es una cruz terrible. En los días mejores trato de convencerme de que no importa: era nuestro trabajo y la muchacha merecía que se hiciera justicia, de un modo u otro. En los peores siento que me equivoqué en todo, que permití que otros se hundieran por nada. Últimamente los días malos son muchos más: levantarme de la cama e ir a trabajar me resulta cada vez más difícil. Debería haber presentado la dimisión cuando me quedé sola, pero no fui capaz. Demasiados fantasmas, demasiadas recriminaciones. Y los que dicen que con el paso del tiempo los fantasmas palidecen, se resignan y desaparecen mienten. Los míos están más vivos que nunca. Me recuerdan que el único investigador que queda de aquel equipo especial soy yo. Sobre mí pesa la responsabilidad de acabar el trabajo, aunque todo el mundo parece haberse olvidado de Dolores y de las otras chicas.

Pero mi sentimiento de culpabilidad no se ha olvidado de ellos: de los fantasmas. Me los recuerdan continuamente. Es imposible ignorarlos. Y por eso todavía sigo siendo policía. No por Dolores, sino por ellos. Porque sé que no desaparecerán hasta que esta historia haya acabado.

Dejo que la mirada se detenga en la fotografía de mi equipo que tengo clavada en la pared. En sus sonrisas busco la fuerza y una extraña forma de reconciliación. Antes de salir me veo reflejada en el espejo. Lo que veo no me gusta, lo que contemplo es solo mi cuerpo, mi alma ya no está. La dejé en aquella macabra escena del crimen. Y es allí adonde debo volver, para intentar recuperarla.

Solo espero que no sea demasiado tarde.

PRIMERA PARTE

Sa die de sos mortos

Existe otro tiempo.
Lo he visto.
Antes de que la sangre brotara del suelo.
Antes del magma que forzaba las grietas.
Tumbado boca abajo.
Esperé que acabara la estación.

MARCELLO FOIS,
L'infinito non finire

1

Valle de Aratu, montes de la Barbagia, Cerdeña, 1961

El perro detectó el olor a sangre a cientos de metros de distancia. La humedad de la noche realzaba los aromas de la vegetación mediterránea creando una explosión de fragancias: mirto, jara, madroño, retama, tomillo salvaje... Sin embargo, bajo la mezcla de esencias típica de aquellos montes, arrastrado por el viento hasta el interior de la estancia a través de una rendija de la ventana rota, el animal captó un inconfundible olor ácido y ferroso: sangre humana. Levantó las orejas y se irguió sobre las patas a pocos centímetros de la cama del niño, emitiendo un ladrido sordo.

El pequeño se despertó y le ordenó que volviera a dormir. El animal ni siquiera pareció oírle: como atraído por una extraña llamada, se deslizó fuera de la habitación y salió de la casa. Se dirigió a toda velocidad hacia la espesura que había en la parte trasera, siguiendo el rastro que destacaba sobre los olores terrosos del sotobosque y los más húmedos de la hierba empapada de rocío. Sus glándulas olfativas le guiaban como un radar. Atravesó un bosque de robles gigantescos, arañándose el cuerpo entre los laberintos de zarzas salvajes. El dolor no lo detuvo. Cuanto más se acercaba a la fuente, más agrio y violento se tornaba el olor a sangre, como si este hubiera dejado de ser un ruido de fondo para convertirse en un grito agudo. Redujo la velocidad cuando, al pie de una pendiente rocosa, alcanzó un claro salpicado de unos pocos árboles y prácticamente carente de maquia. El calvero estaba rodeado de madroños, encinas centenarias y enebros tan viejos como las montañas. Las copas de los árboles habían dejado de crujir. Incluso el chirrido de los insectos se había atenuado, hasta ahogarse en un silencio sobrenatural que cubría como un hechizo la explanada oculta entre las colinas. Una luna gibosa bañaba la meseta con una luz plateada que brillaba sobre el perfil del ser humano agazapado en el suelo, cubierto de pieles de oveja y rodeado de una nube de mosquitos.

El animal miró a su alrededor, asustado. Rodeada de escalones naturales de piedra cubiertos de musgo y de líquenes, y protegida por las ramas frondosas de los árboles que parecían haber sido erigidos en su defensa, surgía una antigua construcción de piedra, devorada por una muralla de plantas enmarañadas: una especie de vagina de traquita en los pliegues de la pared rocosa. Un velo de niebla azulada emanaba del interior del templo, y el perro distinguió un gorgoteo de agua: era un manantial del que siempre se había mantenido alejado, incluso cuando la sed acuciaba en las horas más infernales del verano. Aquel lugar envuelto en una quietud lúgubre, sepulcral, como asimilado a la vegetación voluptuosa, emitía una vibración siniestra. Los sentidos le gritaban que se alejara, pero no podía mover ni un músculo. Decidió violar aquel límite invisible. Dio unos pasos y se acercó al ser humano. Era una mujer, desnuda bajo la piel de oveja. La sangre goteaba de una herida abierta en la garganta y empapaba el suelo húmedo. Tenía las manos atadas a la espalda. Estaba colocada en el centro de un círculo megalítico que formaba una espiral, delante del templo que protegía el pozo sagrado. El gorgoteo del agua dentro de la construcción era ahora más fuerte. En torno al cadáver todavía caliente seguía aleteando la muerte; el perro casi percibía su eco atrapado entre las gigantescas piedras. Una estela más grande que las otras, sobre la que destacaba en altorrelieve una luna creciente, brillaba a la luz de un pálido rayo. La piedra parecía observar, indiferente, el cuerpo carente ya de vida.

Al perro le temblaban las patas. Sentía en la boca el sabor agrio del peligro. Sabía que no pertenecía a aquel lugar, que con su presencia alteraba un equilibrio ancestral. Le dolía el costado, abrasado por las espinas de las zarzas y por las heridas causadas en la carrera a través de la maquia; sin embargo, aquel dolor físico no era nada comparado con el miedo paralizador que lo invadía. Cualquier otro ruido quedaba ahogado por el latido frenético de su corazón.

—¡Angheleddu! —Oyó a pocos metros la voz del niño que lo llamaba.

El animal se dio la vuelta. Vio a su joven amo acercarse y detenerse a unos pasos de la mujer agazapada en el suelo. El olor caprino de las pieles que la envolvían era tan fuerte que se sobreponía a los de la tierra y de la sangre. Tan intenso que también dominaba sobre el olor agrio que emanaba del cuerpo del niño, empapado de adrenalina y de miedo.

Angheleddu emitió un ladrido sordo, como si quisiera evitar que el pequeño se acercara a la víctima y al santuario.

Era una de esas noches tan gélidas que agrietan los labios y la piel de los nudillos. El niño temblaba, sí, pero no de frío: la visión del cuerpo tendido en el suelo había sofocado cualquier sensación física. Más allá de la sangre, que parecían recoger los canalillos de piedra que corrían en dirección al pozo, había otro detalle que le inquietaba: el cadáver tenía el rostro cubierto por una máscara de madera en forma de buey con largos cuernos puntiagudos; le recordaba a los *mamuthones* del carnaval del pueblo al que su padre le había llevado una vez. Esas figuras infernales que, durante semanas enteras, habían turbado sus sueños. Habría apostado todos sus tesoros infantiles a que el rostro de la mujer estaba oculto bajo la *carazza'e boe*, la máscara del buey.

Suspiró, entre sorprendido y temeroso, observando la cabellera oscura que destacaba sobre la piel pálida de la mujer y sobre el manto de pieles.

El perro se puso delante de él como si quisiera protegerlo de aquella visión e intentó apartarlo.

Ambos escucharon un ruido que les hizo estremecer. Procedía del interior del templo, en torno al cual flotaba un velo de niebla que impedía casi totalmente la visión.

Las luces titilantes de las estrellas en el brumoso cielo de noviembre iluminaban débilmente la hondonada y dificultaban la visión de los contornos del santuario. Aunque hacía poco que vivía en la región con su padre carbonero, el chiquillo había explorado aquellos montes a lo largo y a lo ancho, pero nunca antes había penetrado en aquel lugar primitivo, como si la vegetación que lo rodeaba hubiese querido ocultar su existencia.

Iba a acercarse al pozo, pero el perro se lo impidió cruzándose en su camino.

Oyeron un fuerte ruido de pasos, como si alguien estuviese subiendo las escaleras para salir a la superficie. Cada paso iba acompañado de agudos tañidos metálicos.

El perro y el niño permanecieron inmóviles, como si un hechizo los hubiera paralizado. Con el corazón en la boca vieron cómo se deshacía la cortina de niebla, rasgada por una figura gigantesca que de las entrañas de la tierra emergía a la superficie, como una divinidad primordial de los bosques que se revelase tras un larguísimo letargo. Un dios-bestia. Un ser de aspecto humano, aunque ciclópeo, cuyo rostro también estaba cubierto por una máscara terrorífica con largos y puntiagudos cuernos, iluminada por las llamas de la antorcha que sostenía en la mano. Iba cubierto con una pesada capa de pieles de macho cabrío oscuras y sin esquilar, sujeta por un ancho cinturón. Pendía de los enormes hombros un racimo de cencerros de hierro y la mano izquierda, indudablemente humana, empuñaba un cuchillo de hoja curva húmedo aún de agua y de sangre. Llevaba en la cabeza un pañuelo negro de mujer, como *su muccadore* de su abuela, mientras que las piernas, gruesas y largas como troncos de encina, estaban cubiertas por polainas de cuero y altas botas negras, semejantes a los *cusinzos* que calzaba su padre para ir al campo.

El gigante los vio, pero no pareció importarle.

El niño y su perro estaban petrificados. Vieron al ogro acercarse a la mujer, levantar con gesto imperioso *sas peddes*, las pieles, dejando al desnudo la espalda manchada de sangre. Aquel ser soltó la antorcha sobre el empedrado y sacó del cinturón un cuerno de carnero del que vertió agua sobre la piel del cadáver, descubriendo una incisión reciente de forma radial hecha con la punta del cuchillo, como *sa pintadera* que la madre del chico estampaba sobre el pan crudo antes de hornearlo. Luego, como en espera de una señal, alzó el rostro oculto por la máscara hacia la bóveda estrellada. Fue como si el cielo realmente le respondiera, porque al cabo de unos segundos el viento comenzó a soplar de nuevo, resollando en el bosque como una gran bestia hidrófoba.

El niño sintió que aquel gélido viento le arrastraba el alma y tuvo la sensación de que algo en los bosques había despertado de un largo sueño.

Por debajo de la pesada máscara de madera, la voz cavernosa del gigante recitó como una plegaria a las estrellas: «*A una bida nche l'ant ispèrdida in sa nurra de su notte. Custa morte est creschende li lugore a sa luna. Abba non naschet si sàmbene non paschet*».

El chico solo captó el significado de algunas palabras: agua, muerte, luna, sangre; sin embargo, le había bastado el tono de aquel demonio para infundirle un temor arcano, como si aquella especie de plegaria hubiese abierto el limbo de *sas animas*; porque aquella lengua ancestral no hablaba a la mente, sino a las entrañas. A las entrañas del hombre y de la tierra.

El perro consiguió vencer la inmovilidad y empezó a gruñir.

El dios-bestia se volvió hacia el animal, se encorvó y tendió una mano descomunal. El niño vio en el dorso una cicatriz brillante en forma de medialuna; también vio la hoja de acero que relucía a la luz de la luna y cerró los ojos temiendo lo peor. Pero el gigante no tenía intenciones homicidas: acarició la cabeza del perro, que permaneció inmóvil, como hipnotizado por las cavidades tenebrosas de la máscara taurina.

Cuando el niño abrió nuevamente los ojos bañados en lágrimas, se sorprendió al ver al chucho ileso a su lado. El gigante había colocado en la cabeza de la mujer una especie de corona de hojas y se alejaba a paso lento hacia el bosque hasta que la oscuridad se lo tragó. El niño oyó el chisporroteo de las llamas antes incluso de distinguir su resplandor. El fuego empezó a morder la maquia para luego devorar los árboles. Apenas un minuto después, las llamas habían alcanzado también el santuario.

El perro agarró con los dientes los pantalones del niño, para apartarlo de allí y sacarlo del estado de catatonia en que se encontraba.

El ladrido furioso no era más que un ruido de fondo para el niño, que seguía mirando el cadáver de la mujer a punto de ser devorado por las llamas. Solo el mordisco del animal en el muslo consiguió arrancarlo de las pantanosas profundidades de la inconsciencia y le hizo tornar en sí. A su alrededor el fuego se había tragado buena parte de la colina. Las llamas crepitaban por doquier. Un denso humo negro corrompía el aire haciéndole llorar, y las ráfagas de calor eran cada vez más fuertes. Unos segundos más y sería imposible escapar o incluso respirar.

El pequeño huyó por un paso del bosque que el incendio aún no había alcanzado, sin girarse hacia el cadáver que ya era pasto de las llamas convirtiéndose en una pira. De la mujer no quedaría más que un puñado de cenizas.

El niño, por miedo a que el ogro regresara para llevárselo, jamás revelaría a nadie lo que había presenciado.

Al volver a casa se metió en la cama apestando todavía a humo, mientras Angheleddu temblaba a sus pies. Intentó convencerse de que lo había soñado todo, pero la mujer de la máscara bovina no tenía ninguna intención de abandonar ni sus sueños ni su realidad cotidiana.

Seguiría atormentándolo el resto de sus días.

Hasta el final.

Igual que aquella fórmula arcana que nunca podría olvidar: «*Abba non naschet si sàmbene non paschet*».

«El agua no nace si no se alimenta de sangre...».

2

Conjunto nurágico de Sirimagus,
Tratalias, sur de Cerdeña, 2016

En Cerdeña el silencio es casi una religión. La isla está hecha de distancias infinitas y silencios ancestrales que tienen algo de sagrado. Lo invade todo: las colinas de maquia que se recortan en el horizonte, las interminables extensiones de trigo, las llanuras cubiertas de jara, lentisco, mirto y madroño que saturan el aire de perfumes embriagadores; las montañas que se yerguen tímidas hacia el cielo, como si temieran profanarlo. Los altiplanos y los pastos donde pacen los rebaños y sopla el mistral. Un silencio penetrante reina sobre todo. El hombre no pretende dominar la naturaleza, porque la teme. Es un temor que se lleva en la sangre, hijo de tiempos antiguos. Sabe por instinto que la naturaleza rige los destinos de hombres y animales, y aprende pronto a conocer y a traducir todos los hechos naturales que ocurren a su alrededor, ya que, por extraño que parezca, ese silencio habla. Instruye y advierte. Aconseja y disuade. Y a quien no muestra la reverencia debida lo maldice.

Desde lo alto de la colina de Sirimagus, Moreno Barrali contemplaba la llanura a sus pies impregnada de una calma irreal, e intentaba convertir aquel silencio en una hipótesis. Le habían dicho que la chica había desaparecido en aquella zona. La explanada estaba salpicada de construcciones megalíticas como nuragas, tumbas de gigantes, muros y restos de asentamientos sardos. Un lugar de culto y esoterismo, como en los otros casos. La diferencia es que aquí no se había cometido ningún asesinato. Tras la noticia de la desaparición, el hombre había batido la zona palmo a palmo junto con los pastores y campesinos del lugar, pero no había encontrado ningún rastro.

«Esto en realidad no significa nada. Hace dos días que la chica desapareció», se dijo. «Quien se la haya llevado puede haberlo borrado todo».

Él tampoco creía en semejante hipótesis: en los otros casos el cadáver se había dejado a la vista. Además, todavía no era *sa die de sos mortos*, el día de los muertos. Dolores estaba viva, lo presentía. La habían escondido en algún lugar en espera de esa noche maldita.

El hombre miró a su alrededor. Era un hermoso día, aunque el mes de octubre tocaba a su fin. Las nubes se desvanecían lentamente en el cielo azul. El aire era suave y puro. El sol irradiaba una cremosa luz ambarina.

Buscó con la mirada el pequeño lago artificial.

«*Sirimagus* significa lago del mago o del diablo», pensó. En el pueblo corría la leyenda de que en esos lugares se producían apariciones sobrenaturales. «¿Acaso ha elegido el lugar precisamente por esta característica?».

Sus reflexiones fueron interrumpidas por un repentino ataque de tos que le hizo doblegarse: como si tuviese papel de lija entre las entrañas. Eso le recordó que tenía una cita a la que no podía faltar. Ya llegaba tarde. Contempló por última vez la llanura en busca de cualquier detalle que pudiera revelarle cuál había sido el destino de la chica, pero fue en vano.

Animado por un funesto presentimiento, el hombre empezó a caminar por el sendero. «Tal vez te estás equivocando. Quizá ha desaparecido por su propia voluntad y no tiene nada que ver con las otras», se dijo.

En realidad sabía muy bien que no era así.

O, mejor dicho, lo intuía.

Se reunió con el grupito que lo había acompañado hasta la cumbre e iniciaron el descenso.

3

Hospital Businco, Cagliari

Todos los policías tienen al menos uno: un caso no resuelto que les quita el sueño, que incluso años después sigue atormentándolos, despertándolos a medianoche con latigazos de culpabilidad, ráfagas de recuerdos e imágenes imposibles de olvidar. Y los que son demasiado jóvenes para tener uno propio lo heredan de algún sabueso más experimentado. Como un relevo. Una especie de pacto para acallar los demonios del pasado, para apaciguar los fantasmas y poder morir en paz, sin el pesar de todo lo que se podría haber hecho y no se hizo.

El inspector jefe de la Policía Nacional Moreno Barrali pensó en su caso cuando el oncólogo del hospital Businco de Cagliari le dijo, midiendo las palabras, que la radioterapia no había surtido los efectos esperados.

—¿Cuánto? —le preguntó, interrumpiéndole.

—¿Cuánto qué? —preguntó el médico, desconcertado.

El policía se puso en pie. En aquel momento incluso el simple hecho de levantarse de la silla parecía desgarrarle los músculos. De no ser por el bastón, probablemente no podría sostenerse de pie. Por culpa de la caminata a Sirimagus, sin duda, pero no solo por eso: sentía que le quedaba poco tiempo. Pero debía saber cuánto.

—Más o menos, ¿cuánto me queda?

—De momento deberíamos hacer algunas pruebas más para saber...

—Doctor, me estoy muriendo, no nos andemos con rodeos. Solo necesito saber cuándo va a ocurrir, para... organizarme.

—Con este diagnóstico, le quedan entre cuatro y siete meses,

21

máximo ocho. El problema es el estado general. Si seguimos con la terapia…

—No. Se acabó la terapia. A veces hay que aceptar la derrota. Estoy demasiado cansado para seguir luchando —dijo el policía.

—Entiendo. En ese caso, incluso menos.

Barrali se estremeció.

—Lo siento.

—Y esta —dijo Moreno golpeándose la sien—, ¿cuánto tiempo funcionará todavía normalmente?

Esa era su mayor preocupación. La enfermedad ya había comenzado a minar su lucidez mental, destruyendo los recuerdos. Pensar le resultaba cada día más difícil. A veces se quedaba en blanco en medio de un discurso sin tener ni idea de cómo acabar, cosa que generaba una compasiva vergüenza en sus interlocutores.

Fue suficiente la mirada que le dirigió el médico para responder a la pregunta. En aquel momento comprendió que no podía esperar más. Había creído hasta el final que lo podría solucionar él solo, pero había llegado el momento de pedir ayuda. Ya.

—Gracias por todo, doctor.

Abandonó el hospital con dificultad. Subió a un taxi y pidió que lo dejara delante de un viejo bar que solía frecuentar al acabar el turno de noche, cuando era un joven agente que patrullaba. En el interior todo seguía igual que treinta y cinco años antes: las luces suaves, el suelo de cuadros, la sólida barra de caoba oscura, los dispensadores de latón que brillaban en la penumbra, los letreros de neón, los ceniceros Cinzano, el jukebox cubierto de polvo y los anuncios amarillentos de Campari en las paredes, que compartían espacio con los carteles de combates de boxeo en blanco y negro. La única diferencia era que ahora el camarero que se hallaba detrás de la barra no estaba inclinado sobre el periódico, sino frente a una tableta en la que seguía las noticias.

«Sí, excepto esto, todo sigue igual. Solo tú estás irreconocible», se dijo Barrali observando su reflejo en un espejo. Aquel individuo macilento, abatido por la enfermedad, con las mejillas hundidas y la mirada asustada e incrédula no podía ser él. Pero el espejo no mentía.

A pesar de la hora pidió una grappa y se sentó en un apartado, sin aliento por la fatiga. Sorbió el licor. Se lo había merecido, aunque el médico seguramente no estaría de acuerdo.

«A la mierda los médicos. Estoy harto de ellos», pensó, mirándose la mano derecha, que ahora tenía dificultades incluso para sostener el vasito. La vio temblar como si no le perteneciera, como si fuese inconcebible ser prisionero de aquel cuerpo enfermo que se estaba apagando día a día.

«¿Y si hubiese sido el mal que has visto el que te ha infectado?», se preguntó. Prefirió dejar en suspenso la respuesta. Tenía asuntos más importantes de los que ocuparse.

Sacó un papel del bolsillo. Ya no podía posponer más aquella llamada: la había aplazado demasiado tiempo, con la ilusión no tanto de vencer el tumor como de poder vivir algunos años más, aunque solo fueran dos. En aquel momento se dio cuenta de que no podría hacer justicia él solo. Rendirse a esta convicción fue casi liberador. Le devolvió una sensación de alivio.

Bebió el último sorbo, se puso las gafas y marcó en el móvil el número de la única persona que creía que podía ayudarle.

—Buenos días, Mara. Soy Moreno Barrali… Perdona que te moleste. He pedido tu número a Farci… Sí, todavía estoy de baja. Necesito hablar contigo… No, preferiría que no fuese en la comisaría… Sí, fue Farci el que me aconsejó que te llamara. Sé los rumores que corren, pero solo te pido que confíes en mí… Estoy en un bar, ahora… Si fuese posible… Sí, es bastante urgente… Gracias.

El policía le dio la dirección exacta.

—Perfecto. Te espero aquí. Hasta ahora.

Pidió otra grappa y cogió una fotografía de Dolores, la última chica. Luego sacó otras dos: imágenes muy antiguas, descoloridas por el paso del tiempo. Las había observado y estudiado tantas veces que podría cerrar los ojos sin que en su mente perdieran la nitidez.

Mientras las instantáneas le arrastraban a los torbellinos habituales de la memoria, de la culpa y de la rabia, el policía empezó a reunir recuerdos para convencer a su colega de que se hiciera cargo de su único caso no resuelto y evitar el asesinato que, estaba seguro, apenas tardaría unos días en producirse.

4

Oficinas de la sección de Homicidios y Delitos
contra las personas, jefatura de policía de Cagliari

La inspectora jefe Mara Rais acabó de hablar y sacudió la cabeza, lívida de ira.

«Mierda», maldijo para sus adentros.

Los colegas levantaron la vista de sus respectivos expedientes y papeles y la miraron con la sonrisa en los labios. Por la expresión de sus rostros Mara comprendió que alguien ya les había puesto al corriente. La enésima puñalada en la espalda.

—¿Qué ocurre, Mara? —preguntó uno de ellos, provocándola—. ¿Algún problema?

—Farci me ha endilgado a ese loco de Barrali; él y sus asesinatos en serie.

El personal de la sección de Investigación de la Brigada Móvil, obligado a compartir una sala común, se echó a reír. Moreno Barrali se había convertido en un personaje algo excéntrico para la sección de Homicidios: con los años había desarrollado una auténtica obsesión por antiguos crímenes rituales, según él, y atormentaba a colegas y superiores para que reabrieran esos casos.

—Bien, Mara, te acaban de trasladar a Casos sin resolver, parece obvio que te pidan que investigues y formes equipo con Barrali, ¿no?

—Exacto. Lo estaba deseando. Y además se llama unidad de Delitos no resueltos, Piras —dijo Mara, levantándose y abandonando las cajas donde estaba metiendo sus objetos personales para preparar la mudanza a lo que, en opinión de todos, era el limbo de expiación para cualquier investigador de la Móvil.

—*Fariscazzustusu* —maldijo Mara entre dientes, despidiendo

al colega de malos modos. En pie de guerra, se dirigió al despacho de su superior: el comisario jefe Giacomo Farci.

—Mara, no me parece una buena idea... —le advirtió Ilaria Deidda, una de las compañeras con quien mejor se llevaba. Mara Rais era una buena policía, pero tenía muy mal carácter: era una de esas personas que no saben tener la boca cerrada y eso la hacía especialmente antipática ante sus superiores, que acababan olvidando sus dotes de investigadora para ensañarse con ella por «bocazas»: cualquier ocasión era buena para marginarla en la oficina, para contener los daños causados por su «dialéctica florida», como la había definido el jefe.

—Tranquila, no tengo intención de dispararle. Al menos no aquí —bromeó Rais.

La policía llamó a la puerta y no esperó a que su superior la invitara a entrar.

—Como si estuvieras en tu casa, Rais —dijo con ironía el comisario jefe Giacomo Farci, viendo que se trataba de su deslenguada inspectora y antigua compañera, con la que había trabajado en Anticrimen unos años antes.

La mujer cerró la puerta, puso los ojos en blanco y abrió teatralmente los brazos en un gesto de incredulidad.

—Mira, lo comprendo todo. ¿Quieren vengarse de mí? Perfecto, es una cabronada, pero lo entiendo. ¿Quieren acabar con mi carrera? Prácticamente ya lo han hecho. Pero ¿Barrali? —dijo—. ¿Realmente he caído tan bajo?

—Se está muriendo, Mara. Es lo mínimo que podemos hacer. Escucharlo, hacerle creer que le tomamos en serio..., no te pido nada más. Al fin y al cabo es uno de los nuestros —dijo su jefe.

—¿Y qué se supone que tengo que hacer? ¿Emparejarme con él? Sus palabras estaban impregnadas de ironía.

—No. Moreno todavía está de baja. Se está acercando a la fase terminal y no creemos que se reincorpore al servicio.

—Lo siento mucho por él... Pero ¿se supone que debo hacer caso a sus desvaríos sobre el asesino en serie nurágico solo porque se va a morir?

—Siéntate.

—No quiero sentarme. ¿Ha sido idea tuya?

Farci no respondió y cerró un expediente de la fiscalía.

—Lo sabía, es la enésima cochinada de Del Greco, ¿no?

Farci asintió. Le dirigió una mirada torva y le indicó que bajara la voz.

—Cálmate y siéntate, maldita sea.

La policía se limitó a cruzarse de brazos con aire retador.

—Mara, por favor —dijo Farci pasándole una carpeta.

La abrió, recelosa. Era la ficha personal de una policía: la inspectora jefe Eva Croce.

—¿Qué es...?

—Lee —dijo Farci.

La inspectora Eva Croce era una investigadora especializada en sectas y delitos rituales, adscrita a la segunda división del Servicio Central Operativo —el SCO, la élite de la policía—, la sección que investigaba los delitos comunes más sangrientos que se producían en todo el territorio nacional. Según el expediente, tras varios años en Roma, donde se había formado en la sede del SCO en la dirección central anticrimen de la Policía Nacional, había sido trasladada como investigadora de apoyo a la Brigada Móvil de Milán, su ciudad. En aquel momento estaba de servicio en la unidad de Delitos no resueltos, una estructura nacional que prestaba apoyo y asesoramiento a las brigadas móviles territoriales.

—Me alegro mucho por ella, pero...

—Lee también la nota adjunta.

La segunda página era una orden de servicio por la que se notificaba a la mujer y a la Brigada Móvil de vía Amat un traslado para colaborar con la recién creada y experimental sección de Casos sin resolver de la unidad de Homicidios de Cagliari.

—No me digas que...

—Sí, es tu nueva compañera.

—Claro, ¿cómo no se me ha ocurrido antes? Echarme de Homicidios no era suficiente. Ahora me mandáis también una niñera directamente desde el continente. Muchas gracias, Giacomo —dijo Rais, cerrando la carpeta con un gesto brusco.

—Como digas una palabra más, te mando de servicio al estadio de Sant'Elia, *cumprendiu*?

El tono duro del hombre pilló desprevenida a Mara: pese a la apariencia de duro, Farci era un bonachón, uno de los pocos aliados que tenía en la jefatura, y casi nunca utilizaba el sardo en horas de trabajo. Si en aquel momento lo hacía era porque ella y su bocaza se habían pasado de la raya.

—No tengo ni idea de quién es esta tal Croce, pero con ese currículo, si la han trasladado aquí, seguro que es un castigo —prosiguió el comisario—. Durante más de un año ha estado de baja por enfermedad, y ahora lleva cuatro meses de excedencia retribuida por precaución, sea lo que sea lo que esto signifique. Debe de haber hecho alguna cagada o pisado algún callo importante. Me importa un bledo. Lo que me interesa es que las dos os pongáis a trabajar de inmediato.

—¿Y ese trabajo en qué consistirá? ¿En hacer de cuidadoras de ese tarado de Barrali?

—No, ya te lo he dicho, y es la última vez que lo repito. Como sección de Casos sin resolver tenéis que hacer tres cosas: una, coger los expedientes indicados por Roma, comprobar si existen algunos informes que analizar y pistas que se pasaron por alto en su momento. Dos: valorar si todavía se pueden hacer seguimientos o interceptaciones. Nos fijamos un plazo concreto, dos o tres meses a lo sumo por expediente. Tres: proponer un plan de investigación a la magistratura para los casos más interesantes, y si nos dan vía libre, ponernos en marcha. ¿Está claro?

—Es cosa de locos —murmuró la mujer.

—No lo he oído.

—He dicho que los veteranos se tomarán a mal que me ponga a investigar sus...

—No estamos aquí para corregir los errores de los compañeros. Al revés. Contactad con ellos, si están vivos, porque queremos sus sugerencias. Tendréis un pequeño equipo de la Científica que os ayudará con los registros, si los jueces lo permiten.

—Es una pérdida de tiempo.

—Necesitamos buenos resultados: como Brigada Móvil tenemos que aumentar la media de casos resueltos. Si no lo logramos, podemos despedirnos de subvenciones más sustanciosas y de rotaciones de personal. Debemos mejorar los índices de resolución. A las estadísticas les da igual que sean casos actuales o de hace treinta años.

—¿Y Barrali?

—Nos guste o no es un pilar de la jefatura. Durante cuarenta años se ha dejado la piel. Nadie le ha hecho ningún caso...

—Pero, bueno, ¿nunca te has preguntado por qué? —dijo Rais, con una expresión de fingida sorpresa.

Farci hizo como si no la oyera.

—El jefe Del Greco, el subjefe y yo queremos darle una oportunidad. Como te he dicho, se lo debemos. Tú y Croce lo utilizaréis como consultor y trabajaréis en *sus* asesinatos a la vez que en los otros casos sin resolver.

—Son todos leyendas.

—No, hasta que alguien cierre el caso. De todos modos, quiero que los reviséis. Hay al menos dos víctimas confirmadas. Los asesinatos nunca se han resuelto y eso significa que podría haber uno o varios asesinos en libertad.

—Aunque así fuera, el asesino seguramente estará muerto.

—Es posible, pero Barrali no quiere irse de este mundo con este remordimiento y, a decir verdad, yo tampoco. Este es el número de tu compañera —dijo entregándole un papelito—. Sé que en este momento preferirías ocuparte de tus cosas, pero yo no fijo las reglas ni los compañeros.

—No me lo puedo creer —susurró la mujer, frotándose con fuerza la frente.

—Tendrás que pasar mucho tiempo con ella, así que te aconsejo que empieces con buen pie y te muestres amigable. Escúchala y averigua si necesita algo. En resumen, demuéstrale que la famosa hospitalidad sarda no es solo un mito.

—Giacomo... —suspiró la policía, poniéndose en pie y arrojando la carpeta sobre la mesa.

—Comisario. Para ti ahora soy el comisario Farci, Mara.

—Por supuesto. ¿También tengo que tratarte de usted?

—Controla el sarcasmo, Rais. Recuerda que en este momento estás especialmente vigilada, y que esto —dijo el hombre dando golpecitos en la carpeta— es un trato de favor, porque si no hubiera respondido por ti, el jefe te habría trasladado a Barbagia.

—Lo dices porque a ti no te puso las manos encima ese baboso *malarione*.

—Hubo una investigación interna que...

—Que me destrozó y me convirtió en la mala de la película,

Farci. Perdón, comisario Farci. Ese cabrón acabó con mi carrera, ¿lo entiendes o no? Y gracias además a las zorras de mis compañeras que se pusieron de su parte.

—Olvídalo, Rais, y agradece que todavía tengas un trabajo. Peleaste, pero ganó él. Te aconsejo que des por terminada esta historia, por el bien de todos. Por el tuyo, sobre todo.

La mujer le lanzó una mirada de desprecio y se dispuso a marcharse.

—Y recuerda —dijo Farci—. Mi madre siempre decía: «Pocas palabras, mucha sabiduría».

—¿Hablas en serio?

—Es un dicho que te va como anillo al dedo, ¿no?

«*Ma ba' farì coddai*», le maldijo mentalmente Mara y salió del despacho.

5

Villa Invernizzi, via Cappuccini, Milán

«Te tomaste ese caso demasiado a pecho… Te obsesionaste… Olvidaste cuál era tu papel, cometiste un gran error… Con lo que hiciste arruinaste toda la investigación… ¿Eres consciente de la gravedad? Tal vez necesitas reflexionar un poco más sobre tus errores…».

Aquellas palabras seguían resonando en su mente y no conseguía acallarlas. Había confiado en que cuatro meses de baja forzosa calmarían las aguas y tranquilizarían los ánimos de sus superiores. Sin embargo, todo aquel tiempo no había servido de nada salvo para exacerbar los rencores. Sus jefes, deseosos de perderla de vista, habían esperado la ocasión. De hecho, aquellas palabras fueron el preludio de una condena inapelable: «Hemos decidido trasladarte durante un tiempo. Ha sido el magistrado el que ha presionado, aunque no ha sido el único. Esta vez has ido demasiado lejos, Eva. Todos comprendemos tu situación, lo que has pasado… Pero no podemos hacer nada al respecto. Debemos dar ejemplo».

—¿Dónde? —preguntó.

—Cagliari, Cerdeña. Te han asignado al nuevo departamento de Casos sin resolver.

La inspectora jefe Eva Croce había sonreído. No era un traslado, sino una manera insidiosa de hacerla desistir e inducirla a tirar la toalla.

—Es una sección experimental que tendrá competencias sobre todo el territorio de la región. Tendrás que ayudarlos a organizar el equipo. Tómatelo como unas vacaciones, un periodo de distanciamiento para recargar las baterías —le habían dicho para dorarle la píldora.

Contra todo pronóstico, aceptó sin rechistar. Habría admitido cualquier condición con tal de volver al trabajo. Era lo único que le quedaba. La única forma de exorcizar y llenar los enormes vacíos de su propia vida. Unos días más a la deriva con sus recuerdos y remordimientos y se habría vuelto loca. Así que mejor una mesa en Cagliari que un sofá cargado de dolorosos recuerdos en un apartamento vacío en Milán. Mejor poner el mar de por medio entre ella y esa prisión de recuerdos.

—¿Cuándo empiezo?

La prisa por perderla de vista había hecho acelerar los trámites burocráticos. Cuatro días después recibió una llamada de la oficina de personal: tenía que revisar unos documentos que había enviado el ministerio y firmarlos. Lo hizo sin una sola pregunta. Alejarla de Milán debía parecerles un castigo; para ella, en cambio, era una forma de salvación y, quién sabe, tal vez el comienzo de una nueva vida. Solo Dios sabía cuánto lo necesitaba.

Aquella tarde el sol se había ocultado entre las nubes y amenazaba lluvia. El frío cielo de Milán parecía envuelto en un velo plomizo de nubes y proyectaba una sombra triste sobre las calles. El aire desprendía un mefítico olor a azufre que embriagaba de tristeza a sus habitantes. Un octubre corrosivo se ensañaba desde hacía semanas con la metrópoli, como si quisiera cobrarse el precio de un verano que había sido incluso demasiado generoso en sol. La única excepción de color era el plumaje rosa de los flamencos, que la policía estaba observando a través de la reja de Villa Invernizzi. No sabía nada de su lugar de destino. No había estado nunca en Cerdeña. De modo que decidió echar un vistazo en internet. Los flamencos rosa se habían convertido en uno de los símbolos de Cagliari. Ese detalle le recordó que también Milán albergaba una pequeña colonia, cosa que incluso muchos milaneses ignoraban. Eva decidió salir a observarlos, como si quisiera establecer un primer contacto con su nueva ciudad.

Contemplarlos le devolvió una sensación de ligereza: calmó su ansiedad, la embriagó de belleza y elegancia. La villa estaba situada en una zona llamada «el cuadrilátero del silencio»: un puñado de calles detrás de corso Venezia, donde el ruido de la ciudad quedaba sofocado por los espléndidos palacios de estilo neoclásico y *art nouveau*, por estatuas y jardines ocultos, y por villas tan elegantes como para cristalizar el tiempo que, en aquellos parajes, parecía haberse detenido en los años treinta del siglo pasado.

Eva no había ido hasta allí solo para empaparse de arte o para buscar un poco de paz en un oasis protegido; y, por mucho que se engañara a sí misma, tampoco para establecer un primer contacto con la ciudad que la acogería.

El verdadero motivo era otro, mucho más profundo.

Puso las manos en la reja de la verja, hasta apretar los barrotes. Cerró los ojos. En un primer momento solo sintió el frío del metal. Luego, como si aquella verja estuviera impregnada de recuerdos, brotaron en su mente imágenes y retazos de conversación.

«Son preciosos», oyó resonar en el teatro de su memoria. «¿Podemos llevarnos uno a casa?».

Instintivamente, Eva Croce sonrió. Luego se secó con el dorso de la mano una lágrima que se deslizaba por la mejilla y se dirigió a su casa.

Ya no tenía excusa.

Había llegado la hora de hacer las maletas y marcharse.

6

Alta Barbagia, interior de Cerdeña

Los llamaban «los Ladu de la montaña» para distinguirlos de los del pueblo. Eran infinitas las leyendas que corrían sobre ellos. Se decía que desde tiempos remotos los Ladu se habían cruzado con los de su propia sangre, engendrando un linaje de hombres violentos, salvajes, imprevisibles como fieras, que habían conservado un estilo de vida arcaico, casi primitivo, al margen de la sociedad civilizada. *Zente mala*, hombres con los que guardar las distancias; una estirpe respetada, pero con ese tipo de respeto que en realidad es hijo del miedo. El territorio de los Ladu de la montaña empezaba a pocos kilómetros de un pueblo legendario, en el corazón de la Alta Barbagia, a unos mil metros de altura, aferrado al monte Santu Basili, en una zona de bosques espesos centenarios, rico en manantiales y ríos, reino incontaminado de una naturaleza voluptuosa, salvaje y primitiva. Apenas se los veía por el pueblo, porque no les gustaba mezclarse con la gente, por la que sentían una desconfianza instintiva, que a menudo derivaba en una hostilidad abierta.

Se decía que los Ladu se entendían mejor con los animales que con los seres humanos. Este largo aislamiento había provocado un inmovilismo secular incluso lingüístico: cualquiera que los oyera hablar entre ellos comprendería muy poco de aquel sardo genuinamente primitivo, hijo de tiempos inmemoriales; una variante casi incomprensible incluso para quienes vivían tan solo a unos pocos kilómetros de distancia. Todo esto engrosaba el mito que con los años había rodeado a aquella familia: se rumoreaba, por ejemplo, que les gustaba comer carne humana, que sus mujeres se entregaban a ritos paganos oficiados en las más de trescientas hectáreas de campos y bosques de su propiedad; que varios de sus hijos no habían sido inscritos en el registro; que los pocos pastores que habían osado penetrar en sus tierras nunca habían regresado. Probablemente, decían las malas lenguas, habían sido enterrados en los campos ávidos de sangre, arrojados a las cuevas calizas de aquellas montañas o bien —una creencia contada a los niños para disuadirlos de penetrar en aquellos bosques— ensartados como lechones y devorados en macabros banquetes pantagruélicos en las noches de luna llena. Las leyendas se alimentan de ellas mismas, y con los años se habían acumulado muchos rumores, como el que los consideraba los únicos herederos de las *Civitates Barbariae*, las comunidades de sardos indígenas que habían resistido a la cristianización de los romanos y de los bizantinos, atrincherándose en aquellos agrestes parajes y burlándose de las milicias que durante cientos de años habían intentado en vano «redimirlos»; tal vez su marginación se debía a todo esto, según se insinuaba.

Con el tiempo los relatos de los pastores desaparecidos, de los bandidos y *balentes* que habían intentado atacar aquellos territorios de los que solo habían regresado sus caballos o sus mulos, o de los sacerdotes que habían ido a las colinas de los Ladu para evangelizarlos y que habían sido castrados y esclavizados o utilizados como pienso para los cerdos, adquirieron el valor de folclore. Su huella más evidente era la actitud de las ancianas del pueblo, que se santiguaban las raras veces que se cruzaban con un Ladu, o el silencio que se producía en el interior del *tzilleri*, la taberna, cuando un Ladu entraba a saciar su sed y el tabernero no le permitía pagar, como así había sido desde siempre.

Sebastianu Ladu era consciente de los rumores que corrían en el pueblo sobre su familia, y en el fondo de su corazón se sentía complacido. Decían de él que tenía el físico de un toro y la mente afilada como los colmillos de un jabalí. Era con toda seguridad el único de la familia que se había graduado, ya que la mayoría de sus hermanos y primos ni siquiera habían conseguido terminar la educación secundaria antes de que los pusieran a trabajar, imberbes aún, en las tierras del clan. Bastianu había ingresado muy joven en la Guardia forestal y conocía la Barbagia en las laderas del monte Gennargentu como la palma de su mano. Aunque era un

Ladu de la montaña, muchos pastores, cazadores, cazadores furtivos y campesinos le habían pedido favores debido al uniforme que llevaba; porque, a diferencia de sus parientes, Bastianu era considerado un hombre con el que se podía hablar. A lo largo de los años había procurado ayudar a todo el que solicitara su intervención y con ello se había ganado en la comunidad agropecuaria un respeto, que de resultas también alcanzaba a su clan; de este modo, gracias a él, en los últimos años se había ido olvidando el nombre de *animas dannadas*, almas malditas, que se aplicaba a los Ladu.

Aquella tarde Bastianu estaba de mal humor. Recorrió con su jeep el camino de tierra que conducía al pueblo y, como de costumbre, varios perros se divirtieron siguiendo el todoterreno entre nubes de polvo. Pasó junto a la carcasa oxidada de un tractor abandonado en los campos y aparcó a la entrada del caserío, compuesto por una treintena de casas dispersas. Una vez fuera, el aroma resinoso de los arbustos le inundó. El conjunto de pequeñas construcciones en piedra de dos plantas parecía un lugar enclaustrado, aferrado a la colina y casi devorado por el bosque, ya contiguo. Los tejados bajos, cubiertos de tejas inclinadas revestidas de musgo y líquenes, estaban oscurecidos por el humo que salía de las chimeneas. Las casas estaban tan mudas como las *tzie*, las tías que lo miraban en silencio desde las ventanas, envueltas en sus negros mantones, inexpresivas como las piedras desnudas de los muros. Remolinos de broza revoloteaban por las calles estrechas y adoquinadas, que se unían en una tela de araña de callejuelas todas iguales. Algunos de sus tíos más ancianos, sentados en los bancos de piedra, alzaron imperceptiblemente la barbilla a modo de saludo.

La paz primigenia la rompía la violencia de un hacha que se abatía sobre los troncos. Su primo Zirolamu, sordomudo y lento de mente, cortaba la leña con el torso desnudo pese al frío helador, fuera de la aldea, mugiendo como un buey por la fatiga. Bastianu lo saludó con una inclinación de cabeza y vio a lo lejos a sus hermanos y primos, que volvían de los campos montados en carros tirados por burros. Aquellas escenas campestres le inspiraban una especie de paz campesina, pero no aquella tarde. Sin entrar siquiera en casa, se dirigió al establo y sacó uno de los caballos más jóvenes. Lo montó a pelo y galopó hacia un caserón en medio del campo a lo largo de la ladera de la colina de las viñas.

Bajó del potro, al que no se molestó en dejar atado, y entró en la granja. Construida con ladrillos sin cocer, tenía el muro desconchado y corroído por la humedad. En el interior, el olor a madera y a pintura era tan intenso que hacía saltar las lágrimas. La oscuridad era casi total, pero aunque la luz del día penetrara en la habitación nada cambiaría para el viejo, porque estaba completamente ciego desde hacía diez años.

—¿Quién eres? —preguntó el anciano en sardo antiguo.

—Yo, Bastianu —le contestó a su abuelo, a su *mannoi*.

Benignu Ladu, con movimientos lentos a causa de la artritis, dejó el escoplo y se volvió hacia su nieto. La débil luz procedente del exterior le iluminó el rostro: una máscara de arrugas marchitas en la que campeaban los ojos sin vida, desorientados como murciélagos arrojados a la luz del exterior de la cueva.

—Tienes un mal color de voz —dijo el viejo.

—Los Ciriacu no nos han hecho caso. Siguen.

—¿Quién te lo ha dicho?

—*Sos carabineris.*

Muchos de los favores que le pedían a Bastianu procedían de los comandantes de los puestos de los carabineros instalados en los pueblecitos de montaña; la mayor parte de ellos venían del continente, recién nombrados, y no conseguían entender ni la lengua ni los usos y costumbres de los lugareños, de modo que Bastianu actuaba de intermediario con bandidos o cazadores furtivos, y a cambio los carabineros hacían la vista gorda ante algunas de sus actividades y se mantenían alejados de las tierras de los Ladu.

—¿Me equivoco o les hemos dado animales a esos cabrones?

—Dos caballos, veinte cabras, un carnero, dos burros y tres marranas —enumeró Bastianu—. Ya deberían haberse hecho ricos con toda esta abundancia.

Benignu Ladu cogió un puñado de bayas de madroño de la *taschedda*, una alforja de cuero que los nietos más jóvenes se encargaban de llenar con fruta todas las mañanas, y las masticó con los pocos dientes que le quedaban.

Al cabo de unos segundos pronunció categóricamente una sola palabra, antes de continuar con su trabajo en la madera:

—*Sàmbene.*

Bastianu salió del caserón que servía de taller al abuelo y con un doble silbido que resonó por todo el valle convocó a sus hermanos.

—¡Eh, llévate a Micheli! —gritó el abuelo desde dentro de la casa—. Ha llegado su hora. Asegúrate de que el lobo se haya afilado los colmillos.

Bastianu montó el caballo agarrando con el puño las crines y lanzó al animal al galope hacia el pueblo.

«Como tú quieras, *mannoi*», pensó. «Que haya sangre».

7

Cagliari

El vínculo que se crea entre el investigador y la víctima de un homicidio es algo sagrado. Va más allá de la simple burocracia, de los expedientes de la investigación, de los informes de la autopsia, de los documentos que hay que preparar para el magistrado. Se convierte en algo más íntimo. Si el caso no se resuelve y el asesino sigue libre, ese vínculo sagrado, indisoluble, puede transformarse en una obsesión devastadora de la que es imposible escapar. El paso del tiempo agudiza el sentimiento de culpa, aumenta la sensación de que el asesino podría golpear de nuevo. La vida sigue, como es obvio, pero el miedo de haberse equivocado, de no haber estado a la altura, de haber permitido que fueran truncadas otras vidas permanece clavado en el corazón y en el alma, y cuantos más años pasan, más imposible resulta soportar el peso. Un caso no resuelto es la peor condena que puede recaer sobre un policía. A veces es el punto de no retorno.

Cuando Mara Rais volvió a ver a Moreno Barrali, tras más de un año de baja, comprendió perfectamente hasta qué punto un asesinato no resuelto podía dejar huella en el físico de un investigador y destruir su vida. El tormento de aquellos asesinatos había sido el motor de su existencia, y en aquel momento era tal vez la única razón que lo mantenía aún vivo.

—Hola, Barrali —dijo la policía, estrechando con fuerza la mano flácida de su colega—. Ni siquiera el cáncer puede contigo, ¿eh? Me parece que tú nos entierras a todos.

Barrali sonrió ante el sarcasmo de la mujer. A diferencia de los demás, Mara no se había prodigado en cortesías y sentimentalismos, cosa que le hacía aún más dura su condición, sino que había ido directamente a por él con su agudo cinismo de auténtica cagliaritana que no tiene reparos en decir lo que piensa: ni siquiera a un hombre que está en las últimas.

—Hola, inspectora. Me veo obligado, antes de morir, a enseñarte el oficio —respondió en el mismo tono.

—Uf, creo que sería un esfuerzo inútil, Barrali. ¿Conoces el refrán? En el pellejo en que nace el asno, en ese mismo ha de morir.

—Exacto, Rais, exacto. Me han dicho que no te va mucho mejor que a mí, al menos a nivel profesional. De Homicidios a Casos sin resolver… Si te descuidas, el próximo paso será patrullar los jardines públicos persiguiendo voyeristas y ladrones de bocadillos.

—Olvídalo. Un día te explicaré cómo fueron realmente las cosas, pero ahora háblame de ti.

—No hay mucho que contar, como puedes ver.

Al policía le quedaba muy ancha la ropa: había perdido al menos diez kilos desde la última vez que lo había visto, y nunca había estado gordo. Rais también vio un bastón apoyado en la mesa.

—Lo siento. De verdad —dijo.

—Lo sé. Gracias. Pero no te he llamado para que te compadezcas de mí.

—Por supuesto, y creo que sé también por qué has querido verme. Quería decirte de entrada que por mucho que puedas…

El policía la hizo callar poniendo sobre la mesa un puñado de fotografías. Algunas eran viejas Polaroid. Otras, imágenes que el tiempo había oscurecido y descolorido. Las personas, sin embargo, se distinguían perfectamente. Las instantáneas mostraban dos cadáveres que tenían en común algunos detalles: eran dos mujeres, boca abajo, con las manos atadas a la espalda; estaban cubiertas con pieles de oveja sin esquilar y en ambos casos su rostro queda oculto tras una máscara de madera de forma animal con largos y puntiagudos cuernos de buey. La causa de la muerte también era la misma: una herida abierta en la garganta; el que las había matado las había degollado como cabras. Por la calidad de las imágenes, Mara Rais dedujo que entre ambos asesinatos debía de haber transcurrido bastante tiempo: al menos diez o doce años. Otro rasgo en común era la escena del crimen: en el caso más

antiguo lo que parecía ser el pozo del templo de un santuario nurágico construido en un terreno elevado; las fotos más recientes,
en cambio, mostraban a la víctima a los pies de un pozo sagrado
muy parecido al primero, pero rodeado de otros dos templos sagrados, excavados en el terreno rocoso. En ambos casos se trataba
de lugares de culto que databan de tiempos muy antiguos.

—Seguro que ya has oído hablar de ellos. La primera víctima
es del año 75, la segunda fue asesinada once años después: en el
86. La primera en la provincia de Nuoro, la segunda en los montes de Vallermosa. Más de doscientos kilómetros de distancia, dos
puntos de la isla prácticamente opuestos... La edad de las víctimas es más o menos la misma: entre dieciocho y diecinueve años
la primera, y dieciséis o diecisiete la segunda. Los homicidios di-
fieren en unos detalles imperceptibles. Diferencias completamente
insignificantes. Ambos sin resolver, nunca se abrió un expediente
conjunto que los relacionara. Las dos muchachas fueron asesina-
das la noche de *sa die de sos mortos*, la noche de los muertos o de
las almas. Cero testigos, cero sospechosos. Un misterio nunca
aclarado.

La policía dirigió la mirada hacia su colega. Tras años en el
departamento de Homicidios sus ojos estaban acostumbrados a la
crueldad y al horror, pero las fotografías de aquellas muchachas
la conmovieron profundamente, tal vez por la ritualidad bestial
con que las habían matado.

—El mayor misterio en realidad es otro —prosiguió el policía—. En ninguno de los dos casos se llegó a identificar a las víctimas. Ningún nombre, ningún apellido. Ninguna denuncia de
desaparición. Nadie vino nunca a reclamarlas. Ni un padre ni una
madre, ni siquiera un pariente. Como si hubiesen surgido de la
nada. *Pantumas*. Fantasmas.

Al oír aquella palabra *in limba*, en sardo, Mara recordó que
Barrali era de origen barbaricano, aunque no recordaba de
qué pueblo.

—Escucha, Barrali...

—Me han dicho de todo durante estos años. Por supuesto, me
han tachado de loco, claro. Pero también me han acusado de haber deformado los hechos para adaptarlos a mis teorías, porque
se supone que tenía intereses esotéricos y otras mil chorradas.

Estas... —dijo señalando las fotografías— seguramente me han perjudicado profesionalmente. Han dañado mi carrera. No es que haya sido nunca masoquista, pero es algo de lo que en cierto modo me siento responsable, que no puedo ignorar ni dejar de lado.

—Y yo lo entiendo y lo respeto... —intentó de nuevo meter baza la policía, pero Barrali la interrumpió otra vez.

—Y ahora me estoy muriendo, Rais. Literalmente. Unos pocos meses y adiós. Y esta —dijo golpeándose la sien— todavía durará menos. No pretendo convencerte de nada, pero querría que todo el trabajo de estos años no se fuera a la mierda. Me gustaría que el caso permaneciera abierto.

—Sobre esto puedes estar tranquilo. Farci me ha asegurado que se trabajará en él y que será una de las prioridades de Casos sin resolver, así que...

—No, Rais, quizá no me he explicado bien —dijo Barrali. Los ojos se le habían nublado de repente—. No se trata solamente de viejos casos no resueltos o de quién sabe qué rituales arcanos.

Le mostró otra fotografía mucho más reciente.

—Se llama Dolores Murgia, tiene veintidós años y hace unos días que ha desaparecido. Creo que en todos estos años los asesinatos han sido muchos más, que nunca han cesado. Y temo que Dolores sea la próxima víctima.

8

Corso Indipendenza, Milán

Mirarse en el espejo era como mirarla a ella. El parecido era asombroso, pero desgarrador. No podía seguir soportando ese dolor. Necesitaba neutralizar su recuerdo que, en cada reflejo de sí misma, la traspasaba con las cuchillas afiladas de la memoria.

Eva Croce regresó al baño tras haber dejado actuar el tinte durante media hora. Solo llevaba puestos un sujetador negro y los vaqueros. Se enjuagó la cabeza en el lavabo observando los remolinos que formaba el tinte oscuro hasta que el agua salió completamente limpia. Se secó el cabello con una toalla y luego se miró en el espejo. No quedaba ni rastro del llamativo rojo anterior. El tinte negro azabache había borrado todo resto rojizo de su color natural.

Le costó reconocerse, pero eso era bueno. El cabello negro resaltaba aún más los ojos de color azul claro, la tez pálida, las pecas y una venilla azulada bajo el párpado derecho. Experimentó una agradable sensación de desconcierto: era como si estuviera viendo a una desconocida.

«Y debes convencerte de que eso es lo que eres», pensó. «Una persona nueva».

La inspectora se envolvió la cabeza en una toalla de rizo y regresó al dormitorio para colocar las últimas cosas en las maletas.

Había llegado la hora de dejar atrás aquella casa impregnada de sufrimiento y de empezar a vivir de nuevo.

O al menos intentarlo.

9

Tierras de la Alta Barbagia, interior de Cerdeña

La tierra traiciona menos que los hombres. Era una lección que los sardos hijos del progreso habían olvidado desde hacía tiempo. Se habían dejado seducir por los halagos del dios industrial ante el que se habían postrado, entusiastas, abjurando de la naturaleza que había acogido y alimentado a sus antepasados durante siglos. Pero después de las promesas brillantes de una vida mejor y más rica, aquella divinidad irascible y voluble los había abandonado, dejando tras de sí tan solo ruinas oxidadas, paro, deforestación, emigración en masa, almas a la deriva en los vapores del *abbardente, el licor sardo,* y tierras y animales envenenados para siempre. Durante años, las jóvenes generaciones solo se habían acordado del mundo de sus antepasados en Navidad o en Pascua, cuando necesitaban corderos o cochinillos «de pueblo» para quedar bien con sus amiguitos de la ciudad, para adoptar un aire rústico, cuando en realidad nunca habían cogido una azada ni una *leppa* o cuchillo y tendrían serias dificultades para distinguir un buey de una vaca. Por otra parte, el bienestar había acabado con oficios centenarios, caídos en el olvido; cada vez resultaba más difícil encontrar domadores de caballos, criadores de bueyes, cabreros, pastores, campesinos, carboneros, artesanos o leñadores dignos de tal nombre. Generaciones de hijos habían abandonado los campos de sus padres, optando por las ciudades o por esas catedrales laicas llamadas fábricas y perdiendo así la «memoria de la tierra». Miles de pueblos se habían vaciado, sobre todo en el interior de la isla, donde ahora las pequeñas aldeas eran como purgatorios de almas, pueblos fantasma, habitados casi exclusivamente por ancianos que esperaban que el sueño eterno fuera a por ellos y los librara de aquella vergüenza a la que no habían podido hacer frente. Paradójicamente, los pocos hijos que no abandonaron la isla se habían vendido a los moros y a *sos continentales* que se dedicaron a subyugar la región durante siglos, sometiéndose a sus caprichos, humillándose a mendigar dos chavos con la cabeza gacha y a pedir la limosna de las ayudas estatales, ellos que tenían en las venas la sangre laboriosa y el espíritu indómito de aquellos montes escarpados de los que procedían. Cuando el Estado también cerró el grifo, los «hijos pródigos» regresaron desesperados a chupar la ubre de la Madre Naturaleza, cebándose como sanguijuelas, con la esperanza de extraer de ella al menos unas gotas de leche.

Los hermanos Ciriacu habían seguido al pie de la letra ese ejemplo: a la muerte del padre, que apenas les dejó un puñado de tierra y unos centenares de ovejas, creyeron que podían volver al pueblo y hacerse ricos cultivando la tierra, ellos que siempre habían despreciado la vida del campo.

Durante milenios, los ritmos del hombre habían estado marcados por los tiempos de la naturaleza. Los Ciriacu, sin embargo, como la mayoría de los campesinos improvisados, quisieron imponer a la tierra *sus* tiempos: se levantaban tarde, sembraban sin un mínimo rigor, descuidaban los rebaños, violentaban con la química los huertos y las viñas, cambiaban las semillas de la noche a la mañana y, en pocos años, aquellos campos fértiles que habían heredado se tornaron estériles y áridos como sus corazones, y poco después el ganado murió de enfermedad y abandono. Estúpidos y codiciosos, se jugaron la única carta que les quedaba: con el último dinero ganado vendiendo parte de sus *tancas*, de sus terrenos, montaron un complejo sistema de riego formado por un pozo artesiano creado *ad hoc*, compraron grupos electrógenos, bombas, cisternas y cientos de metros de tuberías que regaban más de dos mil plantas de cannabis, confiando en que la espesa vegetación de las tierras barbaricanas ocultaría aquellos frutos prohibidos de la mirada ávida de la justicia.

Las tierras de los Ciriacu lindaban con las de los Ladu a lo largo de unos pocos kilómetros, y solo había una cosa que los Ladu odiaban más que a los sacerdotes y las iglesias: la ley. Los pastores y los campesinos de la zona no querían tener problemas con los carabineros, y los Ciriacu con sus plantaciones estaban poniendo en peligro a todos, ya que cualquier vecino corría el riesgo de que los guardias fueran a meter las narices también en sus tierras. Así que una delegación de pastores y campesinos se dirigió a Sebastianu Ladu y le pidió que interviniera antes de que la cosa fuera a peor. Por peor se entendía un cara a cara *a balla sola*, a una sola bala.

—Las cosas se están poniendo feas, Bastianu —le habían dicho—. Cuanto antes lo solucionemos, mejor para todos.

Sebastianu había hablado con el patriarca de los Ladu y este había sugerido una solución que todos aceptarían. Benignu había propuesto el antiguo rito común de *sa paradura*: puesto que los animales de los Ciriacu habían muerto y se les estaba pidiendo que abandonaran los cultivos ilícitos a favor de una reconversión legal, todos los pastores de la zona les cederían una pequeña parte de su propio rebaño, tal como se hacía en Barbagia desde hacía siglos para ayudar a quien había sufrido una muerte, una inundación o pérdidas de ganado a causa de un incendio o de una hambruna.

Cuando Juanne Ciriacu se encontró frente a Sebastianu, no se atrevió a rechazar la cadena de solidaridad de los «colegas». Se les había entregado una generosa cantidad de animales, acompañados de un quintal de piezas de queso, hectolitros de aceite y una cantidad generosa de *binu nieddu*, suficiente vino negro para emborrachar a todo el pueblo.

«Estamos en deuda», había dicho Juanne en señal de agradecimiento, con la promesa de prender fuego a la plantación.

Unos días más tarde, los Ladu habían visto surgir en la noche una columna de humo procedente de las tierras de los Ciriacu, pero era demasiado débil. Como buitres, los Ciriacu habían aceptado *sa paradura* sacrificando solo una mínima parte del cultivo de cannabis, como confirmó un carabinero corrupto vecino de los Ladu, que había aconsejado a Sebastianu que solucionara el problema antes de que llamase la atención de la Comandancia provincial de Nuoro, más allá de su área de influencia y control.

De modo que aquella noche los Ladu atravesaron las tierras de los Ciriacu agrietadas por la escarcha, y se acercaron silenciosos como fantasmas a la alquería donde dormían Juanne y Gianmaria, cerca de los campos de marihuana, a más de un kilómetro y medio del primer centro habitado. La luna derramaba sobre el campo una luz rojiza. El canto de las cigarras y el aullido ronco del mistral facilitaba el trabajo a los Ladu. Se habían presentado sin armas de fuego: con sujetos como los hermanos Ciriacu no había necesidad de rifles ni de pistolas.

Bastianu miró a su hermano menor Nereu, a Zirolamu, el primo sordomudo, y a Micheli, su hijo de quince años al que el abuelo había ordenado «destetar». Además de su naturaleza ruda, los Ladu eran famosos por su tamaño gigantesco: Bastianu, Nereu y Zirolamu rozaban los dos metros y Micheli medía ya más de metro ochenta y cinco; todos tenían las manos grandes y fuertes, con los dedos hinchados por el trabajo en los campos; hombros anchos y una fuerza de mula, como si hubiesen sido paridos por el vientre de aquellas montañas.

Alzando la barbilla, Bastianu dio una orden a su hermano, que se dirigió hacia el aprisco y regresó tirando de la oreja de una oveja. El jefe de la tribu se acercó al animal con la navaja en la mano y le dio dos golpes de *arresoja* en el costado. La oveja empezó a lanzar balidos desesperados, que llamaron la atención en el interior de la casa, donde unos segundos más tarde se encendió una luz.

Nereu soltó al animal e hizo una señal al primo, ordenándole que se escondiera.

La puerta se abrió y salió Juanne resoplando; empuñaba una carabina.

—¿Quién diablos anda ahí? —preguntó a la oscuridad con voz pastosa por el sueño y por el *fil'e ferru* que se había bebido.

Siguiendo las indicaciones del padre, el muchacho se acercó a la casa.

—Micheli —respondió.

—¿Quién? —preguntó Juanne, avanzando un paso, como si no le hubiese oído.

—Micheli Ladu —repitió. La luna brillaba en su cabello negrísimo, característico de la familia.

—¿Qué quieres?

—*Sàmbene* —respondió el muchacho.

Juanne se rio en la cara.

—¿Estás solo? —le preguntó sin bajar el arma.

—No —respondió Bastianu en su lugar, saliendo de la oscuridad. Agarró con una mano el fusil para arrebatárselo al hombre y con la otra lo cogió del cuello y lo arrojó a la era del patio como si fuese un saco vacío. Zirolamu se le echó encima en un santiamén y le puso en la garganta la hoja de la *resolza*.

Apareció Gianmaria maldiciendo y Nereu, rápido como un rayo, le echó la soga al cuello y lo derribó.

Los Ladu los arrastraron a peso hasta un gran olivo centenario, en los límites del campo. Los Ciriacu forcejeaban como animales en el matadero, echando espuma por la boca e intentando aflojar la presión de las cuerdas de cáñamo. Nereu y Zirolamu colgaron a Gianmaria de una de las ramas del árbol obligándole a mantenerse sobre la punta de los pies para no ahogarse; le metieron un pañuelo en la boca para hacerlo callar. A Juanne lo ataron de pie al grueso tronco. La cuerda le apretaba tanto que le cortaba la respiración. Se puso lívido, consciente de lo que le esperaba.

—Decidme solo por qué —les preguntó Bastianu con su voz cavernosa.

—Tienes razón, Bastianu —masculló Juanne—. Íbamos a quemar también el resto de los campos, te lo juro.

—*Vesserias* —gruñó Nereu, irguiéndose sobre ellos como un roble—. No nos tomes por idiotas…

—Mírate, llorando y pidiendo perdón como una *feminedda* —murmuró Bastianu.

—Por favor, Bastianu. Te lo ruego…

—A rogar, a la iglesia —resopló. Se lo había dicho en italiano, como si ni siquiera fuese digno de la lengua de sus antepasados—. Micheli —llamó a su hijo.

Cuando el muchacho se acercó, su padre sacó una *arresoja* con el mango de cuerno de carnero y una hoja reluciente de nueve dedos y se la puso en la mano.

—¿Tienes miedo? —le preguntó en su jerga.

Micheli negó con la cabeza. Sus ojos eran dos esquirlas glaciales de obsidiana. Por la postura del cuerpo el padre dedujo que su hijo ardía en deseos de convertirse en hombre. Esto lo tranquilizó respecto al futuro de los Ladu.

—Rájalo.

Antes de que Juanne pudiese gritar, Zirolamu le metió un trapo en la boca para sofocar sus gritos.

—Buen viaje al infierno —le susurró Nereu al oído.

Durante unos segundos el muchacho contempló reflejada en la hoja la luna carmesí que parecía casi incitarle a la violencia, luego asestó el primer tajo. El cuchillo penetró en la carne como si fuese mantequilla tibia. Embriagado de esa nueva sensación de poder, el joven sujetó al prisionero agarrándolo por el cuello con la mano izquierda mientras con la derecha le atacaba repetidamente cada vez con más fuerza, como si hubiera enloquecido.

—¡Deja de jugar! —le reprendió el padre.

Con la habilidad de un carnicero, el chico destripó a Juanne Ciriacu e hizo un gesto de desagrado cuando le embistió el olor acre de las tripas. Retrocedió unos pasos y se quedó observando la sangre que fluía del vientre desgarrado y empapaba la tierra, mientras los ojos del hombre se iban apagando como ascuas sofocadas por las cenizas.

Bastianu se le acercó y le arrebató la *leppa* de la mano, sacándole del trance homicida.

—No te lo tomes como un vicio, *fizzu meu* —le dijo dándole una cariñosa palmada. Los ojos del muchacho parecían hechizados por el éxtasis sanguinario. Estaba sin aliento, pero asintió con una sonrisa en los labios; sentía que se había convertido en un Ladu de la montaña a todos los efectos. Por fin.

Sebastianu se acercó a Gianmaria, que había asistido impotente al descuartizamiento, y limpió la hoja pasándosela por las mejillas rasposas.

—*Segundu sa vida, sa morte* —le dijo. Limpió la empuñadura de las huellas del hijo, abrió con las tenazas que tenía por dedos la mano del Ciriacu y le puso la *resolza* en el puño, obligándole a imprimir la suyas.

—Ha llegado tu hora.

Gianmaria se puso a patalear como un cerdo que percibe el silbido del cuchillo.

Nereu y Zirolamu tiraron de la cuerda, izando a su rival a un metro y medio de tierra. Anudaron con fuerza la cuerda alrededor de una rama nudosa y los cuatro Ladu lo contemplaron, impasibles, mientras bailaba *su dillu*, la antigua danza sarda, colgado como Judas, hasta que Gianmaria se meó encima y, con una última sacudida animal, torció el cuello y murió acompañado del coro incesante de las cigarras.

El cuchillo había caído a sus pies.

Sin decir palabra, Nereu y Zirolamu se alejaron para recuperar unos bidones de gasolina que arrojarían sobre los cultivos, mientras los otros dos barrían el suelo con ramas de olivo para borrar sus huellas.

—Quítate el jersey y la camiseta —ordenó Bastianu a su hijo, que obedeció temblando en el frío de la noche. El hombre cogió la ropa y se quitó el pesado abrigo de orbace, un tejido sardo de lana, con el que cubrió al muchacho.

—Tu abuelo estará contento —dijo revolviéndole el cabello.

Padre e hijo caminaron en silencio hacia la casa como si nada hubiera ocurrido.

Cuando los campos a sus espaldas comenzaron a arder, ni siquiera se volvieron.

10

Habría sido más sencillo coger un avión, pero sintió la necesidad de cruzar el mar. Había acariciado la ilusión de poder soltar las amarras de su pasado, dejando que aquella infinita extensión de oscuro líquido los separara, refrenara el poder carnívoro de los recuerdos para ahogarlos luego a traición en los abismos. No se trataba de una simple partida, era una huida. Mejor, por tanto, cortar limpiamente el cordón umbilical de los recuerdos entregándose a algo concreto, tangible; un símbolo de su renacimiento: el agua. Por eso había subido al punto más alto de la nave al que podía accederse. No se había vuelto ni una sola vez hacia Génova, hacia la península. Solo había mirado hacia delante, orientada hacia el futuro, aunque velado e indefinido.

En cubierta, el olor a fuel y a herrumbre dominaba sobre el salobre del mar. La barandilla de la pasarela estaba pegajosa de sal, pero esto no le había impedido aferrarse a ella. Las olas susurraban a su alrededor y una luna rojiza brillaba sobre el perfil rocoso de Córcega. Cerdeña era todavía una ilusión lejana. Pero estaba allí, perdida en aquella oscuridad de alquitrán, en aquel líquido amniótico del alejamiento.

Eva Croce vio en las cubiertas inferiores a otros pasajeros insomnes. No distinguía sus rostros, tan solo las brasas de los cigarrillos y las volutas de humo que se deshacían en la oscuridad. Pese a su presencia, se sentía sola.

El cabeceo del barco le hizo pensar en las contracciones de una parturienta. El batido de las olas, en los gemidos de dolor. El soplido del viento, en la respiración agitada de la gestante que rompe aguas. El ruido sordo de los motores del transbordador que subían de revoluciones, en el aumento vertiginoso de las pulsaciones. Sonrió amargamente. En cierto modo era así: aquella noche envolvente era el útero que la acogería aún unas horas, hasta que diera a luz una nueva vida, una nueva versión de ella.

Eva se cubrió con la capucha de la chaqueta y se preparó para el trabajo que era el preludio del renacimiento. No habría comadrona para atenderla. Lo tendría que hacer todo ella sola. De modo que apretó los dientes y dirigió la mirada a lo más profundo de la noche, esperando el amanecer que tarde o temprano llegaría y la devolvería a la luz.

11

«No es solo lo que ves. La verdadera dificultad es aprender a encontrar una manera de convivir con ello».

Se lo había dicho un forense una docena de años antes, durante la autopsia de una prostituta eslava asesinada por un sádico. Mara Rais había relegado esa constatación a un cajón olvidado de la memoria. Sin embargo, aquella noche las palabras del médico seguían resonando con fuerza en su interior, como si solo en aquel momento hubieran adquirido para ella un significado real.

Se había desvelado sobre las tres a causa de una pesadilla. Tanto se había movido que despertó a su hija, quien, tras la separación, se había acostumbrado a dormir con ella en la «maxicama», como solía llamarla. La niña se quedó dormida de nuevo al cabo de unos minutos; ella, en cambio, no había vuelto a conciliar el sueño. Las imágenes brutales de los cadáveres seguían desfilando por la pantalla de su mente.

«Toda la culpa es de Barrali y de sus malditos desvaríos», pensó Rais, deslizándose fuera de la cama y procurando no despertar a la pequeña. Cogió el bolso del salón y se encerró en la cocina. Le apetecía beber algo con alcohol, pero optó por una manzanilla doble.

«Mírate. Te estás haciendo mayor», se burló de sí misma contemplando con asco las bolsitas de la infusión.

Mientras esperaba que hirviera el agua, sacó del bolso las fotografías que el policía le había dado a pesar de su oposición. Mara no pudo negarse a cogerlas cuando él, mirándola con ojos de cordero degollado, le dijo: «Por favor, *sa sposa*, hazlo por mí».

Las colocó sobre la mesa y las contempló. Aquellas pobres muchachas le habían impresionado tanto que soñó con ellas. *Vijones malas*, las habría llamado su abuela: pesadillas terribles. A lo largo de los años algo había oído de aquellos dos asesinatos aparentemente rituales, pero no les prestó mucha atención, sobre todo desde que en jefatura habían empezado a circular rumores de que Barrali estaba obsesionando con aquella historia, buscándose él solo la ruina. Había dado tanto la lata a colegas y superiores, acosándolos para que reabrieran los casos que, para perderlo de vista, le habían encargado del papeleo, lo que le hizo envejecer antes de tiempo; a todos los recién llegados a Homicidios se lo habían mostrado como ejemplo a no seguir.

«Desde luego extraño lo es un rato», se dijo mirando las imágenes.

—¿Mamá? ¿Qué pasa?

Como una alumna a la que han pillado copiando, Mara hizo desaparecer las fotos a la velocidad de la luz.

—Cariño, ¿qué haces levantada? —le dijo acercándose a ella.

—He notado que no estabas y he tenido miedo. ¿Qué haces?

—Me estoy tomando una manzanilla y luego vuelvo a la cama. ¿Quieres un poco?

—Creía que habías vuelto a fumar.

Mara sonrió. «No solo estoy rodeada de policías todo el día en la comisaría, ahora también tengo una minipolicía en casa... Esta cuando sea mayor me hará pasar las de Caín», pensó.

—No, cariño. Te prometí que no volvería a fumar y así es. Ven aquí.

Se la acercó al pecho y la abrazó, cubriéndola de besos. Olía a sueño.

Desde la ventana Mara contempló el perfil de la Torre del Elefante y la muralla que bordeaba *Casteddu 'e susu*, el barrio del Castello, que antaño protegía a la nobleza de la ciudad. Mara siempre había soñado con vivir allí, con contemplar la ciudad desde lo alto como una reina. Su exmarido tenía una casa allí arriba, adonde Mara se trasladó a vivir al casarse, cumpliendo así aquel deseo infantil. Sin embargo, tras la separación, abandonó el apartamento para no cruzarse más con él —y para evitar el riesgo real de meterle una bala en el cuerpo—, y había alquilado una casita fuera de las murallas, condenada a ver desde la ventana el estatus que había perdido.

«Mejor en un antro que al lado de ese cabrón», se dijo, pensando en la pasante veinteañera —la última de una larga serie, como había descubierto luego— con la que la había engañado; a partir de ese día comprendió por qué cada vez que tenía que ir a testificar en un juicio o recorrer los pasillos de la fiscalía, todo el mundo se reía a sus espaldas o le dirigía miradas compasivas: tribunales y palacios de justicia son los lugares menos adecuados para ocultar un secreto, y al parecer su ex ni siquiera se había tomado la molestia de ocultar sus aventuras, exponiéndola al escarnio público.

«Déjalo ya. No tiene sentido recordar de nuevo esas humillaciones», se obligó a sí misma, apurando los últimos sorbos de la infusión.

La manzanilla no surtió efecto. De nuevo en la cama, Mara siguió dando vueltas como un alma en pena. Continuaba viendo aquellas *caras de bundos*, aquellas máscaras demoniacas, preguntándose por qué los cadáveres nunca habían sido identificados y la razón de aquel lapso de tiempo entre los dos asesinatos.

No lo sabía aún, pero era como si hubiese sufrido una transfusión linfática: la obsesión de Barrali ya la había contagiado.

12

Alta Barbagia

En los pueblecitos del interior de Cerdeña *sa oghe de Deu*, la campana, seguía marcando las etapas fundamentales de la vida de sus habitantes. Nacimientos, bodas, muertes, fiestas religiosas. Era en cierto modo la voz de la comunidad, cuyos tañidos todos aprendían a conocer desde niños para orientarse en la vida del pueblo.

Antes de ir a trabajar, Bastianu Ladu aparcó el jeep junto al *tzilleri*, y al verlo entrar, tras saludarlo, el camarero le preparó un café doble con un dedo de grappa.

En el bar se hizo un silencio sordo. Antes incluso de coger la taza, Bastianu oyó *su toccu de s'ispiru*, el toque de difuntos.

Los clientes se miraron y los ojos del camarero se cruzaron por un instante con los fríos ojos de Ladu, que sorbía el café en aquel ambiente de quietud impregnado de insinuaciones y ritmado por el llanto broncíneo de las campanas. Aunque fingieran ignorarlo, todos se habían enterado del incendio que la noche pasada había reducido a cenizas las tierras de los Ciriacu, que habían sido hallados muertos en un aparente homicidio-suicidio tras una posible pelea.

En cuanto Bastianu hizo el gesto de sacar la cartera, el camarero le hizo señas de que lo dejara.

—No, insisto —dijo el Ladu de la montaña, depositando unos billetes en la barra pegajosa—. Hoy invitan los hermanos Ciriacu. A todos.

Todos los parroquianos de aquel barucho asintieron solemnemente, uniéndose al coro de: «*Deus ti lu pachete*», que Dios te lo pague.

—Buenos días —saludó Bastianu con su agudo acento barbaricano.

—¡Buenos días! —respondieron a coro los aldeanos.

Bastianu se dirigió al jeep, satisfecho. Desde el *tzilleri* en pocos minutos se correría la voz por todo el pueblo, y si a los guardias se les ocurría ir a hacer algunas preguntas sobre los Ciriacu, nadie se atrevería a hablar, ni siquiera bajo tortura. Para los carabineros sería más fácil hacer cantar a las piedras que a aquellos hombres a quienes Bastianu había regalado un estremecimiento de *balentia,* de valentía.

13

Playa del Poetto, Cagliari

Caminando descalza por la playa del Poetto, Eva descubrió que Cagliari poseía dos mares. El primero lo tenía delante: era una extensión infinita de agua, mansa para ser un día de finales de octubre. El segundo tenía una liquidez marcadamente distinta: era un mar de luz. Una luminosidad suave, de una dulzura maternal, que se derramaba impetuosa sobre toda la ciudad, esparciéndose hasta sus más apartados rincones. Un mar de luz que satinaba el agua de brillantes iridiscencias, centelleando en la arena, fina como la sémola, que se extendía a lo largo de kilómetros y kilómetros en el llamado golfo de los Ángeles.

Eva no pudo resistirse: se quitó los zapatos y caminó por la orilla hasta sumergir los pies en el agua esmeralda. Estaba fría, pero no tanto como había imaginado; tuvo el poder de vigorizarla después de la noche prácticamente en vela y el largo viaje en coche, de una punta a otra de la isla.

—Tú debes de ser Eva Croce —dijo a su espalda al cabo de unos minutos una voz femenina.

La policía se volvió y se encontró ante una hermosa mujer de unos cuarenta años, elegantemente vestida con un traje de chaqueta oscuro ajustado que acentuaba sus suaves redondeces. Era rubia, de estatura media y tenía unos ojos azules que, sumados a su aspecto general, echaban por tierra todos los prejuicios que Eva había oído sobre los sardos, sobre su estatura y sus colores mediterráneos; porque su acento gutural arrastrando las palabras era sin lugar a duda sardo. Reconoció la voz de la colega que la había llamado una hora antes citándola en la playa, en la sexta parada. Para averiguar qué quería decir «sexta parada», Eva tuvo que recurrir a Google.

—¿Cómo lo has sabido? —replicó la milanesa.

Mara Rais miró a su alrededor.

—Eres la única *macca* con los pies en remojo con este frío del carajo —dijo mirando a la colega.

—¿Frío? Debemos de estar a dieciocho grados.

—¡Justamente! Venga, sal, que se me está poniendo la piel de gallina.

—Supongo que *macca* quiere decir «loca», ¿no? —le preguntó Eva acercándose a ella y tendiéndole la mano derecha.

—Exacto —dijo la sarda mientras le estrechaba la mano con decisión—. ¿Qué tal el viaje?

—Largo pero hermoso.

—Bien. Bienvenida a Cerdeña —dijo Rais, pero el tono distaba mucho de ser amistoso.

14

Torre española, Poetto, Cagliari

Eva descubrió rápidamente que en la isla el tiempo fluía de manera distinta: más dilatado, distendido y, a veces —sobre todo delante del mar y frente a aquellas ilimitadas praderas de cielo turquesa—, suspendido en una atemporalidad que influía en sus habitantes. Comparado con Milán, era como si las personas se movieran a cámara lenta, y esta forma de disfrutar de la vida con más calma, sin pensar demasiado, le gustó de inmediato.

Se detuvieron a tomar algo en el Corto Maltese, uno de los pequeños quioscos de madera diseminados por el paseo marítimo; los bares con pérgola así como las paradas del autobús los utilizaban los cagliaritanos como puntos de encuentro para citarse, como le había explicado Rais. El litoral estaba salpicado de hileras de palmeras y atravesado por un largo carril para peatones y bicicletas. Eran muchas las personas que en aquella tibia tarde hacían footing, caminaban o pedaleaban a unos cientos de metros del mar.

—Por tu mirada extasiada deduzco que es la primera vez que vienes a Cagliari —dijo la sarda, tras haber sopesado con desdén la vestimenta de la colega: botas militares oscuras, vaqueros agujereados y una cazadora de cuero desgastada. Sus ojos se centraron en el piercing de la nariz, que le daba un aspecto más de roquera que de funcionaria de la Policía Judicial. Las uñas sin pintar, ni una capa de brillo en los labios, y mucho menos de carmín. Ni rastro de bolso, portafolio, bolsa o cualquier otro accesorio donde guardar al menos un paquete de pañuelos; este detalle la inquietó mucho, porque una mujer sin bolso es tan imprevisible como un gato pasado de anfetaminas.

«Si lo que quieres es ocultar tu feminidad, lo estás haciendo muy bien, cariño», pensó Rais, cáustica.

—Primera vez en Cerdeña —respondió Croce, examinando la ropa de la cagliaritana, en su opinión excesivamente elegante para una policía.

«Vestida de este modo o quiere llamar la atención o hacerme sentir inferior. En cualquier caso, no estás empezando con buen pie, querida», se dijo Eva. «Si sigues mirándome así, esto va a acabar mal».

—Bueno, podía ser peor para ti, ¿no? —dijo Mara, antes de beber otro sorbo de cerveza.

—No lo sé. Esto deberías decírmelo tú.

—¿Sabes qué? No quiero fastidiarte la sorpresa —replicó Rais con una sonrisa estudiada.

Eva percibió un resentimiento mal disimulado: parecía como si a la cagliaritana la hubiesen obligado a darle la bienvenida. Confió en que se tratara tan solo de la famosa e instintiva desconfianza de los sardos hacia los «continentales».

—En un primer momento te he confundido con una turista. No tienes los rasgos típicos italianos —dijo Rais, observando el blanco cutis de la colega, los ojos cerúleos y el rostro de rasgos delicados, casi élficos, salpicado de pecas. A Mara le bastó una mirada a la cabellera negra para deducir que la milanesa se había teñido el cabello recientemente: «un trabajo casero —se dijo—; un tinte de supermercado, barato». Del color clarísimo de las finas cejas dedujo que en realidad debía de ser rubia, o incluso pelirroja.

—Mi madre es irlandesa. Me parezco mucho a ella —dijo Eva, lapidaria.

Mara Rais arqueó una ceja, sorprendida. «Una irlandesa en Milán. Parece el título de una película».

—¿Así que tú serás mi compañera? —preguntó Croce cambiando bruscamente de tema, como si se sintiera incómoda hablando de sí misma.

—Exacto. ¿Quieres ya informar y señalarme como «elemento perturbador»? No sería la primera vez.

—Por el momento digamos que estás aún en observación —la provocó Eva—. Nunca he tenido como compañera a una mujer.

—Yo tampoco. Y debo decirte que no me entusiasma la idea.

—Nunca lo hubiera dicho —ironizó Croce—. Pareces tan feliz de verme...

Rais distendió los labios en una sonrisa, esta vez auténtica.

—¿Desde cuándo trabajas en Casos sin resolver? —preguntó la milanesa.

—Me acaban de trasladar. Prácticamente no he comenzado aún. Empezaremos juntas.

—No sé aquí, pero en Milán Casos sin resolver es un limbo al que envían a los que la han jodido. En resumen, un lugar para perdedores.

—Aquí ocurre lo mismo, con la variante de que es una sección recién creada y tú y yo tendremos que cargar con todo el trabajo y los casos no resueltos no solo de Cagliari, sino un poco de toda la isla, porque nuestra jefatura es pionera —dijo Mara.

—¿Bromeas?

—Ojalá. No, hablo muy en serio. Eso significa no solo que allá donde vayamos nos odiarán y nos verán como dos tocapelotas, sino que si nos equivocamos en algo ya tendrán dos buenos chivos expiatorios a los que sacrificar: tú y yo, claro. Un doble palo, en otras palabras... ¿Fumas?

—No.

—Yo tampoco. Mejor, así mi ropa no apestará y mi hija no insinuará que he vuelto a fumar. Dime, ¿vas a respetar las reglas o piensas pedir la baja hasta que te vuelvan a trasladar? —preguntó Rais directamente, al borde de la ofensa personal.

Eva tuvo que contenerse para no coger la cerveza y tirársela a la cara.

—No soy este tipo de persona, Rais. Lo único que quiero es hacer mi trabajo —consiguió decir en tono conciliador.

—Esperemos que nos lo dejen hacer.

—¿Por qué lo dices?

—Digamos que el ambiente no es el mejor. Y si yo también he acabado en Casos sin resolver desde luego no es por méritos adquiridos sobre el terreno.

Se había levantado un viento tibio que llevaba hacia la costa el sonido del mar y agitaba suavemente las palmeras a lo largo del paseo. En el aire se percibía la rendición de la tarde a la noche.

—Por si te lo estás preguntando, es el siroco. Sopla de mar a tierra y en verano nos trae el calor africano que incendia la ciudad —dijo Mara—. Literalmente, porque alimenta y aviva los incendios del verano y enloquece a las personas.

—¿Cuánto te dan por hacer de guía turística? —le soltó Eva.

—Mira, mira, cómo se pasa la forastera. Le das un dedo y ya se toma demasiadas confianzas.

Lo dijo con una media sonrisa y Eva se lo tomó como otra señal de deshielo.

—¿Cuándo empiezas oficialmente? —preguntó Mara.

—Pasado mañana. He venido antes para ambientarme y echar un vistazo.

—Bien. Mira, te advierto que además de esta cabronada de los Casos sin resolver, nos han endosado otro gran marrón.

—¿Cuál?

—Si te parece, te llevo a que te lo cuente directamente la persona interesada.

15

Jefatura de policía de Cagliari

E va Croce tenía suficientes años de servicio para haber desarrollado un ojo clínico que le permitía evaluar la profesionalidad y la dedicación de los jefes: con una simple mirada a su despacho era capaz de deducir la abnegación o el laxismo de un comisario. Basándose en su propia experiencia, en general los despachos más ordenados correspondían a jefes distraídos, que tenían poco contacto con sus subordinados y mucha más familiaridad con los periodistas y las televisiones; en cambio, los más desordenados reflejaban a menudo una personalidad más inclinada a los intercambios con sus subordinados. El despacho del comisario jefe Farci era muy parecido al de decenas de altos cargos para los que Eva había trabajado: reinaba en él una especie de caos ordenado. Sin embargo, nada más ver la hilera de expedientes colgados de la pared que contenían informes y las relaciones de servicio más recientes, la pizarra con diversos borrones de los turnos y los días de fiesta de los investigadores de la Móvil, los banderines e insignias utilizados como pisapapeles en una mesa inundada de papeles —y no para impresionar a los visitantes—, las diferentes tazas con restos de café abandonadas en los lugares más inverosímiles, y al saber que estaba todavía en el despacho cuando su turno hacía ya rato que había terminado, Eva dedujo fácilmente que Farci no era un burócrata, sino que amaba su trabajo y se dedicaba a él con pasión, ayudando a sus colaboradores. Otro elemento que corroboró esta impresión fue que desde el primer momento la tuteó, práctica no muy habitual entre los mandos. Y, a juzgar por un pequeño cartel colgado en la pared a su espalda que decía SI NO ENTRAS AQUÍ CON UNA SOLUCIÓN,

SIGNIFICA QUE ERES PARTE DEL PROBLEMA, Farci parecía tener cierto sentido del humor.

—Ante todo, que sepas que Rais se toma esta confianza conmigo, no solicitada, que quede claro, porque durante unos años formamos pareja en Anticrimen, y cree que todavía estamos al mismo nivel —comenzó el comisario después de las presentaciones de rigor y de haberla invitado a sentarse—. No consigo que entienda que hay grados, jerarquías y formalidades que se deben respetar.

—Que quede claro que el hecho de que hayamos sido «pareja» no significa que nos hayamos acostado —aclaró Mara, arrellanada en el sofá adosado a una pared.

—¡Rais!

Eva apenas pudo contener una carcajada.

—Te habría gustado, ¿verdad? —continuó la cagliaritana, guiñándole un ojo.

—¿Quieres que te eche? —la amenazó Farci—. Para ya.

El hombre se dirigió a Eva.

—La tiene tomada conmigo porque apuntaba a este sillón —explicó—. Deberías haber estudiado más, colega.

—Intenta estudiar para el concurso con una niña pequeña y un marido que para orientarse en casa necesita Google Maps —dijo con sarcasmo Rais.

—Para que conste, confirmo que su exmarido es un gilipollas, y nos ha jodido a muchos de nosotros en el tribunal. Es un penalista... En cualquier caso, nadie te entiende más que yo, Croce. Si se te pasa por la cabeza dispararle —y, créeme, te morirás de ganas de hacerlo—, llámame y haré que la pierdas de vista durante un tiempo.

—No creo que sea necesario, jefe —dijo Eva.

—Eso espero... Bien, he visto que tienes una hoja de servicios muy buena. Has recibido varias menciones de honor, has asistido a muchos cursos, has visto y operado en distintas realidades metropolitanas y de otro tipo, y eres aún muy joven. Enhorabuena. El hecho de que te hayan desterrado aquí no es una buena señal, pero lo que haya pasado, el motivo por el que estás aquí, sinceramente no me importa lo más mínimo. Considéralo un nuevo comienzo.

—Gracias, comisario.

—No me des las gracias. Tengo una extrema necesidad de personal cualificado y profesional, y tú me pareces un óptimo elemento. Además ya has trabajado en distintos casos sin resolver y esto es bueno para nosotros. Como Rais te explicará, en esta jefatura empezamos muy tarde con los *cold cases*. Cagliari no es Milán ni tampoco Roma. Es una provincia bastante pequeña con una media de homicidios bastante baja. El único gran problema que tenemos en la ciudad es la droga. La isla se ha convertido en los últimos tiempos en un lugar de paso para los narcotraficantes y su mercancía, y por esto el Viminale ha reforzado las secciones Antidroga: quieren bloquear la ruta antes de que sea demasiado tarde.

—Ok.

—Al frente de la Brigada Móvil tenemos a un primer responsable asistido por un segundo: ambos son calabreses y especialistas en la lucha antidroga. En resumen: el ministerio nos ha enviado bastante personal cualificado, pero las incautaciones y las detenciones no son las que se esperaban.

—Traducido: están en juego las poltronas —dijo Mara.

—Resumiendo mucho, así es —admitió Farci.

—Supongo que esto significa que desde el Viminale han empezado a presionar para que suban las estadísticas, a fin de poder justificar los gastos de la dirección, las horas extra, los costes de las escuchas, etcétera —señaló Eva.

Farci asintió.

—Como de momento no han podido recuperarse con las operaciones antidroga, han pedido elevar la media de homicidios resueltos —prosiguió la milanesa—. Pero como es una provincia poco poblada y con una baja tasa de homicidios, para hinchar las estadísticas presumo que han decidido recurrir a los casos abiertos, confiando en resolver viejos crímenes con la ayuda de las ciencias forenses y de las nuevas tecnologías.

—Has dado en el clavo, Croce —dijo el comisario, dirigiendo la mirada hacia la recién llegada—. En el fondo todo es una cuestión de números: un análisis de costes y beneficios, como si se tratase de una multinacional.

—Y usted es el encargado de cuadrar las cuentas.

—Justo eso. Más que un policía, un contable. Oficialmente

soy el supervisor de la sección de Homicidios, y mientras los dos mandamases se dedican en cuerpo y alma a hacer embargos antes de que sus poltronas salten, yo tengo que exprimir a los míos para resolver casos de asesinato.

—Haremos todo lo posible, se lo aseguro —dijo Eva, hablando también en nombre de su nueva colega.

Esto complació a Farci: había temido que con aquel suntuoso currículo la milanesa estuviera acostumbrada a ir por libre, pero aquel «haremos» lo tranquilizó.

—Al margen de que tu compañera es portadora sana de un carácter de mierda...

—No empieces con esta historia —dijo Mara, ofendida.

—... Rais es uno de los mejores recursos de la Móvil. Ahora se encuentra en una posición algo delicada por motivos que... ella te explicará, si quiere. Lo que deseo que quede claro es que yo estoy de vuestra parte. No os negaré que el jefe máximo, Carlo del Greco...

—*Bellu arrogh'e merda* —susurró Mara.

—Por el tono deduzco que no es una declaración de amor —dijo Croce.

—Deduces bien —replicó Farci—. Rais, basta ya. Decía que Del Greco no es precisamente un fan de la sección de Casos sin resolver. Pero tenemos al jefe de la Móvil de nuestra parte, porque su destino depende en cierto modo de nosotros... De vosotras, mejor dicho.

—Desde un punto de vista territorial, ¿qué competencias tenemos? —preguntó Eva.

—Buena pregunta. Vamos a ver, trabajaremos conjuntamente con la fiscalía de Cagliari, que nos proporcionará competencia en todos los casos de la isla. Ya sé que esto os procurará algunas antipatías, pero podéis moveros por toda la región con la ayuda de las jefaturas o de las comisarías locales. De este modo...

—De este modo tendremos una base más amplia de casos y mayores posibilidades de resolución —se anticipó Eva.

—Por lo menos han mandado a una espabilada. Creo que esta, en menos de un mes, te quita el puesto —dijo Rais dirigiéndose a su antiguo compañero.

—No sé si le convendría. Pero sí, Croce. Es por esto. No durará mucho, porque las otras capitales pronto se dotarán también de una sección dedicada a los crímenes sin resolver, pero de momento Cagliari dispone de esta ventaja estratégica.

—¿Tenemos la posibilidad de reabrir solo casos nuestros, como policía, o también los de los «caramba»? —preguntó Mara.

—Por fin sale algo inteligente de tu boca, Rais. Obviamente, los «caramba» son los carabineros, Croce.

—Ok.

—Rais, esto depende del magistrado. Tendréis un montón de expedientes propuestos por Roma, y de acuerdo con la magistratura decidiréis cuáles tienen más posibilidades de solución. Si el ministerio público considera que como policía estatal tenemos más competencias o experiencia para un determinado caso, poco importará quién haya llevado a cabo la investigación: es más importante que alguien la cierre. Si somos nosotros, seguramente es mejor.

—Oye, ¿al menos nos daréis un despacho? —preguntó Mara.

Los labios de Farci dibujaron la sonrisa cruel de quien saborea una broma malvada.

—Más o menos —dijo, abriendo un cajón y cogiendo un manojo de llaves.

—¿Qué caray significa «más o menos»?

—Os dejo que juzguéis vosotras mismas —respondió levantándose—. Vamos. Os enseño vuestro nuevo despacho.

16

Archivos de la Móvil, jefatura de policía de Cagliari

Cuando el jefe de Homicidios se abrió paso por aquella especie de sótano, que vibraba a causa del zumbido sordo y siniestro de las luces de neón, serpenteando entre cajas de cartón y pilas de carpetas amontonadas en el suelo por todos los rincones, Eva Croce captó a su espalda tan solo las últimas palabras de una retahíla de maldiciones de su compañera, que terminó en un incomprensible —al menos para ella— «*'nne tzia rua...*».

Mara había sido lo suficientemente prudente como para desgranar sus maldiciones en voz baja, lejos de Farci, que las guiaba a través del viejo archivo de papel de la Móvil. Allí abajo parecía que la temperatura fuera cinco o seis grados inferior. El aire estancado olía a hierro oxidado y estaba impregnado de ese tufo húmedo y agridulce que emana del papel viejo.

—¿Alguna de las dos padece asma? —preguntó el comisario jefe, irónico. Sus pasos dejaban huellas en el suelo de cuadros negros y burdeos cubiertos de polvo.

—*'stizia ti coddiri...* —comenzó Rais de nuevo, murmurando sin cesar una serie de maldiciones ininteligibles.

Hileras de archivadores y estanterías de dos metros de altura se extendían a lo largo del sótano dándole la apariencia de una vieja y olvidada biblioteca subterránea.

Farci se detuvo delante de dos mesas situadas una frente a la otra. Dos voluminosos ordenadores antediluvianos destacaban sobre la superficie de trabajo, donde se apilaban tantos informes y expedientes que la madera parecía estar combándose peligrosamente.

—Seguro que también es una idea del jefe —dijo Mara, mirando a su alrededor con cara de asco.

—La verdad es que sí —admitió él.

—Farci, en serio, dime que es una broma —casi le imploró Mara.

—Desgraciadamente, no. Pero si lo piensas bien, tiene su lógica: la sección de Casos sin resolver se ocupará de casos muy antiguos, que se remontan a épocas en que no existían archivos digitales. Tendréis que rebuscar en las estanterías los expedientes que os interesan. Solo se ha digitalizado el veinte por ciento del archivo, y se ha empezado por los casos más recientes, no por los más antiguos. Por lo menos os ahorraréis la molestia de ir y venir, y de subir y bajar las escaleras cientos de veces.

—No digas tonterías, Giacomo. Ese cabrón está jugando sucio: lo está intentando todo para que yo tire la toalla y pida el traslado. Y tiene su lógica, ya que todos sabemos que es un malnacido. Pero ella ¿qué tiene que ver con esto? Se estará preguntando si ha llegado a Burundi —explotó Rais—. ¿De verdad te parece un lugar de trabajo adecuado para dos agentes de la policía judicial?

—En esto he de darle la razón —intervino Eva en su defensa—. No se puede trabajar en estas condiciones, comisario.

—Son órdenes de arriba, señoras. Yo no puedo hacer nada.

Las palabras del hombre fueron interrumpidas por un ruido que salía de detrás de una de las estanterías metálicas.

Las dos mujeres retrocedieron, barriendo el suelo con los ojos en busca del origen del ruido.

—*Merdonasa* —dijo Rais, histérica.

—¿Perdón? —preguntó Croce.

—¡Ratones! Lo sabía… Juro por Dios que si se me acerca un ratón, le pego un tiro, Farci. Lo juro por mi hija.

De detrás de un gran archivador salió un hombre de unos sesenta años.

—Tranquila, *sa sposa*. La última desratización fue hace una semana —dijo Moreno Barrali, sonriéndole—. Las auténticas *merdonasa* no están aquí abajo, sino en el último piso.

17

Sala del archivo de la Móvil,
jefatura de policía de Cagliari

Moreno Barrali tenía un rostro marcado y gastado como una roca granítica modelada por milenios de furioso mistral. En la cara demacrada a causa de la enfermedad destacaban unos ojos de color verde ultramar de mirada algo extraviada. Era de estatura media, llevaba el cabello gris plateado muy corto y se desplazaba con una especie de muleta que le ayudaba a mantener el equilibrio y caminar con más seguridad. Su mirada rápida e inquieta parecía querer rebelarse contra la traición de un físico en el que parecía encontrarse incómodo, como atrapado.

—¡Maldita sea, Barrali! Por poco me da un infarto —soltó Mara—. ¿De dónde demonios sales?

—Hay una salida de emergencia que da directamente a la calle —dijo Farci, después de haber hecho las presentaciones—. Y este es uno de los motivos por los que no me opuse a la orden de enviaros aquí. Moreno puede ir y venir cuando quiera sin tener que pasar por la entrada principal y llamar la atención. Muchos colegas no lo aprobarían, o su «colaboración» sería objeto de comentarios, y preferiría evitarlos. Croce, Moreno es...

—Ya le he explicado quién es —se anticipó Mara—. Y fui yo quien le dije a Moreno que en algún momento pasaríamos por la jefatura, se me había olvidado. Pero no me imaginaba que hiciera esta aparición al estilo ninja.

—En cualquier caso: Moreno es nuestra memoria histórica y puede echaros una mano para recuperar materiales y elementos de los casos antiguos —prosiguió Farci.

—Sí, soy un dinosaurio de la Móvil. Me han mandado aquí abajo por un tiempo, en «cuarentena» —dijo el policía—. Al menos sé cómo moverme y dónde buscar, si puede servir de algo… Es un placer conocerla, inspectora.

—Tutéeme, por favor. El placer es mío —dijo Eva. Más tarde pensaría mucho en aquel primer encuentro, y la palabra que resonaría con más frecuencia en su mente sería «predestinación». Desde el primer momento, aquel cara a cara la investiría de una especie de sentido de responsabilidad, como si Moreno le hubiese transmitido una carga interior que le había estado oprimiendo durante demasiado tiempo; un fardo de recuerdos y dolor que ella estaba destinada a asumir. Por la forma en que sus ojos se animaron cuando le estrechó la mano, Eva comprendió que también en el viejo inspector se había producido una resonancia emocional con ella, como si la hubiese reconocido tras una búsqueda extenuante.

—Entonces suprime también ese «usted» y llámame Moreno.

—More', dale el pésame, ya que formará equipo con Rais —dijo Farci.

Mara reprimió un improperio.

—Cada uno tiene sus problemas —dijo Barrali, sonriente.

—Y mi problema sois vosotros y este maldito lugar… ¿Crees que podrías conseguirnos al menos una máquina de café y un dispensador de agua? —preguntó Mara a Farci.

—¿Quieres también una mujer de la limpieza, un camarero y un cocinero personal? —replicó este último.

—Pues no estaría mal —dijo Rais, con una sonrisa pérfida en el rostro.

—Déjalo ya… Croce, Moreno ha sido un maestro, para mí y para muchos otros colegas. Nos enseñó este oficio a muchos de nosotros. Es un policía a la antigua y no quiere dejarnos. Otro en su lugar hace tiempo que se habría jubilado, pero él tiene una cuenta pendiente antes de quitarse definitivamente el uniforme, ¿no es cierto?

—Así es —confirmó el policía.

—Tu acento es distinto al de ellos —dijo Eva.

—Sí. Yo procedo de la zona de Nuoro, el corazón de Cerdeña.

—Tampoco hay que exagerar. ¡El corazón de Cerdeña! —protestó Mara, irritada—. No le creas.

—Te aviso que los sardos somos muy patrióticos. Y «muy»

hasta se queda corto —dijo Farci—. En cualquier caso, Croce está aquí de manera informal. No empieza a trabajar hasta después del fin de semana. Moreno también trabajará con vosotras extraoficialmente. Os ayudará en casos antiguos, pero querría que esta colaboración, por decirlo de alguna manera, se mantenga en privado. ¿Queda claro?

Eva lo miró un poco extrañada y el director percibió su malestar.

—Voy a fumar el último cigarrillo y luego me largo. Croce, ven conmigo porque quiero saber cuál es tu situación desde el punto de vista logístico —dijo Farci. Estrechó la mano a Barrali y le anunció que pronto se pondrían en contacto.

Antes de seguir al supervisor, Eva vio que Moreno depositaba sobre la mesa un grueso dosier. En la primera página leyó un título que la turbó: *Crímenes rituales, 1975-1986.*

Cuando levantó la vista, se cruzó con la mirada de Mara, que asintió imperceptiblemente.

—Te esperamos aquí, Croce. Voy a ver si esta chatarra funciona o tenemos que traernos los portátiles de casa.

—Hasta ahora —dijo Barrali.

Eva asintió y siguió a Farci. Sin embargo, su mente permaneció en el sótano, anclada en aquel dosier, como si hubiese sufrido una influencia magnética que difícilmente podría explicar de manera racional.

18

Piazza della Repubblica,
Palacio de Justicia de Cagliari

El mes de octubre tocaba a su fin y, sin embargo, la ciudad parecía envuelta en una primavera tardía. Soplaba un viento suave que esparcía el dulce aroma del jacaranda. En el cielo, ni una sola nube.

—Es más que una puesta de sol. Mira esto: parece un zumo de naranja.

—Es cierto. La luz de esta ciudad tiene algo mágico —dijo Eva extasiada por la suavidad de la tarde—. El sol del sur tiene algo distinto, pero aquí todavía es más especial.

—La isla tendrá muchos defectos, pero es un paraíso, créeme. No te esperabas un tiempo así, ¿verdad? —preguntó Farci. Se habían sentado en un banco, en el parque delante del Palacio de Justicia.

—No, para nada.

—Tenemos esta suerte. Es como tener un verano que dura ocho meses, tres de primavera y apenas uno de otoño o invierno, según los años. Este año parece que el verano no quiere irse... ¿Te molesta que fume?

—No, jefe.

—Bien. Este es el Palacio de Justicia y allí está la fiscalía. Como ves están a dos pasos de la comisaría. Esto permite ganar tiempo. La próxima semana os presentaré al juez elegido por el fiscal general para encargarse de los casos no resueltos. Será vuestro contacto para órdenes, autorizaciones y solicitudes de muestras de ADN, etc.

—¿Es una persona colaboradora? —preguntó Eva.

—*Tipa.* Sí, una buena mujer, concienzuda e inteligente. Si lográramos cerrar algunos casos pendientes, ella también saldría beneficiada, así que ten por seguro que hará todo lo que pueda para facilitaros el trabajo... Espero que el primer contacto con Rais no haya sido demasiado traumático. Puede ser un hueso duro de roer, pero, créeme, es una gran persona y sabe cómo llevar a cabo una investigación. Tiene ese problemilla con el carácter. Siempre parece estar de *luna mala*, siempre de mal humor, pero generalmente se trata de una pose.

—Mire, aparte de la dificultad de que a veces no entiendo lo que dice, o bien tengo la impresión de que está ideando la tortura más dolorosa para mí, por lo demás me parece una buena chica —dijo Eva arrancándole una sonrisa—. ¿Por qué está en la sección de Casos sin resolver?

—Por un enfrentamiento con los altos mandos: tuvo un problema con el jefe. Pero prefiero que sea ella, si quiere, la que te explique los detalles. Lo que puedo decirte es que querían quitársela de en medio y que las personas que habrían debido defenderla, sus colegas, aprovecharon la ocasión para hundirla. Una en concreto se benefició de la situación para conseguir un ascenso en su carrera.

—Menuda cabronada.

—Di que sí. De modo que no te resultará difícil imaginar el poco entusiasmo que le produce la idea de tener como pareja a una mujer. Esto de Casos sin resolver será un verdadero limbo para ella, del que no saldrá a menos que...

—A menos que consigamos cerrar casos —se anticipó Eva.

—Exactamente. Mara sabe bien que es el único modo de salir del túnel, por tanto, no creo que te dé muchos problemas. Ten un poco de paciencia las primeras semanas, luego se relajará, estoy seguro. ¿Y tú?

—¿Yo qué?

—Como ya te he dicho, una persona con tu currículo aquí, en una provincia tan tranquila, a ratos soñolienta, es un recurso desaprovechado. No quiero saber por qué te han enviado aquí...

—¿De verdad no lo sabe? Le bastaría con una llamada.

—No la haré, a menos que cometas alguna estupidez. Lo único que quiero saber es si me vas a dar problemas. Voy a ser muy directo en este punto. Si respetas las reglas y procuras conseguir resultados, no me importa lo que haya sucedido en equipos y campeonatos anteriores.

—No estoy aquí para crear problemas, comisario.

—Excelente. Si no me quieres crear problemas, olvida palabras como Milan, Inter y peor aún Juventus, ¿de acuerdo? Aquí solo somos hinchas del *Casteddu*.

Eva abrió mucho los ojos como si hubiese tenido una alucinación auditiva.

—¿Perdón? ¿Habla en serio?

—No podría hablar más en serio.

—Odio el fútbol.

—Ya no. Estás en tierra sarda, por tanto, desde ahora eres hincha del Cagliari. Intenta negarte y te pongo de guardia todos los fines de semana y te obligo a llevar una estampita de Gigi Riva en el bolso, *cumprendiu?*

—Yo...

—Te estoy tomando el pelo, Croce. Tranquila.

Ambos se echaron a reír.

—Bien, ahora que ya hemos resuelto la cuestión futbolística, vamos a hablar de Barrali.

19

Viñedos de los Ladu, Alta Barbagia

Cerdeña no es una isla. Es un archipiélago de muchas islitas separadas no por el mar, sino por lenguas de tierra. Algunas son
tan pequeñas que parecen atolones, pero cada una tiene su propia
identidad. A menudo incluso lengua y costumbres diferentes. Y las
fronteras que las separan son invisibles al ojo humano. Al menos
para el que no es del lugar. Para todos los demás son perfectamente perceptibles, porque fueron trazadas con sangre en tiempos inmemoriales. Fronteras inviolables, a las que se les debe respeto.
Porque en algunos lugares la muerte es más sagrada que la vida.

Los límites de los vastos territorios de los Ladu de la montaña
eran bien conocidos en la región, y a nadie se le habría ocurrido
penetrar en aquella *islita prohibida*, porque tiempo atrás se había
derramado mucha sangre para delimitar las *tancas* donde los
Ladu vivían como exiliados, abrazando una inmovilidad temporal a la que de ningún modo querían renunciar, cerrados a la mo-
dernidad, ciegos y sordos a sus promesas, dedicados a una vida en
simbiosis total con la naturaleza y con sus leyes atávicas.

Los Ladu nunca habían participado en las ferias campestres,
en las comidas comunitarias o en las fiestas del pueblo más allá de
su territorio, pero esto no significaba que no tuvieran sus propios
ritos y festividades, aunque las suyos no tenían carácter religioso,
al menos no en el sentido católico. Encarnaban más bien los ritos
paganos vinculados al culto de la tierra y al sacrificio de quien la
trabajaba: antiguas costumbres, creencias y supersticiones que en
sus páramos seguían perviviendo al margen del resto de la isla.

Aquella noche, bajo el cielo estrellado, los Ladu celebraban el
fin de la vendimia, que marcaba la llegada del invierno; una cose-

cha sumamente tardía aquel año, debido a la grave sequía que se había abatido sobre la isla. Todas las familias habían abandonado sus casas para acercarse a los viñedos. El aroma dulce de las vides y del mosto, que impregnaba el fresco aire nocturno, estaba dando paso al perfume de las carnes asadas. Sobre una alfombra de brasas de raíces secas de encina y lentisco se había dispuesto *sa gabbia*, la «jaula», formada por hileras de espetones en los que se doraban una docena de cochinillos y varios corderos dispuestos en vertical. El chisporroteo de las cortezas que chorreaban grasa —lo que se llamaba el «canto» del *proheddu*— y el crepitar de los tizones servían de fondo a los gritos de los niños, que jugaban y se perseguían entre las hileras de las viñas despojadas ya de sus frutos. Una docena de silenciosos guardianes de las brasas, con las barbas rasposas que les otorgaban un aire ferino y los ojos enturbiados por el vino vertido en abundancia, vigilaba desde hacía cinco horas la carne que se iba dorando poco a poco; de vez en cuando aquellos hombres pacientes añadían al fuego ramas de mirto y enebro para aromatizar las carnes, o clavaban en las espaldas o en los muslos de los cochinillos las hojas de las *resolzas*, que luego pasaban por las palmas de las manos: de la temperatura del tajo deducían el punto de cocción. A los niños no se les permitía acercarse a la jaula de los cochinillos, pero en cambio podían tostar rosetas de queso y requesón ensartadas en espetones de madera, que luego se disponían en recipientes de corcho colocados junto al fuego para conservar el calor.

En la era, ante un público divertido, los más jóvenes se retaban sobre un cuadrado de heno a *s'istrumpa*, la antiquísima lucha barbaricana con las manos desnudas parecida a la lucha grecorromana, en la que los Ladu, con sus cuerpos ciclópeos, destacaban como auténticos talentos naturales. Hogares rodeados de piedras, antorchas y braseros encendidos esparcidos alrededor del patio iluminaban la zona. Las muchachas circulaban entre los parientes llevando bandejas de corteza de corcho sobre las que se disponían pedazos de queso de cabra y lardo y lonchas de tocino sobre una base de *pane carasau*.

Del interior de la granja, donde se cocinaban los primeros platos, llegaba el intenso perfume del ragú de jabalí que acompañaría a la pasta hecha a mano por las ancianas, los deliciosos *maccarrones de busa*, típicos de la zona. A pesar del frío, comerían todos juntos al aire libre, junto a las hogueras, calentados por el *binu nieddo* de fuerte graduación, por la abundancia de comida y por la euforia que generaba el hecho de estar juntos. Se habían dispuesto largos bancos y mesas para acoger a toda la familia, poco más de noventa personas.

Bastianu regresó de los campos junto con un puñado de primos y su hijo mayor Micheli. Como manda la tradición, habían quemado los espantapájaros de la estación pasada y luego habían orinado todos sobre las brasas. En cuanto lo vio acercarse a *sa gabbia*, una mujer de redondeces maternales, envuelta en un chal oscuro, se dirigió a él. Era su tía Gonaria, una especie de madre para él.

—Quiere verte —se limitó a decirle la anciana, antes de desaparecer en la noche como un espectro.

Bastianu miró un momento a su extensa familia, alegre y feliz.

«Al menos esto», pensó. «Después de tanto esfuerzo se merecen un poco de tranquilidad y diversión».

Había sido un año de pocas lluvias y había muy poco que celebrar; sin embargo, precisamente para mantener a su familia unida y lograr que olvidara las adversidades de la naturaleza, Bastianu decidió hacer una celebración a lo grande.

Llamó a Micheli y cruzaron juntos los campos agotados para dirigirse a la casa del patriarca de la familia: Benignu Ladu. El anciano estaba comiendo solo. El aire cortante de la noche sería una tortura para sus huesos quebrantados por la vejez.

—Hum, huelo a piel joven. ¿Eres tú, Micheli? —preguntó el anciano, soltando el tenedor y ajustándose sobre los hombros la manta de lana basta que lo cubría. La carne del cochinillo era tan tierna que se deshacía en contacto con la lengua y le permitía comerla incluso con su boca desdentada.

—Sí, soy yo —respondió el adolescente.

—Has hecho bien en traerlo, Bastianu. Micheli un día ocupará tu puesto. Es un muchacho con nervio.

—¿Te encuentras bien, *mannoi*? —preguntó Bastianu.

—Sí, disfruto de la fiesta desde aquí... Pero no hay nada que celebrar.

—Lo sé, aunque he pensado que...

—Has hecho muy bien, no es esto lo que estoy diciendo. Tu prima, la mujer de Jacu, parió ayer un niño muerto.

—Lo he oído.

—*Signale malu este* —dijo el viejo—. Es la segunda vez en un año que les ocurre esto a nuestras mujeres. Para la comunidad son presagios de muerte. Sobre todo después de un año malo como el que acabamos de pasar. Desde los tiempos de la gran hambruna, cuando yo era un niño, no se veía un año tan seco. Hace semanas que tengo pesadillas. En estas *vijones malas* veo nuestros campos en llamas y a los animales enflaquecidos arrojarse al fuego... Soplan malos vientos, Bastianu. Tiempos de gran y terrible sequía.

—¿Qué más has visto? —preguntó el nieto.

—He visto mujeres llorando a sus hijos, nuestras casas ardiendo. He visto a los hijos volverse contra los padres... ¿Crees que me estoy volviendo loco? —preguntó el viejo.

—En absoluto, *mannoi*.

Bastianu sentía un gran respeto por su abuelo. Era un *òmine praticu*, un hombre que tenía el instinto de un animal, no solo para las cosas terrenales. Es más, decía que con la vejez y la ceguera se sentía más en comunión con el mundo espiritual y con la naturaleza invisible que le rodeaba, como si se estuviera convirtiendo en un *bidemortos*, una persona capaz de ver las almas de los muertos.

—Debemos aplacar la ira de la tierra. Debemos hacerlo por el bien de nuestra familia.

—No te preocupes, *mannoi*. Lo haré.

—Lo *haréis*. Quiero que Micheli vaya contigo.

—Pero...

—Si es suficientemente mayor para matar el jabalí que acompañará vuestra comida esta noche, e incluso para destripar a un cristiano, quiere decir que es suficientemente *mannu* para proteger a su familia.

—Por supuesto.

—Ahora marchaos y bebed también por mí.

Una vez fuera, mientras caminaban entre las viñas, Micheli preguntó, intrigado, a su padre:

—¿Qué quiere que hagamos?

—*Cosas de bestias* —se limitó a decir Bastianu, que había perdido las ganas de fiesta.

Interior de Cerdeña

Era como estar atrapada en una pesadilla que parecía no querer terminar. Por mucho que lo intentara, el cuerpo no respondía a los estímulos de la mente. Una sensación de impotencia total, un letargo forzado de miembros y músculos: era como un limbo entre la vida y la muerte. Cuanto más intentaba despertar de aquel sueño angustioso, más se hundía en él.

Todas las facultades sensoriales la habían abandonado.

Todas, excepto una: el olfato. Incluso en aquel Leteo donde flotaba a merced de fuerzas más allá de su voluntad, Dolores Murgia podía detectar un olor preciso a humedad y moho, el aroma intenso a tierra y hojas mojadas: eran olores tan violentos que dominaban sobre el fuerte hedor de la sangre que se había coagulado sobre ella como una segunda piel. Dedujo que había sido secuestrada y que estaba retenida a la fuerza en alguna parte del bosque. Unas horas antes pudo sentir el frío paralizador, los labios que se hinchaban y se agrietaban por la deshidratación, y también el susurro de las hojas en los árboles agitados por el viento y las llamadas de los animales nocturnos lejos del lugar donde se encontraba. Pero ahora el olfato también la abandonaba, como antes la vista, el oído, el gusto y el tacto. Incluso la memoria se había convertido ya en un instrumento inaccesible: apenas podía recordar su propio nombre. Nada más. Como si segundo a segundo estuviese retrocediendo a un estado animal compuesto tan solo de sensaciones e instintos corporales.

Dolores sintió que caía en la más absoluta inconsciencia.

Un último pensamiento logró apoderarse de su mente antes de la oscuridad comatosa. Una reflexión provocada por una vertigi-

nosa sensación de inevitabilidad e iluminada por un último destello de conciencia: «No me encontrarán nunca… No tengo escapa-
toria».

Vencida por esta insoportable certeza, Dolores dejó de resistirse a la atracción de la oscuridad y se abandonó a las mareas car-
nívoras de las tinieblas.

Valle de las almas, Alta Barbagia

Cuando tenía necesidad de encontrarse a sí mismo, Bastianu Ladu abandonaba su pequeña aldea y se sumergía en la naturaleza virgen de las laderas de los valles que protegían las *tancas* y las casas de su familia. Caminaba durante horas en total soledad por los senderos, acompañado por los gritos de los autillos y los trinos de los pájaros que se filtraban entre la maraña de las ramas. Cuanto más avanzaba, más le parecía retroceder en el tiempo; incluso el paisaje se volvía más agreste y arcaico, más hostil.

Aquella mañana, Bastianu trepó con la agilidad de una cabra por los escalones naturales de las rocas y se encaramó a uno de los puntos más altos de la Alta Barbagia. Lo llamaban *Sa Punta Manna*, un nudo de granito que se alzaba a más de mil cien metros de altura y desde el que, en los días en que el cielo estaba despejado y no había demasiada humedad, la mirada se perdía en el horizonte más allá de la naturaleza salvaje salpicada de rocas majestuosas, hasta alcanzar el valle del Tirso, el Montiferru, y abrazar el azul cobalto del mar Tirreno por una parte, y el azul intenso del mar de Cerdeña por la otra: como si estuviese a caballo entre los dos mares, y la isla entera fuese una inmensa balsa flotante y él el único hombre a bordo. Allí arriba los pensamientos se enrarecían. El razonamiento se convertía en contemplación. No era raro ver águilas reales surcando el cielo, planeando sobre el tercer mar, aquella inmensa extensión de verde que cubría como un manto las frías Barbagias, y también se distinguía a veces algún grupito de muflones, un buitre leonado y, si había suerte, un ejemplar de ciervo sardo, cuya visión era para los barbaricanos un fausto presagio.

Allí en la cima, al amanecer, Bastianu tenía casi la sensación de sostener el cielo, de estrecharle la mano y alentarlo a dar a luz un nuevo día, un nuevo sol. Y lo hacía sin decir palabra y sin mover un músculo, como si la belleza de la naturaleza mereciese un respeto físico, una reverencia casi animista. Era a la vez un ritual de muerte y de renacimiento. A veces, además de derramar una exuberancia de perfumes balsámicos, el viento silbaba entre las grietas de los peñascos creando una sinfonía de piedras sonoras, y Bastianu era capaz de reconocer, con los ojos cerrados, qué brisa soplaba solo con escuchar los sonidos que producían las rocas, ya que cada corriente vibraba con un tono diferente. Sin embargo, aquella mañana el aire estaba misteriosamente inmóvil. La tierra entera parecía palpitar, como si estuviera viva: emitía un gruñido sordo, como de animal hambriento.

La noche anterior, antes de que Bastianu se retirase a su casa, el abuelo le había hecho llegar un mensaje a través de una de sus tías más ancianas. El viejo había sido tajante: «El vientre de la tierra no puede dar frutos si no es inseminado. La prosperidad es hija del sacrificio».

«No, esto no es necesario. Ya sé quién pagará», se había opuesto Bastianu.

La tía, depositaria junto con el abuelo de saberes antiguos y tradiciones milenarias, se había mostrado inflexible, señalando a la víctima.

«No», había replicado Bastianu con dureza. «No podéis pedirle que haga esto. A ella no».

«Un sacrificio ha de costar dolor, ha de hacer sangrar el corazón. La tierra se nutre de sufrimiento».

Palabras violentas como latigazos, graníticas y agudas como las montañas, y sin apelación.

«Pero...».

«No puede ser sino así. La tierra tiene sed y hambre... Haz lo que debes, Bastianu».

Aquellas frases seguían resonando en su interior.

Bastianu observó los valles intactos que se extendían hasta donde alcanzaba la vista y se estaban despertando bajo las caricias de la luz del alba. Pero aquella paz era ilusoria. Los Ladu llamaban a aquel lugar «el Valle de las almas», porque había sido utilizado como lugar de sepultura desde la época prehistórica. Según algunos, los primeros rastros de vida y de asentamientos humanos en aquellas alturas se remontaban al Neolítico medio, unos cuatro mil años antes de Cristo; otros, en cambio, hablaban incluso del Paleolítico. Fuera cual fuese la fecha real, Bastianu estaba seguro de que aquellos montes estaban salpicados de cuevas y grietas, donde sus antepasados habían vivido y sepultado a sus seres queridos, convencidos de que la muerte no era algo definitivo, sino simplemente un paso indispensable para acceder a una vida espiritual distinta. Su convencimiento derivaba de una experiencia directa: había crecido explorando aquellas cuevas, tocando con la mano los *sinnos*, los signos de aquella antigua civilización.

A veces Bastianu se imaginaba a un antepasado suyo que como él, pero seis mil o siete mil años antes, se hubiera sentado en aquel saliente para escuchar el canto de las rocas. Después de la Edad de Piedra, aquellas montañas habían acogido y dado cobijo a los pueblos nurágicos procedentes de la llanura del Campidano que huían de los cartagineses, y más tarde de los romanos, de los bizantinos, y así sucesivamente, en una serie casi infinita de conquistadores. Ningún invasor había conseguido penetrar hasta aquellas alturas e imponerse al reino de las Barbagias y a sus habitantes. Ninguno. Era como si aquellas zonas remotas, ancestrales, inaccesibles, estuvieran protegidas por una divinidad de los bosques. Una naturaleza divina que se burlaba de sus enemigos, pero que a cambio exigía sacrificios y absoluta fidelidad.

Bastianu cerró los ojos. Le pareció sentir a su alrededor la presencia impalpable de las *animas* milenarias de sus antepasados.

«¿Quién eres tú para oponerte a la tierra?», parecían preguntarle los *antigos 'spiritos*.

—Nadie —susurró.

Así, con el beso del primer sol, Bastianu Ladu se dejó convencer por los espíritus de sus antepasados para cumplir con la voluntad primordial de la naturaleza.

22

Bahía de Mari Pintau, Geremeas,
Quartu Sant'Elena

Había sentido la llamada del mar, irresistible, como una voz que te susurra desde dentro, cautivadora y dulce. Poco antes del amanecer, Eva Croce había salido de casa y se disponía a abandonar la ciudad, deseosa de empezar a explorar las costas de la isla. Pero apenas había recorrido veinte kilómetros, por la carretera costera que la debía conducir a Villasimius, cuando desde lo alto de la colina la cautivó el centelleo del agua; no pudo evitar pararse, aparcar el coche y bajar a pie hasta una bahía llamada Mari Pintau, mar pintado, como había descubierto en la red, cuando buscaba más información en su teléfono móvil.

—No es posible —susurró para sí, henchida de religioso asombro, mientras caminaba por un sendero que descendía serpenteando hacia la playa. Era como si el suelo de la colina, cubierto de arbustos, transpirase escarcha y esparciese en el aire los aromas de la maquia, una esencia que el burbujeante olor del mar tornaba más fresca y más viva.

Se encontró ante el azul más intenso y a la vez más cristalino que jamás había visto. Un color que parecía subir desde el mar y abrazar el cielo, como si fueran una sola cosa: un deleite único para los ojos y a la vez un bálsamo para el alma. El primer tramo del fondo, cubierto de guijarros claros, se extendía unos metros para dar paso a una arena finísima, blanca como la harina, sobre la que se reflejaba la luz del sol, devolviendo al agua esmeralda una limpidez sobrenatural. Paradójicamente, Eva percibía la inmensidad y la maravilla de la naturaleza más con el olfato que con la vista: un efluvio embriagador que olía a infinito invadía sus fosas nasales; ninguna palabra podría condensar las sensaciones que producía.

Eva se sentó en la playa de guijarros y se perdió en los colores iridiscentes y calmantes del mar, cuya belleza le cortaba la respiración.

Al cabo de unos minutos se puso a pensar en cómo, desde su llegada a la isla, las tonalidades de su dolor se habían vuelto menos agudas. En aquellos últimos años, el sufrimiento había empezado a resonar en ella de manera constante, hasta el punto de haber aprendido de memoria todos los movimientos, los cambios de ritmo, los solos, las pausas y los retornos de aquella sonata. Era algo que no la abandonaba nunca. Pero en cuanto puso el pie en aquella tierra ancestral, rodeada por el mar, el canto del mal se había atenuado, como si la propia naturaleza lo hubiera asumido por ella, sofocándolo con su propia melodía.

La noche anterior, como todas las noches que siguieron a aquel maldito día, había encendido el portátil, había entrado en Netflix y había puesto una película de animación de Disney: *Buscando a Nemo*. El ritual no incluía el sonido, que Eva anulaba enseguida: los diálogos, los ruidos y las risas de los personajes los oía en su cabeza con una nitidez absoluta, porque se los sabía de memoria. Había pasado un año entero así, en Milán: creaba en casa una noche artificial y miraba continuamente dibujos animados de Disney sin sonido, uno tras otro, consumiéndose en el recuerdo, sin salir casi nunca del apartamento, sin contestar al teléfono o al timbre. Una liturgia del dolor privada, que nadie conocía. Pocahontas, Mulan, Dory y todos los demás perdían a sus ojos de adulta sus caracteres infantiles positivos y extraordinarios y adoptaban los rasgos de monstruos terribles. Era la expiación que había elegido: simpáticos personajes de fantasía que se convertían solo para ella en despiadados carceleros y verdugos, mientras su sofá se transformaba en una balsa que atravesaba lenta e inexorable el río Leteo. Todas las noches.

La noche anterior, sin embargo, apagó el portátil al cabo de unos minutos. Nunca antes lo había hecho. Era como si su mente no necesitara torturarse con los recuerdos para poder conciliar el sueño, como si alguna otra cosa los hubiese amansado, atenuando los tonos hasta silenciarlos. Había cerrado los ojos y había dormido con un sueño tranquilo, sin pesadillas, como no le ocurría desde hacía muchísimo tiempo.

«¿Es casualidad, o me estoy curando?», se preguntó. No lo sabía, pero tenía la sensación de haber despertado finalmente de aquel coma autoinducido; Mara, Barrali y Farci eran las primeras personas con quienes había hablado y a las que se había abierto desde hacía años. Sabía que era muy pronto para afirmarlo, pero intuía que estaba en el buen camino para recuperar su dimensión original, la identidad que había ahogado en aquellas noches artificiales.

«¿Es obra tuya?», le preguntó mentalmente a la isla, mirando a su alrededor con una sonrisa irónica en los labios.

La voz del reflujo era indescifrable.

Sacó una carpeta de la bolsa. La colocó sobre las rodillas y la abrió. Contenía expedientes, fotografías y material de investigación de los asesinatos rituales ocurridos entre 1975 y 1986.

«¿Qué impresión te ha causado Barrali?», le había preguntado su compañera la noche antes.

«Creo que es un buen hombre y que deberíamos darle una oportunidad», le respondió Eva. «Me da la impresión de que es una persona que ha luchado sola durante mucho tiempo y ahora está a punto de rendirse. Necesita ayuda».

Mara Rais había asentido y le había pasado el dosier. «Ok. No sé por qué, pero estoy de acuerdo contigo. No lo leas de noche, porque si lo haces puedes despedirte del sueño. Échale un vistazo, sin embargo. Si eres experta en crímenes rituales, está hecho a tu medida. Ya lo hablamos con calma», le había aconsejado.

A Eva le parecía un sacrilegio abrir la caja de Pandora en aquel rincón del paraíso, pero la curiosidad venció sus reticencias. Tras unos minutos de lectura y análisis del material, la asaltó con violencia otra constatación: ya no podría confiar en sus certezas anteriores, porque era un mundo totalmente desconocido para ella, cuya historia, simbología y tradiciones ignoraba por completo.

En aquel momento su móvil empezó a vibrar.

—¿Sí? —respondió.

—Soy yo —dijo Mara—. ¿Te he despertado?

—No, llevo mucho rato despierta. Me debes haber leído el pensamiento, porque estaba echando un vistazo a los expedientes —dijo Eva.

—Ah, ¿sí? ¿Quieres que te siente mal el desayuno?

—Olvídalo. Mira, no sé cómo decírtelo, pero no estoy entendiendo nada. ¿Qué son estas cosas? ¿Máscaras de *mamuthones*?

—No digas herejías. Si te oyen en Mamoiada te *schironano*. Se asemejan, pero no son iguales, estas son más parecidas a las máscaras del Carnaval de Ottana.

—Ah, muchas gracias, ahora lo tengo mucho más claro —se burló Eva.

—¿Dónde estás, Croce? Oigo ruido de agua.

—En la playa. En un lugar que se llama Mari Pintau. Un rincón del paraíso.

—¿En la playa? Estupendo, has ido a tomar un poco el sol. Bien hecho porque, sin ánimo de ofender, ese color tuyo cadavérico entre el blanco y el verdoso me impresiona un poco. Es verdad que vienes de Homicidios, pero creo que te has identificado demasiado con tu papel. Ya tienes el inconveniente de ser milanesa, si encima…

—Voy a mandarte a la mierda, Rais. Ve al grano, por favor. ¿O has llamado solo para insultarme?

—Desgraciadamente para ti, no. Barrali nos ha invitado a comer.

—¿Hoy?

—No, dentro de dos meses. Hoy, por supuesto. ¿Tenías otros planes?

Eva no fue bastante rápida para inventarse una excusa.

—Veo que la cosa tampoco te vuelve loca. Mira, si quieres un consejo práctico, quitémonos de encima este problema cuanto antes, así contentamos a Farci y luego podemos volver a nuestro trabajo y decirle adiós a Barrali.

—No sé qué decirte. No estoy acostumbrada a este tipo de…

—Te acostumbrarás. Nos vemos en su casa a la una. No lleves nada, yo me encargo del vino. Te mando la localización por WhatsApp; en realidad vive muy cerca de donde estás ahora. Te dejo, voy a reservarte una sesión de rayos UVA.

—Que te jodan.

—Que te jodan a ti también, Croce.

Eva sacudió la cabeza y reanudó la lectura de los expedientes. En apenas unos segundos aquellas imágenes brutales le arrancaron la sonrisa de los labios.

23

Colinas de Capitana, Quartu Sant'Elena

A Eva Croce le bastó escuchar la explicación de la simbología y de la historia que había detrás de lo que ella hubiera descrito como un simple ravioli ahusado para comprender hasta qué punto aquella isla estaba impregnada de costumbres, supersticiones y creencias milenarias que afectaban también a la tradición culinaria.

—Se trata de la especialidad gastronómica de la región de la que procedo, Ogliastra —dijo Grazia Loy, la mujer de Barrali, sirviéndole un plato humeante—: *Culurgiònis* a la ogliastrina hechos en casa, con ragú de oveja, albahaca fresca, crema de pecorino y trufa de la zona de Laconi.

—Un plato ligero, absolutamente recomendable para quien está a dieta —comentó irónica Mara Rais.

Grazia prosiguió como si no la hubiese oído:

—En el resto de la isla los llaman también *angiulottus*, es decir, *agnolotti*. Están rellenos de puré de patata, ajo, menta y en el centro un poco de pecorino. Hay quien los aromatiza con polvo de piel de naranja o limón. Yo prefiero solo la albahaca y unas gotas de aceite de trufa.

—Tienen una forma extraña, muy especial, parece una... —dijo Eva.

—Esta es justamente su peculiaridad. Se llama cierre *a spighitta*, o sea, de espiga de trigo, y esto es lo que recuerdan: una espiga. Hay que sellarlos como si fuera un bordado precioso, procurando darles esa característica forma de gota.

—¿Por qué la espiga? ¿Qué representa?

—Es como un ritual: se utilizaba en la antigüedad, en las antiguas comunidades campesinas, para que la cosecha de trigo fuera abundante y el año propicio. Era un plato más bien de otoño o de invierno, de fiesta, porque no era de diario, sino un lujo —explicó Grazia—. En algunas zonas incluso se dejan secar y se utilizan como amuletos contra *sas animas malas*, como las llamaría mi marido.

—*Bonu prangiu a tottus* —dijo Rais—. Que se jodan los veganos.

Los cuatro se echaron a reír y empezaron a comer.

—También se regalaban para desear buena suerte a parientes y amigos —continuó Grazia—. En el pueblo donde nací la tradición manda que se cocinen solo en señal de agradecimiento cuando acaba la cosecha del trigo y para honrar a los difuntos, con ocasión de *sa dì de is mortus*, el día de los muertos, en noviembre.

Los tres policías se intercambiaron una rápida mirada llena de sobrentendidos. Eva y Rais dedujeron que la mujer de Barrali no estaba al corriente de las investigaciones de su marido, o tal vez la investigación había penetrado tan profundamente en su vida cotidiana que ya no le prestaba atención.

—Mi abuela también hacía lo mismo —dijo Rais—. Siempre dejaba un plato sobre la mesa puesta para *sas animas*.

Al ver la mirada de desconcierto de la milanesa, Barrali acudió en su ayuda:

—En Cerdeña, el culto a los difuntos y el respeto a las almas, ya sean *bonas* o *malas*, buenas o malas, es tan antiguo como el tiempo. Ten en cuenta que, desde la época nurágica, en la isla sigue viva la creencia de que la muerte no es el fin de la vida, sino solo de la vida tal como la conocemos.

—No entiendo...

—Come, que se enfría —dijo Grazia. Era una mujer amable y atenta: rezumaba dulzura maternal por todos los poros, pero a la vez tenía la misma actitud provocadora de Mara; de hecho, aprovechó enseguida la ocasión para pincharla:

—¿O es que los milaneses no sabéis comer y escuchar al mismo tiempo?

—Muy buena —aprobó Rais, guiñándole un ojo.

—Dos contra una, ¿eh? Viva la solidaridad femenina. Me rindo, ¿vale? —dijo Eva levantando las manos—. Sigue, Moreno.

—Decía: la muerte nunca ha sido considerada algo definitivo, sino simplemente un paso indispensable para acceder a una vida espiritual distinta. Siempre se ha creído que las almas de los difuntos llevan, quieran o no, una vida muy similar a la anterior, pero en una dimensión que podría llamarse paralela...

—Parecido a lo que creen los celtas —dijo Eva.

—Exactamente.

—Ah, se me olvidó decírtelo, pero Croce es medio irlandesa —dijo Rais.

Eva asintió.

—Y no sé a qué os estáis refiriendo —confesó Mara—. Perdonad, pero en historia sacaba un dos.

—El *Samhain*, o Año Nuevo celta, es una antigua fiesta pagana que celebraba el final del verano y daba paso al nuevo año agrícola —explicó Eva.

—Así es —confirmó Barrali—. Y tiene muchos vínculos con la tradición sarda.

Mara siguió mirándolos con una evidente sensación de estar perdida.

—¿Y?

—Los celtas dividían el año solar en dos periodos: el del nacimiento y la exuberancia, llamado *Beltane*, y aquel en que la naturaleza entraba en hibernación pasando un periodo de letargo, el *Samhain*. Se creía que en las noches que inauguraban ambos periodos, el reino de la luz y el de las tinieblas podían unirse, liberando las almas de los difuntos, que podían así regresar a la tierra —aclaró Eva.

—No obstante, la celebración más importante del calendario agrícola era la llamada «noche de *Samhain*», la noche de todos los muertos y de todas las almas, para nosotros *sa die de sos mortos*, que se celebraba entre finales de octubre y principios de noviembre, en honor de la última cosecha —añadió Barrali.

—¿Sabes que no estás nada mal en este papel estilo Alberto Angela? —dijo Mara, burlándose—. Te falta la camisa vaquera y estás perfecto.

El hombre no reaccionó a la provocación. Todo había empezado con un plato de *culurgiònis*, pero Croce tenía la sensación de que el policía ya la estaba introduciendo en el contexto ritual del caso no resuelto.

—En Cerdeña esta celebración existe desde hace cientos y cientos de años con formas muy similares; solo cambia el nombre: *is animeddas* o *su prugadoriu*, «las pequeñas almas» o «el purgatorio». Otros la llaman simplemente «la noche de las almas». Y es práctica común en muchos pueblos dejar la mesa puesta antes de acostarse, para los espíritus de los muertos que podrían volver, únicamente esa noche, a visitar su antiguo hogar.

—Es de locos. Gracias por las explicaciones —dijo Eva a Moreno.

—De nada. ¿Te gustan los *culurgiònis*?

—Te transportan inmediatamente al paraíso. Te felicito, Grazia.

La mujer sonrió. No había habido forma de tratarla de usted: cuando se presentaron en su puerta, la esposa de Barrali abrazó y besó en las mejillas a la milanesa como si fuese la hija que regresaba de una larga estancia en el extranjero haciendo que se sintiera como en casa. La vivienda, una villa rústica con un gran hogar en el centro del salón que despedía un calor agradable, estaba rodeada por un bosquecillo de acebuches y se alzaba entre las colinas cubiertas de álamos, tamarindos y eucaliptus, que dominaban desde lo alto una zona llamada Capitana. El panorama era un regalo para la vista: se veía el mar, un pequeño puerto y, más lejos aún, el perfil sinuoso del Poetto y de la Sella del Diavolo. Un ligero viento había barrido las pocas nubes que todavía punteaban el cielo, ya despejado.

Moreno se levantó para ir a controlar la carne que se estaba cociendo en el fuego y Mara aprovechó para preguntar en voz baja a Grazia:

—Pero ¿tu marido no come nada?

—Poco. Sobre todo verduras hervidas. La quimio le ha destrozado el aparato digestivo y a veces tiene hemorragias y vómitos. Ya ha perdido el apetito y el gusto por la comida...

—Pero no por la compañía —dijo él desde la otra parte de la sala, haciendo que se sonrojaran.

—Y tampoco el oído, por lo que se ve, maldita sea —comentó Rais.

El hombre volvió con una sonrisa en los labios.

—*Sa morte non jughet ojos*, desgraciadamente. La muerte no tiene ojos. No mira a nadie a la cara. ¿Qué le vamos a hacer? Pero el hecho de que vosotras dos estéis aquí... no tenéis ni idea de lo importante que es para mí.

Las dos policías intercambiaron una mirada teñida de preocupación: ambas temían el peso que el hombre estaba cargando sobre sus hombros; no creían estar a la altura de las expectativas del inspector.

Moreno, en cambio, asintió para sí, satisfecho. Por primera vez desde hacía años se sentía reconfortado por la convicción de haber encontrado por fin a las personas adecuadas a las que pasar el testigo.

24

Comisaría de policía, Carbonia,
sur de Cerdeña

El cuerpo nacional de salvamento alpino y espeleológico había estado trabajando sin descanso desde primera hora de la tarde del día anterior, a petición del alcalde de Tratalias y de los de Carbonia, Giba, San Giovanni Suergiu y otros pueblos de la zona, para apoyar la labor de la policía, de los voluntarios de Protección Civil y de los carabineros, que buscaban sin descanso en los montes y en los campos del Sulcis a Dolores Murgia, la chica desaparecida desde hacía ya casi cuatro días. Se había establecido en la zona el Centro de coordinación móvil y desde allí se supervisaban los equipos de técnicos que habían comenzado las batidas, con la ayuda adicional de pastores y voluntarios del lugar. Pero no había ningún rastro de Dolores. Alguien había filtrado a los periódicos la noticia, falsa, de que los agentes estaban ya convencidos de estar buscando un cadáver. Y esto había aumentado enormemente la presión y la tensión sobre los investigadores.

El comisario Maurizio Nieddu, jefe de la comisaría de Carbonia, había pasado la noche sin dormir dedicado a coordinar las labores de búsqueda de la joven de veintidós años. En su opinión, era una pérdida de tiempo completa: la chica tenía fama de rebelde y el pequeño pueblo del que procedía, Tratalias, le quedaba pequeño; cuatro días eran muy pocos para pensar en algo más serio o en un giro dramático de la desaparición, y él se inclinaba por una fuga por amor o simplemente por una desaparición voluntaria a causa de una pelea con amigos o familiares. Pero Adele Mazzotta, la magistrada que se había hecho cargo de la denuncia por desaparición, necesitaba el apoyo de la prensa y de los focos debido a una lucha interna en la fiscalía, de modo que había alzado la voz exigiendo una búsqueda a gran escala y concediendo entrevistas a todo trapo; probablemente la filtración de las informaciones procedía de ella.

«Menudo coñazo», pensó el hombre. Había pedido el traslado de Cagliari a Carbonia precisamente para pasar en paz los dos años que le faltaban para jubilarse, y ahora, en aquel pueblucho donde nunca pasaba nada había desaparecido una muchacha, y desde la fiscalía habían aprovechado la ocasión para apuñalarse por la espalda poniéndole a él en medio.

«Puedes creerlo...», susurró, entrando en su despacho.

—¡Paola! —llamó a gritos a su ayudante.

Paola Erriu, una joven competente que aún no había cumplido los cuarenta años, entró en el despacho con una tableta y una carpeta debajo del brazo.

—¿Nada? —preguntó al comisario.

—Qué va... La están buscando *in casin'e pompu* por todo el Sulcis, es decir, hasta debajo de las piedras, pero no es más que una gran pérdida de tiempo y de recursos. En mi opinión, se trata de una desaparición voluntaria, una pausa de reflexión o de descompresión. Y con la familia que tiene, te juro que no me sorprendería nada.

La joven arqueó ambas cejas: había interrogado largo y tendido a los familiares de Dolores y estaba completamente de acuerdo con su jefe.

—¿Noticias de la centralita? —preguntó Maurizio.

—Han llamado un par de idiotas diciendo que Dolores había sido abducida por extraterrestres.

—Me parece muy acertado. ¿Cómo no se nos había ocurrido antes? ¿Han pedido ya el rescate?

La mujer sonrió.

—Gilipolleces aparte, ¿qué has descubierto entretanto? —preguntó Nieddu, encendiendo un Marlboro a pesar de la prohibición. Había pedido a su colaboradora que investigara el pasado, las costumbres y el círculo de amistades de la joven: «Escarba y rebusca en su vida privada», le había ordenado, muy consciente de la puntillosidad y del rigor investigador de su pupila.

—Veamos —empezó a decir la policía—. En cuanto a las amistades, no hay nada digno de mención. Situación académica:

95

confirmo que una vez terminado el bachillerato cursó unos años de universidad, antropología para ser exactos. Empezó con mucho entusiasmo, pero después de hacer unos diez exámenes abandonó los estudios.

—¿Situación sentimental?

—Ninguna relación estable. Alguna historia ocasional. En verano trabaja en un chiringuito en la playa, en Porto Pino, pero nada más. En las redes sociales aparece como una clásica chica de pueblo, enfrentada con todo y con todos, polémica y rebelde.

—Y, aparte de estos trabajitos de verano, ¿qué hace el resto del tiempo?

—Como sabe, no tiene antecedentes ni ha sido nunca denunciada por consumir estupefacientes, pero he sometido a sus amigos a un duro interrogatorio y han admitido que consumen drogas habitualmente.

—¿Hierba y productos químicos o algo más duro?

—Según dicen, no van más allá de las pastillas.

—De acuerdo. Sigue.

—Lo interesante, y probablemente la clave de la desaparición, es otra cosa.

—Vamos, Paola —apremió el hombre dando palmas—. Que no es un episodio de *Quién sabe dónde*. ¡Vamos, *ajò*, que quiero irme a casa!

La policía sonrió y abrió la carpeta.

—Parece ser que desde hace unos meses Dolores estaba en contacto con los neonurágicos...

—¿Quiénes?

—Los neonurágicos. Practican el culto de lo que llaman la Nuraxia, una pseudorreligión. Estos chiflados creen que los nuragas son lugares de conexión con las estrellas y con otros planetas y esperan el momento en que estos «radares» naturales vuelvan a estar activos.

Los labios del hombre se abrieron en una sonrisa socarrona.

—¿Me estás tomando el pelo?

—No, señor. Ya sé que no tiene mucho sentido, pero esta gente cree en una especie de «naturaleza cíclica del tiempo, donde todos los tiempos coexisten y todo vuelve» —dijo la mujer consultando las notas que había tomado—. Creen en el poder energético y curativo de los nuragas, de los menhires y de todos los sitios megalíticos a los que acuden en grupo con fines terapéuticos. Los guía un líder espiritual: Roberto Melis, cincuenta años, aspecto chamánico; considera que los nuragas son «portales de las almas».

La investigadora sacó una foto del expediente y se la entregó a su jefe.

—¿Esta especie de Charles Manson en versión sarda es el jefe de la secta? —preguntó Nieddu, tras ponerse las gafas de leer.

—Exacto. Es uno de los principales representantes del neopaganismo a nivel nacional.

—¿Antecedentes?

—Poca cosa: condenas menores por droga, hace unos quince años. Diversas denuncias por abusos y violación, pero todas archivadas. Sobre este aspecto me gustaría saber más cosas de lo ocurrido... En este momento tiene problemas con la superintendencia arqueológica, pero también sobre esta cuestión me falta aún reunir información más detallada.

—Hum —gruñó el policía—. Sigue.

—Él dice, palabras textuales, que «en otros marcos de tiempo los nuragas eran antenas que permitían las comunicaciones interestelares y multidimensionales, y el trasvase energético con otros niveles de existencia». Con su ayuda, a través de un, no se ría, trance multidimensional, ofrece la posibilidad de «restablecer las conexiones individuales con ese conocimiento y esa civilización, entrando en contacto con los espíritus de los antepasados nurágicos».

—Dime que no es cierto... —intervino Nieddu, incrédulo, sacudiendo la cabeza.

—Por desgracia lo es. Lo más triste es que hay un montón de gente que lo sigue, sobre todo enfermos sinceramente convencidos de que, durmiendo sobre las tumbas de los gigantes o abrazando dólmenes y *perdas fittas*, los menhires típicos de esta zona, se pueden curar de tumores, leucemias y otras enfermedades graves.

—¿Y por qué todavía sigue libre?

—Porque se mueve en los límites de la ley.

—¿Y no hay nadie que desmienta estas patrañas?

—Muchos, a decir verdad. Pero las personas desesperadas creen en las cosas más extrañas. Melis dice que ha probado y estudiado las energías de los sitios megalíticos sardos y ha descubierto algunos todavía desconocidos, pero sobre todo afirma que ha sentido la «vibración energética» que emiten los menhires.

—Válgame Dios...

—La Nuraxia es la vía chamánica para entrar en contacto con esta dimensión energética. Este proceso se facilita mucho si, leo en su página web...

—Porque obviamente también tiene una página web...

—«Hay que visitar los sitios megalíticos con el debido respeto, con el conocimiento de que son seres vivos y conscientes, y no solamente piedras inanimadas, ruinas, por muy imponentes y sugestivas que sean».

—¿Y en qué consistiría este «trance multidimensional» que propone? —preguntó el comisario, asqueado, mientras en su mente los contornos más dramáticos de la desaparición se iban atenuando cada vez más a favor de un escenario relacionado con el culto.

—No tengo ni idea. Pero imagino que sexo, orgías y droga, además de lo típico.

El policía resopló y golpeó la mesa con los dedos, considerando cuáles debían ser los pasos siguientes.

—¿Qué tipo de seguidores tiene? ¿De cuánta gente estamos hablando?

Por toda respuesta Paola Erriu le enseñó una fotografía: unas ochenta personas rodeaban un nuraga cogidas de la mano como si estuvieran haciendo un corro gigantesco.

—Mierda —murmuró el jefe—. Habría preferido la pista de los extraterrestres.

—Hay gente que llega directamente del continente para unirse a él y a los neonurágicos.

—Lo que nos faltaba... De acuerdo. Detengamos las búsquedas: contacta con los otros y diles que pueden volver a casa. No hables todavía de esta historia de la secta. Si llega a los periódicos, estamos jodidos. Voy a llamar a la magistrada... Porque ese Melis tendrá una casa, digo yo, ¿o es que vive en una cueva con sus espíritus nurágicos?

—Sí, tengo su dirección, pero dudo mucho de que esté allí calentito esperándonos —replicó la policía.

—En cualquier caso debemos intentarlo. Diez minutos y salimos.

25

Localidad de Capitana, Quartu Sant'Elena

Eva, Mara y Moreno disfrutaban del sol tomando el café bajo la pérgola que daba al bosquecillo de acebuches y a una rosaleda que Grazia cuidaba obsesivamente. La ogliastrina estaba dentro lavando los platos: cuando las dos policías se ofrecieron a ayudarla, poco faltó para que las echara a patadas, como si su ofrecimiento fuera una ofensa.

Eva iba a hablar, cuando Rais se le adelantó.

—Moreno, hemos leído el material. Las dos. Se lo pasé a Croce ayer.

Barrali miró a la milanesa, que asintió.

Eva percibió en su colega por primera vez un tono de seriedad absoluta. Se levantó y cerró la vidriera, como si quisiera dejar fuera de la casa todo lo que iban a decirse.

—¿Qué os parece? —preguntó el hombre.

—Queremos ser sinceras —dijo Rais—. No tenemos ni la más mínima idea de por dónde empezar. Ninguna de las dos ha visto nunca nada parecido.

—Mejor. Tenéis una mirada virgen sobre el caso, mientras que yo he pasado demasiado tiempo metido de lleno en él, decenas de años. Confieso que he perdido la objetividad.

—Creo que Rais quería decir que carecemos totalmente de los conocimientos específicos. Está claro que ambos delitos siguen un diseño ritual preciso, pero la iconografía del culto, sobre todo a mí, se me escapa por completo.

—Por eso estoy aquí. Llevo cuarenta años estudiando e investigando estas muertes, muchachas. He hablado con expertos, profesores universitarios, antropólogos y arqueólogos. He reunido tanto material que... No creo que sea un caso que sobrepase vuestras capacidades, al contrario. Os proporcionaré todos los datos que he recopilado, os facilitaré toda la información.

Las dos policías intercambiaron una mirada de perplejidad.

—Escucha, Moreno. ¿Por qué no empezamos por el principio e intentas explicarnos cómo empezó esta historia? —preguntó Mara.

El policía se levantó y posó la mano en una de las vigas que sustentaban la pérgola de madera cubierta de hiedra.

—De acuerdo —dijo al cabo de unos segundos, volviéndose hacia las inspectoras—. Pero antes necesito beber alguna cosa fuerte. Aunque han pasado cuarenta años, es una historia que todavía me produce escalofríos.

26

Localidad de Capitana, Quartu Sant'Elena

—Entré en contacto por primera vez con el caso exactamente un día después de que encontraran a la primera muchacha, el 3 de noviembre de 1975. Tenía veintitrés años. Prácticamente un chiquillo. Estaba destinado en la jefatura de Nuoro. En aquella época, los policías autóctonos eran pocos: la política del ministerio era enviar a los agentes muy lejos de su tierra, sobre todo a los del sur. Yo era uno de los pocos afortunados que se quedaron en casa.

Moreno hizo una pausa para beber un sorbo de aguardiente y ofreció la botella a las mujeres; ambas la rechazaron.

—El caso lo abrieron oficialmente los carabineros. Los llamaron unos pastores de la zona. La víctima había sido hallada en la fuente sagrada *Su Tempiesu*, en los campos de Orune, en el Nuoro, en el centro de Cerdeña. Un lugar de culto construido en la época nurágica.

La milanesa abrió el expediente, miró el mapa de la isla y asintió.

—Un poco más allá del cementerio de Orune se tomaba una carretera que en aquella época no estaba totalmente asfaltada, y a unos cinco kilómetros se encontraba el templo sagrado. Estaba dedicado al culto de las aguas y databa de la Edad del Bronce, una construcción de hace más de tres mil años... Los militares eran todos *continentales*, del primero al último. No tengo nada en contra de esta categoría, pero os juro que no destacaban precisamente por su perspicacia investigadora.

Las mujeres sonrieron.

—Seguramente los habían mandado a Orune, en Barbagia, como castigo o para perderlos de vista. En cualquier caso, ya en los primeros interrogatorios se dieron cuenta de que necesitaban a algún barbaricano, a ser posible de uniforme, que les hiciera de intérprete, o se arriesgaban a que los aldeanos se burlaran de ellos. Llamaron a la jefatura y mi jefe de entonces, que por cierto me trataba más como a un zagal que como a un policía, me envió a trabajar para *sos carabinieris*.

—Menuda putada —comentó Mara.

—Al principio no me lo pareció, créeme. Era mi primer homicidio y el primer cadáver de mujer que veía en mi vida y, a juzgar por los métodos de investigación, creo que también era el primer asesinato para los militares, aunque se jactaban de ser la flor y nata de los investigadores. Comprendí enseguida con quién estaba tratando cuando se refirieron a la fuente como un abrevadero para caballos.

Eva Croce sonrió. Había leído que *Su Tempiesu* era un monumento único en su género: el único testimonio en la isla de estructuras elevadas que cubrían pozos sagrados; además era uno de los legados más significativos e intactos que la civilización nurágica había dejado. La fuente sagrada estaba adosada a una pared de roca de esquisto, donde los arquitectos nurágicos habían canalizado el agua que brotaba. Durante siglos, el templo, de unos siete metros de altura, había permanecido oculto por un corrimiento de tierras.

«Es increíble cómo consiguieron crear una obra así en aquella época y en un lugar tan aislado», pensó la policía, contemplando la fotografía del sitio arqueológico.

—Cantarutti murió hace unos diez años. En aquella época le acababan de nombrar comandante —prosiguió Barrali—. Enseguida zanjó el caso atribuyéndolo a una pelea entre pastores por una mujer, o a lo sumo por alguna *tanca*. Encontraron a la muchacha en el vestíbulo del templo, con el cuerpo cubierto con vellones de oveja, una incisión en la espalda hecha con la punta de un cuchillo que representaba una *pintadera*, y una máscara muy parecida a *sa carazza 'e boe* del carnaval de Ottana. Por lo demás, estaba desnuda, con las manos atadas con alambre a la espalda. Yacía boca abajo, como si estuviese rezando. Justo fuera del templo encontramos restos de un incendio o de algunos fuegos. El suelo estaba ennegrecido y olía aún a cenizas.

—¿Qué es una *pintadera*? —preguntó Eva.

—Los arqueólogos y los antropólogos coinciden en que era una matriz de terracota circular en bajorrelieve, que servía para decorar el pan antes de la cocción: una especie de marca, en definitiva. Se utilizaba para imprimir figuras geométricas, sobre todo radiales y en espiral. También data de la Edad del Bronce.

Barrali cogió un bolígrafo y trazó una figura sobre un pañuelo de papel, luego se la mostró a las mujeres.

—Es esto. La que se encontró sobre la víctima era ligeramente distinta a los modelos más comunes. El dibujo insistía más en la forma radial. Esto me llevó a pensar, años más tarde, que más bien representaba *sa Arroda de Tempu*, la rueda del tiempo, una especie de calendario nurágico lunar, inspirado tal vez en el culto a la Diosa Madre. Es una especie de almanaque mágico semejante al celta, según algunos estudiosos.

Eva asintió y preguntó:

—¿Y qué opinaron sobre esto los carabineros?

Barrali sonrió.

—Que el asesino o los asesinos, presumiblemente pastores, habían marcado a la víctima casi como afrenta al adversario. Esa misma *pintadera*, además de en la espalda de la muchacha, aparecía también en el centro de la máscara: a diferencia de las máscaras de Ottana, que tienen la roseta solar, la que había sobre la víctima tenía este marcador solar o lunar específico. La máscara zoomorfa, taurina para ser exactos, era claramente una pieza de artesanía hecha de madera de peral.

—¿Intentaste convencerlos de que sus teorías no tenían ningún sentido? —preguntó Mara.

—No, ni siquiera lo intenté. Nunca habían visto una máscara como aquella ni sabían nada de las tradiciones y de la cultura del lugar. Solo tenían prisa por cerrar el caso cuanto antes, enchironando al primer sospechoso. Y, además, debéis tener en cuenta que yo era en realidad el último mono. Me habían enviado allí solo como intérprete y no contaban conmigo para nada. —Se interrumpió y se rio para sí—. Perdonad, pero me he acordado de una frase que leí en un libro sobre Bustianu Satta, gran poeta y abogado de Nuoro. Decía que «Cerdeña es la perrera de Roma». Pues bien, en aquellos días me sentía como el perro de muestra de *sos carabineris* venidos del continente, a los que trataba de usted.

—¿Testigos? —preguntó Eva.

—Ni uno —respondió Barrali—. Nadie vio ni oyó nada en la noche de *sa die de sos mortos.*

—¿Magistrados, jueces? —quiso saber Rais.

—El tribunal de Nuoro en aquella época estaba paralizado, porque muchos magistrados del continente estaban de baja en espera de que sus solicitudes de traslado a la península fueran atendidas. Bandidos y secuestradores los amenazaban y los tenían en el punto de mira. Se respiraba muy mal ambiente en aquella época… Muchas fiscalías —y la de Nuoro no era una excepción— tenían que gestionar miles de expedientes. En los juzgados de instrucción, casi siempre de reducidas o medianas dimensiones, ocupados por jueces recién nombrados, a veces era difícil incluso para nosotros, los policías, encontrar a alguien con quien hablar de las investigaciones…

—En realidad, las cosas no han cambiado mucho —comentó Rais—. Y no hablo solo de Nuoro.

—Ya. También era una época dura a causa del terrorismo y del incremento de secuestros. Esta fue justo la tesis del magistrado que se hizo cargo inicialmente de la investigación. Creía que la muchacha había sido secuestrada y que la familia no había querido o no había podido pagar el rescate, de modo que los secuestradores la habían matado de aquella forma bárbara para enviar un mensaje a la comunidad campesina de la zona.

—¿Por qué has dicho «inicialmente»? —preguntó Eva.

—Porque una semana más tarde Giutari obtuvo el traslado a Milán, su ciudad. Tres meses después las Brigadas Rojas lo asesinaron…

—Maldita sea… ¿Fue sustituido?

—No de inmediato. Durante unas semanas el puesto estuvo vacante. Los carabineros continuaron por su cuenta. Investigaciones hechas *a cudda manera…*

—¿Es decir? —preguntó Eva.

—A la buena de Dios —tradujo Rais—. Sigue, Moreno.

—Yo llevé a cabo la mayor parte de los interrogatorios. Pero la gente del lugar no quería hablar. Era buena gente, eso sí, pero has de entender, Croce, que cualquiera que llevara uniforme, fuera sardo o no, no era bien visto en Barbagia. Siempre fue una zona donde imperaba la ley del silencio, y nadie quiso hablar conmigo, sobre todo porque, teniendo en cuenta mi edad, no tenía ninguna autoridad.

—Pero el verdadero problema y misterio era otro, ¿no? —dijo Croce.

Moreno asintió, serio.

—Sí. La identidad de la víctima. No hubo manera de descubrir quién era. Nadie vino a buscarla, nadie denunció su desaparición y nadie en el pueblo, o en los pueblos vecinos, la reconoció.

—¿Cómo es posible? —preguntó Eva—. ¿Cuántos habitantes tenía Orune?

—No llegaban a cinco mil.

—¿Y nadie había visto nunca a la chica? ¿Cómo se explica?

—No lo sé. Hace cuarenta y un años que me lo pregunto y todavía no he encontrado una respuesta plausible. Te puedo asegurar que peinamos esas zonas mostrando a todo el mundo el rostro de la joven. *Nudda.* Un periodista de Nuoro escribió un artículo y, a instancias nuestras, hizo un llamamiento con muchas fotos de la muchacha invitando a presentarse a quien la reconociera. No se presentó nadie.

—*Bellu casinu*, menudo follón… —comentó Rais.

—Ya lo creo. Sobre todo desde el punto de vista burocrático y administrativo, un follón que no veas… El artículo no solo no surtió el efecto esperado, sino que tuvo consecuencias negativas para Cantarutti, que fue presionado por sus superiores de la jefatura provincial de Nuoro. Le instaron a cerrar el caso para no quedar como el tonto de siempre engañado por un montón de palurdos.

—Casi me da pena, pobrecillo —dijo Mara.

—No te engañes. Cantarutti era *unu fizz'e bagassa*, un auténtico hijo de puta. Reaccionó haciendo una redada entre los pastores y campesinos de la zona y metió en la cárcel a una decena de ellos, solo como sospechosos, sin la más mínima prueba. Eligió a los que tenían un aspecto más siniestro: esta fue su respuesta de investigación.

—Pero esto es un abuso de…

—Estas cosas ocurrían a menudo en esas zonas, Croce —dijo Rais—. ¿No es así?

—Por desgracia, sí —admitió Barrali—. Eran años todavía de territorio comanche. El progreso, el *boom* económico y la revolución de los años sesenta se habían detenido al pie del Gennargentu. Con todo el respeto, me parecía que en aquella zona el tiempo no transcurría con normalidad, era como si estuviese suspendido.

—¿Y?

—Pues diez personas en chirona, una víctima no identificada, ningún testigo, un diseño ritual incomprensible, y la estrategia de Cantarutti fue esperar que uno de los diez se cansara de estar en el trullo y delatara a alguien para poder cerrar el caso con una bonita confesión.

—¿Y la gente de la zona? —preguntó Eva, incrédula.

—Para ellos era como si no hubiese ocurrido nada —dijo Moreno—. Barbagia es una isla dentro de la isla, Eva. Un reino independiente, con sus propias leyes atávicas y con códigos de conducta distintos a los de cualquier otra región de Cerdeña. Gente que prefería no verse envuelta en asuntos que no la concernían personalmente.

—Pero luego… tuvisteis que soltarlos, ¿no? —preguntó Eva, ojeando el expediente.

—Sí, y este es otro misterio de esta fea historia… Tres semanas después del descubrimiento del cadáver, el cuartel de los carabineros que llevaban a cabo la investigación sufrió un incendio provocado.

—¡Vaya por Dios! —dijo Mara.

—Fue reivindicado por algunas formaciones de supuestos terroristas locales que en aquella época realizaban acciones en contra de la creciente militarización de Cerdeña. Sus principales objetivos eran los cuarteles del Ejército o de los carabineros.

—¿Y cómo reaccionó el avispado de Cantarutti? —preguntó la milanesa.

—Soltó a los oruneses, pidió la baja y se quedó encerrado en casa hasta que lo trasladaron a su amada Friuli, unos meses más tarde. Estaba convencido de que se trataba de *balentes* de la zona que querían hacerle pagar por las detenciones indiscriminadas de los pastores.

—Plausible, ¿no? —dijo Rais.

—Es posible, sí. El problema es que el archivo del cuartel y las pruebas desaparecieron. De todo lo que se había encontrado en la escena del crimen en *Su Tempiesu* solo quedó un puñado de cenizas.

—Mierda… ¿Así que crees que pudo haber una relación entre el asesinato y el atentado? —preguntó Rais.

—No lo sé… Nunca se estableció la conexión. Digamos que la destrucción de las pruebas físicas y la falta de identificación del cadáver contribuyeron al archivo del caso —explicó el policía—. Además, después del incendio los oruneses ya ni nos abrieron la puerta de sus casas; temían que incluso una simple charla con los uniformados pudiese crearles problemas con los bandidos o con quienquiera que hubiese incendiado el cuartel.

—¿Y tú qué piensas? ¿Crees que sabían quién era la muchacha? —preguntó Rais.

—Tal vez me equivoque, pero el instinto siempre me ha dicho que no.

—¿Así que podía ser alguien de fuera de la comunidad?

—No lo sé, Croce. Repito: no puedo estar seguro, pero algo me dice que así fue. La chica no era del lugar.

—Entonces ¿por qué matarla de este modo?

—Esta es la pregunta del millón, Rais —dijo Barrali—. Yo era un mocoso de veintitrés años sin ninguna experiencia. Cantarutti y los demás no solo no servían para nada, sino que todavía empeoraban más las cosas ganándose la enemistad de la comunidad, ya de por sí proclive a guardar silencio. Además, ni a la magistratura ni a nadie le importó nunca nada aquella muchacha. Tenían otras cosas en que pensar.

—¿Huellas digitales? —preguntó Eva.

—Entre los carabineros y la persona que había encontrado el cadáver hacer el seguimiento era cosa de locos. Las pocas huellas que no correspondían a ninguno de los nuestros no nos proporcionaron ninguna pista. Obviamente, también tomamos las de la chica, pero solo fue una pérdida de tiempo.

—¿Y de la autopsia del cadáver qué información se obtuvo? —preguntó Eva.

—La chica tenía unos dieciocho o diecinueve años: desangramiento por corte profundo en la yugular. Había sido degollada con una hoja de al menos diez centímetros. Un corte limpio, de profesional.

—E imagino que esto corroboró la tesis del friulano de que había sido un pastor —dijo Rais—. Alguien acostumbrado a sacrificar cabritos y cerdos.

—Exactamente.

—¿El vestíbulo del templo era la escena del crimen primaria o secundaria? —preguntó la cagliaritana.

—Primaria. De la sangre que había sobre el suelo de piedra, el forense dedujo que la muchacha había sido asesinada allí, hacia la medianoche.

—Por tanto, no fue trasladada... ¿Crees que fue obra de una sola persona o de varios individuos? —preguntó Eva.

—Siempre he pensado que fue una sola persona. Era un lugar bastante apartado, de modo que pudo montar el ritual con calma, preparar la puesta en escena del crimen, como dicen hoy los criminólogos, con todo el tiempo del mundo.

—¿Y el corte en la espalda? —continuó Rais.

—*Post mortem* —dijo Barrali.

—Así que la víctima no fue torturada ni hubo encarnizamiento —dedujo Croce.

—Según las conclusiones del forense, parece ser que no. El crimen era indudablemente brutal, pero no había ningún elemento de sadismo.

—¿Signos de violencia sexual?

—Cero. La chica era virgen... Los únicos signos de forzamiento físico eran las heridas por rozaduras en las muñecas. Probablemente, en un primer momento la ataron con cuerda de cáñamo, y luego con alambre. La autopsia no proporcionó más información.

—¿Análisis toxicológicos? —preguntó Rais.

—Llegaron un mes más tarde, por un montón de follones burocráticos y retrasos del laboratorio. En realidad siempre temí que ni siquiera fuesen los nuestros. En cualquier caso, las muestras de sangre estaban limpias: no había sido drogada ni envenenada.

Eva y Rais se intercambiaron una mirada llena de inquietud: trabajar en casos no resueltos significaba, la mayoría de las veces, ocuparse de casos de difícil solución debido a la distancia temporal de los hechos, a la desaparición de testigos e investigadores —fallecidos con el paso de los años— y a la descomposición de las pruebas físicas. Ese crimen en concreto tenía la dificultad añadida de una investigación sumaria, por usar un eufemismo, y de una serie de misterios que el paso del tiempo había hecho más impenetrables. De modo que era impensable pretender confiar en la ciencia forense para llegar al fondo de la cuestión.

—Cuando el caso fue archivado, ¿qué hiciste? —preguntó Eva.

—Intenté presionar y pedir una investigación suplementaria.

—¿Te la concedieron?

Moreno Barrali esbozó una sonrisa amarga y negó con la cabeza.

—No, pero para compensarme me trasladaron a Cagliari como castigo y por haber osado sugerir a mi superior cómo investigar aquel delito.

Un silencio siniestro envolvió a los tres policías.

—De modo que, a ver si lo entiendo, ¿la investigación se cierra, a ti te envían confinado a Cagliari, todo el mundo se lava las manos y el psicópata que la mató sigue en libertad? —dijo Rais con tono de incredulidad.

—La persona que la mató no es o no era un psicópata —dijo Eva.

—¿Perdona?

—Piénsalo bien. ¿Cuál es el perfil clínico clásico de un psicópata? —preguntó Eva a su compañera antes de responderse a sí misma—: Un individuo manipulador, deseoso de atención, narcisista, mentiroso patológico, vanidoso, sin conciencia, sin empatía, una persona que se aburre con facilidad, fascinante, intuitivo, que es pérfido cuando se le lleva la contraria, que padece impulsividad e instinto depredador...

—Oye, prácticamente estás describiendo a mi ex —dijo Rais para rebajar la tensión.

—Mira que eres boba... Del cuadro descrito por Moreno y de los elementos presentes en la escena del crimen, no deduzco ni un solo detalle que me lleve a pensar en la obra de un individuo así —dijo Croce—. Seguramente estamos ante un asesino organizado, frío y calculador, pero cuya personalidad nada tiene que ver con el asesinato. Está siguiendo un ritual preciso al que se ajusta de manera compulsiva. Es más, a menos que tenga otros significados, el hecho de cubrir a la víctima con un manto de piel de oveja parece casi una señal de empatía, de atención a la muchacha. Una señal de humanidad que no aparece nunca en un psicópata, ¿no?

—Estoy de acuerdo con Eva —dijo Barrali—. Es sin duda un animal de *sàmbene frittu*, de sangre fría, pero no creo que actúe por un instinto depredador ni por un impulso sexual.

—Sabemos cómo ha matado, pero no sabemos por qué, y al motivo solo se llega descifrando el aspecto totémico del ritual que ejecutó —prosiguió Eva.

—¿En otras palabras? —dijo Rais irritada por el tono profesoral de su colega.

—Para atrapar a un asesino así no basta entender cómo piensa, sino que hay que descubrir en qué cree... Tú has estudiado ampliamente el caso, Moreno.

—Por supuesto.

—¿Qué significado tienen esa máscara, la *pintadera*, el elemento sagrado representado por la fuente nurágica?

Moreno se sintió abrumado por una vertiginosa sensación de inevitabilidad: era consciente de que las dos policías se hallaban en un umbral; si daban un paso más, la investigación las engulliría, como le había sucedido a él; en ese momento todavía podían salvarse, y esto le cargó con una responsabilidad inmensa.

—¿De verdad queréis seguir adelante? —les preguntó.

Ambas asintieron, vencidas por la curiosidad.

—De acuerdo —dijo el policía—. Pero no quiero que hablemos de esto aquí. Grazia me prohibió traer esa fea historia a casa... Vayamos en coche a un sitio, a pocos kilómetros, donde podré explicaros todo con más calma.

Las dos inspectoras intercambiaron una mirada de desconcierto, pero decidieron seguirle.

27

Localidad Is Mortorius, Quartu Sant'Elena

En cuanto Barrali las invitó a entrar en su «estudio», como lo había llamado, Eva Croce entendió por qué Grazia le había prohibido tener todo ese material en casa: te helaba la sangre.

Desde Capitana, en pocos minutos los tres llegaron en el coche de Mara a la localidad llamada Is Mortorius, por la carretera provincial 17, en dirección a Villasimius.

«Is Mortorius... y el número 17. No pudiste elegir un lugar más adecuado, ¿eh, More'?», había dicho Rais al aparcar el Alfa cerca de un grupo de casas encajadas en una colina rocosa, rodeadas de chumberas y arbustos secos, a pocos pasos de la costa; las casas, erosionadas por el salitre y por la humedad, parecían abandonadas a sí mismas. Era un lugar espectral, incluso a pleno día.

—¿Por qué este nombre tan lúgubre? —había preguntado Eva—. ¿Qué significa? ¿«Los cementerios»?

—O «los muertos», «los entierros» —había añadido Mara.

—Hay quien dice que se llama así porque la carretera pasaba muy cerca del acantilado y era muy peligrosa, sobre todo de noche, porque no estaba iluminada —había explicado Barrali—. Muchos perdían el control del vehículo y caían directamente al mar. De ahí el nombre.

—Alegría, alegría —había comentado Rais en voz baja, provocando la sonrisa de su compañera.

Una vez dentro de la pequeña casa, las policías se habían quedado prácticamente paralizadas. Las paredes estaban cubiertas de reproducciones de las máscaras *de su Boe*, fotografías y ampliaciones de los cadáveres, mapas de Cerdeña, imágenes de pozos sagrados, nuragas y otros yacimientos arqueológicos, dibujos de las víctimas arrodilladas delante de pozos sagrados y cuevas; en una esquina había un gran archivador metálico que contenía muchos expedientes y un montón de periódicos viejos. En el fondo de la sala destacaba una reproducción de tamaño natural de una especie de *mamuthone*: la figura debía de medir unos dos metros y parecía a punto de cobrar vida de un momento a otro. La enorme cantidad de material acumulado por todas partes hacía que el ambiente fuera aún más claustrofóbico teniendo en cuenta sus reducidas dimensiones originales.

Cuando Moreno cerró la puerta a sus espaldas, ambas se sobresaltaron.

—Solo es esta habitación, una pequeña cocina y un baño. Era una especie de garaje o un pequeño almacén. Seguramente lo utilizaban para guardar barcas y material de pesca, teniendo en cuenta la proximidad de la costa. Lo compré hace unos treinta años por una miseria. ¿Os gusta? —preguntó, irónico.

Croce y Rais no pronunciaron palabra, perplejas ante la visión del terrorífico material que colgaba de las paredes y de la mesa que ocupaba el centro de la estancia, invadida de libros de nigromancia, magia negra, arqueología mistérica y textos universitarios de antropología y criminología. Sobre la mesa también había un ordenador, una impresora y fotocopias de expedientes de casos antiguos. Aquel lugar reflejaba la obsesión que animaba a Barrali.

—Perdonad el desorden —dijo el policía—. Sois las primeras personas que traigo aquí.

—Esto no es un cumplido ni una deferencia, Moreno —dijo Eva, provocando la risa de la colega. Pero era la risa nerviosa de quien no sabe enfrentarse a un terror primitivo.

«¿Cómo ha podido vivir con semejante horror todos estos años?», se preguntó Eva, convencida de que su colega se estaba haciendo la misma pregunta. «Yo me habría vuelto loca».

—Moreno, ya había intuido que muy cuerdo no estabas… pero esto —dijo Rais señalando los cráneos de macho cabrío, aparentemente auténticos, que colgaban de las paredes, junto a cuernos de muflón y otros animales, y coronas de hojas secas—. ¿La verdad? Estás para que te encierren.

Barrali ni siquiera las escuchó. Encendió la cafetera y preparó tres cafés mientras las policías iban mirando a su alrededor con una mezcla de repulsión y de curiosidad macabra.

—Después de que me enviaran a Cagliari, seguí indagando e investigando por mi cuenta, con medios privados y sin implicar a mis superiores. Ya había tenido suficiente con la lección de Nuoro —continuó Barrali, como si nunca hubiese interrumpido su relato. Ofreció el café a las dos mujeres y se sentó. Ellas también tomaron asiento—. A diferencia de lo que pensaban los carabineros, para mí estaba claro que aquel asesinato tenía una dimensión religiosa o sagrada. Pero más allá de la máscara y del lugar de culto que representaba la fuente sagrada, ignoraba completamente la iconografía, así que me puse a estudiar.

Tomó algunas fotografías de un expediente y se las pasó a las inspectoras: representaban máscaras y personajes del carnaval de la isla.

—¿Cuál es tu primera impresión sobre el caso, Eva? —preguntó.

—Bueno, ignoro por completo el contexto antropológico y religioso sardo, pero de un primer examen de los dos asesinatos deduzco que estamos ante ritos mesiánicos de evidente origen pagano... Es como si la víctima encarnara metafóricamente un retorno a la energía creadora y destructora de la naturaleza. Una espiritualidad arcaica, casi animista.

Barrali asintió, impresionado.

—¿Y tú qué opinas, Rais?

—Bueno, está claro que las pieles de oveja, la máscara y la marca radial son expresiones de una simbología agropastoril, y me recuerdan mucho los ritos del carnaval barcaricano —dijo Mara—. La sangre... es como para fertilizar la tierra, ¿no?

—Exacto. Tardé poco en darme cuenta de que el asesinato de *Su Tempiesu* estaba relacionado con rituales apotropaicos de las antiguas civilizaciones del Mediterráneo. Esta tierra todavía está impregnada de la dimensión de lo sagrado, y ha sido considerada durante siglos uno de los centros espirituales más importantes de la antigüedad. A lo largo del tiempo se han mezclado en la isla etnias, divinidades, ritos, usos y costumbres, pero el sentido de lo sagrado está todavía profundamente arraigado en las comunidades pastoriles y agrícolas, sobre todo en las zonas más rurales y remotas. Sin embargo, aunque yo crecí en estas regiones, el contexto me resultaba en cierto modo ajeno.

—Imagínate a mí —dijo Eva.

Barrali sonrió y reanudó el relato:

—Según un antropólogo con el que me puse en contacto, el asesinato representaba un sacrificio humano similar a los que tenían lugar en la antigüedad en honor de Dionisos, dios de la vegetación, y también de la embriaguez y del éxtasis, que cada año renacía en primavera, despertando la tierra, y cuyos buenos auspicios eran indispensables para obtener lluvias y cosechas abundantes.

—¿Pero Dionisos no era una divinidad griega? ¿Qué tiene que ver con Cerdeña? —preguntó Mara.

—Su culto penetró en la isla con las migraciones micénicas y griegas, pero tal vez es mejor retroceder un poco. Eva, ¿qué sabes de la civilización nurágica?

—Poco, excepto que es una de las más antiguas de la cuenca mediterránea.

—En pocas palabras, se desarrolló en Cerdeña entre el segundo y el primer milenio antes de Cristo, sobre todo durante la Edad del Bronce. En realidad, el periodo prenurágico, el que más nos interesa, abarca un periodo de tiempo descomunal. En aquella época los sardos prenurágicos, los que los arqueólogos vinculan a la cultura de Ozieri, tenían una religión animista particular, que probablemente procedía de las islas Cícladas. Adoraban el sol y el toro, símbolos de la fuerza masculina, y la luna y la Madre Mediterránea, que representaban la fertilidad femenina.

—¿O sea, la Diosa Madre? —preguntó Rais.

—Exactamente. También en Cerdeña, en sintonía con lo que sucedía en la Europa de la época y en Oriente Próximo, ya está atestiguado el culto a la Diosa Madre, que hundía sus raíces incluso en el Paleolítico y continuó durante todo el Neolítico. Inicialmente esta Madre representaba una divinidad primordial, la única que poseía el secreto de la vida. Un ser espiritual capaz, por una parte, de aliviar el hecho traumático de la muerte y, por otra, de asegurar la vida más allá de la muerte. Se creía que había nacido por partenogénesis y, por tanto, sin la mediación de un elemento masculino que...

—Eh, para un segundo, me he perdido —admitió Rais, confusa—. ¿Esto es una revisión de un caso de asesinato o un examen universitario de antropología? Cálmate, Moreno, y habla en cristiano.

—Perdona... Dicho de otro modo: esta figura representaba una divinidad femenina protectora de los difuntos, por tanto, del mundo ultraterrenal, y encarnaba un ideal religioso naturalista que remitía a las diosas madres de las Cícladas y de Creta, a las que estaban vinculados tres conceptos muy fuertes: la vida, la muerte y el renacimiento. ¿Mejor así?

—De momento... Y volvamos a la cuestión: ¿qué demonios pinta aquí Dionisos? —estalló Mara, impaciente.

—Con el paso del tiempo la Diosa Madre fue sustituida por figuras viriles que representaban mejor la función masculina en las estructuras sociales transformadas de aquellos pueblos... ¿Sabéis qué son los prótomos taurinos?

—Los cuernos de bueyes o toros —respondió Eva.

—Exacto. El toro es el animal más representado en el arte y en la religión neolítica sarda, sobre todo a través de los prótomos hallados en las *domus de janas*, las llamadas «casas de hadas» construidas en las piedras, en algunos menhires, en cuevas e hipogeos, etcétera. Y estamos hablando de cuatro mil años antes de Cristo, por tanto, mucho antes de la llegada a la isla del culto a Dionisos.

—Todo muy interesante, pero...

—Intentaré ser breve, Mara. Con el paso del tiempo esa Diosa Madre representada en gran parte por la luna, según los protosardos, se fue asociando poco a poco a otra energía igualmente importante para las comunidades agrícolas: el sol. El sol se identificaba con el toro, un animal tan sagrado para ellos que constituía casi una unión entre la naturaleza humana y la divina.

—Perdón, ¿en qué sentido? —preguntó Rais, impaciente.

—Las características del carnaval sardo conducen directamente al «culto del buey», practicado desde la época neolítica en todas las sociedades agropastoriles del Mediterráneo antiguo. El toro era símbolo de fuerza, vitalidad y fertilidad. Esto no impedía que se sacrificara en honor a la diosa. Al contrario. El rito tenía una función apotropaica. Se practicaba para protegerse de los malos espíritus y propiciar la fertilidad... Dionisos, como ya hemos dicho, era el dios de la vegetación y de la fertilidad, y moría y renacía todos los años, como la naturaleza. ¿Qué animal creéis que lo representaba?

—Deja ya de hacer el sabelotodo y desembucha —le presionó Rais.

—No le hagas caso, Eva. Esta es más lista que tú y que yo, créeme... Decía que en las celebraciones en su honor en Eleusis, en la antigua Grecia, se devoraba viva una víctima para recordar su sacrificio, ya que según la mitología griega Dionisos había sido devorado vivo por los Titanes, en un rito que representaba la resurrección de la divinidad. Era un dios cruel y sanguinario, que se transformó con el tiempo en dios de la embriaguez y del éxtasis. Y sus adoradores obtenían la certeza de la vida después de la muerte y anhelaban salir de sí mismos y ser poseídos por el dios. Lo hacían a través de la danza, la música, el sexo, el vino y...

—Los sacrificios de sangre —se anticipó Croce.

—Eso es. Al igual que los ritos dionisiacos, también los carnavales sardos, celebraciones de fuerte sabor tribal, exhiben una víctima. El nombre mismo de carnaval en sardo, *carrasegare* o *carresecare*, recuerda el sacrificio, porque *carre 'e segare* significa «carne viva para ser descuartizada».

Eva Croce lanzó una mirada inquisitiva a su colega, que asintió imperceptiblemente, corroborando las palabras del hombre.

—Heráclito sostenía que Dionisos y Hades, rey del inframundo, eran la misma divinidad, desdoblada y dividida. Heródoto decía prácticamente lo mismo de Dionisos y Osiris. Pero todos coinciden en que su fuerza muda y salvaje estaba representada por el toro. En Cerdeña se empezó a llamarlo con el nombre de *Maimone*, identificándolo como una divinidad pluvial.

—¿Por qué llegar hasta el sacrificio humano? —preguntó Rais.

—Porque el ritual exige el sacrificio de una víctima a la divinidad para entrar en comunión con ella. Es la sangre de la víctima la que establece el contacto. Si no hay sangre, no hay contacto con lo sagrado, con lo divino.

—Pero ¿eso significa que en la antigüedad también se sacrificaban personas aquí, en la isla? —preguntó Eva, estupefacta.

28

Localidad de Capitana, Quartu Sant'Elena

Grazia Loy acabó de ordenar la cocina y se sentó bajo la pérgola, en el jardín. Se perdió durante unos minutos en aquel cielo de porcelana turquesa, luego el pensamiento volvió a su marido y a las dos policías. Cuando le habló de Mara y de Eva y de su nueva sección dedicada a los crímenes sin resolver, Grazia albergó la esperanza de que Moreno pudiese por fin descargar en alguna otra persona todo el horror que llevaba dentro. Grazia estaba cansada: aquellos crímenes habían trastornado y condicionado inevitablemente sus vidas. Desde 1975, su marido ya no había sido el mismo. Era como si aquel horror hubiera echado raíces en él, transformándolo, engendrando una necesidad obsesiva de llegar a la verdad, casi como si aquellas muchachas fueran de su familia. Pero no lo eran. Grazia intentó en vano hacérselo comprender. Tras varias tentativas para que desistiera de aquella misión de la que se sentía investido, había renunciado, comprendiendo que ya era demasiado tarde.

«Fue ese caso lo que le hizo enfermar, nadie podrá convencerme de que estoy equivocada», se dijo. «Hay algo oscuro en esas muertes, algo metafísico. Es como si flotara una maldición sobre esas muchachas».

Ni el aislamiento en la jefatura ni el sabotaje profesional por parte de sus colegas y sus superiores le habían hecho renunciar a sus convicciones.

«Ni siquiera tu amor», pensó Grazia no sin amargura.

Pero el dilema que la atormentaba en aquel momento era otro: por una parte, sentía un gran alivio al pensar que Moreno ya no estaba solo soportando aquel infierno interior y que alguien más asumiera su responsabilidad reabriendo las investigaciones; por otra parte, al pensar en aquellas jóvenes, se preguntaba si no debería advertirlas antes de que ellas también zarparan hacia las riberas de lo oculto y de la violencia que emanaba de aquellos crímenes, perdiendo definitivamente su pureza, la vida tal como la habían conocido. Pero si les hablaba del caso y de cómo este trastornaría a buen seguro sus vidas, seguramente Mara y Eva darían la espalda a su marido, arrojándolo de nuevo a su dolorosa y solitaria marginación, y esto, sumado al debilitamiento físico y psicológico provocado por la enfermedad, sería un golpe letal para él.

«¿Qué hacer, pues?», se preguntó la mujer, atravesada por el puñal de la duda.

29

Localidad Is Mortorius, Quartu Sant'Elena

—Al parecer sí, y por otra parte es bastante lógico que se recurriera a sacrificios humanos para congraciarse con la divinidad y aplacar la ira de la tierra —respondió Barrali a la milanesa—. Tened en cuenta que en Cerdeña la conmemoración de Dionisos debió de penetrar en tiempos muy remotos, porque se mantuvo en la forma más cruenta... Por poneros un ejemplo, a principios del siglo pasado, en algunos pueblos cuando se plantaban las viñas era costumbre poner entre las hileras dos cuernos de macho cabrío *po ammamuttonare su logu*, se decía que para poner la viña bajo la protección del dios cabrón, Maimone, Dionisos o como queráis llamarlo. Probablemente, en época más antigua aún, no se limitaban a sacrificar un animal...

—Pero ¿cuál era el propósito de esta locura? —preguntó Rais—. De acuerdo, congraciarse con la naturaleza, invocar la lluvia y un buen año, pero... ¿solo esto?

—No. El ritual también era una forma de romper la barrera que separaba lo humano de lo divino. El hombre intentaba fundirse con el dios, efectuando una regresión hacia el caos de la vida primordial.

Barrali pasó a Eva varias imágenes que representaban el carnaval sardo en sus distintas variantes, según los pueblos donde se representaba el rito. La investigadora frunció el ceño ante las fotografías de desfiles de hombres infames, enmascarados, de muñecos que representaban a niños y hombres arrojados al fuego, de cadenas, racimos de cencerros y cascabeles, hombres-bestia sujetos a la cuerda; aquellos rituales nada tenían que ver con el carnaval entendido como disfraz burlesco o desacralizador, sino que representaban rituales arcaicos de muerte y violencia, de duelo y desesperación.

—No obstante, hay algo que se me escapa —dijo la milanesa.

—Veamos.

—¿Por qué la noche del 2 de noviembre? Imagino que el carnaval se celebra para propiciar el nuevo año agrícola, ¿no?

—Permitidme que antes os explique otra cosa, que quizá guarda mucha relación con el caso. Además de su capacidad para perpetuar los ritmos de la naturaleza, Dionisos tenía también cualidades de psicopompo...

—¿Y qué demonios se supone que significa esto? —dijo Rais—. ¿Lo que yo pienso? —añadió con una sonrisa maliciosa.

—Rotundamente no, Rais. Significa el que guiaba a las almas —intervino Eva.

—Empollona... —susurró Mara, haciendo una mueca.

—Exacto —afirmó Barrali—. Se creía que durante un día traía a los espíritus de nuevo a la tierra. Y ese día era costumbre extendida dejar la mesa puesta para *sas animas*. Durante un tiempo esta tradición coincidió con las calendas de enero, pero con los cambios de calendario se trasladó al...

—2 de noviembre —dijo Eva.

—*Sa die de sos mortos* —especificó Rais.

—Así es —dijo el hombre, cruzando los dedos—. Estos rituales después fueron condenados y perseguidos con dureza por la Iglesia católica y por la Inquisición, que los relegaron exclusivamente a la semana de carnaval con fines folclóricos y no religiosos, pero el hecho de que se mantengan vivos os puede dar una idea de hasta qué punto estas tradiciones están arraigadas en la isla, sobre todo en el interior, donde las representaciones han conservado su carácter más bárbaro y primordial.

—De acuerdo, ahora veo mucho más claro el contexto tradicional. Sin embargo, tengo otra pregunta: ¿por qué la elección de la fuente sagrada como escenario del crimen? —preguntó la milanesa.

—Los protosardos creían que había en la isla lugares especiales donde era más fácil sentirse cerca de la divinidad, de los *antigos 'spiritos*, los espíritus de los antepasados. Lugares que eran considerados como una especie de paso, interregnos entre el mundo de los vivos y el de los muertos. Y por tanto los elegían para erigir altares, templos o pozos sagrados. El modelo de construcción del pozo sagrado dotado de escalera reflejaba el acto ritual de descender al subsuelo, o sea, al reino de los infiernos y de los espíritus... Las fuentes y los pozos simbolizaban, a través del agua, el regreso al seno materno, una especie de cumplimiento del ciclo de la vida y de retorno a la divinidad maternal representada por la Diosa Madre, a la que se honraba con ese sacrificio. Esta es la explicación más lógica.

Un oscuro silencio cayó sobre ellos.

—*S'imbovamentu*. Así se llama la reducción del hombre a buey —dijo luego Barrali—. Creo que esto es, en esencia, el rito.

—¿Y después del asesinato de 1975 todo permaneció en calma? —preguntó Eva.

Moreno asintió.

—Pensé que probablemente se trataba de un caso aislado, aunque algo en mi interior me decía que un asesino tan organizado, con un rito de muerte tan preciso, tarde o temprano golpearía de nuevo... Sin embargo, la realidad me desmintió. En la isla no ocurrió nada parecido durante once años, hasta el punto de que llegué a pensar que estaba equivocado, que no eran más que un montón de conjeturas estúpidas.

—¿Y luego? —preguntó Eva.

—Luego encontraron a otra.

30

Maurizio Nieddu escuchaba a la magistrada al teléfono sin apartar la mirada de la casa del gurú. Aun antes de que Adele Mazzotta acabase de hablar, el comisario se maldijo por haberla llamado.

«Tendría que haber actuado por mi cuenta, sin contar con ella», pensó.

—... Pues no, tal como están las cosas no puedo firmarle una orden de registro.

—Pero...

—¿Hay algún motivo de peso para creer que la chica está encerrada en esa casa?

—No. Quiero decir que ni siquiera sabemos si realmente está...

—Entonces olvídese —dijo la mujer dando por concluida la conversación.

—*Bagassa burda* —murmuró, furioso, el policía, guardando el móvil.

—¿Nada que hacer? —preguntó Paola Erriu, su joven colaboradora.

El hombre negó con la cabeza. Se preguntó si debía ignorar la prohibición de la magistrada y forzar la cerradura de la casa de Melis; desde luego no sería la primera vez, pero desde la última habían pasado unos quince años. Eran otros tiempos...

—¿Qué hacemos? —preguntó la joven.

Si hubiese estado solo, tal vez... Pero si hubiese actuado por su cuenta en presencia de Paola, y alguien se hubiese enterado de la violación del procedimiento, ella también habría sufrido las consecuencias, y le faltaban muchos años para jubilarse. No, no podía hacerle correr aquel riesgo.

—Vámonos. No está en casa y no podemos entrar. Tenemos que inventarnos otra cosa.

—¿Como qué?

El comisario no respondió. Seguía mirando fijamente la casa de Melis, el hombre que dirigía la secta de los neonurágicos. El instinto le decía que estaba involucrado en la desaparición de la muchacha y que sería buena idea echar un vistazo a sus cosas.

—¿Jefe?

—Sí, sí, vámonos —dijo siguiendo a la mujer. Antes de entrar en el coche sacó el móvil del bolsillo y buscó un número en la agenda. Llamó y encendió un Marlboro.

—¿Diga?

—¿Eres esa vieja *pedde mala* de Barrali, o me he equivocado de número? —preguntó Nieddu al colega con el que había trabajado en Homicidios de Cagliari años atrás—. No recordaba que tuvieses esta voz de mierda.

—Nieddu... ¿todavía no te han echado?

—Todavía no, todavía no. ¿Puedes dedicarme unos segundos?

—Dime.

—Tengo entre manos un caso de desaparición, aunque han pasado solo unos días desde que esa joven fue vista por última vez...

—¿Dolores Murgia?

—Veo que te mantienes bien informado. Sí, es ella.

—Te escucho.

—Resulta que la chica era seguidora de esa gilipollez de Nuraxia. ¿Se llama así, Paola?

La joven asintió.

—Nuraxia... Entonces estamos hablando de Roberto Melis —dijo Barrali.

—Exactamente. ¿Alguna vez has tenido que vértelas con él? —preguntó el comisario.

—Sí, pero preferiría no hablar de ello por teléfono... ¿Crees que tiene algo que ver con la desaparición?

El policía miró de nuevo la casa, como si emitiera vibraciones siniestras.

—Me temo que sí. Me gustaría intercambiar unas palabras con ese Melis, pero no consigo encontrarlo. ¿Tienes alguna idea de dónde pueda estar o conoces a alguien que pueda ayudarme?

Barrali no respondió.

—¿Moreno?

—Sí, estoy aquí. Estoy pensando… Escucha, tal vez es mejor que me acerque un momento y hablamos en persona, ¿de acuerdo? ¿Dónde estás ahora?

—Estoy regresando a la comisaría. Te espero allí.

—Perfecto.

Nieddu cortó la comunicación y echó una última mirada a la casa del gurú.

—¿Todo bien? —preguntó Paola.

—Sí. He llamado a un viejo colega que seguramente sabe del asunto más que nosotros. Te adelanto que es un tipo un poco raro, pero de momento es el único que puede ayudarnos.

—Bueno, más rarito que usted no será, ¿no?

—Muy simpática. Realmente muy simpática, Erriu.

La mujer puso en marcha el coche con la sonrisa en los labios y condujo en dirección al centro.

Maurizio Nieddu permaneció extrañamente silencioso durante todo el trayecto hasta la comisaría: no conseguía desprenderse de la sensación de haber cometido un error garrafal al irse de allí sin haber entrado en aquella casa.

31

Carretera nacional 130, «Iglesiente»

—No sé por qué me imaginaba Cerdeña como una isla semidesértica —dijo Eva, observando el paisaje—. Y, sin embargo, me recuerda a Irlanda.

—Mira, desde el final de la llanura del Campidano hasta digamos Sassari, yo la llamo «la tierra de en medio» —dijo Rais.

—¿Impreso la del *Señor de los Anillos*?

—Exacto, y no solo por la altura media estilo hobbit de sus habitantes.

Barrali y Eva sonrieron. En aquel momento por los altavoces de la radio del coche sonaban las notas de *Entula* de los Kenze Neke, un grupo de etno-rock de Siniscola.

—Son lugares salvajes, tan verdes que realmente parece que sea Irlanda o Escocia —continuó Rais—. No bromeo.

—Lo confirmo —dijo Barrali—. Cerdeña es un auténtico paraíso natural. Lástima de los sardos que viven en ella, sobre todo los cagliaritanos, ¿verdad, Rais?

—Vete a la mierda, Barrali.

Croce y Moreno se rieron por lo bajo. Desde que habían subido al coche, los tres policías no habían vuelto a hablar de los antiguos asesinatos: después de la llamada que había recibido Barrali mientras se preparaba para revisar el asesinato del 86, era como si algo se hubiera roto en el flujo de recuerdos que el hombre iba desgranando.

—Tengo que ir a Carbonia. Un viejo colega me necesita. Se trata de la desaparición de una muchacha —dijo.

—¿Aquella de la que me hablaste el otro día? —preguntó Mara.

El hombre asintió.

—Sí, la misma. ¿Os apetece acompañarme?

Eva no sabía ni siquiera por qué le había respondido inmediatamente que sí; había sido algo visceral, o tal vez solo necesitaba dejar atrás aquella habitación llena de fantasmas. Rais le respondió que le acompañaría con la condición de que a la vuelta se detuvieran en la bodega de Santadi para comprar un poco de Carignano del Sulcis, un excelente vino tinto; Barrali le aseguró que le compraría una caja por la molestia, siempre y cuando mantuviera la boca cerrada en presencia de su viejo colega.

—Vamos a ver, ¿exactamente qué quiere de ti Nieddu? —preguntó de repente la cagliaritana.

—Parece ser que la chica frecuentaba la secta de los neonurágicos —dijo Moreno.

—¿Y eso qué es? —quiso saber Eva.

—Un grupo de idiotas convencidos de que los nuragas son puntos de comunicación con las estrellas y de que los menhires tienen poderes mágicos, ¿es así, More'? —contestó su compañera.

—Sí, más o menos.

—Perdona, pero ¿tú qué tienes que ver con todo esto? —le preguntó Eva al inspector.

—Durante un tiempo estuve infiltrado en esa secta —admitió Moreno, sorprendiéndolas.

32

Comisaría de policía, Carbonia

Mientras Paola iba a buscar sillas para que todo el mundo pudiera sentarse en el despacho del comisario, Eva Croce miró a Barrali más atentamente. Le parecía más pálido de lo habitual y poco antes de entrar en la comisaría le había visto tragar con mucha discreción una serie de píldoras.

—*Sa medichina* —le había dicho con una sonrisa, al cerciorarse de que le había visto. Eva sintió compasión y se dio cuenta de que aquel hombre estaba sufriendo de verdad; era tal el sufrimiento que le tensaba los músculos de la cara, como si a cada paso sintiera las punzadas de dolor.

—¿Estás seguro de que te encuentras bien, Moreno? Podemos dejarlo para otro momento, si quieres —le propuso.

—No, no. Vamos.

Le guiaba una especie de urgencia. Como si percibiese que se le acababa el tiempo y no quería morir antes de entregar el mando, como un buen soldado.

—Aquí tenéis —dijo Paola Erriu, disponiendo las sillas en torno a la mesa de Nieddu.

—Veamos, Maurizio. Te presento a la inspectora Eva Croce, recién llegada de Milán, y a Mara Rais. Mara no estaba aún con nosotros cuando te trasladaste a Carbonia. Las dos trabajan en la sección de Casos sin resolver —explicó Barrali. El cansancio velaba su voz, pero intentaba disimularlo gesticulando con energía.

—¿Hay una sección de Casos sin resolver en Cagliari? —preguntó sorprendido Nieddu.

Eva notó que el comisario seguía desorientado: al estrechar la mano del viejo colega había palidecido; Croce había leído en sus ojos extrañeza e incredulidad, como si le costara creer que la persona que tenía delante de él era el Moreno que había conocido. Aquella mirada perdida le hizo comprender la gravedad de la enfermedad de Barrali.

—La acaban de crear —dijo Rais.

—Bien. Gracias por haber acompañado a Moreno —dijo volviéndose hacia las policías.

Las dos asintieron y miraron en dirección a la joven de uniforme que las había acomodado.

—Ah, sí. Ayudante jefe Paola Erriu, mi brazo derecho —dijo Nieddu—. Por favor, sentaos.

—Maurizio, tengo que precisar que no estamos en misión oficial. Yo ya no estoy de servicio desde hace tiempo. Estoy de baja por enfermedad. No hemos avisado a Farci, por tanto...

—Tranquilo, no es más que una charla informal —aclaró el comisario. En pocos minutos explicó a los demás la situación relativa a la desaparición de Dolores, y acabó diciendo que no lograban localizar a Roberto Melis, el líder espiritual.

—¿Así que estás centrado en él? —preguntó Barrali.

—Bueno, de momento es mi única pista. Él y su secta representan la única nota discordante en el cuadro general de la vida de la chica... Tú lo conoces, ¿no?

—Sí, le traté.

—¿Puedo preguntarte por qué? ¿Por trabajo?

—No exactamente... Hubo un momento en que pensé que todo este interés por los yacimientos nurágicos, por los círculos megalíticos y las tumbas de los gigantes podía tener cierta relación con los asesinatos del 75 y del 86. No Melis directamente, como es obvio, porque habría sido demasiado joven, sino... entiendes, ¿no?

Nieddu asintió. Conocía la obsesión de su colega por aquellos asesinatos.

—¿Tenías alguna prueba de su participación en estos asuntos? —le preguntó.

—En absoluto. Era más una sensación. Yo ya estaba enfermo y mi rostro lo denotaba. De modo que empecé a seguir su página web, su blog, y poco a poco comencé a asistir a las reuniones haciéndome pasar por un tipo desesperado que ya no sabe qué hacer, dispuesto a probar «curas alternativas», por así decir.

—¿Reuniones? —preguntó Rais.

—Reuniones de oración o purificación, sí.

—¿Y qué descubriste? —preguntó Nieddu.

Moreno le entregó una carpeta que contenía varios expedientes. También puso sobre la mesa un pendrive.

—Aquí encontrarás todo el material que pude reunir sobre ese chiflado, incluidos sus sermones en MP3, que grabé a escondidas... En cuanto a las reuniones, Melis congregaba a personas entregadas al neopaganismo con las que acudía a yacimientos arqueológicos, sobre todo círculos megalíticos y pozos sagrados. Tenía la idea de que las piedras escogidas y trabajadas por nuestros antepasados poseían una fuerza magnética que esparcía influjos benéficos. Hablaba incluso de «radioterapia neolítica».

—*Fill'e bagassa...* —comentó agriamente Rais—. Perdonad, es que odio estas mierdas *new age*.

—¿Y hay alguien que se las crea? —preguntó Eva.

—¿Alguien? —dijo Barrali, irónico—. Decenas y decenas de personas. He visto docenas de mujeres abrazadas a menhires o tendidas sobre una *tumba de sos zigantes* para propiciar un embarazo, convencidas de que la energía de las piedras las ayudaría. Enfermos de cáncer que dormían en grupo dentro de los nuragas, madres que llevaban consigo a sus hijos discapacitados, seguras de que los dólmenes o las *domus de janas* los «curarían»...

—Menudo cabrón... —se le escapó a Paola Erriu—. Perdón.

—¿Y él?, ¿qué clase de tipo es? ¿Crees que esta Nuraxia puede incitar a la violencia de alguna manera? —preguntó el comisario.

—Era lo que quería saber. Pero no tuve tiempo.

—¿Por qué?

—Porque me descubrieron. A uno de los asistentes le había tramitado una denuncia. Me reconoció y le dijo a Melis que yo era un policía. Ahí se acabó mi investigación: me echaron sin demasiadas contemplaciones.

—Qué mala suerte... ¿Había dinero de por medio? —preguntó Mara.

—Por supuesto, como siempre en estos casos. Creo, además, que el dinero provenía de la droga, sobre todo en el círculo de personas más próximas a él, sus fieles. Había distintos niveles en la secta. Es muy probable que los más íntimos del líder espiritual participaran en festines lisérgicos, orgías y vete a saber qué más.

—¿De cuánta gente estamos hablando? —preguntó Maurizio.

—El número oscilaba continuamente. Digamos que un mínimo de cuarenta personas y un máximo de ochenta. Si te refieres a su círculo más restringido de fieles, diría que una decena escasa.

—Volviendo a lo que te preguntaba antes, ¿crees que más allá de la droga puedan haber llegado a cometer algún delito más grave? ¿De índole sexual tal vez?

—No lo sé, Maurizio. Melis es sin duda un tipo carismático, dotado de un gran poder de persuasión. Seguro que se ha acostado con todas las seguidoras que le atraían, pero en cuanto a violencia… no sabría decirte.

—¿La chica estaba metida en este asunto? —preguntó Eva al inspector.

—Al parecer, sí. Desde hace cuatro o cinco meses.

—Pobrecilla. ¿Desde cuándo se le ha perdido la pista? —preguntó Mara.

—En realidad, no hace mucho. Unos cuatro días. El caso es que ha desaparecido también ese cabrón. Ambos hechos podrían estar relacionados, ¿no?

—Podrían, sin duda. Si quieres saber mi opinión, Melis debe de estar en algún lugar de la isla en peregrinación con su grupito de neopaganos. Es probable que Dolores esté con ellos y que por una u otra razón no haya querido decírselo a sus padres.

—Efectivamente, tuvo una discusión con su madre. La chica no tiene un carácter fácil y es consumidora habitual de drogas —intervino Paola Erriu.

—Esto confirma el hecho de que se haya unido a los neonurágicos. Al «trance mediúmnico» del que habla Melis seguramente no se llega bebiendo manzanilla.

Los policías rieron de la ocurrencia de Barrali.

—Espero que sea como dices, porque tengo un mal presentimiento respecto a todo este asunto… ¿Trabajáis en asesinatos rituales? —preguntó Nieddu a las colegas, cambiando de tema.

—Estamos valorando si hay elementos suficientes para reabrir las investigaciones —dijo Rais—. Es pronto para decirlo.

—Yo también intervine en el caso del 86. Nos llamaron por una consulta. Un asunto desagradable, muy desagradable. A veces todavía sueño con ello.

—Pues así ya somos dos —dijo Barrali levantándose con la ayuda del bastón—. Si necesitas cualquier otra cosa...

—No tendré reparos en molestarte —dijo Maurizio tendiéndole la mano derecha—. Sé que no puedes estar sin hacer nada.

Moreno intentó imprimir la mayor fuerza posible al apretón, pero a Nieddu le pareció que estrechaba la mano de un niño.

—Tenme informado sobre Dolores, por favor —pidió Barrali.

—Por supuesto. Gracias de nuevo por el material y por haber venido. Hasta pronto.

—Quién sabe...

—Para ya, More', ¡que tienes el vigor de un jabalí!

—Puedes jurarlo: lo tendremos pegado a la espalda como una *cardanca* hasta que resolvamos estos casos —dijo Rais, irónica, despidiéndose del comisario—. Perdona, Croce. *Cardanca* significa garrapata.

—*Bie tue*, ya ves, esta no tiene respeto ni por un viejo —se lamentó el policía barbaricano.

Mientras Barrali se volvía para estrechar la mano de Paola Erriu, Eva vio que Nieddu tenía los ojos llenos de lágrimas.

—No lo dejéis solo —casi le susurró, estrechándole la mano.

—No te preocupes —respondió Eva.

Antes de salir del despacho, Croce cogió una de las fotografías de Dolores Murgia, la dobló y se la guardó en el bolsillo; no habría sabido cómo decirlo, pero tenía la inevitable sensación de que su camino se cruzaría de nuevo con el de aquella muchacha desaparecida.

33

Corso Vittorio Emanuele II, Cagliari

Mara la había llevado a tomar una copa al Old Square, un pub al más puro estilo irlandés, situado en la nueva zona de la movida cagliaritana desde que *su sindacu*, el alcalde, había hecho peatonal el Corso, como le había explicado. El local estaba abarrotado de jóvenes, muchos de ellos concentrados mirando un partido de fútbol en las diversas pantallas de televisión. El aire estaba impregnado de sudor alcohólico y del olor a humo de la carne a la parrilla, por la que era famoso el Old Square. Sonaba de fondo el blues *Bright Lights* de Gary Clark Jr.

—Aquí hay demasiado follón. Ven, vamos a la cripta —dijo la cagliaritana alzando la voz para hacerse oír.

Atravesaron la cervecería y se dirigieron a «la cripta», bajando unos escalones de piedra.

—¡Guau! Esto parece una iglesia… —dijo Eva, contemplando con admiración la bóveda de crucero del techo. El ambiente allí era mucho más tranquilo, casi atenuado. Era como si estuvieran en un bar dentro del bar.

—Son muros que se remontan al siglo XIII —dijo Rais, abriéndose paso hacia una mesa al fondo de la sala envuelta en un aura selecta—. En realidad, este espacio del pub formaba parte del antiguo convento de San Francesco di Stampace. Es bonito, ¿verdad?

—Ya lo creo. Parece que hemos vuelto atrás en el tiempo.

—Es una sensación que experimentarás a menudo en esta ciudad… ¿Cerveza?

—Sí, gracias.

—¿Te gusta la Guinness?

Eva arqueó una ceja.

—¿Guinness? Soy medio irlandesa, Rais. Por supuesto, me encanta, ¿pero tú...? Creí que solo bebías Ichnusa.

—Estereotipos a manta, eh... —dijo Mara sacudiendo la cabeza.

—Olvídalo, que todavía me debes una por tu frase por el color de mi piel.

—A propósito, te he reservado una sesión de rayos UVA para mañana...

—Vete a la mierda, *casteddaia* —dijo Eva sonriendo.

Unos minutos más tarde un camarero les llevó dos pintas de cerveza negra irlandesa y patatas fritas.

Las policías brindaron, relajadas.

—Hemos hecho un montón de kilómetros hoy, ¿no? —dijo Croce.

—Esto no es nada. Me temo que tendremos que tragarnos un montón mientras estemos trabajando en esos viejos casos.

—Oh Dios mío... ¿Tendré que soportar todas esas canciones lacrimógenas en sardo?

—Eso seguro, y si vuelves a llamarlas «lacrimógenas» te arresto. Es pura poesía.

—Si tú lo dices...

—Lo realmente lacrimógeno son esos lloriqueos vuestros con arpa, gaita, flautas y violines, es como para suicidarse al instante.

Eva hizo como si se acariciara el piercing con el dedo corazón y su compañera le sonrió.

Durante unos segundos bebieron en silencio, observando a los clientes del salón, sin tener necesidad de hablar. No era un silencio embarazoso, sino el de dos personas que empiezan a entenderse y a comunicarse solo con una mirada. Era una habilidad que tendrían que cultivar y perfeccionar, si querían trabajar bien en pareja.

—¿Qué te parece? —preguntó Rais finalmente.

—¿Te refieres a Moreno?

—No, al padre Pío —rebatió, sarcástica, la cagliaritana.

Eva ignoró sus palabras y le preguntó:

—¿Sabes lo que es un «sesgo cognitivo»?

—¿Una enfermedad?

—No, no… Es una especie de distorsión de la evaluación causada por los prejuicios.

—¿Una especie de efecto túnel?

Croce asintió, cada vez más convencida de que Rais era mucho más inteligente de lo que aparentaba; aquel aire malhumorado, el dialecto y las bromas eran en realidad una pose, una máscara para ocultar una lucidez diabólica y forzar a su interlocutor a bajar la guardia, obteniendo una ventaja estratégica.

—Exacto. Es una convicción, la mayoría de las veces inexacta, desarrollada sobre la base de una interpretación poco objetiva de las pruebas que tienes y que, por lo tanto, provoca una especie de distorsión de la realidad, un juicio erróneo desde el principio, porque está contaminado por esa visión de túnel… ¿Entiendes lo que quiero decir?

—Perfectamente. Es como si hubiera empezado considerando *a priori* la mecánica del asesinato como un ritual, y esto hubiera condicionado todas las especulaciones posteriores… Yo también he tenido la misma sensación, y es algo que nos ocurre a menudo a los investigadores. No obstante, lo que dice tiene sentido.

—Es cierto. Pero también las teorías de que Jim Morrison sigue vivo y fingió su muerte, o de que los americanos nunca fueron a la Luna, si las examinas con lupa, al rato te parecen verosímiles.

—Tampoco hay que exagerar…

—De acuerdo, pero no me digas que no está obsesionado con este caso —dijo la milanesa.

—De eso no hay duda, yo también estoy convencida… Y sobre lo que ha ocurrido en el coche, ¿qué me dices?

En el camino de regreso, mientras le llevaban de nuevo a casa, Mara le había preguntado a Barrali por qué dos días antes le había dicho que estaba convencido de que Dolores sería la próxima víctima. El policía se había quedado pasmado, como si no recordara aquellas palabras; había empezado a balbucear y a temblar, como preso de un ataque de ansiedad, y Eva había intervenido tratando de tranquilizarlo, diciéndole que casi con toda seguridad Mara se había equivocado.

—¿Estás segura de que te dijo eso? —preguntó Croce.

—Apostaría la cabeza de mi hija. Precisamente decidí darle

una oportunidad porque estaba convencido de que existía el riesgo de que la muchacha fuera la próxima víctima.

—Puede que mintiera justamente para intentar convencerte —sugirió Eva.

—Podría ser... Pero en ese caso debería ser nominado a un Oscar, porque parecía hablar jodidamente en serio cuando me lo dijo.

—¿Y entonces?

Mara bebió un buen trago de Guinness, como si buscara la fuerza en el alcohol.

—Creo que la enfermedad ha empezado a nublarle la mente.

Croce asintió: había tenido la misma sensación.

—No me malinterpretes: es un buen hombre y le tengo en gran estima. Pero si me pidiesen que me jugara la carrera por sus teorías... ¿Realmente tú te ves yendo a un magistrado a explicarle que la Diosa Madre se tiraba al toro, que la máscara taurina representa una involución en el caos primordial y un regreso a la naturaleza, y que el día de los muertos las almas volverán a la tierra guiadas por Dionisos Maimone?

Eva no respondió.

—Mira... Haría que nos encerraran a las dos —continuó Rais—. Hoy le he escuchado y le he seguido el juego porque me daba pena, pero en mi interior me preguntaba: ¿de verdad cree todas estas gilipolleces?

—Lo que sí es cierto es que esas dos muchachas están muertas y nunca nadie ha reclamado sus cadáveres —señaló la milanesa.

—Un buen misterio, no hay duda, y lo siento muchísimo por ellas. Pero, Croce, estamos hablando de asesinatos cometidos hace cuarenta y treinta años, respectivamente. Aunque nos dedicásemos en cuerpo y alma solo a este caso, en contra de todo y de todos, lo más probable es que no consiguiéramos nada y el asesino se moriría de risa en su tumba porque, si las matemáticas no me fallan, o está muerto o está a punto de estirar la pata.

—¿Así que ni siquiera quieres darle una oportunidad? —preguntó Eva.

Mara Rais se acabó la Guinness y se rascó nerviosamente el cuello.

—El jefe me ha mandado a Casos sin resolver por venganza.

Solo espera que dé un paso en falso para echarme para siempre de la Móvil... Resucitar esta investigación sería como servirle mi cabeza en bandeja de plata, Croce.

—¿Así que tu respuesta es un no?

—Lo siento mucho por Moreno, pero tengo una hija en la que pensar... Sí, mi respuesta es un no como una casa —dijo Rais tajante—. Para mí la investigación sigue cerrada.

34

Localidad de Capitana, Quartu Sant'Elena

Grazia Loy acabó de regar sus queridas rosas y alzó la mirada hacia el cielo adamascado de nubes violáceas. La luz púrpura del atardecer se estaba desvaneciendo y atenuando a cada minuto. Grazia entornó los ojos y, en el centro del jardín, aspiró el aroma de las flores, de la maquia y de las plantas mecidas por una suave brisa. Ese era su ritual crepuscular, su rincón de paz: abandonarse a los efluvios de la tarde, saciarse y embriagarse con las fragancias de la tierra; unos minutos solo para ella en aquella dimensión paralela, alejada del dolor que anidaba en su corazón causado por la enfermedad que, cada día un poco más, le estaba arrebatando a su marido.

Entró de nuevo en la casa convencida de que Moreno estaba todavía en la cama: el viaje a Carbonia le había agotado y había vuelto en un extraño estado de confusión; no había querido decirle de qué se trataba, pero Grazia estaba segura de que guardaba relación con el caso. Se sorprendió al verlo sentado a la mesa de la cocina mirando una fotografía.

—¿Estás bien? —le preguntó acariciándole un hombro. Moreno estaba mirando viejas fotografías en blanco y negro.

—No lo sé. Hoy parecía que todo iba de maravilla, pero luego… la memoria ha empezado a jugarme malas pasadas. He quedado como un idiota —dijo casi tartamudeando.

—¿Ante quién? ¿Ante tus colegas?

Moreno asintió. Parecía frágil y asustado, como un niño proyectado a una realidad ajena a sus costumbres y a sus conocimientos.

—Tal vez solo estabas cansado, querido.

—No, por desgracia no. Es como si las cosas se estuviesen

desdibujando. A veces tengo la sensación de recordarlo todo a trompicones... Tengo miedo, Grazia. Tengo miedo de perder el control... de olvidarme incluso...

La mujer lo abrazó y trató de tranquilizarlo.

—Moreno, después de tantos años tal vez ha llegado el momento de dejar atrás esta historia, ¿no? Es ella la que te está matando... Deja que sean Mara y Eva las que se ocupen de todo. Me parece que son buenas personas. ¿Confías en ellas?

—Yo sí... Pero temo que son ellas las que no se fían de mí. Creo que se han dado cuenta de que no se trata solo del tumor.

—En cambio yo creo que has encontrado a las personas adecuadas. Tienes que explicarles toda la verdad y luego dejarlo todo en sus manos. Ahora debes pensar en cuidarte, no puedes permitirte estar tan mal.

—Lo sé... Lo siento, querida. Siento haberte obligado a vivir con esta historia mía.

—Lo he hecho porque te quiero, Moreno —dijo Grazia acariciándole el rostro demacrado—. Ahora basta. Tengo miedo por ti. Si sigues atormentándote de este modo, no te haces ningún bien a ti ni mucho menos a mí. Estamos solos, ya lo sabes.

Moreno asintió. Se secó los ojos húmedos de lágrimas y se levantó. Una vez en la cama, Grazia se durmió casi enseguida, mientras que el policía no pudo conciliar el sueño. Mil pensamientos se arremolinaban en su mente.

«Me habían pronosticado un deterioro cognitivo y variaciones del estado de atención, pero no creía que llegaría tan rápido», pensó. «Si perdiera toda la información que tengo sobre el caso, ¿cómo podrían intentar resolverlo?».

Procurando no despertar a su mujer, Moreno se deslizó fuera de la cama y se dirigió a su estudio conteniendo la respiración. Cogió un cuaderno sin empezar y, aterrorizado ante la idea de que la enfermedad borrase sus recuerdos, empezó a rebuscar en su memoria herida y a transcribir todo lo que recordaba sobre los asesinatos rituales.

35

Interior de Cerdeña

Cuando su conciencia resurgió de aquel limbo comatoso en que se había deslizado, Dolores se dio cuenta de que ya no sentía su cuerpo. Era como si alguien le hubiese anestesiado los sentidos. Percibía a su alrededor una fuerte sensación de amenaza, pero no era capaz de mover ni un músculo, y no por culpa de las cuerdas que la tenían atrapada: su cuerpo había dejado de luchar y se estaba dejando arrastrar hacia las profundidades, abandonándose a la oscuridad.

«Mamá…», rezó, aferrándose a los últimos instantes de conciencia. Pensar en su madre fue lo que más pena le dio. De repente supo que no sobreviviría, que nunca saldría viva de aquel lugar donde estaba prisionera, y esto significaba que no la vería nunca más. La mortificaba el hecho de que se hubiesen separado disgustadas la última vez que se vieron. Dolores le había lanzado palabras impregnadas de veneno, de las que se arrepintió unos segundos después de haberlas vomitado. Debido a la vergüenza y a la incapacidad de retractarse y pedir perdón, había abandonado a su familia sin dar más noticias.

«Vuelve a casa, *rundinedda,* mi pequeña golondrina», le pareció oír la voz de su madre.

«No puedo…», susurró la muchacha. «Perdóname, mamá».

Los pensamientos y la conciencia se deshilacharon de nuevo, debilitándose como la llama de una vela que se va apagando, hasta extinguirse en una voluta evanescente de humo.

Una noche ciega la invadió de nuevo, y cuando Dolores sintió su abrazo glacial, se rindió sin oponer resistencia.

36

Stampace alto, Cagliari

Habían ideado un método para darse las buenas noches cuando Sara se quedaba a dormir en casa de su padre, en su antigua habitación, puesto que él no quería que la pequeña utilizara el móvil. Armadas ambas con una linterna, se enviaban ráfagas de luz desde las respectivas ventanas: Sara, desde lo alto del edificio pegado a la muralla; Mara, desde abajo, en su casa fuera de las murallas.

Un destello era una pregunta: «¿Estás bien?». Dos, una respuesta: «Sí». Tres, un deseo: «Pues buenas noches». Cuatro destellos: «Igualmente, mamá».

Asomada a la terraza, mientras esperaba que su hija, a menos de trescientos metros en línea recta, se pusiese el pijama y se lavase los dientes antes de despedirse, Mara Rais jugueteaba con la linterna y pensaba en su compañera. En aquellos dos días que habían pasado en estrecho contacto no se había esforzado demasiado por hacer que la milanesa se sintiera cómoda y *beni benida*, bienvenida; porque no se fiaba de ella, pero sobre todo porque no le gustaban las imposiciones. Estaba acostumbrada a trabajar con autonomía, sin tener que rendir cuentas constantemente, y de pronto le habían endosado a la forastera para que la destetara. Era un bocado imposible de digerir, sobre todo después de su última experiencia, que aún le escocía: haber sido traicionada por una colega que presenció el acoso que ella había sufrido. En vez de declarar a favor suyo, la policía optó por defender al jefe, con lo que se había ganado un ascenso. Desde aquel día, la única mujer en la que Rais confiaba era su madre. Ni siquiera podía confiar en su hija, que le mentía constantemente sobre los deberes de clase.

Eva no se había mostrado gruñona o arrogante como había temido Mara, sino más bien siempre bromista, deseosa de romper lo antes posible esa capa de rigidez y formalidad que el trabajo les imponía; por suerte ninguna de las dos tenía que demostrarle a la otra que la tenía más grande, como probablemente habría ocurrido entre varones: no eran más que dos mujeres marginadas por el sistema, que debían aprender rápido a contar la una con la otra si querían salir adelante con más tranquilidad en aquel ambiente resbaladizo para cualquier persona del sexo femenino y dotada de un mínimo de personalidad. Mara había intentado que Eva se abriera, averiguar algo más de su vida privada, pero había sido como coger una anguila con las manos: Croce se escabullía a cada intento. En cinco o seis ocasiones al menos vio vibrar el móvil de la milanesa por una llamada, pero Eva siempre había ignorado a su interlocutor sin devolver la llamada. Mara no hizo ningún comentario, pero registró aquel detalle, así como el destello de dolor mezclado con rabia que había velado la mirada de su compañera cada vez que el teléfono las había interrumpido.

«Tienes varios amigos y antiguos colegas en la jefatura de Milán. Te bastaría enviar un mensaje o hacer una llamada para descubrir algo más de ella», se dijo. «Por otra parte, si tenéis que trabajar juntas, has de poder fiarte de ella. Y, para poder fiarte, has de saber quién es realmente esa roquera y por qué la han enviado aquí. Las apariencias engañan. Ya te engañó una vez una compañera... ¿Quieres correr de nuevo ese riesgo?».

El primer destello de la linterna la sacó de aquellos pensamientos. Mara sonrió y respondió a la niña preguntándole en su «lengua» si todo iba bien. Sara le respondió que sí y se dieron las buenas noches.

Mara echó un vistazo a la última edición del TG regional en Videolina por si había alguna novedad sobre la desaparición de Dolores, pero la periodista ni siquiera mencionó el asunto; así que echó también un vistazo a los titulares de algunos periódicos locales digitales, en los que tampoco encontró nada. Estaba a punto de apagarlo todo e irse a la cama cuando el móvil vibró al entrar un mensaje. Era una amiga suya a la que había llamado aquella tarde para preguntarle si el ático que alquilaba en primavera y verano estaba libre: «Sí, si quieres te lo puedo enseñar mañana por la mañana», le había escrito.

Mara envió el mensaje a su compañera y le preguntó si le iría bien pasarse por allí.

En unos segundos le llegó la respuesta afirmativa de Eva en dialecto: *Eja*, acompañada de una carita sonriente.

Mara sacudió la cabeza y la citó para el día siguiente.

«Dos días no son nada... Dale un poco de tiempo», se dijo, preparándose para la noche y postergando por el momento la petición de información sobre su colega.

Mientras se masajeaba la cara esparciéndose la crema de noche, a Mara Rais la invadió el temor de no poder pegar ojo: por mucho que se esforzara por borrar las imágenes que Barrali les había enseñado, estas volvían una y otra vez con su carga de misterio que le provocaba una gran inquietud.

Maldijo mentalmente a su colega mientras se tragaba tres pastillas de melatonina.

«Si no me hacen efecto, juro por Dios que te llamo por teléfono y te canto en bucle el himno de la Brigada Sasssari hasta que me duerma, *su tziu*», dijo para sí, y se fue a la cama con la sonrisa en los labios imaginando la escena.

Autovía, Cagliari

L a mente humana es diabólica: a menudo perdonamos sin pestañear a quien nos hiere, pero nos resulta imposible perdonar a quien se ha dejado herir por nosotros sin pestañear. Sobre esto reflexionaba Eva Croce mientras observaba cómo el móvil vibraba y emitía destellos sobre el asiento del copiloto. Volvió a concentrarse en la carretera que tenía delante y subió el volumen de la radio. Tras despedirse de Mara, había decidido explorar Cagliari en coche. Conducir de noche, con un poco de buena música de fondo la relajaba y la ayudaba a pensar.

«Puedes ignorarlo cuanto quieras, pero tarde o temprano tendrás que contestarle», se dijo, volviendo a meter el móvil en el bolso. «Él no tiene ninguna responsabilidad y tú lo sabes muy bien».

Su único pecado, en efecto, había sido dejarse apuñalar en el corazón sin levantar siquiera la cabeza, sin derramar una sola gota de odio, con la única consecuencia de hacer el ataque de Eva aún más mezquino y taimado; la reacción de la mujer había sido la huida, la separación total. Contemplar sus propias culpas reflejadas en sus ojos habría sido insostenible.

«¿Cuánto hace que no hablas con él?», se preguntó.

«Demasiado poco todavía...», susurró para sí mientras las notas de *Iron Sky* inundaban el coche. «Demasiado poco todavía».

Puso la quinta y apretó el acelerador, en un intento de escapar de su sentimiento de culpabilidad.

Museo Arqueológico Sa Domu Nosta,
Senorbì, Trexenta

A quella mañana Bastianu Ladu se presentó elegantemente vestido, perfumado y *barbivattu*, recién afeitado, junto a la cama de su hijo, de modo que el muchacho se preguntó si tendría una cita amorosa con alguna mujer.

—Vamos, Micheli. Tenemos que ir a un sitio —le dijo, lanzándole ropa nueva: vaqueros, camisa y jersey—. Date prisa, no quiero llegar tarde.

El chico estaba acostumbrado a obedecer. Media hora más tarde estaban viajando en el Cherokee negro de Bastianu.

—¿Adónde vamos? —preguntó Micheli, viendo que el jeep salía de su territorio en dirección a la llanura del Campidano.

—A Trexenta.

El chico no preguntó nada más y ambos pasaron el resto del viaje en completo silencio.

Al llegar a Senorbì, se detuvieron en uno de los bares del pueblo. Mientras el hijo devoraba dos bollos rellenos de crema, Bastianu aprovechó para leer el *Unione Sarda*; se saltó la crónica nacional y cuando se topó con el artículo sobre la desaparición de Dolores Murgia, con fotografías de la muchacha, se detuvo y lo leyó con atención.

—No sois de por aquí, ¿verdad? —preguntó el camarero, distrayéndolo de la lectura. Parecía tener ganas de conversación.

—Por suerte, no —respondió Bastianu, cortando de entrada el diálogo y provocando la sonrisa de Micheli. Pagó e indicó al chico que lo siguiera. Se dirigieron a una casa solariega del siglo XIX, con varios pozos y establos. Micheli vio unos carteles que anunciaban la presencia en el museo del pueblo de la antigua Diosa

Madre de Turrìga, que habitualmente se exponía en el Museo Arqueológico Nacional de Cagliari.

—¿Estamos aquí por esto? —preguntó, confuso, a su padre.

El hombre asintió con un gesto brusco. Micheli advirtió que Bastianu estaba de humor sombrío y parecía casi incómodo, como si estuviera a punto de encontrarse con una personalidad importante y temiera no estar a la altura.

Una vez dentro del museo, un hombre sentado a una mesa, de unos sesenta años, apartó los ojos de una revista y los miró.

—Buenos días... ¿Vienen por la Diosa Madre? —preguntó, vagamente intrigado; los dos Ladu no debían de pertenecer al tipo más común de visitante.

—Sí. Dos entradas, por favor —dijo Bastianu, tratando de disimular el marcado acento barbaricano. Le entregó un billete al hombre y esperó el cambio.

—¿Necesitáis guía?

Bastianu negó con la cabeza.

Muy bien, entonces por allí.

El hombre y el muchacho entraron en una sala en cuyo centro estaba expuesta, protegida por una vitrina de grueso cristal, una única escultura que era un ejemplar muy antiguo de diosa madre mediterránea.

En la sala reinaba un silencio sobrenatural.

Bastianu se dejó llevar por un sentimiento de éxtasis religioso y empezó a girar lentamente en torno a la vitrina, con los ojos fijos en la estatuilla de cuarenta y cuatro centímetros de brillante mármol blanco que, después de más de cinco mil años, seguía brillando como con luz propia; con el tiempo se había convertido en el icono por excelencia de la Diosa Madre sarda, representada en collares y joyas de todo tipo.

—*Ba'*? —le preguntó Micheli a su padre al cabo de unos minutos—. ¿Qué hemos venido a hacer? ¿Vamos a robarla?

El rostro del hombre se relajó en una sonrisa divertida.

—No —respondió.

—Entonces ¿qué?

Bastianu permaneció en silencio admirando la belleza virginal y la sacralidad de la figura femenina de la diosa, que había hecho de puente entre los tiempos ancestrales y su presente. Era como si la estatua emitiera una vibración sutil que hiciera entrar a su alma en resonancia con ella.

—¿Papá? —dijo Micheli, sacudiéndolo.

—Lo entenderás cuando lleguemos a casa —se limitó a decir Bastianu.

39

Spiaggia dei Centomila,
viale Poetto, Cagliari

—¿Y bien? ¿Te gusta? —preguntó Mara Rais—. Desde luego es un poco pequeño, pero...

—Me lo quedo —dijo Eva cogiendo desprevenidas a la compañera y a su amiga.

—¿Tal vez quieras probarlo unas semanas, para ver si te conviene? —propuso Raffaella, la dueña de la casa, tras unos segundos de silencio embarazoso.

—No, no. Es perfecto. Me lo quedo —repitió Eva, abarcando con la mirada los escasos veinticinco metros cuadrados—. Puede que sea pequeño, pero las vistas son preciosas. Y además tiene una máquina de café, ¿qué más quiero?

Raffaella se quedó mirando a Mara, que se encogió de hombros.

—Es de Milán —explicó Rais, como si aquella aclaración justificara las rarezas de su colega.

—¿Cuándo podría mudarme? —preguntó Eva.

—En realidad ha sido una cosa tan repentina que ni siquiera he tenido tiempo de... —Raffaella no estaba preparada para tanta impaciencia—. No sabría decirte... el apartamento está libre, pero al menos habría que limpiarlo un poco y...

—Puedo hacerlo yo, no te preocupes. Si para ti no es un problema, me lo quedo ya.

—¿Ya? ¿Ya cuándo?

—Ahora mismo —respondió Eva sonriente.

—Joder, Croce. El *bed and breakfast* donde te alojas debe de ser realmente un asco, si tienes tanta prisa por dejarlo —dijo Rais.

—No, es solo que me gustaría tener un lugar donde sentirme como en casa.

—Bueno, seguro que es mejor que el alojamiento oficial que te habrían dado en el cuartel... Raffae', no sé qué decirte. Esta lo quiere, poco se puede hacer.

—Muy bien, pues... nada, dejadme que baje a imprimir unos documentos y vuelvo enseguida.

—Gracias —dijo Eva.

—¿De verdad te gusta? —preguntó Rais cuando se quedaron solas.

—Está cerca del mar. Se ve incluso desde ese tragaluz... y además esta terracita... ven.

Eva abrió la puerta acristalada y Mara la siguió hasta un pequeño balcón cubierto que daba al viale Poetto y desde el que se veía el inmenso espejo de agua inmóvil de las salinas, salpicadas de cientos de flamencos rosa y rodeadas de vegetación palustre.

—Es una locura... —susurró la milanesa, contemplando el panorama apoyada en la barandilla.

Rais sacudió la cabeza y entró en la casa, preparó un par de cafés en la máquina y los depositó sobre la mesita para dos de la terraza.

—Gracias —dijo Eva, sorbiendo el café.

Mara señaló las salinas.

—*Sa genti arrubia.*

—¿Perdón?

—Los flamencos rosa. Aquí los llaman así. Significa «el pueblo rojo».

—Son preciosos.

—Se han convertido ya en el símbolo de la ciudad. Tenemos la mayor comunidad asentada de Italia y una de las mayores de Europa. Desde aquí los puedes ver muy bien. Al atardecer emigran allá abajo, al llamado Parque Natural de Molentargius, hacia el estanque de Santa Gilla. Cientos y cientos de flamencos rosa cruzando el cielo. Me impresiona incluso a mí, que ya estoy acostumbrada... Hay personas que vienen de todas partes del mundo para verlos.

—Entonces yo diría que este agujero vale su precio aunque solo sea por el espectáculo, ¿no? —dijo Eva.

—¿Estás segura de que lo quieres? Me parece más adecuado

para una estudiante sin blanca, o para una *bagassa*, sin ánimo de ofender.

—Bueno, descartaría ser una puta, pero soy una estudiante, ¿no? ¿Estoy o no estoy aprendiendo el *casteddaio*?

Rais sonrió.

—Si es así... —dijo sacando del bolso un periódico arrugado—. He aquí la nueva lección. Este es el diario más leído en Cagliari. Nosotros lo llamamos cariñosamente el *Ugnone*.

Eva sonrió.

—Memorizado.

—¿Sabes cuál es la sección más popular entre los cagliaritanos?

—Dime.

—Las necrológicas.

—No puede ser...

—Te lo juro. Las *ziodde* de los pueblecitos, las ancianas, las leen con el lápiz en la mano y la sonrisa en los labios, y contornean con orgullo las fotos de las pobrecillas a las que han sobrevivido.

—Santo cielo... Me parece una cosa bastante macabra, Rais.

—Los sardos sabemos ser muy macabros, Croce. No llegamos a tu nivel, claro, pero nos acercamos...

—Si no te mando a la mierda es tan solo porque me has encontrado casa... ¿Alguna novedad sobre Dolores?

—Ninguna. Lo he comprado por eso, pero nada.

—¿Pudiste dormir anoche? —preguntó Eva.

—Con un poquito de ayuda de la química... ¿Y tú? ¿Pesadillas?

—Sí. Soñé con las dos víctimas.

—Te comprendo. Pero estoy segura de que dentro de unos días nos habremos olvidado de esta historia. Porque decidimos cubrirlo con una bonita lápida, ¿no?

Mara no captó una gran convicción en la mirada de la colega.

—¿Croce? Decidimos dejar archivado el caso, ¿no?

—Sí, sí... —dijo Eva como volviendo repentinamente en sí.

—Ya estoy aquí —dijo Raffaella, entrando en el estudio con los documentos en la mano...

—Vamos —dijo Rais, levantándose—. Ya que tienes tanta prisa, firma esos *paperi* y luego nos vamos a comer espagueti con erizos para celebrar tu nuevo traster... perdón, tu nueva «casa».

40

Carbonia

Una superficie de veinticuatro mil kilómetros cuadrados de bosques, montes, campos, cuevas, pueblecitos costeros y del interior. Si realmente había desaparecido por causas ajenas a su voluntad, Dolores Murgia podía haber sido llevada u ocultada en cualquier lugar. Tan solo el Parque del Gennargentu cubría un territorio de casi ochocientos kilómetros cuadrados, y las zonas más altas albergaban bosques tan impenetrables y espesos que se decía que algunos nunca habían sido explorados; lugares que habían conservado la gracia inviolada del Paleolítico y que no conocían la presencia del hombre desde hacía milenios. Paraísos intactos. Perfectos para reconciliarse con los espíritus de los antepasados.

Maurizio Nieddu había descubierto que el gurú de la Nuraxia solía llevar a sus adeptos en «peregrinación» a lugares recónditos, lo más alejados posible de la civilización, donde nadie pudiera molestarlos en sus «trances regresivos».

La batida a gran escala en la que habían participado agentes de las fuerzas forestales, de Protección Civil y de la Policía Nacional y local no había dado ningún resultado. El comisario había solicitado autorización para una exploración del lugar más amplia con drones, pero se la denegaron; todos los años desaparecían muchas chicas, y hacía menos de una semana que Dolores no había regresado a su casa. El hecho de que formara parte del círculo más estrecho de los neonurágicos no era suficiente, según la magistrada, para elevar a un nivel superior el protocolo de búsqueda. Los presentimientos de Nieddu no podían traducirse en actos burocráticos o en pruebas materiales, por tanto, no tenían ningún peso. La búsqueda seguiría, pero de forma reducida.

«Vaya mierda», pensó mientras aparcaba cerca de la casa del santón. «Ese hijo de puta encaja perfectamente en el perfil del psicópata y tiene antecedentes por violación. Acusaciones que, vete a saber por qué, han quedado en nada. Alguien está protegiendo a ese mitómano, cuanto antes te convenzas de ello, mejor. Basta de jugar siguiendo las reglas».

Bajó del coche y miró a su alrededor. Había esperado hasta la noche para hacerlo. La casa seguía teniendo aspecto de deshabitada. Aquella mañana había hecho una visita de inspección en busca de alarmas antirrobo: no encontró ninguna. El único obstáculo eran las cerraduras. Un juego de niños: nada que su kit de ladrón de casas no pudiese forzar con un poco de paciencia y al amparo de la oscuridad.

No tenía ni idea de lo que podía esconder el chalé. Pero él necesitaba algo, una mínima pista para poder orientar las investigaciones y la búsqueda de la muchacha.

Tras un breve reconocimiento, saltó el muro y se dirigió a la puerta que daba al jardín trasero de la casa. Se puso a trabajar en la cerradura, consciente de los riesgos que corría.

«Podría estar en juego la vida de esa chica. A la mierda las consecuencias», se dijo.

Tras unos minutos de trabajo, el policía bajó la manilla y entró.

Abrió la funda, sacó la pistola y encendió una linterna para abrirse paso.

41

Viale Poetto, Cagliari

Había abierto todo el equipaje que había traído de Milán y ordenado todo su contenido. Había dejado para el final una maleta: la definición más correcta sería una «minimaleta». Eva la miró fijamente como si fuese un ser monstruoso, como si las figuras de Minnie y Mickey Mouse le provocaran más terror que las máscaras diabólicas que le había mostrado Barrali. Miró a su alrededor por si le quedaba alguna otra faena por hacer, para entretenerse y evitar aquella dolorosa tarea, pero tras varias horas de trabajo el estudio estaba en perfecto estado. Ya no tenía excusa.

Aceptar el traslado había sido un paso muy importante para ella. Significaba dar la espalda al dolor, al pasado, e intentar volver a vivir de nuevo. Después de casi dos años había llegado el momento de hacerlo: el trabajo sería su punto de partida, como un medio de recuperar su antiguo yo para retomar su vida donde había quedado interrumpida. Sin embargo, todavía tenía que enfrentarse a varias cosas. Para empezar, al contenido de aquella maleta para niños. «El dolor no se vence eludiéndolo, sino penetrando en él», le había repetido hasta la saciedad su analista. Se acabaron las escapatorias. Se acabaron los sentimientos de culpabilidad.

Eva Croce cogió la maleta y la puso sobre la cama. Corrió la cremallera y la abrió. Contenía vestidos de niña. Para una niña de seis años, aunque tenía ocho la última vez que se los había puesto: en aquel momento la enfermedad ya había interrumpido el crecimiento. Eva había envuelto en celofán cada vestido para conservar su aspecto original, para perpetuar en cierto modo su presencia, pero sobre todo su perfume. Era lo que más echaba de menos y lo que más la angustiaba, porque empezaba a olvidar el olor de su piel. *Su* identidad, *su* corporeidad, en la mente de Eva estaban compuestas esencialmente de olores y perfumes, que el tiempo iba borrando cada día un poco más.

«Es extraño», pensó. «A veces la memoria se concentra en detalles insignificantes, y en cambio no se detiene en elementos que deberían tener una importancia fundamental para la supervivencia del recuerdo. Acuden a mi mente todas sus notas en la escuela y todos los resultados de sus análisis, pero ya no me acuerdo de su olor».

Aunque con gran sufrimiento, Eva fue liberando del celofán todas las prendas de ropa y las dispuso en orden sobre el colchón. Cada pijama, cada camiseta y cada blusa provocaban oleadas de recuerdos, la mayoría de ellos dulces. Todas las prendas que le recordaban el dolor, las lágrimas, la desesperación y la enfermedad las había tirado un año y medio antes.

Cuando acabó de extenderlas, el ajuar de su hija ocupaba toda la superficie de la cama.

Eva cerró los ojos y, de pronto, el perfume de la niña golpeó su olfato con tal fuerza, intensidad y viveza que casi le pareció que estaba allí junto a ella, como si pudiera percibir su mirada en su propio rostro.

Tenía miedo de abrir los párpados y descubrir que Maya no estaba sentada allí, entre sus vestidos. O tal vez temía más aún la posibilidad de verla, con aquellos grandes ojos, el largo y voluminoso cabello rojizo y su alegre sonrisa. De modo que los mantuvo cerrados y se tumbó sobre los vestiditos de su hija, embriagándose con su fragancia. La fuerza portentosa del olfato abrió armarios y cajones mnemónicos que devolvieron a la vida recuerdos nebulosos. En pocos minutos Eva pasó de la risa al llanto, de la emoción al dolor. Sin embargo, sabía que se trataba de una operación redentora para su alma: estaba volviendo a casa por última vez.

«Te echo de menos, tesoro mío», susurró con los ojos cerrados, acariciándose el vientre, como si aquel simple gesto pudiese rebobinar la cinta del tiempo, haciendo que aquella vida sagrada regresara a ella, a su seno. La invadió un desgarrador sentimiento de traición por no haber sido capaz de cumplir con su tarea más natural e instintiva, la de protegerla. Había fracasado y nunca podría perdonarse.

«¿Y tú, podrás perdonarme alguna vez?», preguntó a la habitación vacía, pero en cierto modo llena con la presencia de su hija.

Al cabo de unos minutos se quedó dormida, arrullada por las oleadas del perfume de su pequeña, aferrada a sus vestidos como si fueran amuletos capaces de exorcizar su ausencia.

42

Carbonia

Cuando el haz de luz parpadeante de la linterna inspeccionó las paredes del «estudio» del gurú, Maurizio Nieddu se maldijo por haber tardado tanto en llevar a cabo aquella irrupción.

—*Gesù Cristu...* —murmuró, con los ojos fijos en los dibujos hechos con tiza blanca en las paredes negras como pizarras. El policía se sintió transportado hacia atrás en el tiempo, hasta aquel noviembre de 1986, cuando siendo poco más que un chiquillo había sido llamado como agente de apoyo a la escena del crimen en el área arqueológica de Matzanni, entre los montes de Villacidro y Vallermosa. Los bocetos de las paredes representaban a la víctima que habían encontrado arrodillada delante de uno de los tres pozos sagrados, con las manos atadas a la espalda, el rostro oculto por una máscara de madera de forma bovina y el cuerpo cubierto de vellones de oveja. El cabrón tenía talento para el dibujo, pero los detalles que más inquietaron al comisario fueron las heridas como mordiscos en las partes al descubierto de la piel de la víctima; la muchacha no identificada que habían encontrado en Matzanni tenía las mismas lesiones, en los mismos puntos: era como si aquel cabrón hubiera estado presente o incluso hubiese...

«Mierda, podría haber sido él», reflexionó el policía, haciendo unos rápidos cálculos mentales. En aquella época Melis debía de tener poco más de veinte años. «Demasiado joven quizá», se dijo Nieddu.

Siguió iluminando los tabiques con la luz de la linterna. Otro dibujo en yeso detallaba la escena del otro crimen ritual: el de 1975. Nieddu había visto por aquel entonces los expedientes de Homicidios y reconoció el vestíbulo de la fuente sagrada *Su Tempiesu* en los campos de Orune, así como la disposición de la víctima anónima, dibujada con todo lujo de detalles.

—Hijo de puta... —murmuró. Los dibujos en tiza continuaban: máscaras zoomorfas, mujeres desnudas delante de altares nurágicos y menhires, figuras bestiales, círculos megalíticos... Era como si Melis hubiese imprimido en esas paredes su imaginario perverso. Con un nudo en el estómago cada vez más prieto, el policía continuó su exploración clandestina. Descubrió, colgadas en las paredes, reproducciones de armas nurágicas y todo tipo de máscaras del carnaval sardo. Cuando la luz iluminó el cráneo de un macho cabrío, Nieddu se sobresaltó y la linterna le cayó de la mano.

La mesa estaba atestada de textos sobre ocultismo, de dibujos y bocetos de oscuros ritos y sacrificios, de fotografías que representaban a Melis con sus seguidores en los bosques, con los rostros cubiertos con máscaras, a menudo desnudos, como en una especie de procesión entre fuentes sagradas, pozos nurágicos y otros yacimientos arqueológicos perdidos en los bosques.

La mano cubierta con el guante de polietileno con la que el comisario examinaba las imágenes estaba temblando. Sentía que le faltaba el aire. Le habría gustado encender las luces para examinarlas mejor, pero no lo hizo: por una parte, temía delatar su presencia; por la otra, temía contaminar posibles pruebas. Cuanto más tiempo pasaba allí dentro, mayor era el riesgo real de dejar huellas de su paso.

Nieddu recordó el rostro de Dolores Murgia y se quedó petrificado de horror al pensar que la chica podía estar en manos de aquel psicópata.

«Deberías haber venido antes...», se recriminó.

Volvió a iluminar los dibujos de los asesinatos rituales y, mientras los contemplaba, se preguntó: «¿Y ahora qué demonios me invento?».

43

Jefatura de policía de Cagliari

Croce y Rais se reunieron de nuevo a última hora de la tarde delante del despacho del jefe de la sección de Homicidios. Croce había pasado toda la mañana resolviendo cuestiones administrativo-burocráticas para poder tomar posesión de su cargo, y había aprovechado para familiarizarse con las oficinas y las diversas secciones. Farci las había convocado a ambas para analizar la situación y poder empezar a cosechar resultados.

Rais observó con repulsión que el atuendo de la colega no había variado: botas militares gastadas, vaqueros agujereados, camiseta de un grupo de rock del que no había oído hablar nunca, cazadora de cuero, piercing en la nariz y una larga serie de pendientes. Como siempre, la única sombra de maquillaje en aquel rostro diáfano era un exceso de lápiz negro en el contorno de los ojos, que le daba a su mirada un aire siniestro; los cabellos, demasiado largos y oscuros en su opinión, contribuían a darle un aspecto demacrado; las uñas seguían sin pintar, cortadas al ras.

Tras casi un cuarto de hora de espera, Mara, aburrida, la observó de arriba abajo y no pudo resistir la tentación de provocarla:

—A ver, dime, ¿vienes de un concierto por la *reunión* de los Led Zeppelin o estás intentando que te recluten como infiltrada en Narcóticos?

Eva le devolvió la mirada despreciativa.

—Bueno, viniendo de alguien que se viste como la secretaria en una película porno...

Rais esbozó una sonrisa gélida, mostrándole el dedo corazón.

—Que te den —murmuró.

Eva se puso a jugar con el piercing para molestarla.

—¿Y bien? ¿Qué tal se está en aquella lata de sardinas? —preguntó Mara tras unos segundos, apartando la mirada.

—Es solo un sitio donde poder estar, Rais. Un alojamiento temporal.

—¿Así que no tienes intención de quedarte? ¿Vas a pedir el traslado?

—Dios mío, se te ha iluminado la cara. Acabo de llegar. ¿Tanto te molesto? —la pinchó Eva.

La cagliaritana sonrió, socarrona.

—En realidad, no, Croce. Estoy empezando a hacerme a la idea de que tendré que aguantarte. A ti, a tu atuendo de roquera y a tu palidez cadavérica.

—¿Otra vez con esto? A mí tampoco me entusiasma la idea de estar aquí, pero es lo que hay... ¿Qué tal si te mostraras un poco más profesional y me informaras sobre los expedientes?

Rais resopló.

—Nos han endosado la nada despreciable cifra de treinta homicidios sin resolver, de momento. Mientras tú te dedicabas a hacer la visita turística de la jefatura, los he examinado uno por uno y los he dividido en dos bloques, quince para cada una, desde los más recientes hasta los más antiguos. La mayoría son crímenes familiares: gente tan estúpida que los asesinos consiguieron salir impunes.

—Seguro que me has endosado los más chungos...

—Por supuesto. He elegido los que ocurrieron en barrios donde muy probablemente solo hablan dialecto. Estoy deseando oírte interrogar en Sant'Elia o en San Michele... En cualquier caso, creo que con la prueba del ADN en un mes resolvemos la mitad. Es más bien cosa de la Científica, nosotras solo debemos coordinarlo todo.

—Mejor así.

—Mi idea, si queremos ahorrar tiempo, es trabajar cada una por su cuenta y reunirnos solo si hay que interrogar a algún sospechoso o hacer alguna detención.

—O sea, que cuanto menos trato tengamos la una con la otra, mejor. Me apunto... ¿Los homicidios de Barrali están incluidos en los treinta expedientes? —preguntó Eva.

—No, los he devuelto al archivo.

—De acuerdo. Pero se lo dices tú a Farci.

—Muchas gracias, Croce, realmente es genial formar equipo contigo.

—Lo mismo digo.

—Que pasen la zorra y el gato —dijo el comisario jefe desde el interior del despacho, lo suficientemente alto como para que lo oyeran.

Ilaria Deidda, la compañera de Homicidios, salió de la garita y, con una sonrisa, les comunicó a ambas que el jefe las estaba esperando.

—¿De qué humor está hoy? —preguntó Rais.

—Como siempre —articuló Ilaria.

—Eso significa que anoche su mujer tampoco…, *sciadau*, pobrecillo.

—¡Te he oído, Rais! ¡Vamos, moveos que no tengo tiempo que perder!

—Oh, oh —recalcó Mara, arqueando las cejas. Respiró profundamente y entró en el despacho del jefe, seguida de Eva, que iba negando con la cabeza.

44

Territorios de los Ladu, Alta Barbagia

L os dos jóvenes, tumbados sobre el prado sembrado de flores, contemplaban el caballo que bebía en el río. Disfrutaban de la quietud del campo después de haber hecho el amor en el almacén cercano al almendral, a unas decenas de metros del río de aguas esmeralda. Era la última hora de una mañana espléndida. Una luz ambarina inundaba el arroyo, bordeado de adelfas y sauces, y calentaba a los dos amantes, abrazados y tumbados sobre el abrigo del chico como si fuera un día de primavera. Los perfumes del bosque a sus espaldas impregnaban el aire, y el gorgoteo del agua los serenaba.

—¿Adónde fuiste ayer por la mañana? Oí que habías salido con tu padre —dijo en sardo la muchacha, Esdra Ladu, un año mayor que él.

Micheli continuó acariciándole el cabello sedoso, recordando que apenas unos años antes, cuando todavía eran unos niños, bajaban juntos al río, sacaban del almacén las nasas de junco y se divertían pescando truchas y otros peces de agua dulce.

—¿Cuándo crecimos? —se preguntó el muchacho—. ¿Cuándo nos enamoramos?

—¡Oh! —dijo Esdra, sacudiéndolo con fuerza—. Dime adónde fuisteis, me muero de curiosidad.

—A un sitio… —respondió él vagamente.

La chica le dio un codazo en las costillas, haciéndole reír y gemir de dolor al mismo tiempo.

—¿Y bien?

—Me llevó a un museo, a Senorbì.

Esdra puso cara de extrañeza. No se imaginaba a un tipo como Bastianu, su tío segundo, visitando un museo.

—¿Y qué visteis?

—Una estatua... La llaman Diosa Madre —dijo Micheli. Se interrumpió para llamar con un silbido al purasangre, que penetraba entre los juncos pantanosos en un recodo del río, hundiendo las pezuñas en el terreno cenagoso con riesgo de torcerse una pata.

—¿Era bonita?

El chico se encogió de hombros.

—Una estatua. Un pedacito de mármol, nada del otro mundo. Tú la habrías hecho mejor.

La muchacha permaneció en silencio unos segundos.

—¿Y luego?

—Y luego, ¿qué?

—¿Qué más hicisteis? —preguntó Esdra, impaciente.

—Nada. Volvimos a casa.

—¿O sea que fuisteis hasta allí solo para ver esa estatua?

—Sí. De locos, ¿verdad? A mí también me pareció una pérdida de tiempo.

—¿Y tu padre qué dijo?

—Que lo entendería más adelante.

—Qué raro...

—Ya sabes que mi padre y mi bisabuelo son bastante raros.

—¿Tú no te preguntas nunca cómo sería irse de aquí? —preguntó Esdra tras unos minutos de aparente silencio contemplativo. Por la intensidad del tono se intuía que llevaba mucho tiempo rumiando esas palabras, como temiendo casi pronunciarlas—. ¿No estás cansado de esta vida aburrida, en medio de los campos y de los animales, sin televisión, ni teléfonos móviles, aislados de todo? ¿Obedeciendo a los viejos, como si los animales fuésemos nosotros?

—El mundo de ahí fuera es una mierda. Vivimos así para protegernos, ya lo sabes —dijo él con cierta aspereza en la voz.

—Esto es lo que nos han hecho creer siempre, pero ¿tú qué sabes? ¿Qué sabes lo que quiere decir vivir con normalidad?

—Confío en mi padre.

—Yo me quiero marchar. No puedo más.

Micheli la miró fijamente, serio, luego sonrió.

—Bromeas, ¿no?

—En absoluto… Estoy cansada. No quiero acabar como mis hermanas.

—¿No quieres vivir conmigo?

—Claro que quiero vivir contigo, pero no aquí. No en medio de nuestra familia… Quiero ver el mundo. ¿Te das cuenta de que no he visto nunca el mar?

—Esdra, ten cuidado con lo que dices. Si te oye tu madre, te desollará como a una cerda.

—Este es justamente el problema. ¿Qué hay de malo? Solo fuimos a la escuela hasta la secundaria, y aquí, en el pueblo, donde todos nos miraban mal. ¿Y luego? Encerrados aquí, lejos de todo y de todos. Es tu padre el que nos cuenta cómo es el mundo, pero nosotros no podemos verlo. ¿Por qué?

—Aquí tenemos todo lo que necesitamos. Me tienes a mí.

La chica le acarició una mejilla, velada por la primera sombra de barba.

—Lo sé, pero quiero vivir contigo en otro sitio, no aquí.

Micheli se puso serio.

—No me gusta lo que dices. Aquí tienes a toda tu familia, ¿de verdad querrías abandonarlos a todos? ¿Así, de repente?

—¿Alguna vez te has preguntado por qué nos obligan a vivir de esta manera?

El muchacho la apartó con un gesto brusco y se levantó llamando al caballo.

—No me gusta el tono que utilizas, Esdra. Dices gilipolleces… Esta es tu tierra y esta es tu familia. ¿Quién carajo hay ahí fuera? ¿Quién te cuidaría allí abajo? —dijo, contundente, señalando con la barbilla más allá de la montaña—. Ya te lo digo yo: nadie.

—No quería hacerte enfadar…

El muchacho negó con la cabeza, irritado, y ensilló el caballo.

—Vamos —la instó con brusquedad. La ayudó a montar y luego espoleó al trote al corcel por los caminos de herradura que subían hacia el poblado de los Ladu, fustigando al animal con excesiva violencia.

Ninguno de los dos dijo nada más durante todo el viaje de regreso.

El corazón de Micheli latía agitado. Las palabras de la muchacha que amaba habían despertado viejas inquietudes, amargas preguntas para las que nunca había hallado respuesta.

«¿Y si Esdra tuviese razón?», se preguntó.

Fustigó al animal con más fuerza, angustiado por aquellas preguntas, y trató en vano de no pensar en ello.

—¿Nos vemos esta noche? —preguntó la muchacha cuando él la dejó a las afueras del pueblo.

—No. Esta noche tengo que ir a un sitio con mi padre —respondió Micheli, secamente.

—¿Adónde?

—Vuelve a casa, Esdra, y procura olvidar rápidamente lo que me has dicho —dijo él antes de alejarse hacia los establos sin volver la vista atrás.

45

Viale Europa, Cagliari

En lo alto de aquella colina daba la sensación de tener Cagliari a los pies. Comenzaba a anochecer y desde aquel mirador natural se vislumbraba una alfombra infinita de puntos luminosos que cubría la capital. La vista era increíble.

—Es la avenida más famosa de Cagliari. Donde se dan los primeros besos, se queda con los amigos, se celebran cosas importantes... Se ve prácticamente toda la ciudad —explicó Rais, arrebujándose en el abrigo.

—Es precioso. Realmente.

—Llega tarde —dijo Mara, mirando el reloj—. Ya debería estar aquí.

Sin apartar los ojos de aquella vista paradisiaca, Eva preguntó a su colega:

—Todavía no me has dicho qué piensas de la jugada de Farci.

Mara se encogió de hombros.

—¿Qué quieres que te diga...? No es más que una pérdida de tiempo.

En la conversación con su superior, las dos investigadoras le habían explicado la jornada transcurrida con el inspector, sin olvidar ningún detalle, ni siquiera el estado de confusión de Barrali cuando dejaron atrás Carbonia. Ante su perplejidad sobre la resolución del caso y la propuesta de archivarlo, Farci se había pronunciado en contra: quería dar al menos una última oportunidad al veterano.

—Las víctimas nunca fueron identificadas —había insistido el jefe—. Es inadmisible. Quiero al menos un examen del ADN de los cadáveres o, mejor dicho, de lo que queda de ellos.

—Esto significa…

—Sé lo que significa, Rais. No se trata de una sugerencia… Ya se lo he adelantado al magistrado. Y cuanto antes lo hagáis, mejor, aunque sea solamente *pro forma*, para que el viejo pueda hacer las paces consigo mismo. Si ya está empezando a perder la cabeza, bueno… ya me entendéis.

De modo que las dos inspectoras bajaron al viejo archivo de la Móvil y juntas redactaron una petición de exhumación de los cadáveres con análisis de los perfiles del ADN en los restos, que habían remitido por correo electrónico al adjunto designado por la fiscalía para colaborar con la unidad de Casos sin resolver; el magistrado no debía tener mucho trabajo, porque en menos de dos horas había contestado diciendo que había encomendado la tarea a un forense y a un genetista del Instituto de Medicina legal de Cagliari, con un plazo de sesenta días para presentar sus conclusiones, adjuntando la orden de exhumación con retirada del féretro de los cementerios de Oruné y Vallermosa, donde estaban enterradas las víctimas anónimas.

—Barrali estará contento, al menos —dijo Croce.

—Ahí está su mujer… Vamos a ver qué quiere —replicó Rais.

Las dos policías fueron al encuentro de Grazia Loy, que había insistido en ver a Mara. Las tres se saludaron y se sentaron en un banco, en lo alto de la colina asomada a la ciudad que se iba hundiendo minuto a minuto en las brumas de la noche.

—Gracias por concederme vuestro tiempo —dijo Grazia.

—No hay de qué. ¿Cómo está Moreno? —preguntó Eva.

La mujer se limitó a hacer un gesto con la cabeza.

—Yo… no le he dicho que venía aquí, a hablar con vosotras. No lo aprobaría.

Las dos policías se intercambiaron una mirada teñida de desconcierto.

—Estoy segura de que no os habló de la enfermedad —dijo Grazia.

—¿Hablas del tumor? Bueno, no con detalles, pero diría que es bastante evidente, por desgracia…

—No, Mara, no hablo de eso.

—Entonces no —intervino Eva—. No sabemos nada.

—Lo imaginaba… Moreno padece lo que se llama demencia

con cuerpos de Lewy. Es una enfermedad neurodegenerativa, una demencia senil precoz, parecida al alzhéimer. En poco tiempo provoca un grave deterioro cognitivo con problemas de memoria, cambios severos en la capacidad de atención, paranoia, ansiedad, pánico, alucinaciones, temblores en reposo y muchos otros síntomas graves.

Las policías se quedaron sin habla: aquella nueva información lo cambiaba todo.

—No tiene nada que ver con el tumor, pero es probable que el cáncer esté acelerando el proceso de la demencia... Lo ha mantenido en secreto para no perder el trabajo. Ni siquiera me lo dijo a mí, lo descubrí por casualidad.

Tras la compostura de la mujer elegante, sentada justo a su lado, Eva entrevió todo el miedo y la ansiedad que implicaba enfrentarse sola a una situación como esta. Sintió piedad por ella, pero al mismo tiempo la admiró; conocía muy bien la aridez del desierto existencial que invadía las vidas de quienes asistían, impotentes, a la decadencia del enfermo.

—Nadie sabe a qué velocidad avanzará ni si el tumor lo matará antes de que pierda completamente el sentido de la realidad, pero os puedo asegurar que cada día que pasa estoy perdiendo trozos de él. Lo veo: sucede ante mis ojos. Es como si estuviese retrocediendo lentamente.

—Imagino que no tiene cura... —intervino Mara.

—Solo se puede intentar mantenerla a raya, ganar algo de tiempo con los medicamentos, pero no se puede detener.

—Tengo que decirte la verdad: el otro día nos dimos cuenta de que algo iba mal —dijo Eva.

—Y no sabéis hasta qué punto esto le hundió en la miseria, hasta qué punto se sintió humillado porque la mente le había traicionado precisamente delante de vosotras. Lo más doloroso es justo esto: él es consciente de lo que le está pasando. Se da cuenta. Y lo está destruyendo...

—Mierda, no sabes cuánto lo siento. Es un hombre muy inteligente, y excepto aquella tarde siempre nos ha parecido muy lúcido —dijo Mara—. Nosotras... ¿hay algo que podamos hacer?

—No tengo ni idea. Lo cierto es que no sé ni por qué he venido, pero me parecía justo que lo supierais. Aunque los neurólogos no estarían de acuerdo, creo que la causante de su enfermedad ha sido su obsesión por el caso.

—¿Te refieres a los asesinatos sin resolver?

—Sí. Ha estado obsesionado por ellos desde que lo conozco. Al final este asunto le está matando. Literalmente.

Eva regresó mentalmente «al antro de la bestia», como lo había definido Rais, donde el policía conservaba todo el material sobre los antiguos crímenes: encerrarse de forma consciente en aquella realidad, todos los días, a la larga debía haberle hecho enfermar, ella también estaba segura.

—¿Así que nos estás pidiendo que no reabramos el caso? —preguntó Eva.

—No lo sé, y tampoco creo que vosotras podáis tomar esta decisión. Lo que querría es que él abandonase, que pensase seriamente en cuidarse y olvidara ese infierno.

—¿Y cómo podemos convencerlo de que haga tal cosa? —preguntó Mara.

—Diciéndole que os haréis cargo, que vosotras os encargaréis de hacer justicia —dijo la mujer con una mirada suplicante.

46

Valle de las almas, Alta Barbagia

En cuanto salieron de las galerías arboladas del bosque, oyeron el silbido del viento que soplaba a través de las grietas de las rocas creando una espesa trama de susurros siniestros. Parecía como si la naturaleza a su alrededor los advirtiera de que no penetraran en aquel territorio ancestral, en aquella brecha invisible entre presente y pasado. Por encima de los silbidos de la brisa, del zumbido hipnótico de los insectos y del entrecruzamiento de los ruidos de la noche, destacaban los crujidos secos de las bellotas aplastadas por sus pesadas botas sobre los estrechos senderos de piedra granítica, hollados solo por los animales salvajes y no adaptados al paso de seres humanos.

Micheli seguía a su padre, ágil como una bestia de montaña, con una profunda sensación de excitación: había estado esperando aquel momento toda su vida. Los árboles y los matorrales de la maquia, azotados por el viento, desprendían perfumes intensos: el muchacho percibió con más nitidez el aroma del mirto salvaje que el aire reforzaba, convirtiendo cada bocanada de oxígeno en un tónico que reparaba la fatiga de la subida. Encendieron las linternas, puesto que la oscuridad era cada vez más espesa, y el muchacho observó las incisiones en las cortezas de los árboles: medias lunas, espirales, prótomos taurinos, *pintaderas* y otros símbolos fúnebres y esotéricos que parecían anunciar un camino iniciático.

Tras recorrer unas decenas de metros, la linterna de Micheli iluminó las primeras estacas sacrificiales: de los palos afilados plantados en la tierra colgaban cadáveres de animales y pájaros, plagados de gusanos; hasta hacía unos años, sus primos y él se habían encargado de acordonar el lugar con ese cerco de muerte que, según decían los más ancianos, generaba una fuerza protectora, una especie de barrera que había de impedir a los no iniciados acceder al área sagrada; para ellos había sido casi un juego empalar pequeños animales salvajes, ocupándose de reemplazarlos cuando el tiempo y los elementos los hubiesen descarnado, pero nadie había comprendido nunca en qué consistía exactamente aquel macabro rito al que los ancianos daban tanta importancia.

Cuando el muchacho cruzó el umbral de los postes, sintió que se le erizaba la piel bajo el pesado abrigo de orbace. Nunca antes se había adentrado tanto en el Valle de las almas, ya que siempre le habían prohibido penetrar en aquella zona: solo algunos adultos de los Ladu podían hacerlo, y su padre era uno de los pocos elegidos.

—*Bene istas?* —preguntó de pronto Bastianu.

—Sí, *ba'*. Estoy bien.

—Pues entonces deja de mirar a tu alrededor y vigila dónde pones los pies. En cualquier momento puedes perder el equilibrio y caer en estas grietas, y aquí abajo está lleno de esqueletos de Ladu que murieron por no prestar atención —le dijo su padre *in limba* antigua—. Nadie se ha tomado nunca la molestia de ir a recuperarlos, porque estas *nurras* son demasiado profundas.

Micheli observó con horror las cavidades rupestres entre las rocas y asintió, asustado ante la perspectiva de caer en ellas.

Avanzaron con dificultad, trepando cada vez más alto. De las ramas de los pocos árboles que encontraban en el camino, Micheli vio que colgaban amuletos primitivos hechos con cráneos de animales atados con nervios de buey; el viento los hacía oscilar, creando así la impresión de que los cráneos se estaban riendo. Micheli sintió en la garganta el sabor de la sopa de garbanzos y manteca de cerdo que había comido para cenar y, para no vomitarla, se concentró en el suelo de granito, resbaladizo a causa del musgo, procurando no torcerse un tobillo.

Cuando su padre le hizo una señal para que se detuviera, el muchacho sintió que el olor mineral de la roca había sido sustituido por un hedor a humedad pútrida, cuyo origen no lograba identificar.

—Hemos llegado —dijo Bastianu.

Micheli miró a su alrededor, confuso: no veía más que una pared de roca de esquisto. Vio cómo su padre se inclinaba y, a la luz de la linterna, distinguió una cavidad que la vegetación ocultaba y de la que procedía aquel hedor.

—¿Tenemos que bajar ahí? —preguntó, incrédulo, contemplando la boca de la cueva.

Bastianu no le respondió: apartó con las manos los arbustos espinosos y las matas de enebro y se dejó caer en aquellos abismos de piedra que ocultaban la memoria arcana de sus antepasados.

Al quedarse solo en la noche susurrante, Micheli se armó de valor y se deslizó también por la estrecha grieta que se abría en el vientre de la roca, preguntándose cómo demonios había conseguido pasar por allí el gigante de su padre. El aire parecía corrompido por los olores viciados de las entrañas de la montaña, tan intensos que revolvían el estómago. Allí abajo la temperatura parecía varios grados inferior. El muchacho se ciñó el abrigo para entrar en calor.

—¿Miedo? —preguntó Bastianu con cierta dosis de ironía, observando cómo la sensación de claustrofobia había dilatado las pupilas de su hijo. Su voz profunda pareció resonar en centenares de ecos. Las palabras, una vez exhaladas, se convertían en nubes de condensación.

Micheli negó con la cabeza y siguió a su padre por las fauces calcáreas. Al cabo de unos metros, el hombre recogió del suelo una antorcha y la encendió, iluminando las cavidades subterráneas con la luz parpadeante de las llamas y molestando a una colonia de murciélagos, que empezaron a revolotear caóticamente sobre sus cabezas.

—No les prestes atención... Aquí es donde vivían y se refugiaban nuestros antepasados.

—¿Hace cuánto tiempo? —preguntó el joven.

—Seis mil, siete mil años. Tal vez incluso más.

—¿Por qué hemos bajado aquí?

—Haces demasiadas preguntas, muchacho. *Mudu* y sígueme.

Micheli obedeció. Se encerró en un silencio absoluto y siguió a su padre, que se movía en la oscuridad de las cavernas tan seguro como uno de los murciélagos que revoloteaban a su alrededor.

Al cabo de unos minutos, Bastianu se detuvo y se hizo a un lado para que su hijo pudiera mirar desde lo alto una cavidad rocosa.

Micheli cogió la antorcha que su padre le tendía e, iluminando la zona que tenía delante, miró hacia abajo y sintió que se le cortaba la respiración.

47

Cagliari

—¿Tú crees que por esto no han tenido hijos? —preguntó Mara, rompiendo el silencio que se había creado entre ellas tras la marcha de Grazia Loy—. ¿Por culpa del caso?

—Sí, puede ser —respondió Eva, sentada a su lado en el banco, con la mirada perdida en la ciudad que se iba hundiendo en la oscuridad—. Si yo estuviera en el lugar de Grazia, me lo habría pensado dos veces antes de dar a luz un hijo sabiendo que mi marido tenía la cabeza constantemente en otra parte, en un mundo de tinieblas y violencia. Pero, quién sabe, a lo mejor no pudieron.

—A ver, ¿soy solo yo la que se siente como una mierda o...?

—No, yo también me siento así, Rais.

—Pobre hombre...

—Sí... ¿Crees que debemos decírselo a Farci? —preguntó Croce.

Mara reflexionó unos segundos.

—No lo sé... En cualquier caso, esto de la demencia no cambia las cosas. Todas las pistas de los dos crímenes ahora no es que estén frías: están congeladas... Ya me he arrepentido de haberle dicho que sí a esa mujer.

—¿A qué crees que se debe esta urgencia suya de descubrir la verdad, de encontrar un culpable o una solución? ¿No crees que es excesiva? —preguntó Eva—. Es una necesidad obsesiva.

—¿Qué quieres que te diga...? *No ddu sciu*, no lo sé...

—Si hablásemos con Farci, probablemente nos ordenaría que no le involucráramos ya en la investigación.

—Eso seguro.

—Y esto mataría a Moreno más rápido aún que el tumor.

—Si se lo ocultamos, en cambio, y por lo que sea acaba enterándose, entonces es Farci el que nos mata a las dos.

—Todo un dilema.

—Vamos a hacer una cosa: lo consultamos con la almohada y mañana decidimos qué hacer —dijo Rais levantándose—. Tengo que ir a buscar a Sara a casa de mis padres.

—¿Alguna noticia sobre Dolores?

—Nada, todavía.

—¿Qué sensaciones tienes?

Mara respondió, sombría:

—Malas, muy malas.

—Pues entonces ya somos dos —dijo Eva antes de despedirse.

48

Cuevas de la Diosa, Alta Barbagia

Se encontraban en una especie de gran santuario subterráneo: una necrópolis paleolítica hipogea, un anfiteatro rocoso compuesto por cientos de cámaras funerarias excavadas en la traquita, dotadas de pequeñas puertas estrechas, cada una de las cuales contenía una tumba con una sola fosa.

—Bajemos —susurró Bastianu con un hilo de voz, como si no quisiera alterar la inmovilidad y el silencio atávico que reinaban en las cuevas; allí abajo parecía que el tiempo se había paralizado, deteniéndose unos milenios atrás.

Micheli iluminó los vestíbulos de las celdas decorados con motivos espiraliformes, dientes de lobo recubiertos de ocre rojo —color de la regeneración—, prótomos taurinos, petroglifos, falsas puertas que simbolizaban la entrada al más allá y algunos símbolos de la Diosa Madre que el muchacho había visto en el museo de la Trexenta; sus antepasados habían excavado pequeños nichos y construido altares y copelas para depositar las ofrendas y el ajuar de los muertos, cuyos vestigios todavía se conservaban: jarrones, collares, estatuillas, armas y máscaras adornaban las tumbas. El muchacho estaba boquiabierto. Percibía la presencia de una entidad que subyacía a todo, como una fuerza magnética que lo invadía completamente y lo atraía hacia sí. Las catacumbas serpenteaban en el laberinto de galerías kársticas que penetraban en el útero de la montaña: aquellas profundidades le inquietaban pero al mismo tiempo le producían una fatal fascinación y quería descubrir adónde conducían.

—Aquí reposan nuestros antepasados —murmuró Bastianu.

Micheli asintió, incrédulo aún; nunca habría imaginado que

sus territorios se alzaran sobre una necrópolis prehistórica de tal magnitud, ni que su familia fuese tan antigua.

—Ven —dijo el padre, poniéndole una mano en la espalda para invitarlo a seguir—. No hemos hecho más que empezar.

Continuaron el camino pasando junto a cámaras mortuorias cada vez más grandes. Las tallas en la piedra también cambiaban: ahora dominaban los bajorrelieves con motivos de candelabros, figuras de calaveras colocadas para proteger el sueño de los difuntos y formas antropomórficas con cuernos de toro. Cuanto más avanzaban por aquella pendiente que los conducía a las profundidades, más viciado y a ratos irrespirable se volvía el aire. Cuando el chico iba a confesar a su padre que necesitaba una pausa para poder recuperar el aliento, Bastianu le quitó la antorcha e iluminó la gran cavidad de unos dos metros que constituía la cámara final de la necrópolis.

—¿Te recuerda a algo? —susurró el hombre.

Ante ellos, colocada sobre una especie de altar sacrificial con bajorrelieves que representaban espirales, descansaba una reproducción perfecta de tamaño natural de la Diosa Madre de Turrìga. Sin embargo, la altura de un metro sesenta aproximadamente no era la única diferencia respecto de la estatuilla que habían visto en el museo; también el color y el material eran completamente distintos: la Diosa, que parecía observarlos, era de un negro aceitoso, translúcido, característico del material en que estaba tallada: la obsidiana.

Micheli percibió nítidamente que aquella especie de corriente que le había invadido al poner el pie en las cuevas procedía de la estatua. Sin darse cuenta siquiera, el rostro se le inundó de lágrimas. No tenía la sensación de estar frente a un trozo de piedra, sino frente a una entidad viva que desprendía una fuerza sobrenatural, eterna e inmutable.

—Esto es lo que son los Ladu, hijo mío. Somos los guardianes de la Diosa, desde el alba de los tiempos —dijo Bastianu en su dialecto. Esa lengua tenía el peso de la antigüedad y podía percibirse en cada palabra; Micheli nunca había sido tan consciente como en ese momento—. Esta es nuestra misión. Preservar este lugar, reverenciar a la Madre, alimentarla cuando tiene hambre.

—¿Alimentarla? —preguntó el muchacho, que no lograba apartar los ojos de la Diosa Negra.

Bastianu lo agarró por un brazo, sacándole del éxtasis y lo acercó a la pared de roca detrás de la estatua.

Sus antepasados habían grabado petroglifos en la ancha cresta: signos y pinturas que representaban una noche estrellada bajo la cual se hallaban lo que parecían ser figuras femeninas, tendidas boca abajo en el suelo, en una actitud de sumisión casi animal, con las manos atadas a la espalda, desnudas, con rostros cubiertos por cráneos de macho cabrío y gargantas de las que brotaba sangre reproducida en la piedra con ocre rojo. Había muchas mujeres, todas ellas inclinadas ante una réplica en bajorrelieve de la estatua de la Diosa Negra, hacia la que fluía la sangre de las vestales, como el agua que empapa las raíces de una planta.

Bastianu acercó aún más la antorcha a los grabados, señalando a su hijo una figura antropomorfa cuyo rostro estaba oculto por una máscara animal de aspecto bovino; un ser vestido con una piel de animal que se hallaba de pie ante la Diosa, sosteniendo una espada.

—Este es su *mazzamortos*, el barquero que transporta las almas. Cuando la Madre tiene hambre, nosotros la alimentamos. Lo hacemos desde siempre, desde que se creó este refugio, hace milenios —explicó al hijo—. Mi abuelo y yo hemos sido los últimos guardianes, los últimos *mazzamortos*. Ahora te toca a ti...

Maurizio Nieddu había visto con cierta satisfacción cómo Adele Mazzotta, la magistrada encargada del caso, se ponía cada vez más pálida mientras se movía, desorientada y estupefacta, por el macabro estudio del santón.

«Deberías haberlo pensado antes, gilipollas», pensó.

Cuando la mujer le dijo que necesitaba parar un segundo y respirar una bocanada de aire fresco, el comisario asintió, comprensivo, y aprovechó para fotografiar con el móvil lo que había encontrado, paredes y máscaras incluidas, y enviar las fotos por WhatsApp a la inspectora cagliaritana de Casos sin resolver acompañadas de un mensaje:

«Esta es la casa de Melis, el gurú de la Nuraxia. ¿Te recuerda algo? Es material reservado, de momento. Creo que debemos volvernos a ver pronto».

—¿Va todo bien? —preguntó el comisario a la magistrada tras reunirse con ella fuera de la casa.

—Repítame cómo se ha enterado —insistió la mujer, intentando recuperar su aura de autoridad.

—Un aviso por teléfono. Una persona que estaba paseando a su perro oyó ruidos procedentes de la casa y afirma haber visto a alguien salir huyendo a hurtadillas de esta. Enviamos un coche patrulla, que encontró signos evidentes de allanamiento. Los dos agentes entraron para echar un vistazo y comprobar que no hubiera víctimas, y entonces vieron los dibujos y todo lo demás. En ese momento me informaron —explicó Nieddu, teniendo buen cuidado de no mencionar que quien había llamado a la central, siguiendo sus instrucciones, era un antiguo colega jubilado.

Adele Mazzotta fingió que le creía. Todavía estaba conmocionada por las fotografías de los neonurágicos desnudos en el bosque, con los rostros ocultos por las máscaras demoniacas, las orgías en medio de los círculos megalíticos y sobre las tumbas de los gigantes, por no hablar de las pintadas en las paredes.

—Que traigan a los perros de Narcóticos y veamos si oculta alguna cosa que podamos utilizar contra él. Vamos a emitir también una orden de comparecencia para este hijo de puta, y empecemos la búsqueda con drones, pero sin hacerlo público —dijo resuelta—. Dios no quiera que esa pobre muchacha esté realmente en manos de estos descerebrados, pero si así fuese, y sintieran nuestro aliento en el cogote, podrían desquitarse con ella.

«Por fin te has despertado, Bella Durmiente», pensó Nieddu.

—Delo por hecho, magistrada —respondió.

—Hoy es 1 de noviembre —continuó la jueza, como si hablara consigo misma—. Es la noche en que fueron halladas las víctimas de aquellos extraños crímenes rituales de hace muchos años, ¿no?

—Exacto. *Sa die de sos mortos* —respondió el policía.

—Deseo con todo mi corazón equivocarme, pero tengo un mal presentimiento... —dijo la magistrada—. Revisen y hagan copia de todo el material y remítanlo a la jefatura de Cagliari. Necesitaremos también su ayuda para las investigaciones, y más vale que se enteren rápidamente del asunto al que nos enfrentamos.

—Enseguida, magistrada —dijo Nieddu, dirigiéndose al coche.

—Una última cosa, comisario.

—Dígame.

—He estudiado los antecedentes penales de Melis. Tiene varias denuncias por violación y acoso, pero todas fueron retiradas, y los cargos, desestimados y archivados. ¿Se le ocurre alguna posible explicación? —preguntó la mujer.

—Me temo que esta secta no solo la frecuentan mitómanos y desesperados en busca de respuestas y curaciones, sino también gente influyente... Y sospecho que a Melis lo protege alguien muy poderoso.

50

Archivo de la Móvil,
jefatura de policía de Cagliari

A primera hora de la mañana Rais y Croce se habían sumergido de lleno en sus respectivos expedientes, apañándoselas como podían entre llamadas a Tráfico, al registro civil y a distintas oficinas municipales para averiguar si los sospechosos e investigados de veinte años atrás seguían vivos, y poder así remitir a los magistrados las solicitudes de muestras de ADN. Ninguna de las dos había hecho referencia todavía a la conversación mantenida con la mujer de Barrali, como si no hubiesen tomado aún una decisión al respecto.

—Uf... —resopló Rais, tras el enésimo intento fallido—. Qué guay trabajar en Casos sin resolver: prácticamente me he convertido en una secretaria.

—Y no hemos hecho más empezar —la apoyó Croce.

—¿Quieres un café?

—¿Otro? ¿Quieres que me dé un infarto?

—Cualquier excusa sería buena para salir unos minutos de este tugurio.

Croce hizo un estiramiento haciendo crujir las vértebras de la espalda.

—¿Puedo hacerte una pregunta?

—Por supuesto. ¿Quieres el número de un buen estilista personal? Porque me gustaría que supieras que la moda no se detuvo en la estética punk. Te aseguro que ha evolucionado...

—Da igual, imagina que no te he preguntado nada —dijo Croce, y se sumergió de nuevo en los papeles.

—Vamos, ¿qué querías? —preguntó Mara con una sonrisa.

—Mis casos, y son una quincena, son todos peleas familiares o crímenes domésticos.

—Los míos también.

—O sea... ¿No hay crimen organizado aquí? Quiero decir, ¿cómo es que no hay mafia en Cerdeña?

—No vayas a creer que esta es una isla feliz. Tal vez lo era, tiempo atrás. Hoy el norte está en manos de la mafia rusa, y las locales, la mafia calabresa 'ndragheta en primera fila, blanquean toneladas de dinero sucio en la Costa Esmeralda comprando hoteles, construyendo complejos turísticos, restaurantes, etcétera.

—¿Pero no hay una organización autóctona, como en Sicilia o en Calabria?

—No, no soy socióloga, pero creo que aquí la cultura mafiosa no ha conseguido echar raíces porque desde siempre ha habido una tradición pastoril centrada en un profundo sentido de autojusticia.

—No te sigo.

¿Has oído hablar alguna vez del código de la venganza barbaricana?

—No, pero suena a algo muy chungo.

—Y que lo digas... En la isla, sobre todo en Barbagia y en el interior, la justicia siempre ha sido una cuestión personal, que no podías delegar en el Estado ni en ningún otro grupo de poder, y por tanto mucho menos en una organización mafiosa del tipo que fuera. Los sardos siempre han sentido aversión al poder constituido, y se han rebelado, incluso de forma violenta, contra cualquier tipo de prevaricación en nombre de la autoridad.

—¿Sabes que cuando te pones eres realmente buena?

—Vete a tomar por culo... Búscate un tutorial en YouTube. Yo me voy a tomar un café.

—No, perdona, acaba. Te juro que no volveré a interrumpirte, de verdad quiero saberlo.

Rais la fulminó con una mirada y luego siguió con la explicación:

—En la sociedad agropastoril barbaricana, aunque no solo en esta, regía el sentido del honor y la necesidad de la venganza violenta, pero solo de forma privada o a lo sumo familiar. Habrás oído hablar de los infinitos y sangrientos ajustes de cuentas que han marcado la historia de estas tierras.

—Sí.

—Pues eso. Había un código consuetudinario, transmitido solo de forma oral, una serie de normas de conducta que legitimaban la venganza en determinadas ocasiones y con modalidades precisas.

—¿Y la policía? ¿Y el Estado?

—El Estado se identificaba con el invasor, el usurpador, y por tanto no se podía confiar en él. Existía la autorregulación. El sardo es esencialmente anárquico, intolerante a cualquier forma de control y de prevaricación. Ahora somos más blandos y nos bajamos los pantalones delante de cualquiera, pero antes no éramos así.

—¿Estás diciendo que os habéis salvado de esta plaga porque vuestra mentalidad no tolera la pasividad, la aceptación del abuso y de las humillaciones, como ocurre en otras regiones?

—Exactamente, y añado que tenemos un sentido de la comunidad distinto, más cohesionado. Si alguien intentara pedir el *pizzo*, el precio que hay que pagar para no ser molestado, en pueblos como Orgosolo, Lula o Desulo, ¿sabes lo que sucedería?

—¿Solo ante el peligro?

—Algo así. Por esto la mafia ha arraigado en las zonas costeras, en el norte de la isla, donde en realidad hay ya muy pocos sardos autóctonos. Es mucho más fácil oír acentos lombardos, eslavos o calabreses.

—¿Y aquí en el sur? ¿En Cagliari no hay infiltraciones mafiosas?

—Prácticamente ninguna. Tenemos una cultura mafiosa distinta, mucho menos llamativa, pero no por ello menos perniciosa y nefasta. La llamamos «las tres M».

—¿Es decir?

—Masonería, mercado inmobiliario, medicina: los masones, los empresarios de la construcción y los dueños de las estructuras sanitarias. Un bloque social de poder inmutable que gobierna en la sombra en esta ciudad desde siempre, gracias a una densa red de relaciones clientelares. Una oligarquía empresarial tan consolidada que hace y deshace a voluntad en *Casteddu*.

—¿Todavía hoy?

—Puedes estar segura. Es un grupo de poder que prospera en silencio, sectario, formado a lo sumo por una decena de familias que controlan toda la ciudad, desde el Palacio de Justicia hasta el palacio Sanjust, la sede de la masonería, pasando por hospitales, universidades, bancos, Consejo regional, etcétera. Si tienes la desgracia de enemistarte con uno de ellos, los tendrás enfrente a todos.

—Estás describiendo un escenario bastante inquietante.

—Y esto no es más que un resumen… Escucha, se acabó la lección magistral. Yo me voy a tomar ese café. Si quieres, acompáñame, así también vamos a…

Mara fue interrumpida por la vibración de su smartphone. Abrió el mensaje de Nieddu, miró las fotos adjuntas y palideció.

—Eh, ¿todo bien? —preguntó Eva.

Por toda respuesta Rais conectó el móvil al ordenador y le indicó que se acercara. Seleccionó la galería de imágenes y se las mostró a Croce.

—Mira esto. Me las acaba de enviar el comisario de Carbonia.

—¿De dónde salen? —preguntó la milanesa con un hilo de voz.

—De casa de Melis, el hijo de puta que está al frente de los neonurágicos.

Eva recuperó el dosier sobre los crímenes rituales que había reunido Barrali y comparó la foto de las escenas del crimen con los dibujos de las paredes.

—*Fill'e cani…* —maldijo Rais al observar la semejanza impresionante—. Este está metido hasta el cuello.

—Sí. Y este asunto no se lo podemos ocultar a Farci —dijo Eva.

Rais golpeó nerviosamente la mesa con los dedos, luego asintió al tiempo que recuperaba la chaqueta y el móvil.

—Déjalo todo y vamos a ver qué piensa hacer el gran jefe —le dijo a su compañera.

51

Territorios de los Ladu, Alta Barbagia

El crujido de las hojas secas bajo sus botas anunció la llegada de Bastianu a la cabaña rodeada de mirtos y chumberas antes incluso de que el hombre abriera la puerta que chirriaba.

En el interior, los cristales de las ventanas estaban tan sucios que apenas dejaban pasar la luz del sol, pero a Benignu Ladu no le importaba: hacía más de diez años que vivía entre las sombras.

—Está lista —dijo el viejo por encima de la crepitación de la estufa de leña—. Solo un segundo…

Bastianu se lo quedó mirando mientras daba los últimos retoques con la punta de un cincel para corregir las últimas imperfecciones, y cuando el abuelo le entregó la máscara se sorprendió, como siempre, del extraordinario resultado, de la precisa e impecable factura de la madera de peral bien perfilada y pulida, transformada en aquella reproducción antropomorfa *de su Boe.*

«¿Cómo puede un ciego producir semejante maravilla?», se preguntó, deslizando los dedos por encima de los cuernos puntiagudos y de las bien pulidas hendiduras de los ojos.

—¿Has hablado con tu hijo?

—Todavía no… Pero ayer lo llevé a las cuevas.

Benignu asintió.

—Ha llegado su hora, Bastianu. Esta ha sido mi última máscara. Estas manos ya no podrán hacer otra.

Bastianu observó los dedos artríticos del anciano: parecían garras, ya que el reumatismo los había deformado e hinchado. Realmente era un milagro que, ciego y en esas condiciones, hubiese logrado esculpir aquella maravilla. Vio en el dorso de la mano derecha del anciano la gran cicatriz en forma de medialuna que destacaba sobre la piel como una vena varicosa.

—Le estamos pidiendo un gran sacrificio —intentó justificarlo Bastianu.

—Es su destino, como fue el mío, y el de mi padre antes que yo —replicó Benignu con voz débil. Aquel último esfuerzo parecía haberlo agotado.

—Hablaré con él más tarde.

Bastianu cubrió la máscara con un velo negro y la sujetó como si fuese un ser vivo.

—¿Mando a alguien a buscarte, *mannoi*?

—No, quiero estar solo un rato… Recuerda mis palabras. Y que sepas que mis pesadillas continúan. La tierra languidece. Tiene hambre y sed. Se acabó el tiempo.

—No te preocupes.

Cuando el jefe de los Ladu salió de la cabaña, una bandada de cuervos graznando se elevó a su paso. Bastianu vio cómo se dispersaban en el cielo turquesa y tuvo un mal presentimiento.

«No es más que un niño. ¿Cómo puedo convencerlo de que haga una cosa así?», se preguntó, escrutando las extrañas formas que los pájaros estaban dibujando en el aire con sus evoluciones. «No importa cómo, pero has de encontrar la manera, y rápido».

52

Sección de Homicidios y Delitos contra las personas,
jefatura de policía de Cagliari

Farci desvió la mirada de las macabras imágenes del ordenador y la dirigió hacia las dos investigadoras.

—Realmente un buen tipo, este Melis —comentó.

—El yerno ideal: casa, iglesia y trabajo —le siguió el juego Rais.

—Nieddu ha solicitado una orden de búsqueda contra él. Es posible que esté implicado en la desaparición de Dolores Murgia. ¿Qué sabéis sobre este asunto que no se haya publicado ya en la prensa?

—La muchacha desapareció hace aproximadamente una semana, y por lo que ha averiguado Nieddu parece ser que frecuentaba desde hacía unos meses el grupo de los neonurágicos —dijo Rais.

—Según Paola Erriu, una colaboradora del comisario, la chica es adicta a los estupefacientes. Sabemos por Barrali que en la secta las drogas circulan que da gusto con el objetivo de inducir estados de trance y conexiones con los espíritus de los antepasados nurágicos —continuó Eva—. Es plausible que Murgia entrase en la secta como consecuencia de su adicción.

—He visto que en el pasado Melis fue acusado de acoso y violación —dijo Farci—. Pero alguien limpió sus antecedentes penales. Esto no me gusta. Le he pedido a Deidda que averigüe algo más, pero es probable que alguien esté protegiendo a ese cabrón.

—¿Quiere decir que es posible que en la secta, además de personas desesperadas, haya gente importante? —preguntó Croce.

—Los ricos son raros, lo sabes mejor que yo, así que no me sorprendería en absoluto... ¿Creéis que el líder espiritual del grupo ha tenido algo que ver con los asesinatos rituales? —sondeó el inspector.

—Tiene unos cincuenta años. Técnicamente podría haber cometido el crimen de 1986, pero en nuestra opinión era demasiado joven... El anterior podemos excluirlo: en aquella época tenía nueve años. Un poco precoz como asesino en serie, ¿no? —dijo Mara.

—A menos que varias personas actuaran conjuntamente para matar a las dos chicas —dijo Croce—. De ser así, el asunto se complicaría.

—De acuerdo. De momento seguid con los expedientes que se os han asignado. Pondré a alguien de Homicidios a trabajar en lo de la secta, para averiguar desde cuándo existe y quiénes son las personas que giran a su alrededor. ¿Le habéis enseñado a Barrali estas imágenes? —dijo Farci señalando las fotografías del ordenador.

Las dos policías intercambiaron una mirada avergonzada.

—No —respondió Eva.

—En este momento Moreno es la persona que más sabe del tema. Implicadle: podría descubrir algo que a nosotros se nos escapa. Id a ver qué dice y mañana vais a Carbonia y os lo lleváis con vosotras. Yo me coordinaré con Nieddu.

—¿Qué quieres que hagamos exactamente? —preguntó Rais, a quien no le entusiasmaba la idea de pasearse con el viejo policía y su compañera.

—Si el juez lo autoriza, inspeccionáis y registráis todo aquello que os parezca que puede tener relación con los crímenes de las muchachas no identificadas. En estas fotografías que nos han enviado aparecen personas desnudas en medio de nuragas y tumbas de los gigantes. No estaría de más rastrear la identidad de los seguidores. Todo este asunto de Nuraxia apesta a podrido.

Las dos policías se levantaron dispuestas a despedirse.

—¿Cómo va lo de los casos antiguos? ¿Os habéis hecho una idea?

—La idea que nos hemos hecho es que es un gran coñazo —dijo Mara.

—Dirigir el tráfico también es un gran coñazo, ¿lo sabes, Rais? ¿Quieres hacer una encuesta sobre cuál de las dos actividades es peor?

—No te sulfures, estaba bromeando.

—Yo no. Así que procura hacer las cosas bien.

Rais se puso en posición de firmes y se cuadró.

—Sí, señor.

—Ahora lárgate —dijo Farci conteniendo a duras penas una sonrisa.

53

Cuevas de la Diosa, Alta Barbagia

L os únicos ruidos en el interior de las cuevas eran su respiración y el crepitar de las antorchas, cuyas llamas se reflejaban sobre la superficie de la Diosa y hacían que la estatua pareciera viva.

Bastianu estaba solo. Había depositado la máscara tallada por su abuelo a los pies de la escultura, para que la divinidad se deleitara de antemano con el sacrificio que se iba a realizar en su honor.

El hombre se levantó y se dirigió hacia una de las tumbas de fosa más espaciosas. Aquellas cuevas habían sido utilizadas durante siglos para enterrar a individuos de todas las edades, clases sociales y géneros. Las tumbas eran colectivas, para que la individualidad quedara eclipsada a favor de una energía global capaz de poner en contacto el mundo de los vivos y el de los difuntos. Sin embargo, había una sección de la necrópolis reservada a un grupo especial de «durmientes»: se trataba de un conjunto de pequeñas celdas separadas de las demás, donde estaban sepultadas en posición fetal las sacerdotisas de la Diosa, las únicas que durante mucho tiempo habían invocado los favores de la divinidad, perpetuando el rito primigenio hasta el día en que, para salvar a la comunidad de una peste que la estaba diezmando —según el relato que transmitían los Ladu de generación en generación—, todas las sacerdotisas se habían inmolado a la Diosa por el bien de la colectividad. Su sacrificio colectivo había producido un río de sangre que regó la tierra, y no fue en vano: la peste cesó casi de inmediato; en cambio, la casta sacerdotal fue barrida por aquel acto sagrado que privó a la colectividad de sus líderes espirituales.

Bastianu iluminó una de las pinturas rupestres de la roca detrás del grupo de tumbas, que representaba el sangriento sacrificio de las sacerdotisas. Desde aquel día, cuando se presentaban situaciones de hambruna, sequía persistente, enfermedad y desastres naturales graves, el representante masculino más destacado de la comunidad se transformaba por una noche en *su mazzamortos*, y reproducía el sacrificio de las vestales para ganarse el favor de la divinidad de la luna y del mundo *ctónico*, subterráneo, consagrando el alma de la vestal a la Madre. Con una sabiduría arcana, que le era imposible comprender, sus antepasados habían sido capaces de determinar, mediante complejos cálculos astronómicos y un análisis detallado de equinoccios, solsticios y eclipses lunares y solares, cuáles eran los puntos de la isla donde, en virtud de energías astrales y kársticas, la conjunción entre el mundo de los vivos y el más allá era más potente. Casi siempre, en esos lugares magnéticos, los arquitectos de los clanes nurágicos habían erigido santuarios y círculos megalíticos o excavado pozos sagrados, conocedores de las influencias celestiales.

Las manos de Bastianu Ladu rozaron aquella especie de mapa energético grabado en la roca e identificaron el lugar donde deberían inmolar la víctima sacrificial.

De una de las celdas sacó el grueso manto de pieles oscuras de vellón de macho cabrío, el pesado cinturón, el racimo de cencerros de hierro y el cuchillo de hoja curvada con el que había que oficiar el rito de muerte; accesorios con cientos de años de antigüedad, transmitidos de generación en generación. Por último cogió la máscara con los cuernos de cabra.

Se la puso y, para fusionarse con el papel al que estaba predestinado, recitó la fórmula ancestral con la que iba a despertar *sas animas*:

—*A una ida nche l'ant ispèrdida in sa nurra de su notte. Custa morte est creschende li lugore a sa luna. Abba non naschet si sàmbene non paschet...*

Al sonido áspero de estas palabras, que las hendiduras leñosas de la máscara hacían aún más graves, las llamas temblaron hasta casi extinguirse, como si la Madre hubiera soplado sobre ellas su bendición, y las almas de sus antepasados se hubiesen reunido a su alrededor para darle fuerzas.

54

Barrio de La Vega, Cagliari

Mara Rais dejó a su hija jugando en el salón con su abuelo y se reunió con su madre, que había salido a la terraza a fumar.

—No sé si es una buena idea. A ver si te vuelven a entrar ganas —dijo la mujer, señalando su último cigarrillo del día.

—Déjame al menos que huela su aroma, es imposible que me enganche de nuevo.

—¿Por qué?

—Porque si recaigo, la *bagassedda* de tu nieta me atormentará hasta la extenuación. Cuando se pone, te martillea los oídos y no acaba nunca. En cuanto sea mayor de edad, la demandaré por daños existenciales…

Antonia Priu sonrió.

—Tu hija es clavada a ti cuando tenías su edad. Eras una tocapelotas de mucho cuidado, me volvías loca. La rebelión personificada… Y no es que al crecer hayas mejorado, al contrario.

—Cuando tu madre es la primera en valorarte, es que vas por el buen camino —ironizó Mara—. Creo que mejor vuelvo a entrar.

—Quédate aquí, todavía tienes que explicarme cómo van las cosas en la unidad de los *cold cases*, tengo demasiada curiosidad.

Mara soltó una carcajada.

—Mamá, ¿hablas en serio? Por culpa de esos *cold cases* me han metido en un trastero a respirar polvo…

—Ya sabes que no me pierdo ni un capítulo de *Casos abiertos* en la tele —continuó la mujer como si no la hubiese oído—. Estoy enteradísima de los casos sin resolver. De hecho, si necesitas algún consejo…

Rais negó con la cabeza y contempló la ciudad desde arriba.

—Por favor, mamá, dime que no le has dicho a nadie que me han metido allí.

—¿A nadie? ¿Estás de broma? Se lo he dicho a todas mis amigas.

—*Gesù Cristu*... ¡Mamá!

—¿Te parece que no puedo presumir de tener una hija comisaria?

—¿Cómo? No soy comisaria, maldita sea. Si te oye alguien que me conozca...

—Lo que sea, inspectora, comisaria, da lo mismo...

—No, mamá, no es lo mismo, por Dios.

—Bah... A ver, dime ¿cómo es tu nueva colega? ¿La estás tratando bien?

—Perdona, ¿por qué lo dudas?

—Porque hablamos de ti, hija mía...

—¿Has terminado...? Muy bien, me vuelvo dentro.

Antonia Priu soltó una risita socarrona, echando el humo a un lado.

—Vamos, quédate, que estoy bromeando.

—Ah, ¿sí? No me había dado cuenta.

—Para que te hagas una idea de lo que debe de ser tener que tratar contigo todo el santo día.

—Pero si soy una persona muy tranquila y adaptable.

—*Eja*, sí, un ángel bajado del cielo, cariño.

—Admito que a veces tengo mis momentos, digamos, problemáticos...

—¿A veces?

—Mamá, ahora estás exagerando.

—Y, bien, háblame de tu colega.

Mara resopló y cruzó los brazos apoyando la espalda en la barandilla.

—Viene de Milán, y esto ya es un tanto en su contra. Además, el hecho de que la hayan enviado aquí significa que la ha cagado en algo y la han sancionado, cosa que me empuja a no fiarme de ella.

—Tú no te fías de nadie, Mara...

—Se viste realmente como una mierda, tanto que estoy pensando que es lesbiana, una de esas marimachos, ¿sabes? Además lleva un piercing en la nariz y me da un poco de vergüenza que nos vean juntas... Su madre es irlandesa, pero ella se tiñe el cabello de negro, como si quisiera ocultar que es pelirroja natural, así que probablemente es una *bruja*.

—A ver si lo entiendo: según tú, ¿todas las pelirrojas son brujas?

—Todas no, pero casi todas... Tiene pinta de ser un poco creída, así que procuro no hablar con ella a menos que sea estrictamente necesario. En fin, aparte de esto...

—¿Aparte de esto? —repitió la madre abriendo los ojos como platos—. Prácticamente la has destrozado, pobrecilla.

—Creo que he sido incluso blanda...

—Vamos bien... ¿Está soltera? ¿Tiene hijos? ¿Está casada? ¿Dónde vive?

—A ver, mamá, ¡que la policía soy yo! ¿A qué viene este interrogatorio?

—Ya te lo he dicho, tengo curiosidad.

—Curiosidad, ¿eh? Tú vas en busca de chismorreos para luego *crastulare* con tus amigas, te lo digo yo.

—Bueno, y qué, si no podemos ni cotillear un poco entre nosotras...

—¿Un poco...?

—Dime, ¿cuándo la invitamos a comer?

—¿A comer? ¡Pero si te acabo de decir que apenas nos dirigimos la palabra!

—Justamente, me gustaría excusarme con... ¿cómo se llama?

—Eva Croce. Que por cierto vaya nombre cojonudo le pusieron... —rezongó Rais—. En cualquier caso, olvídate de que venga a casa.

—Ya veremos...

—¡Y un cuerno veremos!

Ambas permanecieron en silencio unos segundos, atrincheradas en su propia postura.

—Oye, ¿y con tu marido qué tal?

—No toquemos esta tecla, te lo ruego. En cualquier caso: *exmarido*, mamá, acéptalo.

—Estás rara hoy. Más agria que de costumbre.

Esta vez no había ironía en las palabras de la mujer, sino aprensión sincera.

—Estoy preocupada —admitió la policía.

—¿Cosas del trabajo?

Mara asintió.

—Ha desaparecido una chica, se llama Dolores. Se metió en un mal rollo. Temo que no lleguemos a tiempo de encontrarla antes de...

—¿Antes de qué?

Mara no respondió y se limitó a contemplar el majestuoso cielo nocturno, constelado de miles y miles de estrellas.

—Hoy es la noche de las almas. *Sa die de sos mortos* —dijo Antonia, siguiendo la mirada de su hija.

Mara asintió, grave. No tuvo el valor de decirle que era precisamente esta fecha la razón de su inquietud.

—Estoy segura de que conseguiréis encontrarla —la animó su madre, acariciándole la espalda y dirigiéndose a la puerta—. Entra, vamos, que empieza a hacer frío.

—Un segundo y voy.

Cuando se quedó sola, Mara sacó el móvil y repasó las imágenes que le había enviado el colega de Carbonia. Al ver de nuevo las paredes de la casa del gurú, con los dibujos de los delitos rituales, se le puso la piel de gallina.

—¿Dónde estás, Dolores? —se preguntó, mientras un oscuro presagio arraigaba en su corazón.

55

Santuario nurágico de Santa Vittoria, Serri

Federico «Billo» Marongiu era una de esas personas a las que era difícil encontrar de mal humor. No solo eso: tenía además el preciado don de infundir en los demás optimismo y simpatía, gracias a una ironía natural irresistible y a una masa de cabellos informe y siempre alborotada que le daba un aire cómico. Aquella mañana, en cuanto hubo acabado de tomar el café con Michela, la otra guía de la cooperativa que gestionaba el santuario nurágico de Serri, le echó un vistazo al registro de reservas de visitas, encantado de que no hubiera escolares, abandonó el centro de visitantes lanzando una pulla a Giorgio, el compañero con dos licenciaturas, dos másteres y un doctorado de investigación al que le correspondía ocuparse, desde la cima de toda esta cultura, del bar de la zona de restauración, y se dirigió al área sagrada para hacer su habitual vuelta de reconocimiento antes de abrir las puertas al público. Esta inspección se había convertido en una práctica rutinaria desde que, unos meses antes, algunos grupos de neopaganos de la isla habían empezado a acudir al santuario al anochecer para «celebrar», según decían, ritos de origen nurágico, dañando el templo hipetro, encendiendo hogueras y robando piedras. Se habían presentado algunas denuncias contra desconocidos, que habían quedado en nada, y las peticiones de Billo y de sus compañeros de poner vigilantes nocturnos ni siquiera fueron tomadas en consideración por parte de la cooperativa, que desde luego no nadaba en la abundancia; lo mismo ocurrió con la instalación de un sistema de videovigilancia.

Inmerso en la naturaleza, el santuario se extendía a lo largo de tres hectáreas y media de la Giara di Serri, que dominaba todo el valle a casi setecientos metros sobre el nivel del mar. Desde lo alto del promontorio basáltico, volviéndose hacia el valle y las llanuras al fondo, se podían abarcar con la mirada los campos del Sarcidano, de la Trexenta y de la Marmilla, un panorama que, pese a conocerlo de memoria, a Billo le seguía maravillando. Aquel día, el silencio que reinaba sobre los restos nurágicos tenía algo de sobrenatural. Billo percibió en el aire balsámico una sutil vibración siniestra que le produjo una extraña inquietud.

«¿Qué te apuestas a que esos chiflados han vuelto a estar de juerga esta noche?», se dijo, maldiciendo —y no por primera vez— *su Nuraxi*, un yacimiento arqueológico mucho más apreciado por los turistas, que eclipsaba la belleza y la fama de Santa Vittoria, obligada a recoger, también desde el punto de vista económico, las migajas dejadas por la prestigiosa aldea nurágica de Barumini.

Dejó atrás los distintos recintos y los restos del mercado y de los templos que tres mil años antes habían atraído peregrinos de toda la isla, hasta que se topó con algo extraño.

Se inclinó sobre el camino de piedra para poder ver más de cerca una especie de muñeco, parecido a un espantapájaros, de un metro de altura aproximadamente y una vaga apariencia antropomórfica; el monigote parecía estar hecho de tallos secos de flores y pequeñas plantas. Alguien lo había tendido en el sendero que conducía al pozo sagrado.

El guía, presa de un mal presentimiento, se levantó y se dirigió hacia el templo.

Apenas a unos diez metros, la vio.

Estaba tumbada boca abajo en el vestíbulo del templo, cerca de la escalera que descendía al subsuelo, junto a un altar donde, en época nurágica, se realizaban sacrificios de animales y ritos ordálicos que requerían el uso del agua.

Billo parpadeó varias veces, como si fuese víctima de un espejismo.

Pero por mucho que entornara los ojos la figura humana seguía allí, de rodillas, como si estuviera rezando, envuelta en un manto de piel blanca, con las manos atadas a la espalda y el rostro cubierto con una especie de máscara de leña con largos cuernos bovinos.

Armándose de valor, se acercó muy despacio, y cuando vio el charco de sangre casi completamente seca junto al antiguo aguje-ro de desagüe, a cuyo alrededor revoloteaban las moscas, se apar-tó de repente cubriéndose la boca. Por la redondez del cuerpo desnudo bajo la piel de oveja y por los largos cabellos oscuros que sobresalían de la máscara dedujo que era una muchacha.

«Santo cielo...», susurró, con el corazón latiendo desbocado en el pecho y las manos temblorosas.

Corrió hacia el centro de visitantes, sin poder contener las náuseas.

Al cabo de unas decenas de metros empezó a gritar.

SEGUNDA PARTE

Su bentu 'e su destinu

Mir murió, Sul quemó el cuerpo, recogió las cenizas en una vasija de barro, cavó una cámara en el
monte, depositó allí la vasija, salió y dijo «Jana».
    En los días siguientes Sul se retiró a menudo
a la *jana* y habló con las cenizas de Mir, a veces
durante días y noches.

SERGIO ATZENI,
Passavamo sulla terra leggeri

56

Santuario nurágico de Santa Vittoria, Serri

E va y Mara se inclinaron para pasar por debajo de la cinta que delimitaba la escena del crimen y la mantuvieron levantada para Moreno Barrali. El policía había dejado el bastón en el coche, alegando que no lo necesitaba; Eva pensó que probablemente le daba vergüenza que los antiguos compañeros de la Móvil lo vieran en aquel estado, de modo que no le tendió una mano cuando lo vio en dificultades para no avergonzarle.

Los tres firmaron el registro de asistencia y se pusieron guantes y cubrezapatos para no contaminar nada. La crepitación de la radio de la policía y el griterío de las personas apiñadas junto al cadáver constituían el fondo sonoro de sus pensamientos.

Eva miró a su alrededor: el santuario estaba situado sobre un alto promontorio rodeado de un oasis de naturaleza; la mirada podía extenderse kilómetros y kilómetros sin encontrar ningún obstáculo. La inmensidad del terreno convertiría en un infierno la vida del equipo de la Científica y alargaría la investigación.

Los tres policías se dirigieron en silencio hacia el corrillo de colegas, uniformados y no uniformados, que rodeaban el templo de pozo. Ya se había montado una gran carpa blanca, abarrotada de personal equipado con monos protectores, que estaban clasificando el material recogido en las primeras prospecciones. Los peritos filmaban todo el proceso con videocámaras de última generación, mientras los fotógrafos pululaban en torno a un director técnico, inmortalizando cada detalle señalado por el superior.

Un policía de uniforme les hizo esperar unos minutos. Barrali aprovechó para inclinarse a observar más de cerca una especie de muñeco de hierba seca de aspecto antropomorfo aislado por los hombres de la Policía Científica de Cagliari. Lo fotografió con su móvil murmurando algo para sí.

—¿Todo bien, Moreno? —preguntó Mara al colega.

El hombre asintió. Su rostro demacrado estaba petrificado por la angustia. Desde que habían ido a recogerlo, tras la llamada de Farci, Barrali prácticamente no había abierto la boca, atormentado por el sentimiento de culpa por no haber podido evitar aquel asesinato.

Eva vio al comisario jefe a unos diez metros de ellos, enfrascado en una llamada de alta tensión, a juzgar por las muecas y el nerviosismo con que gesticulaba.

«El delegado o el jefe», pensó Croce. «O incluso alguien de más arriba».

Finalmente, el agente los dejó pasar y los tres investigadores llegaron junto al pozo sagrado.

Croce se arrepintió de no haber aceptado el antihemético que le había ofrecido Mara cuando todavía estaban en el coche: había sospechado que su colega pretendía poner a prueba su frialdad como policía —una práctica por la que sentía una especial predilección, ya que lo hacía continuamente—, y por tanto lo había rechazado. En realidad, Rais había sido simplemente perspicaz, porque una cosa era ver las fotografías de una persona asesinada de aquella manera por muy espeluznantes que fueran, y otra muy distinta encontrártela a pocos metros de tus pies, rodeada de un enjambre de moscas y con el olor a sangre cosquilleando en las narices.

El forense estaba inclinado sobre la muchacha, ocupado en la inspección preliminar: a través de una mascarilla dictaba las primeras observaciones a un ayudante que anotaba sus palabras y apuntaba algunos detalles en una libreta.

Cualquier constatación sobre la muerte sería evidente: la escena de culto hablaba por sí sola.

Moreno miró a su alrededor.

—El marco ritual es idéntico al de los otros asesinatos... Me parece haber retrocedido en el tiempo, a aquellos días —murmuró para sí.

Eva oyó sus palabras.

—¿Hay algún detalle que desentone respecto a los antiguos casos? —preguntó.

Barrali observó el perímetro con mayor atención, luego volvió los ojos hacia la víctima.

—Creo que no. Me parece haber vuelto a Orune o a Matzanni.

—Faltan los restos de un fuego o de una hoguera —intervino Rais, mirando a su alrededor y dando muestras de una excelente memoria fotográfica.

—Es cierto —constató Barrali.

—Ahí está Nieddu —informó Eva a sus dos compañeros.

El comisario se acercó acompañado de Paola Erriu, su brazo derecho. A Eva le pareció que Nieddu había envejecido diez años.

—Todavía no le han quitado la máscara —dijo el comisario.

En sus palabras brillaba una pálida esperanza, como si aún existiera una débil posibilidad de eludir aquella sospecha, que ya había adquirido la concreción de una evidencia.

Nadie respondió. Todos estaban pensando en lo mismo. O mejor dicho, en la misma persona.

Eva observó la exuberante vegetación que rodeaba la acrópolis natural donde se alzaba el santuario: bosques centenarios de alcornoques, encinas y jaras que descendían hasta desaparecer en las onduladas campiñas del centro y sur de Cerdeña, a los pies del complejo de culto. La policía intentaba entender cuál había sido el camino más fácil para que el asesino accediera al área sagrada, probablemente llevando la víctima a cuestas.

—Imagino que no hay ni vigilante ni cámaras —dijo Mara a Nieddu. También ella estaba pensando en una posible vía de acceso.

—Exacto.

—Esto dice mucho sobre la premeditación —comentó Rais—. Y sobre nuestra mala suerte.

—¿Quién ha encontrado el cadáver? —preguntó Moreno, rompiendo el silencio en que se había encerrado.

—Aquel tipo de allí al que están interrogando vuestros compañeros. Es uno de los trabajadores de la cooperativa que gestiona el centro —dijo Paola Erriu—. Se encuentra en estado de shock.

—Se recuperará pronto, y con intereses. En cuanto se levanten los precintos y la noticia llegue a la prensa, este lugar se convertirá en etapa obligada de un turismo del horror sin precedentes —dijo Rais, disgustada—. Se harán ricos gracias a este asesinato.

—La mujer que está con ellos es la magistrada que abrió el expediente de la desaparición, Adele Mazzotta —dijo Nieddu, señalando al corrillo de policías—. Es probable que más tarde quiera hablar un momento también con vosotros.

—Ya está. Le están quitando la máscara —dijo Mara.

Los policías se acercaron.

Agostino Trombetta, el médico forense, quitó de la cabeza la corona de hojas y separó *sa carazza 'e boe*, descubriendo un rostro lívido, hinchado y tumefacto por una feroz paliza.

—¿Hay alguien que pueda reconocerla? —preguntó. Por el acento Eva dedujo que no era sardo. Probablemente procedía de alguna región del sur de Italia.

—Nosotros —dijo Nieddu. Haciendo un esfuerzo.

Se acercó a la víctima junto con su ayudante, se arrodillaron y contemplaron el rostro tumefacto, salpicado de manchas de sangre seca.

—Quienquiera que la haya matado se ha divertido de lo lindo antes —dijo un policía judicial, acompañado de un coro de improperios en sardo proferidos por sus colegas.

Eva vio que su compañera se santiguaba y susurraba lo que intuyó que era una especie de oración en sardo: *Chi sa terra ti siat lebia.*

Moreno tenía los ojos húmedos del llanto contenido y, cuando vio la mirada sombría que Nieddu intercambiaba con Erriu, dos lágrimas surcaron el rostro del viejo investigador.

—Está muy desfigurada, pero creo que es ella —dijo con un hilo de voz Nieddu.

—¿Está seguro? —preguntó Adele Mazzotta, la magistrada, que se había acercado para asistir al reconocimiento.

—Sí, es ella… —confirmó Paola Erriu, al cabo de unos segundos—. Es Dolores Murgia…

Santuario nurágico de Santa Vittoria, Serri

Eva y Barrali se habían instalado en los bancos de piedra en un lugar que los paneles explicativos denominaban «recinto de justicia», donde se suponía que se celebraban los juicios de los dioses nurágicos una vez realizados los sacrificios. Moreno sufrió una especie de desmayo tras la identificación de Dolores. Croce y Rais habían conseguido sostenerlo antes de que cayera al suelo.

—¿Seguro que no quieres que te echen un vistazo? —preguntó de nuevo Eva, señalando la ambulancia.

—No, gracias. Ha sido una cosa pasajera. Ya estoy recuperado. Solo necesito descansar un poco.

Eva estaba un poco indecisa: le habría gustado hacerle un montón de preguntas, puesto que en aquel momento Barrali era el único investigador que había estado presente en los escenarios de los tres asesinatos rituales. Además era el único que había tenido una relación directa con Roberto Melis, el líder espiritual de los neonurágicos, quien de golpe se había convertido en el principal sospechoso del asesinato de Dolores. Pero la policía tenía miedo de que involucrarlo en el análisis del caso pudiera empeorar su lucidez, mermada ya por la enfermedad; y por si fuera poco, ella y Mara le habían prometido a Grazia, su mujer, que lo mantendrían apartado de las investigaciones, por su bien.

—Sé lo que estás pensando —dijo Moreno, acabando con sus reticencias—. Pregúntame todo lo que quieras.

Eva observó a su compañera, que estaba hablando con Farci,

Nieddu y Mazzotta, a unos cien metros de ellos. Tenía que tomar una decisión personal, cosa que probablemente la conduciría a un choque con Rais.

«Qué más da. Es demasiado importante recoger sus impresiones en caliente», pensó.

—¿Qué sensaciones tienes, Moreno? El *modus operandi* me parece que es el mismo, ¿no? —preguntó al fin.

Trombetta, después de la identificación, había retirado el manto de oveja con el que estaba envuelta Dolores, descubriendo una incisión radial en el centro de la espalda de la joven hecha con la punta de un cuchillo. Según Barrali, aquel detalle no había aparecido nunca en la prensa.

—Sí, pero hay algo extraño. Algo que no me cuadra.

—Aparte del hecho de que en este caso hemos podido identificar a la chica, ¿observas otras diferencias?

—La violencia… Es un elemento nuevo. Las otras víctimas no habían sido golpeadas. Dolores sí. Alguien se ha ensañado brutalmente con ella… Es el único elemento disonante, si la memoria no me falla.

—El muñeco que has fotografiado… ¿qué es? También aparecía en los otros casos, creo.

—Algunos lo llaman *sa pippia 'e Mannaghe*, otros *sa mamma 'e sa funtana*. Simboliza un espíritu que habitaría en los pozos sagrados.

—¿O sea que está relacionado con el culto de las aguas?

—Exacto. Una especie de divinidad pluvial, que en tiempos recientes ha sido utilizada para asustar a los niños, pero que en el pasado, según la religión animista nurágica, era considerada una poderosa y temida divinidad subterránea, una de las distintas variantes de la Gran Madre mediterránea. Siempre volvemos al mismo punto, como ves.

—¿Me confirmas que también se encontró en los otros yacimientos? —preguntó Eva. En realidad había estudiado los expedientes y conocía ya la respuesta: lo que pretendía era comprobar las facultades mentales de su colega.

El hombre se llevó los dedos a las sienes y las masajeó enérgicamente. Parecía tener problemas.

—¿Moreno?

—Sí, creo que estaba tanto en Orune como en Matzanni. Encontramos esos muñecos cerca de las escenas primarias.

—De acuerdo... Además de los golpes, ¿hay alguna otra cosa que desentona?

—Sí, pero no consigo saber qué es —admitió Barrali, con una voz temblorosa que revelaba toda su fragilidad emocional e intelectual.

—No te preocupes —dijo Croce, apoyando la mano en su hombro y procurando no dar la impresión de lástima. Se sentía culpable por haberle insistido—. Ya te acordarás.

El hombre negó con la cabeza.

—No, hay alguna otra cosa muy importante... —murmuró, con la mirada perdida en el vacío—. Pero se me escapa...

—Tranquilo. Estoy segura de que esta vez lo cogeremos, sea quien sea —dijo Eva levantándose—. Dame un minuto. Voy a ver si podemos largarnos de aquí antes de que la Científica nos eche a patadas.

La mujer se alejó unos pasos, pero las palabras de Barrali la obligaron a detenerse.

—No sé por qué, pero quienquiera que lo haya hecho no es la misma persona que he estado buscando todos estos años —afirmó Moreno, categórico.

58

Localidad de Capitana, Quartu Sant'Elena

—Oye, ¿me dejas conducir?

—No.

—…

—¿Y por qué quieres conducir? ¿Estás intentando decirme que lo hago mal?

—Rais, ¿por qué haces un drama de cada cosa que digo? Si te lo tomas todo como algo personal, acabarás por enfermar. Relájate. Simplemente me apetecía, nada más.

—De acuerdo… Pero en cualquier caso, no.

Las dos policías entraron en el coche de Mara tras haber dejado a Barrali en su casa y haber intercambiado cuatro palabras con su mujer. Ninguna de las dos conseguía liberarse de la tensión que habían acumulado en el santuario de Serri. Y, por si fuera poco, a esto había que añadir el sentimiento de culpabilidad por la muerte de la chica: por algún oscuro motivo se sentían profundamente responsables, aunque apenas habían rozado el caso.

—¿Qué le has dicho a Grazia? —preguntó Rais, poniéndose en marcha en dirección a Cagliari.

—La verdad. Que ha sido Farci el que ha querido involucrarle y que el descubrimiento del cadáver le ha perturbado —replicó Croce—. Que si hubiera sido por nosotras no le habríamos implicado.

—Esto es mentira —dijo Rais, con una sonrisa cínica en los labios.

—Te doy la razón —replicó Croce.

—¿Cómo se lo ha tomado? Por la manera de mirarme cuando nos hemos despedido diría que no demasiado bien, ¿no crees?

—No. Ella solo quería acabar de una vez con esta historia, y en cambio ahora es como si el pasado hubiera regresado para atormentarlo de nuevo. Nosotras tratamos con él a lo sumo unas horas. Pero ella tiene que aguantarlo todo el día. Si este asunto de Dolores lo saca de quicio, será ella la que deberá recoger los pedazos de su mente.

—Al final tenía razón él —reconoció Rais.

—Y todo el mundo creía que estaba loco. Incluidas nosotras.

—Habla por ti. Yo nunca lo he creído.

—Pero si querías archivar el caso a toda costa —contraatacó Eva.

—Esa es otra cuestión. Estaba muy segura de que no tendríamos ninguna posibilidad de resolver esos crímenes después de tanto tiempo. Barrali está perdiendo la cabeza, pero no está loco. Y si lo dije, era solo para tomarle el pelo.

—En cualquier caso... ¿qué crees que pasará ahora?

Rais reflexionó unos segundos.

—El hecho de que Farci haya citado a todos en la oficina del fiscal excepto a nosotras significa que quedaremos fuera de la investigación. Este caso que estaba olvidado, ahora mismo está que arde. Así que *bye bye*, Casos sin resolver. Se hará cargo Homicidios. Es probable que creen un equipo especial solo para esta investigación.

—¿Crees que incluirán a Nieddu?

—Es probable.

—¿Y nosotras?

—Nos devolverán a aquella mierda de trastero.

—Barrali está convencido de que el asesino no es el mismo que el de los antiguos casos, que se trata de una recreación. Alguien que se ha inspirado en los antiguos crímenes.

—¿Un imitador?

Eva asintió.

—Hay cosas que no le encajan, pero no ha sabido decir cuáles son.

—Vamos bien... Le dieron de lo lindo a la muchacha.

—Pobrecilla. ¿Y tus antiguos compañeros cómo son? ¿Son buena gente?

—Son una panda de capullos machistas, impregnados de testosterona y prejuicios. Ninguno de ellos posee suficiente experiencia para tener la más mínima posibilidad de resolver este caso.

—He oído decir a uno de la Científica que han sacado sangre de debajo de las uñas de la chica. Con un poco de suerte se podría obtener el ADN del agresor.

—Ojalá. Sería una bendición del cielo, pero yo no me fiaría mucho. Ha estado expuesta toda la noche a la intemperie. El material orgánico podría haberse dañado —le señaló Mara.

—Si te reintegraran a Homicidios, ¿trabajarías allí?

—Es un escenario imposible. Del Greco no lo permitiría nunca.

—Pero ¿en el caso hipotético de que ocurriera?

—Seguramente tendría más posibilidades que ellos.

—Pues voy a intentar hablar con Farci —dijo Croce.

Rais ahogó una carcajada.

—¿Y cómo piensas convencerlo? —preguntó con malicia—. ¿Vas a recurrir a tu feminidad reprimida?

—Rais, ¿recuerdas que antes te he dicho que no era porque condujeras mal que quería ponerme yo al volante?

—Sí.

—Te mentí. Conduces de mierda.

—Que te jodan, Croce.

—Que te jodan a ti también.

Instituto de Medicina legal, Policlínico universitario
de Monserrato, Cagliari

La orden tajante era encontrar a Melis, el líder de la secta. Farci fue muy claro en este punto.

Croce y Rais se reunieron con él a última hora de la tarde fuera del Instituto de Medicina legal, junto con Nieddu, Paola Erriu y un grupito de antiguos colegas de Mara en Homicidios. El comisario, para acelerar las operaciones, les había pedido que fueran al archivo, hicieran copias de todo el material sobre los antiguos crímenes rituales y las llevaran a Monserrato, donde se estaba realizando la autopsia, para entregárselas a los colegas que investigarían el asesinato y que esperaban ansiosos las primeras conclusiones del forense. La Científica ya estaba trabajando con el material encontrado debajo de las uñas de las manos de Dolores: los técnicos habían dicho que tal vez a última hora de la tarde tendrían una respuesta que establecería si las muestras eran utilizables o no.

—Por fin. Venid un segundo conmigo —dijo Farci secamente a las dos policías en cuanto estuvieron junto a él.

Eva y Mara se intercambiaron una mirada silenciosa en la que resonaba una pregunta: «¿Y ahora qué demonios hemos hecho?».

Recorrieron unos cien metros y se sentaron a la mesita de un bar, entre estudiantes y profesores de la universidad. No se habían visto desde la mañana, pero por el aspecto del comisario Eva y Mara tuvieron la impresión de que este había pasado semanas sin dormir: Farci estaba hecho un asco.

—En primer lugar quiero que juguemos a un juego —empezó a hablar, mientras hacía girar compulsivamente la alianza en torno al anular—. Las reglas son: olvidemos algunas palabras, borrémoslas del vocabulario. La primera es «asesino en serie». ¿Se acerca un periodista y os escupe esta palabra? Os reís en su cara y le decís que vaya a hablar con el FBI en la nueva sede que los americanos han abierto en Ovodda.

Con gestos nerviosos el inspector encendió otro cigarrillo.

—La segunda es «asesinato ritual». ¿Alguien contacta con vosotras para pediros información actualizada sobre el caso, y flota en el aire la palabra «ritual»? Le respondéis que el único rito que conocéis es la procesión de Sant'Efisio, y que estáis deseando ver el desfile de carros en primavera.

Mara esbozó aquella sonrisa diabólica que tan bien le salía.

—La tercera es «equipo especial». El único equipo especial que conocéis es el Cagliari, y Gigi Riva es vuestro único Dios… Oficialmente no existe ningún equipo especial, ¿entendido?

Las dos inspectoras asintieron.

—Para la prensa ha de ser una investigación como cualquier otra. Debemos mantener la máxima reserva sobre el crimen el mayor tiempo posible. Si la prensa descubre lo que ha sucedido, estamos jodidos. Ya me veo las figuritas de nuragas y santuarios en los informativos de noche… Así que cerrad bien la boca porque utilizarán cualquier medio para conseguir más información.

—Entendido, comisario. Lo único que obtendrán de nosotras es un «no comment» —aseguró Eva.

—Eso es. Sobre todo tú, Croce. Se ensañarán contigo, porque vienes de fuera y por las misiones que tuviste en el pasado. Páralos. Mándalos a la mierda. Amenaza con denunciarlos. Y, si continúan, los detienes y me los llevas a la jefatura, ¿entendido?

Eva asintió, sorprendida por el tono del superior: Farci no estaba bromeando. Hablaba muy en serio. Eso significaba que las altas esferas se habían puesto en movimiento y les habían impuesto una línea de actuación y de conducta. Era muy extraño, teniendo en cuenta que habían transcurrido muy pocas horas desde el descubrimiento.

—Hablemos de vosotras ahora —dijo, echando el humo hacia un lado—. En realidad se ha formado un equipo especial, esta mañana, en la fiscalía. Ya os anuncio que vosotras estáis fuera.

—¡Qué novedad!

—Rais, precisamente hoy no es el día, ¿de acuerdo? Procura no cabrearme.

Mara hizo un gesto como si se cerrara la boca con una cremallera.

—Decía que Nieddu está dentro, y también buena parte de nuestra sección de Homicidios. Roberto Melis es el principal sospechoso, teniendo en cuenta el material encontrado en su casa, los antecedentes penales y el hecho de que la muchacha frecuentase su círculo de psicópatas. La comisaría de Carbonia, junto con la nuestra y otras, está dirigiendo la búsqueda a gran escala. Es cuestión de horas. Lo encontraremos... El verdadero problema es que esta jodida unidad de Casos sin resolver la hemos creado en un momento realmente de mierda. Parece que esté hecho a propósito...

—Puede que lo esté —dijo Rais.

—¡Mara! —la fulminó Farci.

—Oye, que no estaba bromeando...

—No está del todo equivocada —intervino Croce en su defensa. Ella y Mara podían no gustarse, pero se entendían enseguida—. Piénselo: el asesino descubre que alguien está trabajando en estos antiguos casos y hace reabrir las investigaciones con un nuevo asesinato, como si quisiera desafiar a los investigadores... No es un escenario tan improbable, comisario. Incluso asumiendo que sea un imitador, la hipótesis tiene su lógica. Perversa, pero la tiene.

Farci tamborileó con los dedos sobre la mesa durante unos segundos, empapándose de aquella retorcida perspectiva que no había contemplado.

—En cualquier caso —dijo finalmente—, nuestra postura oficial es esta: no había nadie trabajando en los asesinatos del 75 y del 86. Órdenes de arriba, ¿entendido?

Las dos mujeres asintieron de nuevo.

—¿Qué quieres que hagamos? —preguntó Rais.

—Volved a la investigación de vuestros expedientes y manteneos disponibles. Si Homicidios necesitara oficiales de apoyo para realizar tareas como...

—Quieres que hagamos de lacayos, en definitiva —dijo Rais, endureciendo el tono.

Farci se limitó a mirarla como si hubiera vomitado sobre la mesa.

Eva le puso una mano en el brazo para darle a entender que no era precisamente el momento de iniciar una batalla verbal.

—Estamos a su disposición, comisario. Nosotras también queremos descubrir la verdad lo antes posible. Dolores merece toda nuestra atención: así que, si podemos ser útiles en algo, aquí estamos —dijo, conciliadora—. Ya sea interrogar testigos, investigar u otras cosa, no hay problema. Cuente con nosotras.

Rais se restregó el punto del brazo en el que Eva la había tocado y la fulminó con la mirada.

—Para ya y mejor escucha a tu compañera... Ilaria Deidda será vuestro oficial de enlace con el equipo especial. Yo estoy al mando, y el subjefe Grattaglia ha pasado a dirigir la Brigada Móvil. Esto os da una idea de hasta qué punto alguien de arriba quiere que este feo asunto se cierre rápidamente.

—Perfecto —dijo Eva, antes de que Mara pudiese abrir la boca.

—Y a Barrali, ¿cómo le habéis visto?

—Está muy conmocionado. El hecho de que en cierto modo tuviese razón... no se lo ha tomado como una victoria o un consuelo, sino como una terrible derrota —explicó Croce.

Farci asintió, pensativo.

—Más allá de la identidad de la víctima, ¿ha observado alguna otra diferencia respecto a los antiguos asesinatos?

—Los golpes. El hecho de que la víctima haya sido terriblemente golpeada —intervino Rais—. En los otros casos no había habido ninguna señal de violencia, como si las muchachas hubieran ido allí por su propia voluntad, sin mostrar oposición.

—¿Algo más?

—Barrali afirma que sí, pero no recuerda el qué —dijo Eva, sin revelar por el momento la enfermedad neurodegenerativa que padecía Moreno. Rais le lanzó una larga mirada, pero no hizo comentarios.

Farci frunció el ceño.

—De acuerdo, dejad que se recupere un poco del shock y luego volved a la carga. Y si recordara algo más, decídmelo enseguida... ¿Habéis traído todo el material?

Rais dio una palmada a una bolsa de cuero que contenía los expedientes.

—Bien.

El inspector sintió vibrar el móvil y echó un vistazo al mensaje recibido.

—De acuerdo, tengo que ir corriendo a la jefatura. Llevadle todo esto a Nieddu y a los otros. Ah, una última cosa... Las teorías de Moreno, las historias sobre las máscaras y demás. ¿De dónde las ha sacado? ¿Cuál ha sido su fuente?

—Varios profesores de la universidad. Uno en concreto, un antropólogo —respondió Mara.

—Vale. Id a charlar un rato con él y a ver si hay un fundamento real detrás de estas...

—Estás diciendo sobre el...

Eva le dio una patada en la espinilla a su colega por debajo de la mesa, cortando de raíz sus palabras.

—Excelente idea —dijo Croce.

—Hacedme un informe sobre esto, por triplicado. Una copia para mí, personal, una para el equipo y otra para los magistrados, que por cierto ahora son dos, por decisión de la fiscalía: la Mazzotta, que investigaba la desaparición de Dolores, y el juez sustituto Iaccarone, de Cagliari. Necesito darles algo para que dejen de presionarme: aunque sean cosas irrelevantes, no importa.

—Iremos a verlo ahora mismo —aseguró Croce.

Farci se levantó.

—Decid a los demás que me llamen en cuanto Trombetta termine con el cadáver.

Las dos asintieron.

—Perdonad si he sido un poco duro. Esta historia ya me está trastornando.

Las dos policías le vieron alejarse a paso ligero, con la cabeza hundida entre los hombros caídos.

—Farci es un buen hombre, pero no tiene temperamento para aguantar un estrés como este —comentó Rais—. No le envidio al pobre.

—Tienes razón.

—¿Por qué no le has dicho lo de la enfermedad de Barrali? —preguntó Rais bruscamente.

—No lo sé... No me parecía el mejor momento.

—Vamos a aclarar una cosa, Croce. Si queremos intentar trabajar juntas, se acabaron las iniciativas personales.

—No era una...

—Si quieres seguir una línea de conducta con superiores, testigos o con cualquier otra persona, primero la acordamos juntas. Ya que, por si no lo has captado, este caso puede ser el golpe de gracia para mí y para ti... Si las cosas fuesen mal, y ya empiezo a oler a quemado, ¿quiénes crees que serían los primeros chivos expiatorios a los que apuntarían con el dedo las altas esferas?

—Nosotras —admitió Eva.

—Eso es. Y si no sé de antemano que tengo que salvarte el culo, no hacemos más que facilitarles el trabajo —dijo Rais con acritud, levantándose y dirigiéndose hacia el Instituto de Medicina legal sin esperarla.

60

Departamento de Antropología Cultural,
Universidad de Cagliari

L as policías hicieron caso omiso del papel fijado en la puerta
del despacho que aplazaba entrevistas y exámenes hasta la
semana siguiente y llamaron. Una, dos veces. Eva iba a insistir
cuando la puerta se abrió de golpe y un profesor cuarentón arre-
metió contra ella, tomándola por una estudiante con asignaturas
pendientes:

—¿Es que ni siquiera sabe leer? ¿No ha visto el papel?

—El papel lo hemos visto: ¿y qué le parecería a usted echar un
vistazo a esto? —dijo Mara, saliendo de detrás de su colega y
mostrando la placa dorada de la Policía Nacional.

Valerio Nonnis, profesor contratado de Antropología Cultural, palideció y balbuceó una excusa.

—Somos las inspectoras Croce y Rais de la Brigada Móvil —continuó secamente Mara—. Imagino que ya sabe por qué estamos
aquí.

En cierto modo Eva apreció la línea dura de su compañera. No
estaba muy claro que esa entrada arrolladora, estableciendo de
inmediato un perímetro relacional hostil para el interrogado, que
no sabía cómo reaccionar a aquella insinuación, funcionase como
enfoque de interrogatorio, pero con Nonnis tuvo éxito: le intimidó
y le convirtió en arcilla blanda en las manos de las investigadoras.

El profesor palideció aún más.

—En realidad yo no...

—¿Podemos pasar? —le apremió Eva.

—Yo no...

—No le robaremos más de diez minutos —aseguró Rais, deslizándose hacia el interior del despacho.

Una vez dentro, Croce cerró la puerta: aquel también era un gesto que rezumaba sobrentendidos psicológicos: «Ahora estás atrapado aquí dentro con nosotras, la Ley».

—¿Podemos sentarnos? —preguntó Mara sentándose frente a la mesa.

—Se lo ruego... —balbuceó el profesor.

Eva se quedó de pie, mirando a su alrededor: otro truquito psicológico; la diferencia de altura entre las dos inspectoras obligaba al profesor a alternar la mirada de la una a la otra, cosa que aumentaba la aprensión.

—Relájese, se trata de una visita amistosa —dijo Rais con una sonrisa descaradamente falsa—. Le ruego que se siente.

Las dos inspectoras guardaron silencio durante unos segundos. Era otra técnica para crear tensión y temor en la persona que se iba a «entrevistar». En realidad no estaban allí para interrogarlo, pero dos elementos las habían alertado: el primero era una revelación que tenían intención de aprovechar más tarde; el segundo eran las manos del profesor: una estaba vendada y la otra tenía los nudillos tan despellejados y magullados que parecía que la hubiera emprendido a golpes contra la pared. O contra una persona. Un detalle que no podía pasar desapercibido.

—¿Qué le ha pasado en las manos? —preguntó Rais en tono melifluo.

—¿Se ha peleado con alguien? —continuó Mara.

—Ah, estas... No, no... He estado ayudando a antiguos compañeros en una excavación, y me las pillé como un idiota con una herramienta... No es nada.

—¿Una excavación arqueológica? —preguntó Eva.

—Sí.

—¿Dónde? —preguntó Rais.

—¿A qué viene esta pregunta?

—Simple curiosidad —dijo Mara—. De pequeña soñaba con ser arqueóloga. Era la época de Indiana Jones...

—Yo... ¿Podrían explicarme por qué están aquí, por favor?

Croce y Rais podían dar la impresión de ser inofensivas, pero en realidad descubrían las mentiras de la misma manera que un tiburón detecta la sangre. Sabían que el hombre había mentido pero no dijeron nada; sonrieron comprensivas y prosiguieron.

—Estamos aquí porque se le considera uno de los mayores expertos en antropología cultural y etnografía sarda —dijo Eva sonriendo—. Es famoso y respetado en el ámbito académico, y sus investigaciones han sido elogiadas por universidades del país y también de fuera. En resumen, enhorabuena.

Tras la primera estocada, la adulación: esto confundía al interlocutor y le obligaba a bajar la guardia.

—Yo… no hay que exagerar, pero gracias de todos modos…

—No sea modesto. Hemos visto todos sus libros —le halagó Mara.

—Bueno, sí, he escrito algunos…

Como si no pasara nada, Rais sacó una tableta y se la entregó al hombre: mostraba las imágenes del descubrimiento de Dolores.

Nonnis se quedó paralizado por la sorpresa, con los ojos como platos.

—Estamos aquí en visita oficiosa por una investigación, profesor —dijo Eva—. Le pedimos que mantenga en secreto esta conversación, porque la investigación está abierta.

El hombre levantó la vista y se quedó mirando fijamente a la milanesa como si no hubiese entendido ni una sola palabra.

—¿Podemos fiarnos de usted? ¿No hablará de esto con nadie? —le presionó Mara.

—Yo… por supuesto, por supuesto.

—Bien… Estamos reconstruyendo la red de significados antropológicos que hay detrás de lo que creemos que es un asesinato ritual —continuó Eva.

—Otro…

Las dos policías fingieron mirarse sorprendidas. Nonnis se dio cuenta.

—Hubo asesinatos similares —dijo el hombre—. En el 75 y en el 86…

—Perdón, pero ¿qué sabe usted de esto? —preguntó Mara, recuperando el tono autoritario.

—Me implicó un colega suyo, Moreno Barrali. Me hizo algunas consultas aquellos años.

—Barrali, por supuesto —suavizó el tono Eva.

El hombre dirigió la mirada de nuevo a la tableta.

—Adelante. Vaya pasando las imágenes —dijo Rais.

El hombre obedeció. Entornó los ojos ante la dureza de las instantáneas.

—¿Nota algo diferente respecto a los otros asesinatos? —preguntó Croce.

—Es el santuario nurágico de Santa Vittoria, en Serri —dijo como para sí el investigador.

—Exactamente —confirmó Rais.

—¿Cuándo ocurrió? —preguntó el profesor.

—Esto no es importante —intervino Eva—. ¿Hay algún elemento que difiera respecto a los antiguos crímenes?

Nonnis analizó en silencio las fotografías durante unos minutos.

—Creo que no —dijo finalmente, devolviendo la tableta a la policía.

—Si le propusiésemos examinar también los elementos de culto de este asesinato, ¿lo haría? —preguntó Eva.

—Por supuesto, si puedo ayudar en algo a la investigación...

—¿Puede dedicarnos unos veinte minutos, ahora? —preguntó Rais.

—¿Ahora? En realidad...

—Estos crímenes parecen inspirarse en los ritos del carnaval sardo, ¿es correcto?

El hombre miró a Eva y asintió.

—Sí.

—¿Nos puede decir alguna cosa sobre esto? —dijo Mara.

El hombre se encogió de hombros. Eva observó que llevaba la alianza en el anular izquierdo. Dio la vuelta a la mesa, aparentemente para mirar por la ventana: en lugar de esto miró con más atención la mesa del profesor: vio las fotografías de un niño y de una niña; en una aparecía toda la familia reunida, incluida la mujer.

«¿Solo intentas parecer un buen padre de familia o lo eres de verdad?», pensó Eva.

—Por ejemplo, ¿qué función tenían estas ceremonias? —preguntó Rais, sacando de la bolsa un bloc de notas y un bolígrafo.

—Bueno, la función de las ceremonias carnavalescas era purificadora, derivada casi con toda seguridad de los ritos dionisiacos, de los que eran una evolución directa... Las celebraciones tenían una finalidad terapéutica para la comunidad, que después del sacrificio descubría un nuevo sentido a la vida.

—Cuando dice sacrificio, ¿se refiere a un sacrificio de sangre? —preguntó Eva.

—Originariamente, sí. Los ritos de la pasión de la víctima del sacrificio eran más bien cruentos. Pero era necesario, porque tenían que simular un sacrificio vital, perdonad el juego de palabras, por el bien de la comunidad.

—Estamos hablando de un mundo agropastoril, ¿no es cierto? —preguntó Rais.

—Desde luego. El rito giraba en torno a la naturaleza y sus ciclos de vida y de muerte. La alternancia de las estaciones, etcétera.

—¿En nombre de quién se hacía el sacrificio?

—Sobre esto solo podemos especular. Como seguramente sabrán, la civilización nurágica no nos ha dejado, por lo que hemos descubierto hasta ahora, nada escrito, así que solo podemos hacer especulaciones...

—¿Si tuviese que pronunciarse? —le invitó Mara.

—Algunos estudiosos creen que los protosardos y posteriormente los nurágicos seguían una religión monoteísta, con un único Dios que contenía a la vez el elemento masculino y el femenino. La inmensa variedad de bronces votivos y ajuares funerarios de distintos tipos, hallados en los pozos y en las áreas limítrofes, algunos precisamente en Serri, atestiguan la costumbre de la ofrenda a la divinidad.

—¿Qué quiere decir? —preguntó Eva.

—La ofrenda más noble era justamente la vida de un ser vivo, por lo general un animal. Los sacrificios se realizaban a cambio de algo: curación de males físicos, expiación de culpas terrenales, la intervención de la divinidad en caso de pestes y hambrunas... los motivos eran variados.

—¿Y los seres humanos? También eran sacrificados, ¿no?

—Eso parece, sobre todo en situaciones de dificultad extrema para los clanes nurágicos. Para solicitar una intervención más veloz y decidida de la divinidad, ya no bastaban toros y ovejas... Creían que podían congraciarse con el destino, entendido como expresión de la voluntad divina, renunciando a un elemento importante, una figura clave de la comunidad, porque consideraban que el valor de la comunidad era mayor que el del individuo, aunque fuera jerárquicamente relevante. Esta dolorosa privación los redimía a los ojos del Dios o de la Diosa.

—Pero ¿por qué los pozos?

—El pozo sagrado es el edificio de culto por excelencia de la civilización nurágica. El agua simbolizaba la vida. Por otro lado, el descenso a la tierra representaba el paso a un mundo ultraterrenal.

—O sea, una forma de entrar en contacto con la divinidad —dijo Mara.

—Exacto.

—¿Quién celebraba estos ritos?

—Por lo que sabemos actualmente, parece que eran sacerdotisas. Eran las poseedoras de estos aspectos sagrados, vinculados, digámoslo así, a la magia.

Mara arqueó una ceja. Nonnis lo vio, e intervino como si se hubiera sentido herido:

—No me mire así. La magia proporciona desde siempre a las personas instrumentos para afrontar momentos críticos que no pueden superarse solo con las fuerzas humanas. El mago, o en este caso la maga, nace como proyección de las necesidades de un contexto específico. Es pura expresión de una cultura local. Su intermediación tiene un fuerte valor social: cohesiona a la comunidad y a través de un rito común, colectivo, refuerza la confianza en las personas y en la vida compartida. Tiene una función sociológica decisiva.

—¿Está justificando los sacrificios humanos? —insinuó Mara.

—No, por supuesto que no. Solo los estoy contextualizando en una época en que la maga o la sacerdotisa tenían un papel destacado como guía espiritual y en cierto modo política de la sociedad nurágica —dijo Nonnis, animándose—. El ejercicio del sacrificio no era solo un acto de valor mágico, sino también político.

Eva decidió que ya habían dado suficientes vueltas al tema para hacerle sentirse cómodo: el profesor estaba ahora con las defensas bajas. Sacó del bolsillo de los tejanos una fotografía, la desplegó bruscamente sobre la mesa del profesor y le preguntó:

—¿Podría decirnos qué relación tenía con Dolores Murgia, profesor?

61

Departamento de Antropología Cultural,
Universidad de Cagliari

Nonnis contempló unos segundos la foto de Dolores, luego levantó la mirada hacia la policía.

—Fue alumna mía durante unos semestres. Hace mucho que no la veo, de modo que creo que lo dejó —dijo con la mayor naturalidad posible—. ¿Está metida en algún lío?

—Usted debe de tener un montón de alumnos —replicó Mara, ignorando su pregunta—. ¿Cómo es que se acuerda tan bien de esta muchacha?

—Porque tiene un buen cerebro. Se aplicaba poco, pero todavía recuerdo sus preguntas, todas inteligentes.

—¿Cuánto hace que no la ve? —continuó Eva.

—No sabría decírselo con exactitud... Seis meses, un año... algo así. Es la chica que ha desaparecido, ¿no? He leído algo en la prensa. Al ver su foto en la televisión y en los periódicos, inmediatamente pensé en ella. Y el nombre es el mismo del que han hablado en los informativos.

Mara asintió de forma imperceptible a su compañera. Antes de ir a hablar con el profesor, Eva recordó haber leído en el expediente de Dolores que la joven había estudiado antropología durante un tiempo en la Universidad de Cagliari; de modo que habían pasado por la secretaría para preguntar si Dolores había sido alumna de Nonnis. Cuando el empleado les dijo que sí, las dos habían pactado una línea de interrogatorio dirigida a profundizar en esta relación. No creían que Nonnis estuviese involucrado en el asesinato, pero en una investigación como aquella había que seguir todas las pistas, incluso las más insignificantes.

—¿La habéis encontrado? —preguntó Valerio.

—Enséñale la otra fotografía —dijo Mara.

Eva Croce mostró al antropólogo una foto de Roberto Melis, el líder de los neonurágicos; el profesor reaccionó jurando en sardo.

—¿Qué ha dicho? —preguntó Eva.

—Que la madre del tipo tiene una vitalidad sexual especialmente pronunciada y que no se avergüenza de mantener relaciones íntimas con bestias de gran tamaño —tradujo Mara.

Croce sonrió.

—Creo deducir que lo conoce.

—Por desgracia, sí. Además de dedicarme a la enseñanza, soy socio de una cooperativa formada por antiguos colegas de la universidad. Nos dedicamos a gestionar algunos yacimientos arqueológicos... Ese fanfarrón de Melis y sus «adeptos» están estropeando los monumentos: duermen encima, encienden fuegos en las zonas limítrofes, sacan piedras y rocas para fabricar ídolos y amuletos... Ya han estropeado decenas de *domus de janas* y tumbas de gigantes. Pero, aparte del daño arqueológico, está engañando a un montón de personas, convenciéndolas de que las piedras tienen poderes curativos, vibraciones magnéticas y energéticas capaces de sustituir la radioterapia o la quimio, por ejemplo. Deberían detenerlo...

—¿Ha tenido alguna vez un enfrentamiento directo con el sujeto? —preguntó Mara.

—Desde luego. Estudiamos juntos. Él llevaba un retraso de varios años. Ya en aquella época tenía en la cabeza todas estas teorías extrañas sobre el poder terapéutico de los menhires y sobre el hecho de que los nuragas eran centros energéticos capaces de comunicarse con las estrellas... Nunca llegó a licenciarse. Más tarde, junto con otros compañeros, denunciamos sus actividades a la dirección general e intervenimos en algunas de sus sesiones para desmentirle, y en diversas presentaciones de sus libros, que tienen un éxito inexplicable, puesto que están llenos de esas charlatanerías.

—¿Puede ser que se lo haya hecho pegándole? —preguntó Eva, señalando las manos heridas.

—No, no... Pero no niego que me gustaría ponerle las manos encima... Está realizando un trabajo de falseamiento de la arqueología y de la antropología tradicionales apoyando esta Nuraxia, una especie de pseudorreligión de carácter neopagano que choca con las ciencias antropológicas y se burla de las investigaciones oficiales. Lo increíble es que le sigue una cantidad impresionante de personas. Desesperados, por lo general... ¿Está implicado en la desaparición de la muchacha?

—Digamos que nos gustaría tener una charla con él, pero de momento está ilocalizable. ¿Por casualidad no tendrá una idea de dónde podríamos encontrarlo? —preguntó Croce.

—Suele hacer las peregrinaciones de la esperanza con sus fieles normalmente en santuarios nurágicos y círculos megalíticos.

—¿Podría concretar un poco más?

Nonnis negó con la cabeza.

—Hay unas ochocientas tumbas de gigantes diseminadas por toda la isla... Realmente podría estar en cualquier parte.

—Si le pusieran una pistola en la sien, ¿qué lugar indicaría? —preguntó Eva.

El profesor se lo pensó unos segundos.

—Tal vez el monte Arci... Es un lugar con más de ocho mil años de historia, donde hay vestigios nurágicos y restos de asentamientos primitivos. Se trata de un monte de origen volcánico que contiene el mayor yacimiento de obsidiana, el oro negro del Neolítico. Según las teorías de los neonurágicos, la obsidiana posee unos poderes energéticos extraordinarios... Yo probaría allí.

Eva asintió, escribió un mensaje con la indicación del lugar y se lo envió a Maurizio Nieddu: «Si no lo habéis hecho ya, echadle un vistazo. Podría esconderse allí. Luego os lo explico».

—Que usted sepa, más allá del daño a los monumentos, ¿está implicado en alguna actividad ilegal o puede haber cometido algún delito grave? —preguntó Rais.

—No me extrañaría... Corren rumores sobre estas peregrinaciones: al parecer se consumen drogas y sustancias alucinógenas. También he oído hablar de orgías, violaciones de adeptas y una especie de lavado de cerebro a los recién llegados por parte de Melis y del círculo de sus acólitos. Es una auténtica secta.

Mara le pasó unas carpetas que contenían algunas consideraciones de tipo antropológico sobre el ritual que inspiraba los asesinatos de 1975 y de 1986. Eran obra de Barrali.

—Le voy a pedir un favor: haga una lectura rápida de estos

informes y dígame si tienen alguna verosimilitud desde el punto de vista de su campo de estudio —le rogó la policía sarda.

Le dejaron unos minutos, luego el hombre asintió y devolvió los documentos.

—Ojalá mis alumnos fueran tan precisos... Son del todo plausibles. Son escritos de Moreno, ¿no?

Rais asintió.

—Barrali solicitó la colaboración de mi profesora, con la que estudié y con la que colaboré antes de que se jubilara, y después yo también le ayudé, intentando descifrar el ritual de muerte... Les confieso que es más competente sobre el tema que muchos de mis colegas.

—Lo sabemos —dijo Eva—. Le agradecemos de todo corazón el tiempo que nos ha dedicado. Es probable que tengamos que volver a molestarlo.

—Estoy a su disposición.

—Es posible que vengan periodistas a hacerle preguntas, y lo más probable es que sean muy insistentes —añadió Mara—. Prepárese para esta eventualidad.

—¿Cómo? ¿Por qué?

Rais no respondió y continuó:

—Le aconsejamos encarecidamente que no les dé cuerda. Existe el riesgo de que hablar con ellos perjudique nuestra investigación. Y se trata de un caso de asesinato, como ha visto. Asesinato en primer grado con el agravante de premeditación, para ser exactos. Cadena perpetua.

Si Mara pretendía asustarlo, lo había conseguido y de qué modo, consideró Eva.

—No hablaré con nadie —prometió el profesor.

—Excelente idea —replicó Mara.

Las policías estrecharon con delicadeza la mano vendada de Nonnis antes de marcharse.

—La chica del santuario de Serri... ¿La han identificado? ¿Se trata de Dolores? —preguntó el profesor cuando ellas ya estaban en la puerta.

Las mujeres se volvieron y le miraron en silencio unos segundos.

—No —mintió Eva—. Descartamos que sea ella. Estamos trabajando aún en su identificación.

62

Sa Duchessa, facultad de estudios humanísticos,
Cagliari

—Está mintiendo —dijo Rais cuando llegaron al coche que estaba en el aparcamiento—. No sé en qué, pero miente.

—Sí, yo también lo creo... No me gusta nada. Da toda la impresión de estar escondiendo algo.

—Cuando nos hemos presentado, he oído el ruido de sus pelotas rebotando en el suelo —dijo Rais—. Se ha puesto casi tan blanco como tú.

—Oye, ¿tienes un sobre para pruebas? —preguntó Eva, sacando la fotografía de Dolores en la que Nonnis había dejado sus huellas.

—¿Qué? ¡Ah! No está mal, Croce. Nada mal, de verdad —le concedió Rais, sonriente, mientras buscaba las llaves en el bolso.

—Ya sabes cómo es esto, nunca se sabe... —dijo Eva.

Mara abrió el maletero del coche y sacó un sobre para pruebas, en el que metió la fotografía.

—¿Qué propones? —preguntó Eva.

—Yo diría que averiguar algo más sobre él.

—Estoy de acuerdo —dijo Croce—. Tiene cuarenta y seis años y todavía es profesor contratado. Es cierto que estamos en Italia, pero... no digo llegar a titular, pero ¿ni siquiera asociado? ¿No te parece extraño?

—Mucho... Tengo un contacto en la universidad. Puedo pedir más información sobre él.

—¿Quieres que avisemos a Farci? —preguntó Eva.

—¿Para decirle qué? ¿Que el profesorcillo no nos gusta? Nos mandaría a la mierda. Si queremos implicarle, necesitamos algo más sólido que una sensación. Y además el asunto no debería afectarnos. No estamos en el equipo, recuérdalo.

—Esto no significa que si vemos algo no podamos comunicárselo.

—De momento no creo que tengamos suficientes elementos.

—¿Te has fijado en que llevaba una bufanda puesta en el despacho?

—Sí.

—¿Y te ha parecido que estaba resfriado?

—No. Yo también me he fijado… Crees que estaba ocultando algo, ¿verdad? Arañazos, moratones…

—Y estaba puesta la calefacción. Te morías de calor —dijo Eva—. Pero él llevaba bufanda y bien apretada.

—A lo mejor nos estamos dejando llevar demasiado por la fantasía —dijo Mara.

—Somos mujeres: estamos acostumbradas a montarnos películas —bromeó Eva.

—No sobre estas cosas… Al menos yo no. En cambio tú parece que no haces otra cosa, ¿o me equivoco?

—Este esconde algo —dijo Croce, ignorando la pulla.

—Por el momento todo apunta hacia Melis, y nuestras impresiones no valen un pepino.

—No estaría mal tener una pequeña charla con Moreno y preguntarle qué piensa de Nonnis —propuso Eva.

—Buena idea. Pero no hoy. Has visto en qué estado se encontraba el viejo, ¿no?

—¿Qué impresión te ha causado Nonnis cuando le he enseñado la foto? —preguntó Croce.

—La de uno que se está cagando encima.

—¿Por qué?

—Esta es una pregunta de un millón de euros, Croce —dijo Rais, poniendo en marcha el coche.

63

Sala de operaciones, sección de Homicidios,
jefatura de policía de Cagliari

L a sala de operaciones que habían montado para el asesinato de Dolores Murgia bullía de actividad frenética. Habían pegado en las paredes distintas fotografías que representaban la escena del crimen, además de varias ampliaciones del cadáver. Sobre una mesa unos oficiales estaban estudiando el material que Nieddu les había enviado directamente de la casa del gurú, mientras otros anotaban en las pizarras los detalles del delito, los primeros informes de los forenses y un esbozo de la cronología de los hechos.

Los miembros del equipo especial les lanzaron una mirada rápida y cada uno volvió a su trabajo de inmediato, ignorándolas.

Tanto Eva como Mara sintieron una punzada de envidia al ver cómo trabajaba la máquina perfectamente engrasada de Homicidios. Los investigadores rezumaban adrenalina. La tensión era palpable. Había un asesino en libertad que había que capturar, y con toda probabilidad Dolores no había sido su única víctima. El reto era demasiado importante. El objetivo común mantenía unidos a colegas que poco antes apenas se dirigían la palabra; en pocas horas se habían transformado de aburridos calientasillas en resueltos cazadores.

—Vámonos, me están entrando ganas de suicidarme —dijo Rais.

—Dispárame antes, por favor —replicó Eva—. Mejor un tiro en la cabeza que estar enterrada viva en aquel sótano maloliente. Y además contigo.

—Eres tan simpática como la llegada de la regla el primer día de vacaciones en la playa —susurró Rais, provocando la risa de su compañera.

Nieddu se percató de su presencia y se acercó a ellas.

—Hemos enviado técnicos; están explorando el monte Arci con drones. Gracias por el aviso.

—De nada. Esperemos que sirva de algo —dijo Croce—. Y por aquí, ¿qué tal?

—Estamos muy ocupados, sabéis mejor que yo que las primeras cuarenta y ocho horas son vitales para la investigación.

—A propósito —dijo Mara, sacando otro expediente de la bolsa—. Hemos hablado con el antropólogo que colaboró con Barrali en los antiguos casos. Aquí hay nuevas informaciones que hemos recogido sobre el «poder sagrado del agua» y sobre la simbología de las máscaras, así que ya tenéis todo lo que hay que saber de estas gilipolleces... Toma. Que te diviertas.

—¿Qué os ha parecido el profesor?

—Un tipo interesante. Cuando tengas un minuto tal vez te lo explicaremos.

Nieddu dejó la carpeta sobre una mesa y las invitó a tomar un café, a pesar de que era tarde. Las dos investigadoras aceptaron, porque comprendieron que el comisario quería hablar con ellas en privado.

—Os han dejado fuera de la investigación. ¿Por qué? —preguntó, extrañado.

—Los habituales jueguecitos de los de arriba... Digamos que no somos sus favoritas —dijo Rais.

Nieddu negó con la cabeza.

—En la jefatura de Cagliari hay más intrigas que en toda una temporada de *Juego de tronos*. Siempre ha sido así... Lo siento. Es una lástima.

—Lo superaremos... ¿Y Trombetta qué dice? —preguntó Rais.

—Precisamente quería hablaros de eso. La situación es más grave de lo que pensamos —dijo el comisario, bajando el tono de voz.

—¿En qué sentido? —preguntó Croce.

—En el sentido de que la autopsia todavía está en curso. No tendremos un informe concluyente hasta pasada la noche como muy pronto.

—¿Y eso?

—Dolores murió por la herida en la garganta, pero parece ser que se hallaba en estado precomatoso como resultado de la paliza. La habían molido a palos salvajemente. Le habían golpeado la cabeza varias veces, tenía tres costilla rotas y si el corte de la carótida no la hubiese matado, lo habría hecho una fuerte hemorragia interna causada por la paliza.

—Por Dios... —susurró Rais.

—¿Se ha podido establecer la hora de la muerte? —preguntó Eva.

—Entre medianoche y las dos de la madrugada.

—¿Así que estaba inconsciente cuando la llevaron al santuario?

—Es lo que se está intentando averiguar, pero parece ser que sí: se hallaba en un estado semivegetativo.

Las dos mujeres intercambiaron una mirada cargada de tensión.

—Y por desgracia la cosa no acaba aquí... —dijo Nieddu.

64

—¿Qué más puede haber? —preguntó Rais, con un velo de pánico ensombreciéndole el rostro.

Nieddu, agotado, se apoyó en la pared, como si necesitara compartir aquel peso invisible que cargaba sobre sus hombros y que ya no podía sostener. Resopló, asqueado por lo que iba a revelar.

—La chica fue violada varias veces —dijo con un hilo de voz.

— ...

—Fue violada antes de la noche del asesinato. Dos o tres días antes: esta es la versión no oficial de Trombetta, que hay que tomar con pinzas hasta que entregue el informe definitivo.

—¿Está seguro de la violación? —preguntó Mara, tras unos instantes de desconcierto.

—Violaciones... Sí, está seguro.

— ...

—Esta chiquilla debió de pasar un infierno desde que desapareció —dijo Nieddu, con los ojos húmedos.

—¿Por qué le harían algo así? —preguntó Eva, sin dirigirse a nadie en concreto.

—Podría haber sido violada por ese hijo de puta y por sus adeptos en uno de sus jodidos ritos. Ella intenta rebelarse y la golpean hasta que pierde el sentido. En realidad, la paliza es tan brutal que la deja en estado vegetativo. Entonces, al no poder despertarla, deciden matarla reproduciendo los antiguos asesinatos, con la intención de culpar a otro —especuló Mara.

Eva y Nieddu la miraron con atención: lo que decía tenía sentido.

—Sí, podría haber sido así —admitió Croce—. Esto presupone que tuvieron que esconderla o tenerla en algún lugar.

—Si encontramos a ese hijo de puta, quizá descubramos el lugar donde la tuvieron encerrada —dijo Rais.

—Sé que es pronto para el examen toxicológico, pero ¿se ha pronunciado Trombetta sobre esta cuestión? —preguntó Eva.

—Sí. No recuerdo los detalles, pero me parece que del examen de los tejidos del hígado ha deducido que la muchacha estuvo varias horas bajo el efecto de estupefacientes. De tipo químico. Alucinógenos, probablemente.

—De modo que la drogaron para luego violarla... tiene sentido. Tal vez le dijeron que era necesario para ese trance del que hablaba Barrali, y en cambio...

Eva iba a responder cuando se produjo un éxodo repentino de la sala de operaciones. Los colegas salieron corriendo hacia las escaleras.

—¿Qué ocurre? —preguntó Nieddu a Paola Erriu cuando esta salió de la sala.

—Parece que los drones lo han encontrado. Está acampado con los suyos en una zona del monte Arci, justo donde nos indicasteis. Hemos solicitado cobertura aérea y un equipo de emergencia.

Nieddu se dirigió a Eva: una sonrisa de gratitud le iluminaba el rostro.

—¿Puedo ir con vosotros? —pidió Croce.

—Podemos —la corrigió Mara.

Los dos policías se volvieron para examinar a Rais de la cabeza a los pies, concentrándose en las uñas perfectas, el maquillaje y el peinado impecables, el escote profundo y los zapatos con tacón de ocho centímetros. Parecía a punto de defender su tesis de licenciatura, no de hacer una incursión armada en medio de la montaña.

—¿Así vestida? —dijeron al unísono Croce y Nieddu, desconcertados.

—Bueno, alguien tiene que elevar el estándar de belleza del equipo, ¿no? —replicó la cagliaritana, alisándose despreocupadamente el ajustado traje sastre.

Poblado de los Ladu de la montaña,
Alta Barbagia

Micheli miró incrédulo a su padre, luego negó enérgicamente con la cabeza.

—No... No puedes pedirme esto —suspiró, abriendo una brecha sonora en el gran silencio que se produjo tras las palabras del jefe de familia.

—No te lo estoy pidiendo, te lo estoy ordenando —replicó duramente Bastianu.

—No, *ba'*, no puedo... He hecho todo lo que me has pedido hasta ahora. Pero esto... *Cazzu diaulu*, maldita sea, ¡esto no!

En la cocina se hizo un silencio glacial. Los dos hermanos menores de Bastianu, incómodos, mantuvieron la vista fija en sus platos. El grito del chico se había escuchado por encima del crepitar de los troncos de lentisco y de madroño que ardían en el hogar.

Bastianu hizo un gesto con la cabeza y las mujeres silenciosas sentadas junto a la chimenea, envueltas en chales de lana oscura y ocupadas en trenzar cestas de asfódelos, obedecieron abandonando la habitación sin decir palabra, y cerrando la puerta tras ellas.

Micheli observó al padre que acababa de comer lentamente el pan *guttiau* relleno de salchichas y se limpiaba la boca. Luego, con movimientos estudiados y una calma glacial, limpió cuidadosamente con un pañuelo la hoja de la *resolza*, cerró la navaja de resorte y se la metió en el bolsillo. Puso las enormes manos sobre la mesa de madera y, lanzándole una mirada feroz, dijo:

—¿Así que ahora cuestionas mis palabras, humillándome delante de las mujeres?

El muchacho cometió la imprudencia de no bajar la mirada.

Con velocidad felina, Bastianu se puso de pie derribando la

mesa y la silla, y le dio a su hijo una bofetada tan fuerte que lo lanzó contra la pared. El golpe fue tan violento que agrietó la cal que revestía la pared e hizo tintinear las cacerolas de cobre que colgaban de una viga.

Los tíos del muchacho temieron que lo hubiese matado.

Micheli cayó al suelo como un cadáver, sin aliento.

Una lágrima de sangre goteaba lentamente sobre la pared blanca.

Cuando tenía nueve años, al niño lo pateó un asno al que estaba importunando: comparado con el bofetón de aquel gigante con manos de piedra, la patada del burro había sido como una caricia maternal.

—Tú haces lo que yo te ordeno, *mincialone*, inútil. Y si no lo haces, te arrepentirás, da igual que seas mi hijo, ¿está claro? —dijo Bastianu sin alzar la voz ni medio tono—. Te planto en medio de los campos como un espantapájaros y hago que los cuervos te arranquen los ojos y las pelotas.

Micheli no pudo responder: en aquel momento le costaba incluso recordar dónde estaba y quién era.

—Esta noche que duerma con los animales, veremos si así baja la *barra* y deja de sostenerme la mirada —ordenó Bastianu a sus hermanos antes de salir de la cocina dando un portazo.

66

Parque regional del monte Arci,
llanura de Uras

El silencio estrellado de la noche fue interrumpido por el estruendo del helicóptero que empezaba a sobrevolar el campamento de los neonurágicos, iluminando la zona con un potente reflector.

Los agentes de la jefatura de Oristano, junto con los hombres de la unidad de Homicidios de Cagliari y un nutrido grupo de carabineros de la zona convocados como fuerza de apoyo, permanecieron en la retaguardia mientras las unidades especiales de intervención salían del bosque apuntando con las armas al campamento súbitamente iluminado por las luces de la Policía Científica.

El equipo de los NOCS (núcleo operativo central de seguridad), el cuerpo especial de la Policía Nacional, no se esperaba el escenario que se encontró.

Cuando los mandos dieron luz verde a través de la radio, Eva, Mara, Nieddu y sus colegas salieron del encinar, empuñando las armas, y vieron a una docena de personas fuera de las grandes tiendas militares. Estaban de rodillas, con las manos detrás de la nuca, en una actitud de total sumisión. Ninguna muestra de miedo. Ninguna voluntad de oposición. Miraban al frente, sin dignarse a dirigir una mirada a los policías.

—¿Los habéis obligado vosotros a ponerse así? —preguntó Mara a uno de los agentes del NOCS.

—No, inspectora. Ya estaban así, como si nos estuvieran esperando.

Rais se dirigió a su compañera, enfundando de nuevo la Beretta:

—¿Has visto, Croce? No sé cómo han sabido que venías y se han asustado.

Eva ni siquiera le contestó. Observó a sus compañeros equipados para intervenir, que esposaban por precaución a los adeptos de la secta, y a los de la sección de Homicidios, que registraban las tiendas, acompañados por agentes de uniforme.

—Es como si alguien les hubiese dicho cómo comportarse... ¿Dónde está Melis? —preguntó a Nieddu.

El comisario negó con la cabeza, preocupado.

—Rais —llamó Eva—. Melis... no está.

La cagliaritana se puso seria. Se acercó a uno de los neonurágicos y le preguntó dónde estaba su jefe. El individuo hizo como si no la hubiese oído. Mara miró a su alrededor y como vio que nadie, excepto Eva, les prestaba atención, le dio una patada al hombre en el pecho con la punta reforzada de sus zapatos. Miró a su colega para saber si había herido su sensibilidad, pero Croce no dijo ni media palabra, lo que suponía dar su consentimiento tácito. Mara se apoyó en las rodillas y repitió la pregunta:

—¿Dónde está Melis? La próxima te la daré en los huevos... Date prisa, que me estoy congelando el culo.

Nada que hacer, solo una colección de gruñidos.

Mara se levantó, dispuesta a pegar una segunda patada, pero Eva la detuvo agarrándola por un brazo.

—Aquí no. Nos están mirando —dijo.

Rais se volvió, vio a unos agentes que se dirigían hacia ella y dio marcha atrás.

—¿Y bien? —preguntó Eva a Nieddu y a Paola Erriu, que acababan de salir de la tienda más grande.

El comisario se desabrochó el chaleco antibalas y su ayudante lo imitó.

—Parece que han limpiado el lugar para no dejar huellas —dijo, incrédulo—. Alguien los ha debido avisar de que estábamos llegando.

—¿Y Melis? —preguntó Rais.

—Ni rastro de él —replicó Paola Erriu, observando a los colegas que peinaban los bosques de los alrededores—. A menos que esté escondido por aquí cerca y todo esto haya sido un montaje para hacernos perder el tiempo.

A través de la radio, Nieddu pidió a sus colegas del servicio aéreo que rastrearan la zona en busca del fugitivo. Unos segundos más tarde, el helicóptero despegó para obedecer la orden y un profundo silencio se extendió sobre el llano.

Una luna bulbosa proyectaba una luz diáfana sobre el monte, que era una perfecta simbiosis entre el reino vegetal y el mineral, en cambio la oscuridad era demasiado densa en los valles: no solo resultaba casi imposible encontrar a alguien que se estaba escondiendo, sino que incluso podía ser peligroso.

—No puede haber escapado así como así —dijo Eva, con la voz velada por la rabia.

Nieddu dio luz verde a los técnicos forenses, que empezaron a registrar las tiendas.

—Paola, ve a buscar también a Mazzotta. Dile que no hay peligro —ordenó a Erriu—. Necesitamos su autorización para mover a esos tarados.

—¿Alguna idea de quién puede haber filtrado la información de esta visita por sorpresa? —preguntó en voz baja Nieddu a las dos investigadoras.

—¿En la jefatura? —dijo Rais—. Iremos más rápido si te digo quién no puede haber sido.

Ilaria Deidda, la subcomisaria de Homicidios de Cagliari, se acercó al grupo de los tres.

—Ninguno de estos hijos de puta tiene la más mínima intención de colaborar —dijo, irritada.

—¿Y qué hacemos? —preguntó Rais.

—Nos los llevamos a todos a la central y los registramos. Les tomamos huellas dactilares y muestras de ADN, si Mazzotta lo autoriza —respondió Deidda.

—Lo autorizará —garantizó Nieddu—. Se siente jodidamente culpable de la muerte de Dolores. Como yo, por otra parte...

—No os olvidéis de las muestras de cabellos. Algunos de estos parecen estar en pleno viaje lisérgico —observó Mara.

—¿Y Melis? —preguntó Eva.

—Necesitamos más personal para inspeccionar mejor estos bosques. Y la oscuridad no nos favorece —respondió Ilaria—. Intentaremos pedir la ayuda de la guardia forestal, de la unidad canina y el apoyo de algún elemento de la policía local, pero son más de doscientos setenta kilómetros cuadrados los que hay que rastrear...

—Yo me quedo aquí y echo una mano, aunque tenga que pasar toda la noche —dijo Nieddu.

—¿Podéis acompañar a estos *calloni* a la jefatura y registrarlos? —preguntó Ilaria a las dos colegas, echando una mirada a los adeptos que habían sido separados y abrigados con mantas térmicas.

—Por mí no hay problema —respondió Eva.

—Por mí tampoco. Mi hija duerme en casa de mis padres —concedió Rais.

—Gracias, chicas. Siento que la excursión no haya dado los frutos esperados... Voy a darle la mala noticia a Farci —dijo Ilaria, señalando la radio.

—No quisiera estar en su lugar... —comentó Mara, abrigándose con la cazadora de la policía.

—¿De verdad te vas a quedar aquí? —preguntó Eva al comisario.

—Desde luego —replicó Nieddu—. Y espero encontrarme solo, cara a cara, con ese hijo de puta.

—Mantennos informadas.

—Por supuesto.

Mientras Mara organizaba con los colegas de uniforme el traslado de los sospechosos, Eva alzó la mirada hacia el inmenso cielo salpicado de estrellas y cerró los ojos unos instantes, inspirando el aire fresco y aromático.

«Siento que hayas tenido que pasar por todo esto, Dolores. Lo encontraremos y se lo haremos pagar», pensó. «Te lo juro».

Solo le respondió el canto del viento.

De repente se sintió observada y se volvió bruscamente, escrutando el denso encinar.

«No es más que una impresión tuya», se dijo a sí misma al cabo de unos instantes. «Una mala pasada del estrés».

Sin embargo, la imagen del bosque iluminado por los focos le trajo a la mente recuerdos de una noche de hacía un año y medio. Cuando, como mujer y como policía, había tocado fondo.

67

Parque Groane, Milán, 2014

Eva contemplaba cómo el Cisnara se deslizaba por el interior del parque, con el rostro iluminado por los reflejos azulados de las luces de la Brigada Móvil, de las ambulancias y de los sensores fotoeléctricos de los forenses. El riachuelo había crecido a causa de las últimas lluvias y se había desbordado. Eva se quedó pensando que algunas personas eran diques. Pero no en un sentido negativo. Diques que, con una mirada, una palabra o con su simple presencia, te permitían deslizarte en tu propio torrente existencial, sin desbordarte, y sin que un repentino arrebato sentimental te llevase a rebosar demasiada vida, demasiado corazón, demasiadas lágrimas. Diques. Para que la corriente no dispersara su fuerza. Diques. Para mantener la mirada fija en el horizonte de los propios deseos.

Pero ahora sus diques habían desaparecido, uno tras otro. Algunos se los había llevado el tiempo. Otros, las incomprensiones, la incapacidad de perdonar y las decepciones. El más grande, el que daba un sentido y una dirección a su vida, la enfermedad. Ya no quedaba ninguno. Tal vez solamente el trabajo, pero quizá por poco tiempo, teniendo en cuenta el berenjenal en que acababa de meterse. Solo quedaba aquella violenta corriente de agua que, fuera ya de control, había desatado sus peores instintos. La placidez emocional se había convertido en tormenta, arrastrando consigo todos los obstáculos que se le ponían por delante, en primer lugar su conciencia. Ella que, rebelde por naturaleza, en el pasado había anhelado con todas sus fuerzas aquella libertad líquida, sentía ahora una impetuosa urgencia de ser contenida. Dirigida. Dominada. La vida se derramaba en todas las direcciones y no tenía ni idea de cómo atraparla. Brotaba como la sangre de una herida profunda y Eva ya había perdido tanta que apenas le quedaban fuerzas para volver a unir los trozos de piel y detener la hemorragia al menos unos segundos, justo el tiempo de entender en quién se había convertido, en qué se había convertido.

Lorenzo Giansante, uno de sus compañeros de la Brigada Móvil de Milán, hizo un gesto al agente de uniforme que la estaba vigilando para que los dejara solos, y se sentó a su lado.

—¿Te has calmado? ¿Puedo quitarte las esposas?

Eva Croce asintió.

Él se la quedó mirando unos segundos para ver si podía confiar en ella y luego le liberó las muñecas.

—¿Se puede saber qué te ha pasado, joder? —preguntó Lorenzo.

—¿Cómo está? —replicó la inspectora.

El hombre resopló.

—Le has dado a base de bien. Se recuperará, pero le quedarán unas buenas cicatrices... No es que no lo merezca, pero te has excedido, Eva. No podemos cubrirte de ningún modo, había demasiados testigos.

—Lo sé, ha sido más fuerte que yo.

Lorenzo se distrajo unos segundos observando el reflejo del cabello rojizo de su compañera bajo las luces de los sensores fotoeléctricos: parecía una muchachita, un elfo de los bosques.

—Has vuelto al servicio demasiado pronto —dijo, desconsolado—. Deberíamos habértelo impedido.

—Si no hubiese vuelto a trabajar, probablemente me habría pegado un tiro en la sien —replicó ella.

—Eso no lo digas ni en broma, por Dios...

—El magistrado está...

—Furioso —la cortó Giansante—. Tiene miedo de que tu «intervención» perjudique el caso. Los abogados de la defensa apelarán a tu conducta para enterrar las acusaciones contra la madre. Es probable que, bajo mano, la fiscalía busque un acuerdo para no presentar cargos y no incurrir en una demanda civil de indemnización. Nada de dinero a cambio de la libertad.

—Su lugar debería ser la cárcel...

—Deberías haberlo pensado antes de golpearla —dijo el hombre con dureza.

—Tenía la misma edad que Maya... —dijo Eva, como si ese hecho pudiese justificar su reacción violenta.

—Lo sé... Y por esto no deberíamos haberte implicado en la investigación —respondió Giansante—. La culpa es sobre todo nuestra.

La investigación: Katia Giuliani, una niña de ocho años aún no cumplidos, había desaparecido en los suburbios del norte de Milán; la madre, una vagabunda que había caído desde hacía un año en la espiral del crack y con antecedentes por delitos vinculados con la prostitución, tráfico de drogas y pequeños robos, parecía no querer colaborar con la policía, como si no le importase nada su hija. Eva había intervenido entonces en la investigación por su habilidad para interrogar a sospechosos y testigos, adquirida durante los años que había trabajado en el SCO, el Servicio Central Operativo de la policía. La había interrogado hasta hundirla. Marlena, que así se llamaba la drogadicta, había admitido haber «alquilado» la niña a un hombre que había conocido cerca del bosque de Rogoredo, a cambio de una buena cantidad de dinero que le garantizaba una semana de colocón total. Tras siete días de obnubilación, Marlena había resurgido de las profundidades de la inconsciencia y se había acordado de su hija. Había buscado en vano al hombre por los alrededores del parque: a duras penas recordaba qué cara tenía. Un coche patrulla la había detenido en evidente estado de agitación y la desaparición de la pequeña acabó saliendo a la luz.

Después de aquella revelación, Eva consiguió mantener la sangre fría e intentó sonsacarle el máximo de detalles posibles porque, ahora que la noticia de la desaparición había llegado a la prensa, a los noticiarios y a las redes sociales, se les acababa el tiempo: el hombre que había cogido a la niña, al ver la movilización mediática y ante el temor a ser detenido por secuestro, habría podido deshacerse de Katia del peor modo posible. Ya había ocurrido otras veces.

Eva se había dejado absorber totalmente por el caso. A sus ojos, Katia sublimaba en cierto modo la muerte de Maya, su hija; era una ocasión que le brindaba la vida para redimirse, para salvarla al menos a ella.

Tenía que encontrarla.

Y punto.

Con los colegas de la Móvil pusieron en marcha el protocolo *Italian Child Abduction Alert System,* un nuevo sistema de búsqueda nacional para los casos de secuestro de niños, y habían requerido la ayuda de los colegas del servicio de comunicaciones para rastrear la *deep web* y las redes informáticas frecuentadas por los pedófilos. Era una lucha contra reloj.

Unos días después localizaron al cabrón gracias a unas imágenes captadas por un sistema de videovigilancia en la zona de Rogoredo. El hombre tenía antecedentes penales: pedofilia. La Móvil entró en ebullición. En los pasillos de la jefatura el aire era irrespirable. Lo habían encontrado gracias a un soplo.

A él.

De la niña, en cambio, ni rastro.

Lo llevaron a la comisaría central. Cuando el abogado defensor iba a entrar en la sala de interrogatorios con la inspectora y su defendido, los colegas de Eva lo cogieron del brazo y le dijeron que se fuera a dar una vuelta; cuando intentó quejarse, le susurraron que le inculparían con pruebas falsas, droga o material de pornografía infantil, si no se iba al carajo. El abogado sintió la urgencia inmediata de ir a tomar una buena bocanada de aire fresco.

Eva sabía hacerlo. Tres horas más tarde el hombre lloraba, arrodillado en el suelo. «¿Dónde?», le había preguntado reprimiendo la ira que hacía que le temblaran la voz y las manos. El hombre se lo había confesado. Le habría dicho cualquier cosa, con tal de librarse de aquel peso opresor y aliviar su conciencia.

Una hora más tarde estaban en el parque Groane, al noroeste de Milán, con un equipo forense que estaba excavando en el punto indicado por el pedófilo. Una llovizna que le recordaba los interminables otoños irlandeses hacía más fantasmal aún la operación de excavación. Justo en el momento en que los técnicos acababan de sacar el cuerpecillo de un hoyo en un pinar, llegó la madre de la niña acompañada de su abogado.

—¡Quiero verla! ¡Quiero ver a mi pequeña! —había gritado entre lágrimas corriendo hacia el grupo de policías.

Fuera del halo luminoso de los sensores fotoeléctricos, protegida por la oscuridad, Eva había desenfundado la Beretta y, cuando Marlena pasó a menos de un metro de distancia, la golpeó con todas sus fuerzas, dándole en la cara con el cañón del arma. La mujer cayó al suelo. Con lágrimas en los ojos, Eva se sentó encima de ella, a horcajadas y siguió golpeándola con la pistola, vomitándole todo su odio. Cuando consiguieron separarla, el rostro de la drogadicta parecía un cuadro abstracto: *Rojo fuego*, época roja. Fin de la investigación.

—¿Crees que me echarán? —preguntó al compañero.

—Bueno, seguro que no te suben el sueldo...

Consiguió arrancarle una sonrisa. Lorenzo Giansante contempló aquel rostro de rasgos delicados, en el que destacaban las marcas de las líneas negras de lápiz en torno a los ojos, y se preguntó si se habían corrido por la lluvia o por las lágrimas de la «irlandesa», como la llamaban en el equipo.

—Sí, es probable que intenten echarte —respondió.

El hombre oyó pasos que se acercaban y se volvió. Los peces gordos de la jefatura se estaban acercando a ellos: miradas de verdugo, actitud de sicarios. Más que policías, parecían una panda de cortacabezas de una multinacional en crisis.

Lorenzo se levantó.

—Viene el jefe. Está echando espuma por la boca... Voy a intentar hablar un momento con él antes de que te despelleje viva...

Eva Croce siguió mirando fijamente al frente, con los ojos perdidos en el torrente, como si no le hubiese oído.

Mientras caminaba fatigosamente por el terreno húmedo, el policía oyó unas palabras de su compañera pronunciadas a su espalda. Unas palabras que no olvidaría en su vida.

«Solo cuando eres madre comprendes cuán imperfecta eres como ser humano».

Lorenzo se volvió hacia ella y replicó:

—¿Qué...? ¿Eva?

La mujer policía no respondió, su mirada seguía perdida en el agua.

Él negó con la cabeza y se dirigió hacia sus superiores.

68

Poblado de los Ladu, Alta Barbagia, 2016

Su tía abrió la puerta antes de que Bastianu hubiese acabado de subir la escalera. Su enorme peso hizo crujir las tablas de madera como si estuviesen a punto de partirse. De la habitación del abuelo llegaba una vacilante luz de velas y un pestilente hedor a vejez y enfermedad.

—¿Cómo está? —preguntó en voz baja a la mujer.

La anciana se limitó a mover la cabeza, con los ojos bajos. Por primera vez en mucho tiempo, Bastianu observó a aquella mujer cubierta con un velo que, como todas las mujeres de su familia, se había sacrificado al culto de la sombra que le imponía perder su propia identidad y convertirse en fantasma antes de tiempo, cocinando, cuidando de la casa, de los niños y de los ancianos, silenciosa e invisible como un espíritu: impalpable pero siempre presente.

Antes de entrar, el hombre le acarició un hombro como para darle fuerzas y agradecerle su abnegación: ella también servía a la Diosa, aunque de una manera distinta a la suya.

Su abuelo, tras haber acabado la máscara, había sufrido un gran bajón de salud. Era como si hubiese gastado todas las energías que le quedaban en darle forma a aquel artefacto, y luego había quedado expuesto a los ataques viles de la senectud, que aprovechó aquella brecha en sus defensas.

El gigante se sentó junto a la cama donde descansaba Benignu, que en su juventud había sido incluso más alto que su nieto ahora; en cambio en aquel momento, encogido como estaba, parecía poco más que un niño esquelético. Era como si en pocas horas algo le hubiese consumido por dentro. Estaba cubierto por una gruesa y pesada manta de lana basta, y, sin embargo, temblaba.

«Qué absurda es la vida», reflexionó Bastianu. «Se decía que había tenido el físico de un toro, y míralo ahora. ¿Qué queda de aquel hombre descomunal?».

—¿Eres tú? —masculló el abuelo.

Bastianu le puso las manos sobre las suyas. La piel era tan fina que se traslucían las venas y los tendones. Aquellas manos entrelazadas simbolizaban perfectamente el pasado y el futuro de los Ladu.

—Sí, *mannoi...* ¿cómo estás?

—Como el que espera la muerte.

Bastianu sonrió.

—También lo dijiste el año pasado. Y el anterior...

—Esta vez es distinto. Y lo sabes.

Otros, en su estado, se habrían dejado morir hace tiempo. Pero su abuelo no. Aquel pertinaz apego a la vida expresaba una urgencia más febril aún que la de huir del dolor: quería estar seguro de dejar en buenas manos las tradiciones milenarias de los custodios de la Diosa. Hasta que no tuviera la certeza absoluta, no se rendiría a la muerte.

—Lo sé —se limitó a decir Bastianu.

—¿Dónde está tu hijo?

Se preguntó si debía mentirle. No dudaba de que si lo hacía, el anciano se daría cuenta. De modo que se decidió por la verdad.

—Está castigado. Ha cuestionado mi autoridad y, por tanto, la tuya.

Percibió en la respiración fatigosa toda la amargura y la contrariedad de su abuelo. Si en aquel momento hubiese tenido a su hijo entre las manos, le habría roto un brazo para hacerle pagar el dolor de tener que ver a Benignu Ladu sufriendo como un perro. Aquel hombre le había criado: para Bastianu era un dios en carne y hueso.

—¿Recuerdas la primera vez que viniste conmigo? —le preguntó el anciano, esbozando una sonrisa.

—Desde luego, *mannoi*.

—¿Cuántos años tenías?

—Ni siquiera catorce. Un crío.

—Y, sin embargo, tenías la sangre fría de un hombre. La hoja no vaciló ni un milímetro. Y la máscara te bailaba en la cara porque te estaba grande. Los chicos de hoy son distintos, más débiles. Y esto es lo que nos está matando.

—Crecerá rápido. De eso me encargo yo, te lo juro.

—Solo hay una manera de hacerle madurar, y lo sabes.

Bastianu le dio una suave palmada en las manos, para tranquilizarlo.

—Lo sé, y lo haré. Te lo juro. Ahora descansa y piensa en levantarte pronto.

Benignu emitió una especie de graznido como si su nieto le hubiese gastado una broma.

Cuando Bastianu iba a salir de la habitación, la voz ronca de su abuelo le obligó a detenerse.

—Bastia', dime... Recuérdame qué se siente al bajar allí y mirarla. No sabes lo que daría por verla una última vez.

Bastianu volvió atrás, se arrodilló sobre las tablas de madera inclinándose hacia su abuelo e intentó comunicarle las emociones y las sensaciones viscerales que suscitaba la proximidad de la Diosa.

Benignu escuchaba sonriendo, perdido en los recuerdos. No parecía darse cuenta de que, mientras su nieto hablaba estrechándole las manos, copiosas lágrimas bañaban su rostro reseco.

69

Viale Poetto, Cagliari

Su despertar no podría haber sido peor: alguien había hablado con la prensa y lo había largado todo.

Con los ojos hinchados aún de sueño tras la noche en blanco pasada entre el monte Arci y la jefatura, Eva miraba las fotografías que Mara le había enviado por WhatsApp, después de haberla llamado para darle la «feliz noticia».

—Siento haberte despertado, pero alguien ha boicoteado la investigación explicándoselo todo a los medios —le había dicho Rais unos minutos antes.

—¿Qué quiere decir «todo»? —había replicado Eva, incrédula.

—Hasta el menor jodido detalle... Cuelga. Te mando unas fotos para que las veas tú misma. Te llamo luego.

Le había enviado la foto de la primera página del diario más importante de la isla, con el siguiente titular: *El asesino en serie nurágico golpea de nuevo. Tras los asesinatos del 75 y del 86 se ha encontrado una nueva víctima en el santuario de Serri: es la caza del hombre.*

«Mierda...», susurró Eva, repentinamente despierta.

La entradilla precisaba: *La víctima hallada junto al pozo sagrado de Santa Vittoria de Serri es Dolores Murgia. La muchacha desaparecida hace una semana fue asesinada por la noche con un macabro ritual.*

«Cómo coño ha...».

El cierre iba aún más lejos: *La sombra del asesino en serie de vestales planea sobre toda la isla: la fiscalía ha creado un equipo especial para dar caza al asesino, que ha vuelto a golpear treinta años después. La policía anda a tientas.*

En el centro de la página había una imagen borrosa —no profesional pero muy inquietante— del cadáver rodeado de los hombres de la Brigada de Investigación; parecía una foto tomada a hurtadillas con el móvil, pero había inmortalizado con gran eficacia la consternación de los policías delante del cuerpo de Dolores. La había hecho alguien que estaba presente en la escena del crimen, de eso no había duda. Y aquella mañana, en Serri, no había más que policías.

«Hijos de puta…», susurró Eva, abatida. El artículo no estaba firmado, lo que significaba que el diario protegería a su reportero apelando al secreto profesional y haciendo prácticamente imposible identificar al topo.

El móvil vibró. De nuevo Rais. Había enviado links de los diarios digitales de la isla: todos estaban difundiendo la noticia del asesinato; Eva sabía que antes de una hora el comunicado se haría viral, cruzaría el Tirreno y se expandiría como una mancha de aceite por toda la península hasta el Viminale, que empezaría a presionar a la jefatura y pondría las cosas más difíciles todavía.

—Dime —respondió a su compañera.

—¿Has visto qué cabrones? Han involucrado incluso a Casos sin resolver.

—Sí. ¿Sospechas de alguien en particular?

Mara resopló.

—Podría haber sido cualquiera… Cagliari es una ciudad pequeña de provincias donde nunca pasa nada. Asesinatos de cierta importancia suceden cada ocho o diez años, con gran pesar para los periódicos. En cambio, esto es un chivatazo que, bien vendido, te permite pagar los plazos del coche, y todavía te queda dinero para llevar a toda la familia de vacaciones de verano, incluido el perro, y para hacer además un bonito regalo a tu mujercita y a tu amante. Ya sabes muy bien que nos pagan una miseria…

—Aquí hay algo más gordo que un policía corrupto, Rais. Primero alguien avisa a Melis y a los suyos, y ahora esta filtración a los medios…

—Y ya puestos, en cualquier momento puede aparecer la noticia de la detención de los neonurágicos y de la orden de captura de su líder.

—Esto sería justamente la guinda del pastel…

—Si esto fuera todo, podríamos darnos por satisfechas.

—¿Qué quieres decir?

—Intenta mirar las cosas desde otro punto de vista: ¿quiénes podrían haber querido vengarse de sus colegas de Homicidios por haber sido excluidas de la investigación? ¿Quiénes podrían odiar a muerte a los de arriba por haber sido arrinconadas en un trastero para pudrirse entre viejos papeles?

—Mierda. No querrás decir que...

—Es evidente que sí. En la sala de operaciones estarán lanzando maldiciones como si lloviera, y adivina hacia quién van dirigidas.

—¡Pero si nosotras no tenemos nada que ver!

—Ve a explicárselo...

—Nos están poniendo a unos contra otros —dijo Eva—. Quieren sabotear la investigación.

—¡Eh, despierta! Ya lo han hecho, Croce.

—...

—¿Estás ahí?

—Sí. ¿Qué hacemos?

—Descubrimos la verdad, encontramos al que nos ha arrinconado contra la pared y le devolvemos el favor con intereses —dijo Rais—. Por intereses quiero decir que le clavamos las pelotas en la puerta de Homicidios.

Croce sonrió.

—Dame tiempo para una ducha rápida y nos vemos en la jefatura.

—Yo llevo los clavos y el martillo. Hasta ahora —dijo Mara.

Eva se desnudó delante de la fotografía de Dolores Murgia fijada a la pared y se dirigió al baño. Cuando el móvil vibró de nuevo volvió sobre sus pasos creyendo que era Rais. No se trataba de su compañera.

Era él.

Croce se quedó mirando unos segundos el teléfono parpadeante, luego se dio la vuelta y lo dejó sonar.

70

Territorios de los Ladu, Alta Barbagia

El chorro de agua helada escupido por la bomba lo despertó violentamente y le sobresaltó.

—Buenos días —le saludó su padre—. ¿Has podido reflexionar?

Micheli estaba agazapado en un rincón del establo de los bueyes, cubierto de barro, estiércol y heno, rodeado de una nube de moscas, con la mirada perdida y traumatizado, casi sin poder creer que su padre hubiera llegado tan lejos. Sus tíos le habían atado los brazos a la espalda con una cuerda, y luego le habían encadenado por un tobillo a una argolla clavada en la pared, como a los animales, que agitaban las colas y orinaban a unos pocos centímetros de su cara. El olor que impregnaba el establo era repugnante. A juzgar por la papilla que había a sus pies en el canalón de piedra, debía haber vomitado varias veces. Le sería difícil olvidar la noche que acababa de pasar.

—¿Me vas a contestar o te dejo aquí todo el día? —le hostigó Bastianu, mientras sus tíos, silenciosos y severos como estatuas de piedra, observaban a su sobrino sin decir palabra.

—No, *ba'*, he reflexionado.

Aquella mañana una helada inesperada había congelado los campos cultivados. Un caballo y dos vacas habían muerto de repente, tal vez de frío, y otros animales se habían estado quejando toda la noche; algunos estaban agitados como si hubieran enloquecido y se habían herido dándose cabezazos contra las paredes. También los niños habían empezado a enfermar, uno tras otro. Los presagios de su abuelo se estaban haciendo realidad en toda su dimensión trágica. Bastianu no tenía tiempo que perder.

—¿Y bien? —le apremió.

—Haré lo que quieres —murmuró el muchacho, con la cabeza baja.

—No te he oído.

Micheli alzó la mirada hacia su padre y repitió:

—Haré lo que me pediste que hiciera.

Bastianu sostuvo durante unos segundos la mirada avergonzada de su hijo, luego afirmó:

—Lo harás esta noche. Vendré a buscarte después de cenar.

Micheli, vencido y humillado, asintió.

—Soltadlo y lavadlo —dijo Bastianu a sus hermanos. Luego, en voz baja—: Y encerradlo en su habitación hasta la noche. No me fío de él.

Sala de operaciones, sección de Homicidios,
jefatura de policía de Cagliari

L as dos investigadoras estaban a punto de entrar en la sala de operaciones cuando el móvil de Eva empezó a vibrar. Le echó una rápida mirada, por si acaso, y vio que era Barrali.

—¿Rais?

—¿Qué pasa?

—Es Moreno —dijo señalando el teléfono.

—De acuerdo, contesta —respondió. Tal vez ha recordado alguna cosa que puede sernos de utilidad. Yo voy a entrar a tantear el ambiente.

Eva asintió y se apartó al fondo del pasillo, lejos de las puertas de los despachos.

—¿Moreno?

—Hola, Eva. ¿Te llamo en un mal momento?

—Te confieso que desde que me incorporé al servicio todo han sido malos momentos, uno detrás de otro. Así que no. No más de lo habitual, en todo caso.

—Lo siento, Eva. Ya he visto el follón en los periódicos...

—Sí, una buena cabronada. Todavía no hemos hablado con Farci, pero me imagino que estará furioso.

—La presión mediática no favorecerá la investigación. Existe el riesgo de cometer graves errores a fuerza de jugar al gato y al ratón con la prensa. Tendréis que ir con cuidado.

—Lo sé, pero Mara y yo no corremos peligro: no estamos en el equipo especial y hemos tenido que entregar los expedientes de los antiguos delitos a Homicidios.

—Las jugarretas políticas de siempre... Lo siento, de verdad.

—Ahora tenemos que resolver otro problema, porque todos

creen que hemos sido nosotras las que hemos dado el soplo a la prensa, para vengarnos... Pero olvídalo. Háblame de ti: ¿cómo estás?

—Claramente mejor que ayer. Por eso te llamo. He estado pensando fríamente en la escena del crimen.

—Cuéntamelo todo.

—Yo creo que se trata de un asesinato por imitación. Seguramente alguien ha estudiado a fondo los antiguos casos y conoce muy bien el significado de culto de los distintos elementos. Pero no puede ser la misma persona que mató hace treinta o cuarenta años. Por cuestiones de edad, obviamente, pero no solo por eso...

—¿Hay algún detalle que apoya esta teoría?

—La máscara es ligeramente distinta a las otras. Las antiguas eran más artesanales, más bastas. Esta última parece salida de un taller que las fabrica en serie, no sé si me explico...

—Desde luego. Podemos pedir que la analice la Científica y ver si se puede encontrar el artesano que la ha fabricado.

—Podéis intentarlo, por supuesto. Puede ser una pista interesante.

—¿Algo más?

—Sí... Y se trata más bien de una impresión personal.

—Dímelo igualmente. Nadie conoce tan bien como tú este tipo de casos, así que...

—Tiene relación con la violencia con la que Dolores fue golpeada antes de que la mataran. No concuerda con las otras. Yo que las vi te puedo asegurar que... no me tomes por loco, pero había una especie de respeto por la víctima, de cuidado. Al menos a juzgar por la manera en que las había, o las habían, dejado. El cabello muy limpio y cepillado, la piel sin arañazos o moratones... Había una especie de *pietas*, casi un deseo de intimidad. ¿Entiendes lo que quiero decir?

—Perfectamente.

—También me he acordado de otra cosa, Eva. Algo realmente muy importante, pero prefiero no comentarlo por teléfono y tampoco me gustaría discutirlo en presencia de Mara. Quiero hablarlo solo contigo.

Si quería pillarla por sorpresa, lo había conseguido y de qué manera.

—¿Eva?

—Sí. Estoy aquí.

—¿Crees que podrías dedicarme unos minutos?

—Por supuesto, de acuerdo. ¿Nos vemos esta tarde al salir del trabajo?

—Perfecto.

—Gracias por las informaciones. Te dejo porque ahí viene Farci.

—Hasta luego.

Eva cortó la llamada y captó la mirada sombría del comisario que se acercaba a ella.

Antes de que pudiese abrir la boca, Farci dijo:

—Croce, a mi despacho. Ahora mismo.

—¿Quiere que llame a Rais?

—No. Vamos.

La policía lanzó una mirada preocupada hacia la sala de operaciones y siguió a su superior.

Jefatura superior de policía de Cagliari

—Cierra la puerta —le ordenó.
—Señor, si es algo referente a los artículos que...
—No es eso. Sé que no habéis sido vosotras. El problema será convencer también a vuestros compañeros, pero ya me encargaré yo... Siéntate.

El comisario le pasó una carpeta.

—El informe de la autopsia de Trombetta... Échale un vistazo rápido.

Eva empezó a leer, procurando no pensar en que si su compañera se enteraba de que estaba hablando con Farci sin ella, sin duda tergiversaría las cosas y se lo haría pagar.

—¿Y bien? —preguntó a su superior al cabo de unos minutos—. Nieddu ya me había informado sobre los primeros resultados de la autopsia. No hay nada nuevo respecto a lo que esperábamos.

—La chica estaba atiborrada de droga —dijo el comisario—. Y fue violada varias veces. Tenía un gran edema cerebral que le provocó un estado de precoma. El hematoma extradural del cerebro fue causado por la paliza. Cuando la mataron estaba completamente inconsciente.

—Ya —confirmó Eva.

—Están analizando el material orgánico encontrado bajo las uñas de la chica, y también lo que podría ser un filamento de piel humana hallado entre los dientes de la pobrecilla. Tal vez esta noche podamos tener los primeros resultados. ¿Qué crees que ocurrió?

—Tanto Rais como yo pensamos que pudo haber participado

en algún tipo de orgía ritual, después de haber sido drogada o inducida a drogarse. Debió resistirse y entonces la golpearon y la violaron, o algo así.

—¿Así que tú también crees que Melis puede estar implicado? Te lo digo para saber hasta qué punto puedo arriesgarme ante mis superiores...

—Comisario, no puedo estar segura. Pero si se analiza la situación, sus antecedentes y lo que se encontró en su casa, además del extraño comportamiento de sus seguidores, la verdad, me parece una sospecha bastante sólida.

El comisario asintió, sombrío.

—Ayer estuvisteis en el monte Arci.

—Sí, pero pedimos permiso a...

—Deja de ponerte a la defensiva. No estoy enfadado contigo ni tampoco con la bocazas de tu compañera.

—Entonces ¿qué ocurre?

—Quiero ponerte en guardia —dijo Farci—. Tú no conoces este ambiente ni esta ciudad. Y no sé por qué, pero tengo la sospecha de que en torno a este caso giran extraños personajes. La frustrada captura de ayer ya me lo hizo sospechar. Los artículos de hoy me lo han confirmado.

Eva asintió. No sabía a qué se refería en realidad el comisario, pero en todo caso apreciaba sus atenciones; sin embargo, se preguntó el porqué, puesto que ella ya no estaba implicada en la investigación. Le planteó la cuestión.

—Sé que os dejé fuera, pero no tenía elección. Oficialmente no trabajaréis en el caso, aunque, si creéis que podéis hacerlo, os pediría que tuvierais los ojos bien abiertos para mí, colaborando con algunos miembros del equipo, los de más confianza...

—Por supuesto, comisario... Pero... ¿puedo saber qué es lo que teme exactamente?

El hombre la miró durante unos segundos.

—Prefiero no decírtelo por ahora, porque además no tengo la certeza... Que sepas, no obstante, que la filtración ha sido un acto deliberado.

Eva asintió.

—Gracias por haberte quedado hasta el amanecer, esta mañana... Tengo otro trabajo para vosotras. Esos cabrones que nos habéis traído se niegan en bloque a colaborar. Ninguno ha abierto la boca.

—Alguien debe haberlos instruido.

—Yo también lo creo. Puesto que Melis sigue siendo un fugitivo y que no puede volver a su casa, creemos que puede haberse escondido en casa de alguno de sus más fieles seguidores... El problema es que tenemos unas veinte direcciones, y no tengo personal suficiente para inspeccionarlas todas. Crees que...

—Sí —dijo Eva, decidida.

Farci sonrió.

—Bien. Quiero que tú y Rais acompañéis a la subcomisaria Deidda a estos tres domicilios. Sobre todo, no bajéis la guardia. Seguro que Melis sabe que lo estamos buscando por violación, secuestro y asesinato en primer grado con premeditación. Cadena perpetua, y al menos una decena de años para sus cómplices, por complicidad moral en el asesinato... Son cargos posibles y condenas que pueden hacer perder la cabeza a alguien que se está escondiendo... ¿Vas armada?

—Por supuesto.

—Excelente. Si las cosas se pusieran mal, por el motivo que sea, no toméis la iniciativa, pedid refuerzos, ¿entendido? —dijo Farci, entregándole un documento con las tres direcciones y el nombre de los propietarios que había que controlar.

—Sí, señor —respondió ella mientras cogía la hoja y se ponía en pie.

—Hay otra cosa.

Eva se quedó inmóvil con la manilla de la puerta en la mano.

—En previsión de esta charla, te confieso que solicité tu expediente personal en nuestra base de datos y he echado un vistazo a tu hoja de servicios para saber si podía confiar en ti...

Eva se quedó helada.

—He leído lo que sucedió en el parque Groane... Que quede entre nosotros, pero en mi opinión hiciste bien. Elegiste un mal momento, desde luego, pero qué más da... Esto no significa que vaya a tolerar este tipo de comportamientos, ¿entendido? Si volviese a ocurrir algo así, te pegaría una patada en el culo y podrías despedirte de este trabajo.

—Sí, comisario.

—Bien. Procurad no montar pollos y asegúrate de amordazar a tu compañera.

Eva salió del despacho con una sonrisa en los labios. Cerró la puerta y apoyó la espalda en ella durante unos segundos, envuelta en una embriagadora sensación de ligereza. Se sentía eufórica como si hubiese conseguido salir bien librada después de haber copiado en un examen.

Negó con la cabeza, casi con incredulidad, y fue a buscar a Mara.

73

Carretera nacional 195, «Sulcitana»

Desde la ventanilla del coche, Eva vio desfilar ante sus ojos la gigantesca zona industrial, preguntándose cómo los sardos habían permitido que estropearan un paraíso natural con aquellas fábricas mortíferas a pocos kilómetros del mar. Luego posó de nuevo la mirada en la carretera que tenía delante. Rais y Deidda la habían relegado al asiento trasero como si fuera un mero adorno, mientras confabulaban en dialecto para que no las entendiera. Seguramente la estaban criticando, se dijo.

En un momento dado, harta de aquel jueguecito, grabó un extracto de la conversación en WhatsApp y la envió a un compañero sardo en Milán, rogándole que se la tradujera.

Cuando el policía respondió, Eva negó con la cabeza y enseñó los colmillos.

—Oye, Rais, vete a la mierda. La bruja serás tú. Yo no soy una *coga*, y sobre todo yo no os he traído mala suerte, ¿entendido? Y si me visto de negro no es porque sea una *bruxa*, sino que es mi puto problema, ¿entendido?

Rais y Deidda intercambiaron una mirada avergonzada, luego Ilaria se echó a reír.

—¿Ahora también entiendes el sardo? —dijo Rais, premiándola con una mirada de admiración a través del retrovisor.

El compañero de Milán también le había indicado cómo responder de la misma manera, y Eva leyó en el móvil con una pronunciación forzada:

—Deja de meterte conmigo, *tzia rua bagassa*.

Las dos sardas se meaban de risa.

—Y recuerda que soy medio irlandesa. La próxima vez que

me cabrees te lanzo una maldición en gaélico y hago que se te caiga todo el pelo —la amenazó.

Esta vez la cagliaritana la miró, consternada.

—Eh, eh, tranquila, solo bromeaba...

—Estoy hasta el moño de tu estúpida actitud. Compórtate como una policía, por Dios... ¿Se puede saber adónde diablos vamos? —preguntó, rabiosa.

—Al barrio de Santa Rosa, en Capoterra —respondió Ilaria tras consultar sus notas.

Habían inspeccionado ya dos de las viviendas indicadas por Farci, pero no encontraron ni rastro de Melis.

—De todas maneras, Eva lleva razón. Ella no tiene nada que ver. Es el caso el que está maldito —dijo seriamente la subcomisaria.

—¿El caso de Dolores? —le preguntó Rais.

—No, el caso que ha obsesionado a Barrali y que le ha hecho enfermar. Esa investigación debería haber permanecido cerrada. Dime que soy una ingenua, una *bidduncola* supersticiosa, pero yo creo en estas cosas. A algunos muertos hay que dejarlos en paz.

«Otra que tal», pensó Croce. «Pero ¿dónde coño he ido a parar?».

—Escuchad, ¿podemos dejar de lado estas mierdas supersticiosas y concentrarnos en lo que tenemos que hacer? —explotó Eva.

En el coche se hizo un silencio opresivo y cada una se encerró en sus propios pensamientos.

Aunque ninguna de las tres podía imaginarlo, todas ellas estaban pensando en lo mismo: en Dolores Murgia y el infierno que había pasado.

74

Localidad de Santa Rosa, Capoterra

L a casa que tenían que controlar se hallaba a poca distancia del pueblo de Capoterra, a media hora en coche de Cagliari, en una localidad llamada Santa Rosa, un barrio montañoso de pequeñas viviendas residenciales encajadas en las paredes rocosas, desde las que se podía admirar a lo lejos el mar, las aldeas costeras, la laguna y las vastas crestas boscosas. El viento arrastraba el balido de un rebaño de ovejas paciendo y el hipnótico susurro de la maquia. Se respiraba allí arriba un aire suave y limpio, perfumado de mirto y romero. Para todo aquel que amara la tranquilidad y el aislamiento, aquel lugar era un verdadero paraíso.

—Bonito lugar —comentó la subcomisaria Deidda, mirando a su alrededor.

—Un poco alejado del mundo para mi gusto —objetó Rais.

—Pero ideal para alguien que quiera esconderse, ¿no? —dijo Croce.

—¿Has visto? Luego dice que no es gafe —dijo Rais, polémica, dirigiéndose a Ilaria.

—Mantened los ojos bien abiertos, nunca se sabe —replicó esta última.

—¿Tú también te vas a meter en esto? Que sepas que si tuviese pelotas en este momento me las estaría tocando —replicó Rais.

—¿Has acabado el espectáculo? —preguntó Croce—. ¿Podemos irnos?

Mara le hizo una peineta.

Las tres policías se dirigieron hacia la vivienda que tenían que inspeccionar. Estaba más arriba que las otras casas y se accedía a ella por un camino privado. Ilaria había preferido dejar el coche a unos cientos de metros de distancia para no avisar de su llegada.

—Dejadme hablar a mí —dijo a las colegas.

Eva y Mara intentaron ver si era posible rodear la casa para averiguar si había salidas traseras, pero el terreno escarpado lo impedía, a menos que se trepara por un muro.

Cruzaron un pequeño patio de piedra y se dispusieron en formación: Ilaria delante de la puerta, Croce y Rais a los lados.

Deidda sacó la cartera con la mano izquierda, preparada para mostrar su acreditación, con la derecha llamó al interfono y luego la puso discretamente sobre la culata de la Beretta.

En el camino de entrada había dos utilitarios, señal de que en la casa debía haber alguien.

—¿Qué pasa? ¿Se hacen los suecos? —dijo Rais, delatando su nerviosismo.

—Prueba otra vez —sugirió Eva.

Esta vez Deidda pulsó más a fondo el timbre.

Nada.

Iba a intentarlo de nuevo cuando la puerta, sujeta por un pestillo con una cadena de acero dorado, se entreabrió. Del interior de la casa llegaban las notas de *Don't Stop Believin'* de Journey.

—¿Sí? —dijo una mujer de unos cuarenta años, rubia, con el cabello liso muy largo y mirada desafiante.

—Buenas tardes. ¿Maddalena Assorgia? —preguntó Ilaria.

—Sí. ¿Quién es usted?

—Policía, señora —dijo Deidda, presentándose.

Con el rabillo del ojo, Eva vio que Rais se estaba alejando hacia el lado derecho de la casa, como si quisiera controlar la parte de detrás. La dejó que se fuera y volvió a centrar su atención en la mujer. Por su postura rígida y encorvada dedujo que sería difícil conseguir que colaborara.

—¿Qué ocurre? —preguntó Maddalena, mirándolas con desprecio como si fueran recaudadoras de impuestos. Según el expediente, era una de las más fieles seguidoras de Melis; había entrado en la secta de los neonurágicos hacía cinco años. Una de las más leales.

—Necesitamos hablar un momento con usted, si no le importa —dijo Deidda, sonriente y conciliadora. Tanto ella como Croce mantenían contacto visual directo con la mujer, y percibieron una creciente hostilidad en su mirada.

—No es un buen momento, sinceramente —replicó Maddalena, retirándose.

—No, espere. Es mejor que...

—¡Mierda! ¡Es Melis! ¡Está escapando por detrás! —gritó Mara con todas sus fuerzas, rompiendo la atmósfera pacífica.

Ilaria y Eva se sobresaltaron y se giraron bruscamente hacia su compañera, desenfundando las armas unos segundos después.

Un lapso de tiempo fatal.

Dos estruendos rasgaron el aire e Ilaria fue lanzada hacia atrás, como si la hubiese arrollado un coche fuera de control.

Eva, ensordecida, fue alcanzada por una salpicadura de sangre de su compañera, que se había desplomado en el rellano, y, en un acto reflejo, cerró los ojos.

Cuando volvió a abrirlos, vio de reojo el cañón de la pistola que, desde la puerta, la estaba apuntando.

75

Localidad de Santa Rosa, Capoterra

Cuando oyó los disparos, Mara se alarmó, sacó su Beretta, e instintivamente puso la rodilla en tierra. Se volvió hacia sus compañeras y vio a Ilaria en el suelo y a Croce de pie, con la pistola apuntando hacia la entrada, que efectuaba tres disparos seguidos.

Rais corrió en auxilio de la milanesa y la ayudó a arrastrar el cuerpo exánime de la policía alejándolo de la línea de tiro de Assorgia. La sangre brotaba de las heridas del pecho. Mara intentó detener la hemorragia presionándola con su chaqueta mientras con la otra mano cogía el móvil.

—¿Le has dado? —gritó a Eva, que no la oyó, aturdida aún por las detonaciones.

—¿Croce? ¿Le has dado o no? —gritó de nuevo, y esta vez consiguió que la oyera.

Con mucha prudencia Eva se acercó por un lado a la puerta y se asomó al interior de la casa. Maddalena Assorgia estaba tendida en el suelo, presa de convulsiones. La música seguía sonando, cosa que lo hacía todo aún más surrealista.

—Sí. Está en el suelo —dijo volviéndose hacia Ilaria—. ¿Dónde la ha herido?

—Debe haberle perforado un pulmón teniendo en cuenta la cantidad de sangre que está perdiendo —replicó Mara, agitada, mientras pedía ayuda por teléfono.

Eva cogió carrerilla e intentó abrir la puerta de entrada con una patada, pero la cadena era demasiado resistente para sus sesenta kilos escasos.

—¡Mierda! —maldijo, cuando el segundo intento también resultó infructuoso.

Miró a Rais, que estaba poniendo el teléfono en manos libres e intentaba reanimar a su compañera.

—Voy a por ese cabrón —dijo a su compañera, y echó a correr tras él.

—¿Qué? No, espera… Croce —gritó Rais, histérica—. ¡Mierda, Croce! Joder…

76

Torre de telefonía de Santa Rosa, Capoterra

Su corazón latía a mil por hora. Las sienes vibraban como martillos neumáticos. El bazo parecía a punto de estallar; los músculos de las piernas, faltos de entrenamiento, ardían. Trataba de controlar la respiración, como le había enseñado su instructor de tiro más de diez años atrás, pero no lo conseguía. Había subido casi hasta la cima de la empinada colina detrás de la casa. Ni rastro de Melis. Echó una mirada al móvil: debían haber transcurrido poco más de diez minutos desde el tiroteo, y a lo lejos se oía el sonido cada vez más penetrante de las sirenas de la ambulancia.

Cuando estaba a punto de darse por vencida y regresar a la casa para ayudar a Mara, lo vio parado recuperando el aliento en medio de un pinar, a menos de treinta metros de donde estaba ella. Se palpaba el tobillo. Intentó dar unos pasos, pero Eva vio cómo se doblaba de dolor y cojeaba. Debía haberse torcido un tobillo en la huida. No parecía armado y no había advertido su presencia.

La policía se quedó inmóvil, escondiéndose detrás del tronco de un pino.

«¿Qué coño hago», se preguntó.

La imagen del cadáver de Dolores en Serri y las fotografías de su cuerpo desnudo, que había visto en el informe de la autopsia, le vinieron a la mente. La rabia la inundó y mandó al diablo cualquier precaución. Levantó la pistola y disparó cuatro tiros en su dirección.

Melis se echó al suelo y ella corrió hacia él, sin dejar de apuntarle. Solo le había rozado para asustarlo.

—¡Las manos detrás de la cabeza! —gritó deteniéndose a cinco metros de él.

—Qué coño… ¿Dispararías a un hombre desarmado?

Había en su voz un tono de burla.

Eva apretó el gatillo y un puñado de tierra y de hojas explotó a pocos centímetros de la cabeza del gurú.

—¿Crees que esto me crearía problemas, gilipollas? Tu cómplice ha disparado a mi compañera…

—Maldita estúpida… Juro que le dije que no lo hiciera…

—Levántate y escapa, vamos. Ponme las cosas fáciles, venga… Estamos solos tú y yo. Te tumbo y luego te pongo en la mano el arma de tu amiguita. Un trabajo limpio. Vamos… —le instó Eva.

—¿Estás hablando en serio? ¡Estás más chiflada que yo! —dijo el hombre, llevándose lentamente las manos a la nuca—. Espósame, léeme mis derechos o haz lo que tengas que hacer, ¡joder!, pero no me toques ni un pelo o mis abogados te aplastarán en el tribunal…

—Cállate.

Croce lanzó una mirada a su alrededor para asegurarse de que estaban solos. Con prudencia y sin bajar la Beretta ni un milímetro, se acercó a él.

—¿Qué tengo que hacer ahora? —preguntó él.

—No sé, ¿quieres recitarme una poesía?

—Y encima me toca la policía graciosa…

—Levántate y escapa —le provocó la investigadora, dándole una patada en la pierna—. Vamos.

—Ni de coña… Yo no he hecho nada. Tenéis una fijación conmigo, pero yo no tengo nada que ver. No he matado a nadie.

—¿Quién te ha dicho que te estábamos buscando por asesinato?

—Un pajarito.

Eva le dio otra patada y Melis soltó una risita. Tenía una voz y una risa cavernosas, que, junto con su rostro afilado, todo huesos y sombras, al que daban un aspecto mefistofélico la larga barba y los cabellos demasiado negros para ser naturales, provocaban escalofríos. Había huido de la casa con tanta prisa que no había tenido tiempo de ponerse una camiseta. La larga cabellera le cubría los hombros desnudos y parte de un gran tatuaje en la espalda que parecía reproducir el infierno. Eva observó diversos rasguños y lo que parecían ser arañazos; deseó que fuesen de Dolores para poderlo inculpar con otro cargo.

—Os habéis equivocado de persona, cariño. Yo no soy más que un guía espiritual...

Eva comprobó que tenía espirales tatuadas en ambos hombros: no pondría la mano en el fuego, pero estaba bastante segura de que era el mismo símbolo que estaba grabado en la espalda de la víctima.

—Claro, un guía que droga, viola y luego mata niñas.

—Mira, querida, ponme las esposas y sácame de aquí. Estoy hasta los cojones de estar tirado en el suelo y tengo frío.

—¿Quieres también una manta y un té caliente? Jódete, Melis —dijo Eva, golpeándole con la bota el tobillo dislocado.

El hombre gritó de dolor y luego se echó a reír.

—Entre otras perversiones, ¿también eres masoquista? —le preguntó.

—No, cariño. Río por todos los problemas que vas a tener por haberme tratado así. Tú no sabes quién soy ni quién está detrás de mí... ¿Tienes familia, por casualidad?

Por toda respuesta, Eva le pisó de nuevo el empeine, esta vez ensañándose durante varios segundos.

—¿Quién te protege? Ten al menos los huevos de amenazarme hasta el final, vamos.

—Han enviado a una forastera... Excelente jugada. Los polis de aquí son todos gilipollas.

Eva iba a replicar cuando oyó ruido de pasos a su espalda. Dio media vuelta de un salto, pero se relajó cuando vio llegar a Mara, empuñando la Beretta y con el rostro, las manos y el vestido manchados de sangre.

—Croce, aléjate de él —le ordenó la cagliaritana.

—Oh, por fin, la poli buena —dijo Melis desde el suelo, aliviado—. Llévate a esta loca, que es de gatillo fácil.

—¿Rais? Qué vas a hacer... Tengo la situación controlada, no...

—¡He dicho que te quites de en medio!

Eva obedeció, apartándose unos pasos.

Mara tomó carrerilla y golpeó al gurú con una patada en los huevos que le hizo gemir y retorcerse de dolor. Se puso sobre su espalda y, mientras Eva lo tenía a tiro, lo esposó.

—Vuelve a repetir que los policías locales son todos gilipollas, vamos —le dijo, con el acento sardo más cerrado de lo habitual.

El hombre se rio entre gemidos.

—Así que tú eres la poli mala…

—¿Por qué? ¿Acaso eso te excita?

—Me parece que la cachonda aquí eres tú, cariño —susurró Melis.

Rais puso el seguro y levanto la pistola, dispuesta a golpearle, pero Eva se lo impidió, lanzándola lejos con una patada.

—¡Usa la cabeza! Si le dejamos marcas podrían invalidar la detención o crearnos problemas. En este momento es justamente lo último que necesitamos.

La cagliaritana la miró con los ojos inyectados de sangre y se sacudió las hojas húmedas de la ropa, pero le hizo caso: odiaba admitirlo, pero Croce tenía razón.

—¿Y tú? ¿Por qué coño has disparado todos esos tiros? —le preguntó en tono acusador.

—Pues mira, vi pasar un jabalí y me dije «por qué no, al menos tendré algo para cenar»… Para asustarlo y hacer que se rindiera, obviamente. ¿Para qué otra cosa, por Dios?

Mara negó con la cabeza.

—Pero ¿de verdad sois policías? —se burló Melis.

—Tú, levántate o te pongo yo en pie a patadas.

—Chicas, deberíais relajaros, de verdad.

—¿Cómo está Ilaria? —preguntó Croce.

—Está mal. Vienen a recogerla en helicóptero —dijo Rais, con el rostro sombrío—. Podría no sobrevivir.

—¿Y Maddalena? ¿Está viva? —preguntó Melis, levantándose con dificultad.

Eva interrogó a su compañera con la mirada, preocupada.

Rais se secó la cara con el dorso de la mano, luego murmuró, agresiva:

—No tengo ni idea, pero espero que no… Registramos tu casa, imbécil. Vimos las fotografías y las pintadas, estás acabado.

Melis se limitó a escupir en tierra.

Oyeron el sonido de otras sirenas, y esta vez no eran ambulancias.

Eva agarró a Melis por un brazo y lo apoyó contra el tronco de un pino con modos que distaban mucho de ser amables.

—Tenemos a lo sumo dos o tres minutos para sacarle algo en la «intimidad» —dijo a su colega—. ¿Te atreves o temes estropearte la manicura?

—Eso sí que es hablar, Croce —dijo Rais acercándose al prisionero con una sonrisa malévola en los labios.

77

Sala de operaciones, sección de Homicidios,
jefatura de policía de Cagliari

Apenas habían dormido tres horas. Catorce transcurridas desde que salieron de sus casas aquella mañana. Y aún no se había acabado, antes de fichar la salida les esperaba un montón de papeleo y probablemente una simpática charla con los inspectores de Anticrimen, como es habitual después de un tiroteo. Ambas parecían estar al borde del agotamiento: zapatos manchados de tierra, ropa sucia, cabellos pegados a la cabeza, restos de sangre en la cara y en la ropa impregnada de los olores acres del miedo, la cordita y la adrenalina. Sin embargo, cuando Rais y Croce entraron en la sala de operaciones del equipo especial, las recibieron como a dos estrellas de cine desfilando por la alfombra roja.

Las policías miraron con cierto embarazo a los compañeros de Homicidios que aplaudían. Unos silbaban, otros les daban palmaditas en los hombros. Detrás de las sonrisas indulgentes se escondía la envidia por haber atrapado la presa más grande antes que ellos, pero esto no impidió a sus colegas reunirse junto a las dos y hacerse una selfie de grupo, desahogando la tensión a duras penas contenida en aquellas horas de miedo.

Al cabo de unos segundos los aplausos, las palmaditas y los apretones de manos cesaron y todos regresaron a sus mesas, con el rostro sombrío de nuevo: Ilaria Deidda estaba en el quirófano, igual que la mujer que le había disparado, y en ambos casos los médicos tenían muy pocas esperanzas.

Farci y Nieddu se reunieron con ellas y las felicitaron por la detención, a la vez que se interesaban por su estado.

—Lo único que me apetece es quitarme los zapatos y sentarme en algún sitio con una buena copa de Nepente... —confesó Rais.

—Y tú, *pistolera*, ¿cómo estás? —preguntó Farci a Croce—. ¿Necesitas que te vea alguien?

—No, estoy bien, jefe.

—Bien... Croce, el subjefe y el jefe quieren hablar contigo cuando hayáis terminado con Anticrimen.

—¿Por qué Anticrimen? —preguntó Eva.

—Necesitan vuestra versión de los hechos para cerrar lo antes posible el informe sobre el tiroteo. Es una simple formalidad, no te preocupes.

Croce asintió.

—Rais, mientras ella habla con los inspectores, tú informarás a los compañeros de la Oficina de relaciones exteriores, para que puedan preparar una declaración para la conferencia de prensa.

—Ok —replicó la cagliaritana.

—Comisario, si es posible me gustaría que no se mencionara mi nombre en ningún comunicado —dijo Eva.

—Por supuesto, Croce, por supuesto.

Rais observó a los colegas del equipo especial que preparaban el material que había que utilizar en el interrogatorio del líder de la secta.

—¿Quién abrirá el baile con Melis? —preguntó.

—Yo —respondió Nieddu—. Cuando lo trajisteis, sus abogados llevaban veinte minutos sentados esperándole, afilándose los colmillos.

—Las noticias corren rápidas en esta ciudad —comentó Eva.

—En efecto. Y no será fácil sacarle alguna cosa con esos dos mastines a su lado, pero haré lo que pueda.

—¿Estáis seguras de que no necesitáis que os vea un médico? —preguntó de nuevo Farci—. Realmente tenéis muy mal aspecto.

—Ha hablado Brad Pitt... —replicó Rais sin apenas abrir los labios.

—Estamos bien, comisario. De verdad... ¿Hay alguna novedad sobre las muestras de sangre? —preguntó Eva.

—Cuestión de horas o tal vez de minutos —respondió Farci—. Antes de que habléis con Anticrimen, quiero saber si hay algo que debáis decirme.

—Sí, ponnos en el equipo especial. Nos lo hemos ganado —dijo Mara.

—No me refería a esto, en cualquier caso no puedo, ya lo sabes —dijo Farci, bajando la voz.

—Entonces danos un aumento.

Farci se volvió hacia Eva, para no mandar a la mierda a Rais.

—Cuando estabais allí arriba con él, ¿hicisteis algo que es mejor que yo sepa para poder salvaros el culo?

Las dos policías intercambiaron una mirada ofendida.

—¿Crees realmente que somos ese tipo de personas? —rebatió Mara.

Farci negó con la cabeza y Nieddu sonrió.

—Muy bien, angelitos, os acompaño arriba —dijo el comisario jefe.

—Espere, comisario —dijo Eva—. En realidad, hay una cosa…

—No, déjalo… —le advirtió Rais.

—¿Qué es? —preguntó el comisario.

Croce se alejó de las mesas y de los oídos de los colegas, seguida de Farci, Rais y Nieddu.

—¿Y bien? —preguntó Farci, tenso.

—No es nada —dijo Mara—. La inspectora está aún un poco conmocionada por el tiroteo y la detención accidentada, y diría que es normal, teniendo en cuenta que…

—Cállate, Rais… Croce, ¿qué pasa?

—Seguramente Melis es culpable de los golpes, la violación, la posesión de estupefacientes, tal vez incluso del secuestro… —dijo Eva, en voz baja—. Pero no creo que sea él quien la haya matado.

78

Baño de los vestuarios de mujeres,
jefatura de policía de Cagliari

Cuando Eva entró en el baño del vestuario, Rais, inclinada sobre el lavabo, se enderezó y se giró bruscamente, lanzándole una mirada asesina. Croce observó que tenía los ojos húmedos. De lágrimas. Estaba tremendamente pálida, como si acabara de vomitar. Uno de los fluorescentes emitía una luz parpadeante, como de luciérnaga moribunda, que no contribuía a mejorar su aspecto y la envejecía.

—¿Qué coño quieres? Te he dicho que necesito un minuto, ¿o es que también estás sorda? —explotó Mara.

Croce se aseguró de que estuvieran solas, luego la miró con cierto embarazo.

—Me acaba de venir. Con dos semanas de adelanto... —dijo—. Me jode pedírtelo a ti, pero no conozco a nadie más, ahora que Deidda... En fin, ¿me puedes prestar un tampón? Te juro que te lo devolveré.

Rais la miró en silencio durante unos segundos bajo la dura luz de los fluorescentes.

—¿Me lo vas a devolver en el sentido de que lo usas y luego me lo devuelves? —le dijo burlona.

—Por supuesto —dijo Croce, esbozando una sonrisa—. Digamos que te lo mantengo caliente.

—¿Serás *callona*? Qué asco... —murmuró Mara. Rebuscó en el bolso y le lanzó uno.

—También me ha venido a mí, hace poco —confesó—. Tenía un retraso de una semana y media. Me estaba preocupando...

—Debe ser el estrés —dijo Eva.

—O tal vez nos estamos «armonizando», como dice mi madre.

Eva se detuvo antes de entrar en uno de los baños.

—¿Por qué llorabas?

—No estaba llorando. Y en cualquier caso, aprende a meterte en tus putos asuntos.

Croce hizo un movimiento con la cabeza, resignada a la agresividad constante de su compañera, y abrió la puerta.

—Me siento culpable... —admitió Rais con un hilo de voz apenas unos segundos después.

Eva dio media vuelta y regresó a la sala de los lavabos y de los espejos.

—¿Culpable? ¿Por qué? ¿Por lo que le hemos hecho a ese pervertido de mierda?

—No, no es por eso.

—Entonces ¿por qué?

—Si no hubiese chillado como una histérica, no os habría distraído, probablemente las cosas hubieran ido de otra manera, e Ilaria...

—Rais, aquella cabrona iba armada. Probablemente el error ha sido nuestro por no haberlo visto, o tal vez no ha habido ningún error, y por desgracia las cosas han ido así.

—No, es culpa mía...

—Vamos a ver, joder, las cosas han ido como han ido. Habría podido dispararte a ti o a mí, ha sido una cuestión de mala suerte. Pero no asumas culpas que no te corresponden. Hemos actuado siguiendo las normas.

—Te agradezco el consuelo, pero hay algo dentro de mí que me dice que no es así.

—Rais...

—Y además, si he de serte sincera, mientras la tenía en mis brazos taponándole las heridas he sentido cierto alivio pensando que le había tocado a ella y no a mí. Yo podría volver a ver a mi hija, mientras que ella...

—¿Tiene hijos?

—Dos. Un chico y una chica.

—¡Oh, Dios!... Mira, entiendo que no debe de ser fácil, pero no has sido tú quien le ha disparado, ¿de acuerdo? No has apretado tú el gatillo, y cuanto antes lo aceptes, mejor.

—Para ti es fácil...

Eva contempló su reflejo en el espejo.

—Yo también lo siento, y no sabes cuánto, pero no podíamos hacer otra cosa. Y, además, estoy segura de que se salvará.

—Esperemos... Si quieres ducharte, tengo una toalla y bragas en mi taquilla.

—¿Lo dices en serio o has sido tocada por la gracia?

—No quiero enemistarme con la heroína del día.

—Acepto encantada. No quiero hablar con los de Anticrimen en este estado...

—Dame un minuto y te lo traigo todo... Pero antes dime una cosa.

—Dispara.

—Si no ha sido él, ¿quién coño ha sido?

—Como dices tú siempre, esta es una pregunta de un millón de euros, Rais.

Mara sonrió. Iba a replicar cuando llegaron hasta el baño gritos de júbilo, aplausos y alboroto dignos de un mundial de fútbol.

—¿Qué coño está pasando? —dijo Rais y se fue a ver qué ocurría.

Eva aprovechó para controlar el móvil: había al menos diez llamadas sin contestar de Barrali y varios mensajes en el contestador. El policía debía estar fuera de sí, se dijo. Le escribió diciéndole que le informaría de todo en media hora y que ella y Mara estaban bien. Luego se lavó la cara, eliminando algunas manchas de sangre de Ilaria que todavía conservaba.

Cuando Rais regresó, miró a su compañera con ojos extraviados.

—¿Qué ocurre? —preguntó Eva.

—Han llegado los primeros resultados del material biológico y de las células epiteliales halladas bajo las uñas de Dolores —dijo Mara, con expresión incrédula.

—¿Y?

—El ADN corresponde al de Melis... Fue él. Hemos detenido al hijo de puta que la mató.

Territorios de los Ladu, Alta Barbagia

La habitación de su hijo estaba vacía. Bastianu sintió que algo en su interior se desmoronaba. Micheli había tomado una decisión que podía poner en peligro la solidez de la comunidad. Había traicionado a los Ladu. Le había dado la espalda a él, su padre.

«Es culpa mía. He sido demasiado blando. Le he dado una libertad que no merecía», se acusó, observando el ondear de las cortinas, bordadas con el brillo plateado de la luna.

Liborio, el menor de sus hermanos, se reunió con él e hizo un gesto con la cabeza, abatido.

—Habla, Libo'.

—Ha cogido uno de los caballos más jóvenes.

—¿Y qué más? No te avergüences... Total, a estas alturas...

—También ha forzado un cajón de tu estudio. El tercero.

Aquel donde Bastianu guardaba el dinero. Se sintió sonrojar de vergüenza. Le dio la espalda a su hermano para que no viera sus ojos humedecidos de lágrimas por la terrible sensación de haber sido engañado.

—¿Ha dejado alguna nota?

—Nada de nada.

—Y la chica, Esdra... ¿Dónde está?

—También ha desaparecido —respondió Liborio.

Bastianu asintió, tocándose la barba con un gesto nervioso.

—Llama a los demás, incluidos los primos, y buscadlo... No debe de haber ido muy lejos —ordenó secamente, mientras miraba a través de la ventana la niebla nocturna que ocultaba la aldea.

Cuando su hermano había bajado ya la escalera, lo llamó de nuevo.

—Libo', haz correr la voz: nadie debe decirle al *mannoi* lo que ha sucedido, ¿entendido? Si alguien se va de la lengua, se las verá conmigo.

Liborio asintió y lo dejó solo. Bastianu cerró la puerta y se sentó en la cama de su hijo.

Había sido elegido para tomar las riendas de la familia, por su capacidad de adivinar la evolución de los acontecimientos con muy pocos datos; muchos de sus familiares decían que poseía además una especie de previdencia, como la que tenían algunos de sus mayores, capaces de leer el futuro, pero en su caso no era así: Bastianu solo era un hombre espabilado y práctico, dotado del don de saber observar y escuchar. Sin embargo, ahora este talento constituía una maldición infernal, porque intuía claramente cuáles serían las futuras consecuencias de la huida de su hijo. Pero sobre todo presentía lo que él, como cabeza de familia, debería hacer para recuperar la honra perdida.

Y esto, como padre, le destrozaba.

80

Localidad de Capitana, Quartu Sant'Elena

A pesar de lo tarde que era, Grazia les había preparado comida y luego se había despedido de ellos dejándolos solos en la cocina.

—Ha sido realmente muy amable, pero no quería que se molestase a estas horas —dijo Eva.

—Le gusta hacerlo. Y además ella también estaba preocupada, quería verte —replicó Moreno, con un vasito de aguardiente en las manos—. Ya sabes cómo son los medios: lo han dramatizado todo. Los informativos han fantaseado y han transformado esta historia en una especie de película de terror.

—Me lo puedo imaginar —dijo Eva con una mueca—. Y temo lo que me espera mañana, en la prensa escrita.

—No pienses en eso ahora. Habéis cogido al «malo», esto es lo más importante.

Faltaban unos minutos para la medianoche. Tras haber hablado con los inspectores de Anticrimen y haberles repetido durante una hora y media la misma versión sobre la dinámica del tiroteo y de la captura de Melis, Eva había informado al subjefe, antes de asistir a los vanos intentos de Nieddu y de los otros colegas de Homicidios de obtener algo de la boca del gurú en la sala de interrogatorios, insistiendo en la prueba de ADN que lo incriminaba, en el material comprometedor hallado en su casa, en los antiguos antecedentes por violación y en su huida. Melis, seguramente por consejo de sus abogados, no había abierto la boca: siguió mostrando su sonrisita diabólica a los distintos interrogadores, a la vez que se acariciaba la barba caprina y negaba con la cabeza como si estuvieran intentando venderle una batería de cocina innecesaria y demasiado cara. Finalmente, cansada de los interrogatorios infructuosos, Croce hizo una última parada en la sala de operaciones, a esas horas ya semidesierta. Con la ayuda de los esquemas y guiones cronológicos de las pizarras, realizó un recorrido por las etapas de aquella investigación relámpago que había conducido, en opinión de todos, a la captura del asesino. Cuanto más repasaba las pruebas, más se convencía de que Melis era responsable de muchos delitos repugnantes, pero no del asesinato de la chica.

Se lo reveló a Moreno, mientras le informaba sobre aquellas cuarenta y ocho horas interminables, entre un bocado y otro.

—¿Así que crees que está cubriendo a alguien? —preguntó Barrali.

—Sí. Creo que está protegiendo a alguien y que al mismo tiempo está protegido por alguien. La misma persona que ha hablado con la prensa y que le avisó la noche de la redada.

—Para haber tenido acceso a esta información ha de tratarse de alguien de muy arriba —señaló.

Croce asintió, limpiándose los labios con una servilleta. Estaba muerta de cansancio, pero al mismo tiempo, desde que Mara le había revelado la correspondencia con el ADN del líder de la secta, era como si llevara una vía intravenosa que le inyectara continuamente adrenalina, manteniéndola activa y despierta como una anguila pasada de anfetaminas. Tras una parada rápida en casa para cambiarse de ropa, había subido de nuevo al coche para dirigirse a Capitana, dada la insistencia del policía en querer verla fuera la hora que fuese.

—Alguien que probablemente lleva uniforme —insinuó Eva, manifestando sus propios temores.

Moreno asintió.

—Esto explicaría muchas cosas. ¿Así que los magistrados y Farci piensan cerrar el caso y formalizar la acusación contra Melis?

—Sí. Todavía esperan los resultados de varios informes de los forenses, pero ya lo han trasladado a la cárcel de...

—Uta —acudió en su ayuda Barrali.

—Exacto. Sabes mejor que yo que en el caso de un asesinato tan brutal, sobre el que se abalanzan los tiburones de la prensa excitados por la sangre, cuanto antes se encuentra a un culpable

al que poder hincarle el diente, mejor para todos, los investigadores en primer lugar.

—Por supuesto.

—Piensan que una noche entre rejas lo ablandará. Empezarán
a interrogarle de nuevo mañana, en la cárcel, pero no creo que
cambie la música. Necesitaban encontrar un culpable cuanto antes y Melis es perfecto para este papel.

—Lo sé. Pero se corre el riesgo de cometer algún error.

—Y creo que estamos cometiendo uno tan grande como un
nuraga, por seguir con el tema.

Barrali sonrió.

—¿Y Nieddu qué dice?

—Está convencido de que ese hijo de puta es el asesino, pero
creo que su seguridad está vinculada a su sentimiento de culpabilidad por la muerte de Dolores. Le he visto muy afectado psicológicamente.

—Es un buen hombre, se toma muy a pecho este tipo de cosas.
¿Hay alguna novedad sobre Ilaria?

—Está en coma inducido. Parece que la operación ha ido bien,
pero es posible que tengan que intervenirla de nuevo. Le dio bien
aquella cabrona.

—¿Y tú? ¿Cómo estás?

—Aturdida y cansada. Todo ha sucedido tan rápido que todavía no he tenido tiempo de procesarlo.

—¿Físicamente, todo bien? —le preguntó, fingiendo no darse
cuenta de que las manos le temblaban al sostener los cubiertos.

—Creo que sí.

Barrali señaló la carpeta, de varios centímetros de grosor, que
Eva llevaba consigo.

—¿Qué me has traído?

—Material que quema —dijo ella pasándosela—. Cosas que
ni siquiera debería tener. Las he cogido de la sala de operaciones.
Es el primer informe de la autopsia del cadáver de Dolores, además de las fotografías de lo que incautaron en casa de Melis. Y de
sus tatuajes… Mira concretamente los de los hombros, ¿no te recuerdan nada?

—La incisión en espiral en la espalda de la víctima…

—Sí.

—¿Te importa que les eche un vistazo?

Te las he traído a propósito. Quería saber tu opinión… No he podido acceder a muchos otros documentos, por ejemplo las listas de llamadas del móvil de Dolores y los informes del análisis de su perfil en las redes sociales. Pero algo es algo. Si descubren que lo he cogido… no quiero ni pensarlo.

Mientras Barrali leía, Croce aprovechó para terminar de comer y observarlo: parecía estar mucho mejor que el día anterior. Tenía la mente lúcida y receptiva, y Eva sabía que debía aprovechar la oportunidad para explorar con él todas las zonas de sombra de la investigación.

—Bueno, debo admitir que todo parece apuntar en la dirección tomada por los magistrados —dijo Barrali—. Es el sospechoso perfecto: el líder de una secta en la que circula mucha droga, un inadaptado con antecedentes por violación, ese material oculto en su casa… Se da a la fuga para evitar ser detenido, y además la materia orgánica hallada bajo las uñas coincide con los arañazos en la espalda… Perdona la expresión, pero me parece que está bien jodido —concluyó, devolviéndole los documentos y quitándose las gafas para leer—. Es el sueño de cualquier fiscal e investigador: un asesinato brutal resuelto en menos de cuarenta y ocho horas. Lloverán ascensos.

—¿No te parece todo demasiado perfecto? ¿Casi construido a propósito? —preguntó Eva—. Yo habría esperado un poco más antes de acusarlo de asesinato.

Barrali volvió a coger el informe del patólogo y releyó algunas anotaciones.

—A decir verdad, yo también… ¿Alguien ha relacionado el asesinato con los antiguos casos? ¿Cuál es la línea oficial en este punto? —preguntó Moreno.

Eva negó con la cabeza, desprevenida.

—Lo cierto es que no me parecen muy propensos a relacionarlo con los otros dos crímenes… Esa investigación está en un punto muerto.

Barrali acusó el golpe: frunció el ceño y la miró incrédulo.

—Pero… el asesinato ritual remite claramente a los de… ¿Por qué no quieren relacionarlos?

—Es lo que tú has dicho. Tienen al culpable perfecto: un hijo de puta muy frío, que no colabora ni tampoco intenta disculparse. Tienen las pruebas físicas e incluso un móvil, relacionado con la Nuraxia... He intentado poner en duda su tesis comunicándole a Farci mis reservas, pero he quedado como el culo, porque poco después han llegado las pruebas de ADN desmintiéndome.

—¿Qué te ha dicho Giacomo?

—Que el estrés me estaba impidiendo ver las cosas con claridad y, sobre todo, que el caso estaba en manos de los chicos de Homicidios, no de las nuestras... Una forma elegante de decirme que me ocupe de mis putos asuntos y que me aparte.

—¿Qué dice Rais?

—Como siempre, no estaba de humor para charlas, y además está conmocionada por lo de Ilaria. La tuvo en sus brazos, empapada en su sangre hasta que llegó la ambulancia... En cierto modo se siente culpable de lo sucedido.

—Tú tuviste a Melis delante y pudiste hablar con él.

—Sí.

—¿Qué impresión te causó?

—Buena pregunta... Es una de esas personas que te hielan la sangre. Un monstruo. De los de verdad, con el alma podrida... Pero aunque estoy convencida de que está involucrado en esta historia, no creo que fuera él quien mató realmente a Dolores.

—¿Y sus seguidores? ¿Han conseguido que hablen?

—Nada de nada.

El hombre tomó un sorbo del licor, intentando poner en orden todas aquellas informaciones nuevas.

Eva aprovechó aquel momento de silencio para formularle una pregunta que le rondaba por la cabeza desde hacía horas.

—¿Por qué has querido verme con tanta urgencia, Moreno?

El hombre la miró unos segundos, sin responder. Luego se levantó y sacó algo de un cajón. Se lo dio. Era un cuaderno.

—Debo confesarte que mi cabeza... digamos que me está jugando alguna mala pasada, como quizá hayas notado. Lo que más me asusta es olvidarme de cosas importantes de los antiguos asesinatos... De modo que he transcrito todo lo que recordaba. Hasta el menor detalle.

Croce hojeó las páginas cubiertas con la sinuosa y elegante escritura del policía.

—Recuerdos, impresiones, cosas que considero importantes para la investigación... He intentado no omitir nada —dijo—. Me gustaría que lo leyeras y que lo guardaras tú.

—Por supuesto. Mil gracias. Me será útil.

—Eso espero... También hay una cosa más.

—Dime.

El policía le tendió una fotografía antigua en blanco y negro. Representaba a un niño de apenas diez años y a un perro, retratados en un ambiente rural.

—Ha pasado mucho tiempo, pero ese soy yo... El perro se llamaba Angheleddu, un chucho inteligente y muy protector conmigo, pobrecillo... Me resulta un poco difícil porque, excepto a mi mujer, no se lo he explicado nunca a nadie. He guardado el secreto demasiado tiempo, pero es justo que lo sepas antes de que la memoria me abandone...

—¿Saber qué? —preguntó Eva, confusa.

—Qué clase de maldición llevo encima.

—No entiendo...

—Quería que supieras que la noche del 2 de noviembre de 1961, en el valle de Aratu, en la zona de Barbagia, fui testigo ocular de un asesinato ritual prácticamente idéntico a los ocurridos en 1975 y 1986... E incluso vi al asesino.

Localidad de Capitana,
Quartu Sant'Elena

Moreno había cerrado los ojos y se lo había explicado todo, como si estuviese reviviendo minuto a minuto aquella noche de cincuenta y cinco años atrás, sumergido de nuevo en una pesadilla que no había dejado nunca de atormentarlo.

Croce estaba estupefacta. Si la historia era cierta, ahora podía comprender la profunda naturaleza de la obsesión que impulsaba a Moreno.

—Imagino que tendrás muchas preguntas —dijo Barrali, con una sonrisa cansada.

—¿No les dijiste nada a tus padres?

—No.

—¿Por qué?

—Por miedo, en primer lugar. Miedo a las consecuencias y miedo a no ser creído.

—¿Por qué no iban a creerte?

—Mi padre era carbonero, un hombre duro, riguroso, que nunca me dirigía la palabra. Yo le hablaba de usted... Si le hubiese dicho que había salido de casa aquella noche, no me habría dejado ni seguir y me habría pegado con el cinturón.

—¿Y tu madre?

—Dependía completamente de su marido y de los constantes traslados que su trabajo nos imponía. Tenía otras cosas en la cabeza y no podía permitirse prestar atención a mis cosas. Mira, en aquella época y en aquellos parajes, los niños eran poco más que animales domésticos. Sé que está mal decirlo, pero es así. Nos trataban sin ninguna consideración. Los adultos estaban demasiado ocupados luchando contra una naturaleza hostil y cruel para perder su tiempo con nosotros...

—¿Y la chica?

—Esa es la segunda cosa que me bloqueó... Estaba convencido de que alguien iría a buscarla, pero no lo hizo nadie. Era como si no hubiese pasado nada, como si lo hubiera soñado todo, y durante un tiempo creí que había sido así, puesto que no se hablaba del asunto... Ya adulto estuve investigando. En los documentos de la época no había ni rastro de aquel asesinato o del descubrimiento de un cuerpo, ni tampoco de la desaparición de una chica de esa edad en los alrededores.

—Increíble.

—Sí. Cuando vi que nadie hablaba de esto, pensé que había sido una pesadilla. Mi único testigo era Angheleddu. Pero por muy inteligente que fuera, todavía no había aprendido a hablar...

Eva sonrió, condescendiente.

—De modo que me guardé esa historia para mí, temiendo incluso que aquella especie de *bundu*, de demonio, volviera para hacerme daño a mí o al perro... Recuerda que era un niño, que en aquella época éramos mucho más sugestionables que hoy y, créeme, lo que había visto, mira... Todavía se me pone la piel de gallina solo de pensarlo... —dijo enseñándole los brazos—. Era una cosa realmente horripilante.

—Yo... no tengo palabras... realmente no sé qué decir...

—Imagina cómo me sentí yo cuando, catorce años después, me encontré ante aquella escena del crimen en Orune... Ya casi había olvidado aquella noche y, de repente, me hallé de nuevo sumergido en ella... y luego, once años más tarde, otra vez. Como una maldición... Como, no sé... como si realmente hubiese algo metafísico en torno a aquellas muertes y me hubiese alcanzado, contagiado, no sabría cómo explicarte...

—Lo entiendo perfectamente. Pero... es absurdo.

—Dímelo a mí.

Permanecieron en silencio durante casi un minuto.

—Por eso te hiciste policía.

No era una pregunta, sino una constatación.

—Sí. Creo que sí. El sentimiento de culpabilidad por no haber dicho nada, por no haber buscado la verdad, debió de influir mucho en esta decisión. Una decisión a la que se opuso mi padre. Odiaba los uniformes y necesitaba mis brazos en el campo, no un hijo policía que deshonrara su nombre. Estuvo meses sin dirigirme la palabra.

—Así que tú has visto a las víctimas de los tres asesinatos.

—Exacto, todos ejecutados del mismo modo. Todos con las mismas características. Todas las chicas sin identidad, sin que nadie viniera a buscarlas o a reclamar sus cuerpos... No hace falta que te explique por qué no conté esta historia a mis superiores de entonces, ¿verdad?

—Por supuesto, por supuesto... Y el hombre enmascarado que viste... no te fijaste en algún detalle, alguna particularidad que...

—La altura, desde luego. Y además... tenía una cicatriz en forma de medialuna en el dorso de una mano. Aparte de esto, nada más.

—¿Moreno?

—Dime.

—Creo que ahora yo también necesito una copita.

Barrali sonrió y le sirvió dos dedos de *fil'e ferru*.

Prisión de Cagliari, Uta

Mientras sus dos colegas del equipo especial consultaban sus respectivos smartphones, Maurizio Nieddu mataba el tiempo escuchando a los dos magistrados declarar, en voz baja, la necesidad de encontrar un móvil irrefutable para blindar el caso y evitar que los abogados de la defensa adujeran trastorno mental en el caso de Melis. Tenían que reforzar al máximo los argumentos a favor de la premeditación del asesinato, a fin de poder pedir —y obtener en el juicio— la cadena perpetua. Maurizio estaba de acuerdo con ellos, pero sabía que los abogados de aquel asesino no tenían esperanzas: los policías tenían demasiadas pruebas para que la investigación o el proceso se vieran comprometidos.

Por enésima vez el comisario consultó su reloj de pulsera: las once y media. Llevaba una hora esperando en una pequeña habitación utilizada para los interrogatorios a los presos. Melis se encontraba en algún lugar de aquella cárcel de reciente construcción, recluido en la sección de alta seguridad junto con otros presos especialmente peligrosos. Estaban todos preparados para el segundo asalto del interrogatorio: aquella mañana habían optado por una línea común dura, consistente en tumbar cualquier estrategia defensiva gracias a las pruebas físicas que, a medida que pasaban las horas, eran más numerosas y consistentes. La última había sido el hallazgo de una hoguera en la altiplanicie del monte Arci, donde se habían establecido los neonurágicos. Intentaron quemar ropa y objetos personales y, según los forenses, era muy probable que el líder de la secta y sus seguidores los hubiesen lanzado al fuego para no dejar rastro de su presencia en el lugar de los hechos.

Cuando los dos magistrados hubieron agotado la lista de argumentos que podían plantear, Nieddu, exasperado por la larga espera, se levantó. Estaba decidido a montar una escena a los colegas de la Penitenciaría, pero en aquel momento se abrió la puerta de la sala y entró el director de la cárcel junto con un ayudante. Estaban muy serios.

—Pero, bueno... Es posible que... —empezó a decir el policía.

El director lo detuvo levantando una mano, como si quisiera detener el tráfico.

—Tenemos un problema... un gran problema —dijo, lívido de desconcierto y de vergüenza.

Adele Mazzotta y el juez Iaccarone, los dos magistrados que se encargaban de la instrucción del caso de Dolores Murgia, intercambiaron una mirada tensa.

—¿Qué clase de problema? —preguntó Mazzotta.

—Melis ha sido hallado muerto esta mañana en su celda...

—¡¿Qué?! —gritaron al unísono los investigadores.

La mirada desconcertada del director reflejaba el mismo espanto que *El grito* de Munch, o al menos así se lo pareció a Nieddu.

—¿Está de broma? —murmuró el policía, conteniendo a duras penas la ira.

—No, por desgracia, no.

—¿Muerto cómo?

—Aparentemente se ha cortado las venas con una cuchilla —dijo el ayudante, enseñándoles algunas hojas impresas. Eran fotogramas sacados de las cintas del circuito de videovigilancia: en ellos aparecía el gurú acurrucado en el suelo, con los largos cabellos flotando en un mar de sangre. La suya.

—Pero ¿cómo es posible? Estaba en régimen de vigilancia especial, ¡por Dios! —rugió Mazzotta.

A Nieddu le empezaron a temblar las piernas y tuvo que apoyarse en una pared para no caerse. Se sentó en una de las sillas de plástico atornilladas al suelo y trató de no hiperventilar. Se llevó las manos a la cabeza y cerró los ojos, mientras la sala se llenaba de los gritos de los magistrados y las maldiciones de los investigadores.

«Le han cerrado la boca», se dijo, derrotado. «Han sido más rápidos que nosotros».

83

Localidad de Capitana, Quartu Sant'Elena

Hacía meses que Grazia no había visto a su marido en tan buena forma. Lo observó más atentamente mientras desayunaba y comprendió cuál era la razón de aquella aura de ligereza y liberación salvadora.

—Se lo has dicho.

Moreno se volvió hacia ella, confuso.

—¿Perdona?

—Hace meses, tal vez incluso años que no te veía tan tranquilo... Solo se me ocurre un motivo: has hablado con Eva de la vieja historia.

El hombre asintió sin extrañarse en absoluto de que su mujer se hubiera dado cuenta: había pocas cosas que se le escaparan. Tal vez a fuerza de vivir con un investigador había adquirido por una especie de ósmosis algunas cualidades: curiosidad, espíritu de observación, deducción regresiva e intuición.

—Habrías sido una buena policía —dijo, sonriéndole.

—Pero qué dices... Un policía en casa es más que suficiente.

Se rieron, envueltos en una atmósfera ligera y relajada.

—¿Fue difícil? —le preguntó.

—No. Ella... enseguida vi que era la persona adecuada, que existía la química adecuada. No, no fue complicado. En absoluto.

—¿Cómo estás ahora?

—Como si tuviese alas.

Grazia sonrió y le acarició una mano.

—No tienes ni idea de lo feliz que me hace.

—Lo sé.

—Incluso te has levantado tarde. ¿Cuánto tiempo hacía que no dormías tanto?

—Demasiado tiempo... Ha sido como liberarse de un peso enorme. Ahora entiendo cómo se sienten los criminales tras haber confesado. Es una sensación muy buena. Es como una larga ducha caliente después de una semana entera sin haberte podido lavar.

—Estoy muy contenta. Aunque llevamos cierto retraso.

El hombre miró el reloj y frunció el ceño: aquella mañana tenía visita con el neurólogo y una cita con el notario para arreglar unas formalidades administrativas.

—Más vale que me dé prisa —dijo Moreno, acabándose el café de un sorbo y levantándose.

Se acercó a su mujer, la abrazó y la besó en la frente.

—He pensado que podríamos comer junto al mar, si te apetece.

—Pues claro que me apetece... Tenemos que celebrarlo, ¿no?

—Exacto. Voy corriendo a terminar de arreglarme.

Moreno se lavó los dientes y, una vez en la habitación, se miró en el espejo. Ignoraba si Eva le había creído o no, y tal vez ni siquiera le interesaba saberlo. Lo importante era haber tenido el valor de revelarle lo ocurrido, la grieta originaria de la que habían salido todas las fisuras que habían resquebrajado su vida, como policía y como hombre. Aquel acto de autoabsolución, y en cierto modo de reconciliación consigo mismo y con su pasado, le había cargado de una vibrante energía. Incluso tenía la impresión de que la enfermedad había retrocedido.

«Quizá es así, quién sabe», se animó.

Sonrió, eligió del cajón una corbata de colores atrevidos, que en un día normal no se habría puesto, y se miró en el espejo, mientras la seda se deslizaba entre sus dedos.

Al cabo de unos segundos, sin embargo, la sonrisa se desdibujó hasta apagarse del todo.

Las manos empezaron a temblar y el ceño a fruncirse, mientras los ojos se llenaban de desconcierto primero, y de lágrimas después.

—Qué... cómo... —balbuceó, aturdido, parpadeando como para enfocar mejor la situación.

Le daba vergüenza rendirse a la evidencia, pero no tenía ni la más mínima idea de cómo hacer el nudo de la corbata.

Cafetería Tiffany, via Baylle, Cagliari

Mientras desayunaban en la terraza del bar preferido de Rais, disfrutando de las caricias del sol de mediodía, Eva echó un vistazo a los periódicos, aliviada por el hecho de que nadie la nombrara.

—He dormido diez horas seguidas… Estoy completamente atontada —dijo Mara, cuyas ojeras se ocultaban tras unas grandes gafas de sol.

—Vaya novedad… —replicó Eva, sin levantar la vista de los artículos.

—No empieces tú también, por favor.

En cambio Croce apenas había descansado cuatro horas. Había soñado con el tiroteo, pero en la pesadilla la que se estaba muriendo era ella. Después ya no había podido dormir. De modo que se había leído el cuaderno de Barrali casi entero durante la noche, actividad que, teniendo en cuenta los contenidos espantosos de sus páginas, había acabado definitivamente con su somnolencia.

—Creo que me pasaré un momento por el hospital para ver cómo sigue Ilaria, y luego me iré a la playa a tomar un poco el sol, en plan foca varada —dijo Mara—. Necesito desconectar.

Farci les había dado un día libre, sin discusión posible, para que pudieran recuperarse. O al menos esta era la versión oficial, pero las dos policías creían que habían sido las altas esferas de la jefatura las que habían insistido en enviarlas a descansar para no tenerlas por allí en medio con todos los periodistas alrededor. Sin embargo, Eva no pensaba estarse de brazos cruzados. Dobló el periódico y acabó de beber su café doble.

—¿Puedo saber por qué me has sacado de la cama? —le preguntó Mara.

Eva no tenía ganas de andarse con rodeos, así que fue directa al grano:

—Anoche, después del trabajo, estuve con Barrali.

—¿Por qué? —preguntó Rais, con aire desafiante.

Eva le entregó el cuaderno que había llevado consigo.

—Échale un vistazo.

Se guardó mucho de confesarle el secreto que Moreno le había revelado: sabía que, si lo hubiese hecho, la compañera reaccionaría muy mal y enviaría rápidamente a Barrali a la sección «Casos desesperados» de su mente. Por otra parte, la propia Eva todavía no se había formado una opinión definitiva al respecto: lo único de lo que estaba completamente segura era de sentirse atrapada en una telaraña de misterios y secretos que partían de 1961 y llegaban hasta el día de hoy.

—¿Qué es esto? —preguntó la cagliaritana, tras haber hojeado algunas páginas.

—Me confesó su problema... —dijo Eva dándose golpecitos en la sien—. Ha querido dejar constancia de lo que recordaba de los antiguos casos, antes de que la enfermedad lo borre todo. En resumen, es una especie de diario de las investigaciones.

—¿Cómo lo viste?

Eva tardó unos segundos en encontrar la palabra adecuada.

—Resignado —dijo por fin—. Pero mentalmente en forma... Físicamente, en cambio... Temo que le quede poco. Parecía más delgado aún que la última vez que estuvimos con él.

—Pobrecillo... ¿Lo has leído?

—Solo una parte.

—¿Y qué opinas? —preguntó Rais. Por el tono era evidente que lo consideraba una inútil pérdida de tiempo.

—He encontrado una cosa interesante.

—Veamos.

—¿Recuerdas aquellas muñequitas hechas con tallos secos de flores?

—Sí. *Sa pippia' e Mannaghe.*

—Exacto... Según su «memorial», por así decir, parece que ese detalle nunca se publicó en la prensa.

—Hasta ahora…

—Él solo lo comentó con dos personas: la profesora de Antropología Cultural, decana de la facultad de Cagliari, Marianna Patteri, y luego, a la muerte de esta, con su alumno…

—Valerio Nonnis —se anticipó Rais.

—Bravo. Te has ganado un desayuno gratis.

—Me has hecho recordar una cosa que con todo ese lío se me había olvidado —dijo Mara, revolviéndose en la silla.

—¿Qué es?

—Ayer me llamó mi contacto en la universidad, la persona a la que había pedido algo más de información sobre el profesorcillo.

—¿Y bien?

—¿Sabes por qué no ha hecho carrera, a pesar de su brillante currículo?

—Soy toda oídos.

—Tenía el feo vicio de acostarse con las alumnas.

—Vaya…

—Y las que lo hacían disfrutaban de un trato de favor respecto a las otras. Una de las excluidas del harén lo denunció al rector, quien truncó su ascenso. No lo echaron por lástima, pero desde un punto de vista académico Nonnis está acabado.

Eva recordó la imagen de las manos heridas del profesor y volvió a tener la sensación de que les había ocultado algo.

—Escúchame un segundo —dijo Eva—. Tenemos a una persona que tiene una relación directa con la víctima, puesto que fue su alumna. Que tiene la mala costumbre de tirarse a las alumnas. Que tiene conocimientos profundos sobre ritualidad y cultos prenurágicos…

—Una persona que ha estado en contacto estrecho con el investigador que se ocupó de los delitos, el cual le reveló detalles inéditos sobre el *modus operandi* del asesino —continuó Mara.

—Una persona que tiene magulladuras en las manos, como si hubiera golpeado a un…

—O a *una* —sugirió Mara.

Croce asintió.

—Una persona que odia al individuo acusado del asesinato de la muchacha y que no se ha tomado la molestia de ocultar su rencor. No solo eso: que nos dio el soplo de dónde podíamos encontrar al gurú, con toda seguridad.

—Una persona que manifestó un evidente estado de agitación al vernos —continuó Rais.

Se miraron en silencio durante unos segundos, sopesando los distintos elementos.

—¿Tú también sientes este hormigueo en la columna vertebral? —preguntó Croce.

—Sí —tuvo que admitir Rais—. Pero no olvides que tenemos detenido a un sujeto cuya sangre se ha encontrado bajo las uñas de la víctima, y al que todos consideran tan culpable como a Judas.

—Lo sé... Pero ¿por qué no vamos a charlar de nuevo con Nonnis, solo para ver cómo reacciona y acabar con los hormigueos?

—Podremos utilizar la detención de Melis para hacerle bajar la guardia y estrujarlo un poco.

—Excelente idea. Mientras tanto llamo a Erriu y le pregunto si puede poner a alguien a investigar la relación entre Dolores y Nonnis. Tal vez sea una pérdida de tiempo, pero no quiero dejar ningún cabo suelo.

—En teoría deberemos seguir los canales oficiales. Farci nos ha mandado descansar —le señaló Rais.

—Le expresamos nuestras dudas a Ilaria y ella nos prometió que le echaría un vistazo... Podemos decirle esto a Farci, si llega a enterarse.

—¿Y por qué iba a enterarse? —preguntó Rais, con una sonrisa maliciosa en los labios.

—Efectivamente —replicó Croce, con una sonrisa mientras se levantaba para ir a pagar.

85

Barrio de Genneruxi, Cagliari

El deber de un investigador no es nunca acusar directamente de mentir a un testigo o a un sospechoso: el truco consiste en embaucarle de tal manera que caiga en contradicciones, hasta encontrarse en la situación de tener que admitir —con palabras, con mímica o con la mirada— que ha recurrido a un buen montón de mentiras. Para conseguir la mayor eficacia, hay que tornarse cínico, falso y despiadado, y desarrollar un talento casi sádico para aprovechar todas las debilidades de la persona de la que hay que obtener una confesión o informaciones vitales para la investigación, sin ninguna consideración por su equilibrio psicológico, sentimental o familiar. Cuando hay un asesinato de por medio, al investigador se le pide que asuma otra identidad, casi siempre poco agradable: un ropaje moral turbio, que no permite presagiar nada bueno. Los *buenos* policías son policías *malos*.

—¿Sí? —dijo Rita Masia, la mujer del profesor Valerio Nonnis, cuando abrió la puerta de su casa y se encontró frente a Rais y Croce. Las policías habían hecho una visita sorpresa a la universidad, pero varios estudiantes de doctorado les habían informado de que Nonnis aquel día estaba enfermo; entonces averiguaron la dirección de su domicilio —no sin antes recoger algunos cabellos y dos vasitos de café de la papelera de debajo de la mesa del profesor— y decidieron presentarse por sorpresa en su casa, para aumentar aún más la presión, acosándolo en un terreno íntimo. A ambas les bastó una mirada para darse cuenta de que tenían delante a una persona débil, y que doblegarla sería un juego de niños.

—Policía, señora. Brigada Móvil... ¿Está su marido en casa?

—se presentó Rais en un tono que nada tenía de cordial, mientras Eva activaba la grabación de audio de su móvil, aprovechando la distracción creada por su colega.

En el rostro de la mujer se reflejó desorientación y miedo. Una persona de buen corazón en aquel momento le hubiera dado unos segundos para recuperarse, pero Croce y Rais aquella mañana habían dejado su «buen corazón» en el despacho.

—No nos haga perder el tiempo, por favor —la apremió Croce, dando un paso adelante para mirar a través de la rendija—. ¿Está en casa o no?

—No... No, no está en casa... —balbuceó Rita Masia, intimidada por la actitud apremiante de las dos inspectoras.

—Qué raro... ¿Ves como yo tenía razón? —murmuró Rais a su compañera, representando bien su papel y en voz suficientemente alta para que Masia pudiera oírla.

—¿Ha cogido el coche? —preguntó Croce.

—¿Cómo? Sí, por supuesto... ¿Qué ocurre?

—Ah, así que su coche funciona de nuevo —constató Eva.

—¿Perdón? —preguntó Rita cada vez más confusa.

—Su marido nos dijo el otro día que se había hecho daño en las manos arreglando el coche. Al menos ha conseguido repararlo —explicó Croce.

—Ah, sí, desde luego... Lo arregló, sí. Ya vuelve a funcionar.

—Bien. Mejor así. Al menos se hizo daño por un buen motivo... ¿Dónde está ahora?

—¿Puedo saber por qué les interesa? —preguntó Rita, poniéndose a la defensiva.

—¿Qué es usted, su abogada? —se burló Rais.

—Hágame un favor, llámelo y dígale que estamos aquí. Él sabe la razón de nuestra presencia —dijo Eva con dureza, sin apartar los ojos de los de aquella mujer.

Rita no dijo nada.

—¿Qué es esto, es el juego del silencio? —estalló Rais tras unos instantes—. ¿Lo llama o no?

—Está en la universidad... Está dando clases.

—¿Clases? —repitió Eva, lanzando una mirada divertida a su compañera.

—Señora, venimos justamente de la universidad, donde nos

acaban de decir que su marido no está. Al parecer ha dicho que estaba enfermo —dijo Mara, cortante—. ¿Nos está tomando el pelo?

Un destello de miedo cruzó por los ojos de Rita.

—¿Así qué? —la presionó Eva—. ¿Dónde está?

Rita parpadeó varias veces como si tuviera dificultades para enfocar a las dos policías.

—No lo sé…

—No lo sabe —la imitó Rais—. Así que su marido también le ha mentido a usted.

No era una pregunta: era una insinuación venenosa.

—Yo no…

Eva no le dio tiempo ni a respirar:

—¿Por qué su marido se está comportando de este modo, señora?

—Que… Yo no…

Las dos policías habían olido la sangre que brotaba de aquella presa, demasiado débil incluso para darse cuenta del embrollo en que se estaba metiendo y, como dos tiburones, habían empezado a dar vueltas a su alrededor, en círculos concéntricos cada vez más estrechos; su objetivo no era romper psicológicamente a la mujer, sino crear una fractura entre ella y el marido, generar ese manto de sospecha y de miedo que luego hincharían con habilidad como nata montada, si tuvieran necesidad. Y, a juzgar por la angustia que la dominaba, parecían darse todas las condiciones para trabajar en esa dirección y hacer saltar la pareja.

—¿Sabe quién es esta chica? —preguntó Eva, enseñándole una fotografía de Dolores viva.

—Sí, es la que…

—¿Es la misma de esta foto? —preguntó Rais, mostrándole un primer plano del rostro tumefacto del cadáver.

Rita abrió mucho los ojos, retrocedió de forma instintiva y empezó a hiperventilar.

«Ya está», pensó Rais.

—¿Qué le dijo su marido al respecto? —continuó Eva.

—¿Al respecto de qué?

—Ustedes tienen hijos, ¿verdad? —preguntó Mara.

Pregunta sencilla: Rita pareció relajarse.

—Sí, dos.

—¿Y le parece la mejor actitud para protegerlos? —insinuó Eva, pidiéndole perdón mentalmente.

De nuevo silencio. La mujer estaba a punto de romperse. Podía echarse a llorar en cualquier momento, mandarlas a la mierda o abrirse como una ciruela demasiado madura.

Justo cuando iba a abrir la boca, empezó a vibrar el móvil de Mara, rompiendo la magia de aquel momento que tan cuidadosamente habían creado.

—Es Farci —dijo Mara a su compañera.

—Será mejor que contestes —dijo Eva.

—Puedo saber de dónde...

—De Homicidios, señora —se adelantó Eva, aunque sabía muy bien que no era aquella la pregunta—. ¿Su marido no le ha hablado de nosotras?

El rostro de la mujer pareció cuartearse como una botella de cerveza olvidada en el congelador.

—Tenemos que irnos —dijo Rais, con una urgencia en la voz que preocupó a Eva. Por la mirada que le lanzó, Croce entendió que no había que insistir. Fuera lo que fuese lo que le había dicho Farci, la había hecho palidecer.

—Yo...

—Dígale a su marido que pronto tendrá noticias nuestras —dijo Rais.

—*Muy* pronto —recalcó Eva. Una aclaración que tenía todos los números para sonar como una amenaza.

—Una última cosa, señora —dijo Mara—. ¿Los arañazos en el cuello se los hizo también su marido reparando el coche?

Rais la miró durante un instante que a Rita le pareció eterno, luego la policía abrió los labios en una sonrisa glacial y le volvió la espalda sin esperar una respuesta.

Atónita y temblorosa, Rita Masia vio marchar a las dos inspectoras.

Unos segundos después telefoneó a su marido.

Llorando.

86

Autovía, Cagliari

Ninguna de las dos había creído ni por un instante la hipótesis del suicidio de Melis. Ese caso, que había empezado como una revisión de un antiguo expediente, en unos pocos días se había transformado en una investigación de alto nivel que apestaba a misterio y conspiración.

—¿Suicidio? ¡Y una mierda! Alguien ha querido cerrarle la boca antes de que hablase con nosotros —dijo Rais.

—No hay ninguna duda.

—Esto lo cambia todo...

—O no cambia nada —replicó Croce.

—¿En qué sentido?

—En el sentido de que, si lo piensas, la investigación sobre la muerte de Dolores quedará cerrada y archivada. Caso resuelto. El asesino se ha suicidado. ¿Por qué investigar su muerte? A todo el mundo le interesa hacer borrón y cuenta nueva. Definitivamente.

—Seguro que es lo que interesa a la jefatura...

—¿Qué quieres decir?

—Nada.

Eva la miró como si le estuviese ocultando algo.

—¿Hemos sido demasiado duras con esa pobre mujer? —preguntó Rais, cambiando de tema.

—No. Estábamos a un paso de que se hundiera... Si antes tenía alguna duda sobre Nonnis, después de lo que ha dicho su mujer y de su reacción estoy prácticamente segura de que sabe algo o de que está involucrado en esta historia.

—Hum... Creo que ha llegado la hora de hablar de esto con Farci.

—Yo también lo creo, pero puede ser arriesgado. Sobre todo en este momento.

—Entonces ¿qué hacemos?

—Guau, ¿por fin te has pasado al *nosotras*?

—Te aconsejo que no te acostumbres, Croce... ¿Y bien?

—Lo ideal sería tener una geolocalización de su móvil en estas últimas semanas para conocer sus movimientos, interrogar a sus parientes y amigos más íntimos, poder realizar pruebas con las muestras de ADN, controlar los teléfonos...

—¿Como si fuese un sospechoso?

—Nos mintió sobre las heridas en las manos. Tuvo una relación con la víctima. Colaboró en aquellos años con el investigador encargado de esos expedientes y recibió informaciones reservadas sobre el caso. Su mujer le está encubriendo... Si yo estuviese al mando de esta investigación, ya lo habría encerrado.

—Pero no lo estás... Y volviendo a la pregunta de antes: ¿qué hacemos?

Croce pareció reflexionar unos segundos, mientras miraba por la ventanilla la inmensa masa líquida de la laguna de Molentargius.

—Nieddu dijo que la magistrada, Mazzotta, se siente culpable por la muerte de Dolores, como si no hubiese hecho todo lo posible por salvarla —dijo luego, mientras escribía fecha y lugar del hallazgo en las bolsas de plástico para pruebas donde habían depositado los cabellos y las tazas. Observó a contraluz el contenido: había suficiente material para poder obtener con facilidad el ADN de Nonnis.

—Probablemente es así.

—Pues yo haría un intento con ella, puesto que Farci nos pondrá pegas.

—Supongamos que nos da una oportunidad, ¿qué hacemos entonces con Giacomo?

—No lo sé, te lo podrías llevar a la cama, ¿no? Me parece que es tu tipo.

Rais soltó una carcajada nasal.

—Por supuesto... Antes preferiría arrancarme el clítoris y venderlo en eBay...

—¿Hasta ese punto?

—Puedes jurarlo… Qué asco… es como si fuese mi primo.

—No sé, Rais —dijo Eva, poniéndose seria—. Nos inventaremos algo.

—Creías que esta era una ciudad tranquila, ¿no? —preguntó Mara unos segundos después.

—Sí, me dejé engañar por las apariencias.

—Siempre son estas las que nos joden.

Eva se volvió hacia su compañera tratando de comprender si había algún trasfondo en esas palabras amargas, pero Rais se había vuelto a poner las enormes gafas de sol y se había cubierto el rostro con aquella máscara de jugadora de póquer profesional que la hacía impenetrable, así que se concentró de nuevo en la carretera, mientras en su mente resonaba el relato de Barrali.

87

Sala de operaciones, sección de Homicidios,
jefatura de policía de Cagliari

Cuando las vio entrar en la ruidosa sala de operaciones, Farci acabó de dar órdenes a uno de los agentes uniformados y les hizo una señal para que lo siguieran hasta el fondo de la sala. Se detuvo delante de una mesa sobre la que había un portátil, tecleó durante unos segundos y luego lo volvió hacia ellas.

Eva y Mara vieron en la pantalla varias fotos del cadáver de Melis y algunas imágenes tomadas por las cámaras de vigilancia.

—¿También tenéis un vídeo? —preguntó Mara.

—No. *Curiosamente* las videocámaras de esa sección estuvieron bloqueadas durante casi una hora —dijo Farci en tono dubitativo—. Da la casualidad de que fue justo en ese tiempo cuando, nadie sabe cómo, nuestro amigo entró en posesión de la cuchilla.

—O sea que alguien de Penitenciaría se ha vendido —dijo Eva.

—Es prácticamente seguro... La dirección ha jurado y perjurado que habrá una investigación interna, y bla, bla, bla. No hemos encontrado ni un testigo dispuesto a hablar... No creo que haya mucho que entender, ¿correcto?

Las dos asintieron y Farci, agotado, cerró el portátil y se apoyó en la mesa.

—¿Sabéis quién puede estar detrás de esto? Quién lo está encubriendo, quiero decir —preguntó Eva.

—No, pero he puesto a varios hombres sobre esta pista. Es cuestión de tiempo... Siento haberos fastidiado vuestro día libre.

—No pasa nada —respondió Eva—. ¿Qué podemos hacer?

—Croce, tú no puedes salir de aquí. Técnicamente estás suspendida, aunque no de manera formal, porque estás involucrada en un tiroteo...

—Pero...

—Es algo rutinario, no hay de qué preocuparse. Pero estoy mal de personal con todo este follón. ¿Podrías echar una mano a los colegas de Homicidios para interrogar a los «queridos» neonurágicos?

—Por supuesto.

—Excelente. Trabajarás con Mazzotta.

—¿Qué sentido tiene interrogar a esos cabrones? —preguntó Rais.

—Técnicamente lo llaman «pruebas de refuerzo» —explicó Farci—. Puesto que el sospechoso principal ha muerto sin confesar, para blindar de forma definitiva el caso la fiscalía necesita elementos irrefutables... Ahora que el líder de la secta ha pasado a mejor vida, podemos tener más probabilidades de que los suyos colaboren.

—¿Cree que pueden acusarlo definitivamente del asesinato? —preguntó Eva.

—Ese es el objetivo, sí. Pero para ello deberéis averiguar si hubo colaboración en el delito, si participaron en los actos de violencia y todo lo demás. ¿Estás dispuesta?

Croce asintió. Sería una excelente ocasión para acercarse más a Mazzotta y, quién sabe, quizá también para hablarle del profesor de antropología.

—Debería ser bastante sencillo: si llegáis a la conclusión de que participaron en las violaciones, ofrecedles una rebaja de pena a cambio de acusar formalmente a su jefe... Ya se encargará la magistrada de buscar el encaje legal para joderlos.

—¿Y yo? —preguntó Rais.

—¿Te apetece dar un paseo? —interpeló el jefe.

—Siempre será mejor que estar encerrada en ese trastero revisando transcripciones de interrogatorios de hace treinta años... ¿Adónde tengo que ir?

—Resumiendo: Trombetta encontró entre los dientes de la pobre Dolores unos delgados filamentos de carne. Pensó que la joven había mordido a su agresor, o a uno de sus agresores. Y acertó *su dottori*.

—Dime que habéis conseguido identificar al cabrón… —susurró Rais.

Farci asintió.

—La única buena noticia del día. Se trata de Ivan Curreli, un seguidor que la noche de la redada no estaba presente. Algunos lo consideran el brazo derecho del líder. Nieddu y yo creemos que el pájaro escapó con Melis y que luego se separaron… La búsqueda en la base de datos nos ha mostrado una coincidencia inmediata porque también ese hijo de puta tiene antecedentes por violación.

—Menudo cabrón… ¿Qué quieres que haga? —preguntó Rais.

Farci sacó el móvil del bolsillo y escribió algo rápidamente. «Ve a esta dirección junto con los otros chicos del equipo», dijo, mostrándole el móvil. Pero en la aplicación de las notas no había una dirección, sino un mensaje: *Ya no sé de quién coño fiarme aquí dentro. Alguien está filtrando informaciones al exterior. Ve a por ese cabrón y vigila bien a los otros compañeros. Infórmame solamente a mí. A nadie más.*

Al leerlo, Rais se quedó helada.

—¿Está todo claro? —preguntó Farci.

—Clarísimo —replicó la cagliaritana. Si el jefe no se atrevía a hablar ni siquiera ante sus colegas del equipo especial, significaba que la situación era todavía más inquietante de lo que Mara había sospechado.

—Perfecto… Tengo que ir a una rueda de prensa para informar a los medios de esta mierda con Melis. Se nos van a echar encima con más violencia aún.

—No te envidio —dijo Rais.

—Comisario, ¿ha pensado en lo que le dije ayer, también en relación con lo sucedido esta mañana? —preguntó Eva bajando la voz.

—Sí, aunque no tengo tiempo de hablar de eso ahora, Croce… Pero que sepas que yo también estoy empezando a ver las cosas desde otra perspectiva —dijo Farci.

Por la forma de mirar, las policías comprendieron que él también notaba el olor a quemado, pero no era aquel el lugar más adecuado para hablar de ello.

—Ahora marchaos y tened cuidado.

—¿Qué se sabe de Deidda? —preguntó Mara.

—Todavía está en coma inducido —respondió Farci—. Pero los médicos dicen que...

En aquel momento empezó a vibrar su teléfono.

—Tengo que contestar —se excusó—. Los ojos bien abiertos, os lo ruego.

88

Furgón de la Policía Nacional, Cagliari

Mara Rais lanzó una mirada a los policías equipados para intervenir y maldijo mentalmente a Farci por haberla obligado a hacer el trabajo sucio en su lugar. Dentro del furgón la tensión era máxima y se plasmaba en un mutismo general. La adrenalina inicial había dado paso a una sensación de miedo casi paralizador. Todos sabían que la última redada había acabado con un baño de sangre, con dos cuerpos exánimes en el suelo. Y que uno de los dos era el de una compañera que ahora estaba luchando entre la vida y la muerte. En esto debería estar pensando Mara: en su vida potencialmente en peligro, en la posibilidad de que, si las cosas iban mal, su hija pagaría las consecuencias. En cambio, sus ojos y sus oídos seguían registrando detalles, fragmentos de conversación, miradas y gestos nerviosos de los colegas, intentando deducir cuál de ellos había saltado al otro lado de la barricada.

«Ese cabrón de Farci te ha jodido bien», pensó. «Estos ya no se fían de ti, si además descubren que los estás espiando, se acabó».

Después del episodio de abuso y de la traición de su compañera, que se había puesto de parte de Del Greco, el jefe, para vengarse de Mara, este había hecho correr la voz de que su «acusación de acoso» no era más que un intento de vengarse de él por haberse permitido cuestionar sus métodos en una investigación. Todo gilipolleces: Del Greco era simplemente un depredador sexual con un uniforme de alto mando, pero aquella insinuación había arraigado en los despachos de la sección de Homicidios, y se extendió como una planta venenosa y carnívora por toda la jefatura. Desde aquel momento, ningún investigador masculino había querido trabajar con ella, temiendo que, a la mínima discusión, la inspectora pudiese utilizar de nuevo la carta del acoso y del abuso sexual; las compañeras, por su parte, temían acabar en la lista negra de Del Greco si se relacionaban demasiado con ella, lo que significaba decir adiós a la carrera. De modo que la habían aislado completamente, como si fuese una apestada. En cierto modo, enviándola a Casos sin resolver casi le habían hecho un favor.

«Además de psicópata —etiqueta que ya tienes— solo hay otra categoría que estos gilipollas podrían odiar aún más», se dijo. «La infiltrada. La espía... Y esto es lo que Farci te ha pedido que hagas. ¿De verdad quieres correr ese riesgo? ¿Qué pretendes demostrar?».

Observó a sus colegas silenciosos, incapaz de encontrar una respuesta.

89

Oficinas de la sección de Homicidios y Delitos
contra las personas, Jefatura superior de policía de Cagliari

El primer intento fracasó: el adepto no soltó prenda, dejando que hablara su abogado, que básicamente repitió como un papagayo la misma frase: «Mi cliente se acoge al derecho a no declarar».

Adele Mazzotta siguió con su batería de preguntas durante unos quince minutos y luego, viendo que no había ningún tipo de colaboración, ordenó que el sospechoso fuera devuelto a la cárcel.

La magistrada había dicho que necesitaba un descanso y Eva lo aprovechó para llamar a Paola Erriu de la comisaría de Carbonia, con la que había intercambiado las últimas informaciones sobre la investigación.

Una vez acabada la llamada, se armó de valor y se reunió fuera con la magistrada, que estaba fumando muy nerviosa. Le bastaron unos minutos a su lado para comprender que la mujer estaba totalmente absorbida, en cuerpo y alma, por el caso de Dolores, y que lo que la estaba hundiendo era un profundo sentimiento de culpabilidad respecto a la joven.

—¿Le molesta que le haga compañía? —preguntó.

—En absoluto. Por favor... Las cosas no están yendo como esperaba, allí dentro.

Eva asintió. Habían acordado que sería Mazzotta la que llevaría a cabo el interrogatorio; la inspectora estaba allí más que nada para aparentar, para inducir a los testigos a hablar en su presencia.

—Por una parte, es como si hubiesen sido bien instruidos sobre la actitud que deben adoptar —comentó Croce—. Por otra, aunque lo ocultan muy bien, creo que tienen miedo de hablar.

—¿Miedo... de quién? —preguntó la mujer, mirando a Eva con más atención.

—Hasta esta mañana habría dicho que de Melis. Pero ahora que ha desaparecido de la escena —o que le han hecho desaparecer— temo que haya alguien más detrás. Alguien importante...

—Es lo mismo que piensa el comisario Nieddu. Y es lo que en este momento también estoy considerando yo. Es completamente absurdo que estos idiotas decidan cumplir una condena por delitos sexuales y prefieran no hablar, si no pesa una amenaza grave sobre su persona —dijo la magistrada—. Lo que me pregunto es quién puede tener tal poder intimidatorio.

Croce notó que la duda había empezado a erosionar las certezas de aquella mujer y decidió aprovechar la situación en beneficio propio.

—Magistrada, ¿me permite que le haga una pregunta sobre la investigación, directamente, aunque pueda parecerle irracional?

Adele Mazzotta echó el humo hacia un lado y le sonrió.

—¿Acaso hay algo razonable en este caso?

Eva sonrió a su vez.

—Dígame —dijo Adele, adoptando de nuevo la solemnidad de su papel.

—¿Realmente está segura al cien por cien de que fue Melis quien mató a Dolores?

Adele Mazzotta la miró, turbada.

—¿Qué pretende insinuar, inspectora?

90

Mara percibió que la excitación adrenalínica generada por la caza se disipó de repente, cuando las unidades especiales de intervención salieron de la casa con las armas bajadas, dejando paso libre a los investigadores.

—¿Qué ocurre? —les preguntó.

Nadie le respondió. Su fama debía haber llegado incluso a los nocs.

Rais los maldijo en sardo, enfundó la pistola y entró a través de la puerta reventada por el ariete. Cuando llegó al dormitorio y lo vio, se le hizo un nudo en el estómago.

Estaba completamente desnudo, excepto la máscara *de su Boe* que le ocultaba el rostro. Colgaba a metro y medio del suelo: los brazos pegados a las caderas y la fuerte cuerda de cáñamo anudada a una de las vigas del alto techo. En el suelo, un charco de orina, junto a la escalera derribada.

Mara se puso los cubrezapatos y se acercó al ahorcado. Vio claramente la marca de la mordedura en el pectoral izquierdo. Ni siquiera ante la perversión de la muerte su mente de investigadora dejó de funcionar: observando la herida del hombre, y puesto que era evidente que Dolores se había defendido, dedujo que la verdadera paliza, la que la había dejado en un estado semicomatoso, se la habían dado después de la violación; una información quizá ya no tan esencial, pero que decidió igualmente comentar con Farci y con Eva, a fin de actualizar el expediente.

Venciendo la repugnancia, tocó con el dorso de la mano la pierna del cadáver.

—Todavía está caliente. Debe de haber ocurrido hace menos de una hora —dijo a los demás—. Avisad a la Científica.

Fingieron no haberla oído y la dejaron sola. Oyó a uno que la imitaba, fuera de la casa, y los otros se echaron a reír.

—Qué *gaggi*, qué idiota… —dijo Mara, moviendo la cabeza. Lanzó una última mirada al cadáver que colgaba y marcó un número en su móvil.

—Rais —respondió Farci—. ¿Todo bien?

—No exactamente…

—¿Qué coño significa esto?

—Hemos llegado demasiado tarde.

—¿Vas a hablar o tengo que mandarte a la mierda?

—No cuelgues.

La policía regresó a la habitación, hizo una fotografía al muerto y se la envió a su superior.

—Echa una mirada al WhatsApp.

Le oyó poner la llamada en altavoz y unos segundos después escuchó su maldición:

—*Gesù Cristu*… dime que es una broma, por favor.

No sabes cuánto me gustaría, pero no puedo.

—¿Es él? ¿Curreli?

—Todavía está colgado y no le hemos quitado la máscara, pero tiene una marca de mordedura en el pecho, por tanto deduzco que sí, que es él.

—Mierda… ¿Te parece un suicidio?

—Es lo que parece, sí. Pero en este momento que lo sea de verdad o que alguien lo haya escenificado, ¿qué más da?

—Joder…

—Veamos cuánto tarda esta historia en llegar a los medios —insinuó Rais.

—Mándame la lista de todas las personas que estaban presentes —le ordenó.

Si le hubiese pedido eso tan solo unos meses antes, Mara le habría enviado a la mierda: ella no era una espía. Pero en aquel momento no pensó ni por un instante en el impacto que aquella «colaboración» tendría en su carrera, simplemente porque ya no tenía ninguna carrera. Además, la movía una fuerte sed de venganza contra su antiguo equipo.

—De acuerdo. Enseguida.

—No te marches hasta que lleguen los técnicos. Vigila que nadie se acerque al cadáver, pero sobre todo no dejes que hagan ninguna fotografía, ¿entendido?

—¿Quieres que también pase la escoba? —preguntó, indignada.

—Mara, déjalo, que no es un buen día, hoy... Voy a dar la buena noticia y a recibir la enésima bronca. Nos vemos luego.

—Hasta luego.

«Este es un mensaje para todos los otros seguidores», pensó Mara contemplando el balanceo del cuerpo. «Si habláis, tendréis el mismo final, o alguno parecido».

Unos segundos después sonó el teléfono y leyó el nombre de su hija en la pantalla. Mara cerró los ojos, ignorando el cadáver que parecía mirarla desde las oscuras cavidades de la máscara, sonrió y contestó a la niña:

—Hola, tesoro. ¿Todo bien?

91

Jefatura de policía de Cagliari

La pausa para fumar de la magistrada se había convertido en una especie de sesión de escucha. Cuando Eva acabó de hablar, en el vasito de plástico que Adele sostenía en la mano había un dedo de café rancio en el que flotaban seis colillas. Y acababa de encender otro cigarrillo. Eva lo interpretó como una buena señal: si hubiese creído que perdía el tiempo, la magistrada la habría interrumpido a la primera.

—Así que usted querría elevar la condición del profesor, de persona informada sobre los hechos a sospechoso —dijo Adele Mazzotta.

—Sí, magistrada.

La mujer se dio la vuelta y observó el tráfico de la ciudad. Estaba reflexionando sobre las informaciones que le había proporcionado la inspectora.

—¿Hay alguien más que esté al corriente de toda esta información y de sus sospechas? —preguntó en tono neutro, sin volverse.

—Sí, mi compañera, la inspectora Mara Rais, y también lo sabía la vicecomisaria Deidda, antes de que...

—Entiendo. ¿Quién más?

—Ilaria nos dijo que siguiéramos la pista para averiguar si podía tener importancia en la investigación. El comisario Nieddu también está al corriente y ha puesto a trabajar a su ayudante, Paola Erriu, para tratar de descubrir si había otros vínculos entre Dolores y Nonnis, más allá de la mera relación académica.

—¿Antecedentes?

—El profesor está limpio, si no tenemos en cuenta los rumores que han acabado con su carrera, según los cuales mantenía relaciones sexuales y sentimentales con sus alumnas y exalumnas.

—Está usted en Casos sin resolver —dijo Adele, desplazando el foco de la conversación—. ¿Cree que existen coincidencias con los antiguos casos? Quiero decir más allá del ritual, que me parece el mismo.

—Tanto mi compañera como yo, así como también el investigador Barrali, actualmente de baja por enfermedad, que se ocupó de esos casos en el pasado, creemos que se trata de un asesinato por emulación.

—Explíquese mejor.

—Creemos que alguien ha querido cargar el asesinato a los neonurágicos, y a Melis concretamente, reproduciendo la misma dinámica ritual de los antiguos crímenes. El asesinato de Dolores tiene un componente más sádico: piense en las contusiones provocadas por la paliza, ausentes en los dos casos sin resolver.

—Ha dicho que en su conversación Nonnis manifestó casi odio hacia Melis.

—Exacto. Y tenga en cuenta que fue él quien nos sugirió que rastreáramos el monte Arci, cuando Melis todavía estaba desaparecido.

—Esto es bastante inquietante... Y su mujer les ha mentido esta mañana.

—Sin ninguna duda.

La magistrada soltó una bocanada de humo con aire decepcionado, y dijo:

—Quiero ser sincera: el único elemento sólido que me ha llamado la atención es el hecho de que Nonnis tuviera información confidencial sobre la investigación. Todo lo demás chirría. No son más que conjeturas y pruebas circunstanciales, por utilizar esta palabra altisonante.

Eva sintió que enrojecía de la vergüenza.

—Sin embargo —continuó la mujer, volviéndose hacia la policía—, la última vez que me atuve estrictamente al procedimiento perdí un tiempo precioso y es probable que esto contribuyera al asesinato de esa muchacha. Si hubiese sido un poco menos estricta, tal vez...

Eva comprendió que aquel «tal vez» permanecería en su conciencia como un huésped oscuro y molesto durante mucho mucho tiempo, intoxicándola con el veneno del remordimiento y de la culpa.

—Tengo una hija de la misma edad que Dolores. Estudia en Bolonia y... estas últimas horas he estado pensando mucho en ella, y en lo que...

—Puedo imaginarlo, magistrada —intervino Eva, viéndola en apuros.

—Por esto quiero confiar en su instinto y en el de su colega. Firmaré una solicitud de intervención telefónica y telemática basada en una presunción, tanto para Nonnis como para su mujer, con un grado elevado de prioridad. Hablaré de ello directamente con el comisario Farci, a fin de comenzar lo antes posible.

Eva sintió que la sensación de fracaso se evaporaba de golpe, barrida por una oleada de adrenalina.

—También asignaré una vigilancia discreta al profesor durante... pongamos cuatro días para empezar. Como precaución, también pediré que echen un vistazo a sus redes sociales, a los registros telefónicos de ambos y que se rastreen los movimientos del hombre a través de los repetidores a los que se ha conectado su móvil...

—Excelente —casi balbuceó Croce, cogida totalmente por sorpresa.

—Creo que es pronto para un registro y para un interrogatorio aquí, en la jefatura. Solo perderíamos una ventaja estratégica. En cambio agradecería que usted y su colega encontraran alguna prueba más consistente para apoyar su teoría... Más no puedo hacer, inspectora.

—Es muchísimo, magistrada. Mil gracias.

—No me lo agradezca... Quiero encerrar a cualquiera que haya participado de cerca o de lejos en este crimen brutal... Ahora vamos, le firmo los papeles y puede empezar a moverse.

Adele ahogó también la última colilla en el líquido alquitranado, y cuando volvió a levantar la vista vio la palidez cadavérica del rostro de la inspectora.

—¿Qué pasa? —preguntó, alarmada.

Eva dio unos pasos y le mostró la fotografía que Rais le acababa de enviar desde Serramanna.

—Santo cielo... No me diga que es...

Eva asintió, sin decir ni una palabra.

Sala de operaciones, sección de Homicidios,
jefatura de policía de Cagliari

El asesinato de Dolores Murgia había interrumpido un periodo de casi cinco meses en los que, en la provincia de Cagliari, no había habido asesinatos. Una tregua que permitió a los investigadores de Homicidios respirar y cerrar antiguos casos; algunos incluso habían perdido la práctica y olvidado lo estresante y duro que era trabajar en un «caso caliente».

Farci levantó la vista de los informes técnicos sobre el escenario del crimen y observó a sus hombres: muchos llevaban trabajando veinticuatro horas seguidas y estaban a punto de derrumbarse. Otros, en cambio, seguían trabajando intensamente como abejas obreras, estimulados por la cafeína, la adrenalina y el instinto de caza que había permanecido inactivo demasiado tiempo. Cuatro horas antes —tras el hallazgo del ahorcado, identificado formalmente como Ivan Curreli— Giacomo Farci había convocado una reunión con todo el equipo investigador, en la que informó a sus hombres de los últimos acontecimientos y distribuyó el trabajo entre el personal de Homicidios y una veintena de agentes de apoyo que había conseguido reunir de las otras secciones de la Móvil. Para optimizar el tiempo, decidió dividir el equipo en tres grupos, compuestos cada uno por una docena de personas: el primero debía seguir trabajando en el asesinato de Dolores, atando todos los cabos sueltos y buscando otros posibles corresponsables además de Melis (ya que seguía siendo la tesis oficial); el segundo colaboraría con Instituciones Penitenciarias en la investigación interna de la cárcel, para averiguar quién y cómo había facilitado el presunto suicidio del líder de la secta; el tercer grupo se encargaría de aclarar las circunstancias del segundo suicidio —el del hombre hallado ahorcado con el rostro oculto por la máscara— y de trabajar retrocediendo en el tiempo hasta aclarar las «protecciones» de que parecían gozar los adeptos de la Nuraxia, de los que todavía quedaba un grupito por interrogar. Correspondía a Farci la ardua tarea de coordinador del caso, una misión que le hacía sonreír, puesto que el último delito del que se había ocupado personalmente fue un homicidio involuntario a raíz de una pelea vecinal: un caso sencillo que logró resolver en unas pocas horas. En realidad existía además un cuarto equipo, con una misión no oficial: explorar una vía de investigación distinta a la que consideraba a Melis autor del asesinato de la chica. Este último equipo estaba compuesto por Croce y Rais, que regresaron a la sala tras haber pasado una hora y media en los despachos de los informáticos del equipo forense y de la Brigada de Investigación Tecnológica acompañadas de dos hombres que Farci había reclutado de la sección de Personas desaparecidas, Gioele Aiello y Paolo Ferrari, cuya misión era ayudarlas en la búsqueda y el análisis de los listados telefónicos.

Al ver a las dos inspectoras relevadas temporalmente de sus funciones en Casos sin resolver, Farci les indicó que se acercaran a la zona que habían designado como área de descanso.

—Daos prisa. He encargado a Tandem unas cincuenta pizzas al corte, pero esas hienas se las han zampado casi todas... Comed algo, que parecéis dos fugitivas.

—Llueven piropos por todas partes, aquí... —comentó Rais, abalanzándose sobre la comida.

—¿Cómo ha ido? —preguntó Farci.

—Muy bien. Ya han activado las escuchas telefónicas y el control telemático del correo electrónico y los móviles de los dos cónyuges. Si le parece bien, pensaba dedicar unas horas a explorar las redes sociales del profesor, para ver si encuentro algún vínculo directo con la muchacha —propuso Eva.

El comisario asintió, después de la reunión conjunta con el equipo especial había habido otra mucho más restringida en la que habían participado él, Rais, Croce y Adele Mazzotta, quien insistió en que las dos inspectoras exploraran la pista del antropólogo y les daba un amplio margen de maniobra.

—Poneos de acuerdo con Aiello y Ferrari. ¿Realmente pensáis que el profesor está implicado en el asesinato?

—Es muy pronto para decirlo... —afirmó Mara entre bocado y bocado—. Pero sabemos que oculta algo. Eso seguro.

—Paola Erriu está investigando el grupo de amigos de Dolores, con la intención de averiguar si saben algo de una posible relación entre el profesor y la chica —le informó Eva.

—Excelente. ¿Tú has hablado con tu contacto de la universidad?

Mara asintió.

—Aparentemente, el rector se ha tomado en serio todo este asunto de las relaciones con las alumnas. Parece que ya le han notificado a Nonnis que al acabar este semestre se busque otro trabajo. En la universidad ya no tiene nada que hacer ni siquiera como profesor contratado... Por tanto, dentro de unos meses estará en el paro. Me pregunto si habrá tenido el valor de decírselo a su mujer...

En la periferia de su campo de visión, Farci notó que varias personas los estaban observando. Esto le recordó la otra tarea que había asignado a las dos inspectoras: la de estar alerta y tratar de descubrir cuál de sus colegas era el responsable de las filtraciones.

—¿Alguna novedad sobre el otro asunto? —preguntó, bajando el tono de voz.

—Por ahora no —respondió Rais.

—De acuerdo. Mantened los ojos abiertos, por favor... El jefe supremo no me deja en paz con esta historia de los medios.

Farci les entregó una hoja con los nombres y turnos de los agentes de paisano a los que había asignado la vigilancia del profesor.

—Ocupaos de contactar con ellos y de que os tengan al corriente —dijo a las dos mujeres.

—Mil gracias, comisario.

—Solo espero que no sea una pérdida de tiempo y de recursos.

—¿Se sabe algo más de Ilaria?

—No mucho. Es una guerrera. Su corazón sigue luchando.

—Bien.

—¿Y de la furcia a la que disparó Croce? —preguntó Rais en un tono casi frívolo, y apenas un segundo después, por la expresión severa del hombre, supo que había metido la pata hasta el fondo.

—Así que no lo sabéis... —casi susurró Farci, avergonzado.

Las dos policías negaron con la cabeza.

—No lo ha conseguido. Ha muerto hace unas horas...

Croce se quedó helada. Por la velocidad y la violencia con que sus músculos faciales se agarrotaron y por el tic nervioso que hizo que le temblara un párpado, los dos colegas comprendieron hasta qué punto la noticia la había trastornado.

—Joder... —comentó Mara, alargando una mano para acariciar el brazo de Eva, como disculpándose por la falta de tacto—. Lo siento...

Eva la apartó con un gesto brusco. Se despidió diciendo que tenía que ponerse a trabajar en las redes sociales del profesor.

Farci asintió, y en cuanto la milanesa les dio la espalda, fulminó a Mara con una mirada, murmurando:

—Enhorabuena, Rais. Acabas de ganar el primer premio a la mejor metedura de pata del año.

93

Interior de Cerdeña

Micheli Ladu bendijo la despoblación de los pequeños pueblos de Barbagia. Tras haberse asegurado de que la casucha estaba deshabitada, forzó la cerradura y entró. Registró la vivienda con la *resolza* en la mano, y solo cuando tuvo la absoluta certeza de estar solo cerró la navaja y llamó a Esdra, que le estaba esperando fuera.

—¿Es seguro? —preguntó la muchacha.

Micheli asintió. Encontró el cuadro de la electricidad y, con gran sorpresa por su parte, cuando accionó el interruptor, la casa se iluminó.

Los dos jóvenes se echaron a reír, felices. El muchacho apagó las luces innecesarias, para evitar llamar la atención desde fuera, aunque había elegido una casa aislada, lejos del pueblo.

—¿Crees que también habrá agua caliente? —preguntó Esdra.

—Solo hay una manera de averiguarlo —respondió Micheli, desnudándola.

La había.

La ducha de agua hirviendo consiguió eliminar de sus cuerpos ateridos toda la humedad acumulada durante la noche pasada huyendo a caballo por caminos de herradura y cortafuegos, que Micheli conocía de cuando era niño. Tras haberse alejado unos treinta kilómetros del pueblo de los Ladu, Micheli aprovechó la primera ocasión para robar la moto de un pastor y soltó el potro a su suerte. Al rayar el alba se habían escondido en un corral abandonado, durmieron allí buena parte del día y reanudaron el viaje en cuanto cayó la noche. Mientras atravesaban uno de tantos pueblecitos fantasma del interior, Micheli, cansado de conducir, decidió parar y buscar un escondite adecuado en el que recuperar fuerzas.

Mientras la muchacha le enjabonaba, el joven Ladu pensó en la humillación que le había infligido su padre: no la olvidaría en toda su vida y odiaba a Bastianu por el trato que le había dado.

Más tarde, después de hacer el amor, cuando estaban a punto de dormirse en aquella cama que no era suya, Esdra le susurró:

—Hasta ayer no querías ni oír hablar de marcharte. ¿Qué te hizo cambiar de opinión?

Micheli pensó en la orden que le había dado su padre, y sintió que la sangre se le helaba en las venas.

—Recapacité sobre lo que me habías dicho y me di cuenta de que tenías razón. Yo también quiero ver el mar —mintió, acariciándole el cabello.

—¿Y ahora qué hacemos?

—Nos estarán buscando. Es mejor permanecer escondidos unos días.

—¿Aquí?

—¿Por qué no? Luego, cuando se hayan calmado las aguas, podemos ir a Cagliari y allí coger el primer barco hacia el continente.

Esdra rio, excitada.

—Estoy deseando que llegue ese momento —dijo mientras los ojos se le cerraban de cansancio.

Unos minutos más tarde dormía a su lado.

En cambio, Micheli estaba inquieto.

La mirada severa de su padre parecía haberle seguido hasta allí.

Viale Poetto, Cagliari

Eva, acunada por el murmullo de las hojas de las palmeras y por la respiración jadeante del mar, con la mirada baja y la cabeza hundida entre los hombros, subió despacio los escalones de la escalera exterior que conducía a su estudio, llevando en la mano una botella de Tennent's comprada en los *caddozzoni,* como los llamaba Rais, del Cavalluccio Marino: eran camiones bar muy concurridos por la noche, famosos por sus bocadillos de salchichas y cebolla y por no ser precisamente un modelo en materia de higiene y limpieza. En realidad era la tercera Tennent's. Tenía una maldita necesidad de beberla, tras haber descubierto que había matado a una persona; que hubiese sucedido en acto de servicio era una sutileza moral que a sus ojos tenía poca importancia.

El plan para aquella noche consistía en acabarse la cerveza, echarse en la cama —incluso vestida— y entrar en coma al menos ocho horas: estaba agotada y le parecía que tenía el cerebro hecho papilla.

—¿Tienes una para mí? —dijo una voz profunda masculina, sobresaltándola y echando a perder sus planes.

Eva levantó bruscamente la vista y lo vio, sentado en el último escalón que daba al rellano de su casa.

La policía se detuvo, paralizada.

—Hola, pelirroja. ¿Qué te has hecho en el pelo? —le preguntó el hombre, un cuarentón de ojos claros y cabello rizado, bastante más largo que la última vez que lo había visto.

Croce se sentía como un montón de esquirlas de cristal pegadas de cualquier modo, a las que había bastado el sonido de aquella voz para hacerse trizas de nuevo.

—¿Cómo me has encontrado? —preguntó a su marido.

Stampace alto, Cagliari

Si hubiera existido un interruptor para apagar el área del cerebro que seguía trabajando en el caso, Mara Rais ya lo habría accionado hacía rato. Pero ese botón no existía. Incluso cuando no era consciente de sus pensamientos porque estaba ocupada en otras actividades, de las más nobles a las más prosaicas, bajo la superficie de la conciencia su lógica profesional seguía analizando los detalles surgidos en la investigación, sometiéndolos a la prueba de la plausibilidad, probando su consistencia y descomponiéndolos uno a uno con la esperanza de encontrar una racionalidad en aquel delito absurdo. Al igual que esas aplicaciones fantasma que consumen buena parte de la batería de un móvil incluso cuando no se utilizan, el asesinato de Dolores Murgia le estaba consumiendo el cerebro también cuando no estaba de servicio.

Mara se dio cuenta en el momento en que, mientras revisaba la agenda de su hija, apremiada por la necesidad de anotar una sospecha, escribió un detalle cruento del delito junto a la escritura redondeada e insegura de Sara, justo encima de una ilustración de Winni the Pooh.

«Dios mío. Estás desvariando», se dijo, tachando con el boli la anotación.

La niña habría debido estar en el país de los sueños desde hacía horas y sin embargo todavía seguía despierta, entretenida jugando con el móvil, mientras esperaba a su madre en la «maxicama». Ella también estaba sufriendo, inevitablemente, las consecuencias de aquella investigación: pasaba demasiado tiempo en casa de los abuelos, cenaba y se acostaba a horas intempestivas y tenía una mamá con «funcionamiento reducido», como afirmaba su ex. Aquella noche los papeles se habían invertido, era Rais quien había pedido a su hija que durmieran juntas, porque con todas las cosas oscuras e infames que había visto aquellos días, necesitaba creer que la inocencia y la bondad todavía existían en un mundo poblado por gentuza como Melis y sus acólitos. Es más, sentía la necesidad de abrazar físicamente aquella pureza, de besuquearla, de percibir su perfume y su sabor.

Se desmaquilló, se lavó los dientes y se reunió finalmente con la niña. Cuando apagó la luz, la abrazó como si en ello le fuera la vida.

—¿Estás triste, mamá?

—No, ¿por qué?

—Porque cuando me abrazas así sueles estar triste.

Así era su hija, le bastaba una frase para mandarla a la lona.

—De acuerdo, sí. Estoy un poquito triste.

—¿Por qué?

—Por muchas razones. Porque te veo poco, porque el trabajo es difícil... Muchas cosas, Sara.

—Yo, cuando estoy triste, como una pizza y se me pasa.

—Ya lo sé, mi amor.

—A lo mejor deberías comer más pizza.

Mara sonrió.

—Es posible, tesoro. Pero a diferencia de ti, si mamá come más pizza de lo habitual, se le pone la cara como un panettone, ¿sabes? Y entonces empieza a sentirse aún más triste porque la gente la confunde con un hipopótamo con pistola. ¿Es esto lo que quieres? ¿Una mamá culona y tripona?

Sara se echó a reír.

—Además tengo otro secreto para que se me pase la tristeza.

—¿Cuál?

—Te abrazo y luego te toco la barriga, así.

La niña rio, moviéndose agitada contra ella a causa de las cosquillas.

—Mamá, ¿puedo decirte una cosa?

—Adelante.

—Eres muy tonta.

«Gracias, tesoro. Eras la única que faltaba», se burló la policía, sonriendo con los ojos cerrados.

—Lo sé, cariño.

—Buenas noches.

—Buenas noches para ti también.

Mientras se estaba hundiendo en el sueño, Mara fue consciente de que nunca le había hecho una pregunta personal a Eva.

«No sé si tiene hijos ni si está casada», se dijo. «Y si no los tiene, cómo se las arregla para soportar ella sola toda esta oscuridad».

96

Carbonia

Cuando hubo terminado de colocar las fotos y de encender las velas, Maurizio Nieddu apagó la luz y llenó la bañera con agua caliente. El reflejo en el espejo le devolvió la imagen de un hombre envejecido prematuramente, incluso a la pálida luz compasiva de las velas. Sintió lástima de sí mismo, pero ese sentimiento desapareció con la misma rapidez con que había aparecido. Se desnudó, dobló la ropa con cuidado y la colocó sobre el mueble del lavabo. Al mirar las fotografías que le rodeaban se preguntó cuándo había comenzado.

«Te contagiaste en 1986. Cuando viste a la vestal en el pozo de Matzanni... Has querido ignorarlo, seguir con tu vida, pero ella nunca se fue», se dijo.

Ella. La *oscuridad*. La que por dentro se va haciendo más densa, día a día, que crece silenciosa y ávida como un tumor.

El comisario sonrió, porque la situación tenía algo de irónico. Estaba convencido de que la *oscuridad* actuaba de manera distinta según las personas en las que se introducía, pero —sobre todo— según las profesiones que ejercían; y los policías estaban en la cima de la pirámide de los oficios con más riesgo. Esto era lo que le hacía reír: el hecho de que le faltase muy poco para la jubilación, que hubiese conseguido mantenerla a raya durante todos aquellos años, pidiendo incluso el traslado allí, a Carbonia, un lugar sin duda más tranquilo que Cagliari, donde casi nunca pasaba nada, como si quisiera eludirla para que no le encontrara. Y sin embargo...

—Y, sin embargo, aquí estoy —murmuró.

Se metió en la bañera. El agua hirviendo le cortó la respiración, pero en unos segundos se acostumbró y se relajó, colocando suavemente la cabeza en el borde de la pila y estirando las piernas. Cerró los ojos y la vio como si la tuviera delante. *Dolores*... En su época, en Homicidios, después de algunas cervezas o copas de vino, los veteranos explicaban a menudo la historia del *uno de más*; sostenían que en la carrera de un investigador hay un umbral de muertos que no se debe sobrepasar, para algunos son diez, para otros cien, para quien tiene el estómago más duro doscientos, y este era justamente el problema: no saber cuál era tu número máximo, más allá del cual la oscuridad te abrazaba y te llevaba consigo.

Para Nieddu el *uno de más* había sido el asesinato de Dolores. La imagen de aquel cuerpo profanado, golpeado y luego degollado como un animal le había abierto un abismo en su interior, que no había sido capaz de contener. El sentimiento de culpabilidad por no haber sido capaz de encontrarla antes de que la alcanzara su nefasto destino había hecho el resto. Melis había ganado. Que se hubiera suicidado o no a Maurizio ya no le importaba. Al conocer la noticia de la muerte del líder de la secta, se había sentido vacío, su vida ya no tenía sentido después de aquel enésimo fracaso. Aquella *oscuridad* que había acabado con su matrimonio, induciéndolo a exorcizar el abandono con aventuras insignificantes y ruidosas copas con los amigos, había ido a buscarlo, y esta vez Maurizio le había estrechado la mano sin reservas, dejándose arrastrar a su reino de tinieblas.

Abrió de nuevo los ojos y se sintió observado por todas las fotos de la muchacha, que había colocado cuidadosamente, iluminadas por la luz oscilante de las velas.

«Lo siento mucho, de verdad», le dijo. «Espero que esto sea suficiente para obtener tu perdón».

Alargó una mano y cogió la cuchilla.

Unos segundos después cerró de nuevo los párpados. Nunca se lo había dicho a nadie, porque habría sido realmente el colmo, pero la sangre le impresionaba. La suya, sobre todo.

El calor del agua se hizo más intenso, al igual que la sensación de agotamiento que le había invadido desde que encontraron a la muchacha. Fue liberador abandonarse a la oscuridad.

La respiración se fue haciendo cada vez más débil. Los latidos del corazón más tenues. Los pensamientos se deshilacharon en una nube tan densa como las volutas de vapor que salían de la bañera.

«Ya está», pensó en un arrebato de lucidez.

De repente recordó un detalle que había estado buscando en vano en su memoria durante todos aquellos días. Algo tan contra natura que su mente se había negado a tomarlo en consideración. Intentó sentarse, pero no pudo. Demasiado tarde. El agua estaba ya completamente teñida de rojo.

97

Viale Poetto, Cagliari

—¿De verdad vives aquí? —le preguntó tras haber mirado a su alrededor—. Parece el escondite de un fugitivo.

Eva se quitó la chaqueta y se puso las manos en las caderas, en un gesto que Marco conocía bien: no anunciaba nada bueno.

—¿A qué has venido?

—Estaba preocupado —dijo acabando de un sorbo la cerveza que Eva le había dado. Sin la chaqueta parecía aún más delgada. Calculó que debía de haber perdido como mínimo dos kilos desde su último encuentro.

—Al menos habrías podido responder a alguna de las miles de llamadas que te he hecho o a la hostia de mensajes que te he enviado.

—Creí que había sido bastante clara la última vez.

—La última vez en realidad estabas atiborrada de psicofármacos, así que, sinceramente, no te tomé demasiado en serio.

—Y, sin embargo, yo hablaba jodidamente en serio.

Marco miró las fotografías de Dolores pegadas a una pared.

—¿Y esta quién es? No me digas que te han vuelto a poner en Homicidios.

—Casos sin resolver.

—¿Están locos? No saben que…

—Mira, estabas preocupado, pues ya está, ahora ya me has visto. Estoy bien y he vuelto a trabajar. El traslado seguro que me ayudará. Gracias por haber pensado en mí, ahora ya puedes marcharte.

Marco vio en una esquina la maleta de Maya.

—¿Y esto?

—He vaciado la casa.

—¿Así que todas tus cosas están aquí dentro? ¿En este agujero?

—Así es. Si quieres vender el piso, hazlo. Llámame cuando esté hecho y necesites mi firma, te juro que contestaré.

—A la mierda el piso. Estoy aquí por *ti*, Eva.

Croce suspiró. Estaba demasiado cansada para enfrentarse a él.

—He matado a una mujer... me lo han comunicado hoy. Un tiroteo para defender a una colega. La estaban operando y ha muerto en el quirófano. Créeme, de verdad que no estoy de humor para hablar de nosotros.

—Lo siento.

—Yo también, pero lo superaré. Estamos trabajando en un sucio caso y hace tiempo que no duermo. Aparte de esto, estoy bien, ya te lo he dicho.

—Eva, no es por ofenderte, pero tienes un aspecto de mierda. Así que ahórrame las gilipolleces; tú no estás bien, pelirroja.

—Deja de llamarme así —dijo ella, soltando la funda que llevaba prendida al cinturón. Metió la pistola en un cajón y sin girarse dijo—: Necesito ducharme y dormir unas horas.

—Eva...

—Tienes razón, me he portado como una gilipollas ignorándote y no respondiendo a tus llamadas. Lo siento, ¿de acuerdo? Pero las cosas han ido así. Estoy empezando de nuevo. Lo necesitaba.

—Nadie te está diciendo lo contrario.

—Pues entonces déjame tranquila.

Marco asintió. Sacó del bolsillo un bolígrafo y un bloc de notas. Escribió algo, arrancó la hoja y la tiró sobre el colchón.

—Es el nombre y el número del jefe del Gabinete regional de la Policía Científica aquí en Cagliari. Es un amigo muy querido, estuvimos juntos en la academia. Si necesitas cualquier cosa, sea lo que sea, dirígete a él. No conozco a nadie más aquí.

—No necesito a nadie.

—Sí, ya me he dado cuenta —dijo él, mordaz.

Ya en la puerta, se volvió hacia ella.

—Maya también era mi hija, Eva... Tal vez lo has olvidado.

—...

—Y, en cualquier caso, teñirse el cabello para no pensar en ella no me parece una buena idea, ¿sabes? Solo te hace un poco más patética de lo que ya eres.

Croce negó con la cabeza y se volvió para replicarle, pero ya había desaparecido.

98

Comisaría de Seguridad Pública,
Carbonia

Paola Erriu había estado buscando al comisario Nieddu toda la mañana, pero en vano. Su teléfono no paraba de sonar, pero nadie, ni en Carbonia ni en Cagliari, había hablado con él desde la noche anterior ni sabía dónde se había metido.

—Eh, hola. ¿Alguna noticia de Nieddu? ¿Alguien le ha visto? —preguntó a una de las administrativas.

—No, Paola. Hoy no ha venido.

—De acuerdo, gracias.

—¿Dónde coño se habrá metido? —se preguntó la policía, empezando a preocuparse. En los últimos días lo había visto cada vez más ensombrecido. Paola sabía que su jefe se había tomado el caso de Dolores como algo personal, y cuando identificaron el cadáver de la muchacha en el santuario de Serri algo en su mirada se había apagado para siempre.

—Perdona de nuevo, Assunta. Si apareciera por aquí, avísame o dile que me llame, por favor.

—Por supuesto.

Paola tenía una cita con una de las mejores amigas de Dolores; gracias al análisis del ordenador y del teléfono de la joven habían descubierto que se intercambiaban muchas confidencias. Habían quedado con Nieddu que irían a verla juntos pero, como no había manera de localizarlo, Paola decidió ir sola. Para mayor tranquilidad, intentó llamarle de nuevo.

Nada que hacer.

Cuando saltó el contestador, la policía grabó el enésimo mensaje: «Buenos días, comisario. Empiezo a estar preocupada... Llámeme en cuanto pueda, por favor. Voy a ver a la testigo. Hasta luego».

El comisario jefe Nieddu vivía solo desde hacía años. «¿Tal vez se ha encontrado mal?», pensó la mujer. «Quizá solo está durmiendo profundamente. Y hace bien, teniendo en cuenta los días que ha pasado... Deja de preocuparte. Te llamará en cuanto se despierte».

Gabinete regional de la Policía Científica,
viale Buon Cammino, Cagliari

Mara Rais encontró a su compañera apoyada en la barandilla del mirador del viale Buon Cammino, con la mirada perdida en el panorama de la ciudad que se extendía hasta donde alcanzaba la vista.

—Croce, no es por ensañarme, pero hoy también parece que hayas dormido en la caseta del perro —la saludó, observando que la milanesa había renunciado incluso al trazo de lápiz negro en torno a los ojos. Así, sin maquillar, parecía aún más joven, y esto le provocó una punzada de envidia.

—Buenos días, Rais —respondió Eva, tendiéndole un café que había comprado en un quiosco cercano—. Veo que te has preparado para el desfile de Victoria's Secret —la pinchó, observando la base de maquillaje cuidadosamente aplicada, el perfecto toque de rímel, el pintalabios de portada del *Vogue* y el traje de chaqueta y pantalón de mujer de negocios.

—¿Qué hacemos aquí? —preguntó Mara, lanzando al aire efluvios de Chanel N.º 5.

Eva le enseñó la bolsa de pruebas que contenía los cabellos de Nonnis y los vasitos de café cogidos en su despacho.

—Tengo un enchufe con el gran jefe de la Científica.

—¿Tú? ¿Tú tienes un enchufe con...? ¿Te lo has follado esta noche? No se te puede dejar sola ni un segundo, ¿eh?

—No empieces con las gilipolleces de buena mañana, por favor —dijo Croce. Había estado dudando hasta el último momento si recurrir al contacto proporcionado por Marco; finalmente, por el bien de la investigación, había dejado su orgullo a un lado, pero no tenía intención de entrar en detalles con Rais.

Mara sonrió, destapó el envase y bebió un sorbo.

—Me había olvidado de que tenías la regla.

Croce negó con la cabeza, sonriendo con desagrado.

—Realmente eres una persona conciliadora, ¿lo sabías? Nadie como tú para hacer que las personas se sientan a gusto.

—Soy poli, no lo olvides.

—Pues entonces compórtate como tal. Vamos.

—¿Cuál es el plan?

—Entregar las pruebas a mi contacto y conseguir prioridad.

—¿Y en la hipótesis improbable de que te la concedieran?

—Han encontrado tres ADN distintos debajo de las uñas de Dolores. Algunos coágulos de sangre eran de Melis y de aquel otro pedazo de mierda que encontraste ahorcado, Curreli. El tercer individuo no aparece en la base de datos. Veamos si podemos excluir al profesor, para empezar a limitar el campo.

—Esas pruebas no es que hayan sido recogidas de manera muy leg...

—Ya he hablado con Mazzotta esta mañana, mientras tú te ponías los rulos. Nos ha dado el visto bueno.

—¿Y ahora qué pasa? ¿Vamos a competir para ver quién llega antes al trabajo? Y por cierto, ¡y una mierda me estaba poniendo los rulos! Después de dejar a Sara en el colegio, he ido a ver a Ilaria en el Brotzu.

—¿Cómo está?

—Sigue inconsciente. Ni siquiera me han dejado acercarme a ella.

—Claramente, una excelente idea por su parte —se burló Eva.

—*Scimpra* —replicó Rais.

—Supongo que esto significa algo amable sobre mi persona, ¿no?

—Por supuesto. Muy amable.

100

Territorios de los Ladu, Alta Barbagia

Un viento furioso sacudía las encinas secas de las que llovían bellotas que los niños recogerían para dárselas de comer a los cerdos. Las nubes de tormenta ensombrecían el campo. Sin embargo, de ese cielo plomizo no había caído ni una gota. Hacía casi un año desde la última lluvia. La naturaleza, como le ocurre a un anciano al que alteras la rutina, estaba enloqueciendo. El agua era un elemento esencial para el ciclo de las estaciones. Sin ella, todo se malograba.

Bastianu bajó del jeep y se dirigió a pie a la aldea de los Ladu. Los perros lo siguieron ladrando. Bastó una mirada suya para hacerlos callar y dispersarlos. Entró decidido en la casucha de la tía más anciana y la encontró en la habitación húmeda, donde descansaban los panes crudos amasados con masa madre. Estaba sentada en una esquina, rodeada de las sobrinas más jóvenes.

—¡Fuera! —ordenó el hombre, con voz potente como una ráfaga de perdigones. Las otras mujeres desaparecieron.

—¿Cómo estás? —preguntó con voz temblorosa, arrodillándose y estrechando entre las suyas aquellas manos delgadas. Su tía siempre había estado allí, desde que le alcanzaba la memoria. Se había acostumbrado tanto a la idea de su presencia constante que nunca había considerado la posibilidad de que enfermase o incluso muriese; en lo más profundo de su conciencia, una parte irracional de él creía que la tía Gonaria, la mujer que había sustituido a su madre, no lo dejaría nunca y le sobreviviría. Sin embargo, en aquel momento fue consciente de su fragilidad y de la caducidad de la vida.

—¿Has vuelto antes del trabajo por mí?

—Claro que sí.

Se le humedecieron los ojos.

—No debiste hacerlo, Bastianu.

—No lo digas ni en broma. ¿Quieres que te lleve al hospital?

—¿Al hospital? ¿Yo? —dijo la anciana, con una sonrisa mordaz. Negó con la cabeza—. No, no somos de hospitales los Ladu.

La enfermedad la estaba pudriendo por dentro desde no se sabía cuánto tiempo; sin embargo solo aquella mañana la anciana había vomitado al menos cuatro veces oscuros chorros de sangre. Cuando le avisaron, Bastianu abandonó inmediatamente la oficina y condujo como un loco hacia la casa.

—Me gustaría que te viese un médico, tía.

—No —replicó con firmeza la mujer, envolviéndose en su chal oscuro—. Si he de morir, que sea en mi casa, donde nací y crecí.

—Tú no vas a morir, ¿entendido?

—En efecto. No puedo. He de esperar para acompañar a Benignu, antes.

Bastianu sonrió.

—Te llevo a la cama, ¿de acuerdo?

La mujer asintió. Su sobrino era el único hombre al que permitía que la tocara.

Bastianu la cogió en brazos con extremada delicadeza, como si estuviese hecha de cristal, la llevó a su habitación y la tendió suavemente sobre la cama.

—Una pluma pesa más que tú, tía —dijo, tapándola.

—El cuerpo me está traicionando.

—Solo necesitas descansar un poco.

—Mi padre…

—Yo cuidaré a *mannoi*. Te lo juro.

—No le digas lo de Micheli…

—Claro que no, tranquila. Ahora duerme. Te mando a las chicas, ¿de acuerdo?

La mujer asintió. Bastianu le puso los labios en la frente y la arropó con las mantas como si fuese una niña.

Cuando cerró la puerta, sus ásperas mejillas estaban húmedas de lágrimas. Las secó con el dorso de la mano y volvió a bajar. Dio órdenes a sus primas de que se ocuparan de ella y salió. Cruzó el patio donde las gallinas picoteaban y entró en la leñera. Se quitó la chaqueta y agarró el hacha. Empezó a partir leña con una violencia brutal. La hoja despedía chispas al cortar los troncos. Desahogó en la fatiga física toda la rabia y la angustia de nieto y de padre.

Más tarde, sus hermanos lo encontraron en el almacén de las herramientas, estaba afilando las cuchillas y las hoces con la muela. Las chispas saltaban y se extinguían unos instantes más tarde, como estrellas fugaces.

—¡Bastia'! —lo llamaron a gritos.

El gigante soltó el pedal que hacía girar la muela y se dio la vuelta.

—¿Lo habéis encontrado? —preguntó, secándose el sudor.

—No. Todavía no.

El hombre asintió tras unos segundos de desconcierto.

—No puede haber ido muy lejos. Seguid buscando y traédmelo rápido. No podemos esperar más.

Los Ladu asintieron y lo dejaron solo ahogándose en su angustia.

Carbonia

Paola Erriu se había empleado a fondo y al final la amiga de Dolores había hablado, lo que le había explicado la había perturbado mucho.

Le dio las gracias y, tras haber tomado sus datos para validar el testimonio —que en cualquier caso había grabado en el móvil—, regresó a su coche.

Después de aquella revelación necesitaba hablar con Nieddu cuanto antes, porque era muy probable que hubiesen cometido un error de dimensiones colosales. Intentó llamarlo de nuevo, sin resultado.

«¿Qué coño está pasando?», pensó.

Lo intentó de nuevo llamando a la comisaría. Su número directo seguía sin contestar, de modo que llamó a Assunta, la administrativa.

—Hola, Assunta, soy yo. ¿Se sabe algo del comisario Nieddu?

—No, Paola. No ha dado señales de vida, ni en persona ni por teléfono ni por correo.

—De acuerdo. Hasta luego.

Estaba a punto de arrancar cuando el móvil comenzó a vibrar. «Por fin, joder», dijo sacándolo del bolso.

Pero no era la persona que esperaba. Era su abogado, con el que no había tenido contacto desde hacía un año. Erriu frunció el ceño y respondió.

—Hola, Paola. ¿Es un mal momento? ¿Puedes hablar un minuto?

—Yo... Sí, por supuesto. Dime.

—Mira, esta mañana me ha llegado un correo certificado que

te afecta. Me lo han enviado a mí como abogado tuyo y hay una copia del notario.

—¿Algo del juzgado?

—No, no. Es un testamento ológrafo.

—¿Un testamento? No se me ha muerto nadie últimamente.

—Un tal Maurizio Nieddu, residente en Carbonia. Prácticamente te deja todos sus bienes. Una casa, tierras, dinero...

—...

—¿Paola? ¿Sigues aquí?

—Es mi jefe, pero no está muerto —respondió la policía, desconcertada.

—No sé qué decirte. Acabo de pasarlo todo a tu correo. También hay una nota personal dirigida a ti.

—¿Qué dice?

—Cito textualmente: «No cometas el mismo error que yo. Deja esta mierda de trabajo y disfruta de la vida». Nada más. Qué quieres que...

Paola Erriu colgó. Puso en marcha el motor, metió la primera y partió haciendo chirriar los neumáticos hacia la casa del comisario.

«Te lo ruego, jefe, dime que no has hecho esta cabronada», le suplicó.

Sala de operaciones, sección de Homicidios,
jefatura de policía de Cagliari

Cuando Rais y Croce entraron en la sala de operaciones dedujeron de la mezcla de media docena de lociones *after shave*, de sudor, de olor a comida y café rancios, de aire recalentado y de humo de cigarrillos fumados a escondidas que la actividad de los investigadores del equipo especial se había prolongado toda la noche.

—Qué olorcillo —comentó Mara. Con su habitual forma de hablar arrastrando las palabras dijo algo en voz alta en aquel dialecto incomprensible. Evidentemente los colegas se sintieron aludidos, porque al cabo de unos segundos abrieron las ventanas para airear.

—¿Puedo saber qué les has dicho? —preguntó Eva.

—No, mejor que no lo sepas. Me gustaría conservar esa pizca de dignidad que me queda —respondió Rais, sonriendo de soslayo.

Esperaron a que Farci acabara de hablar con uno de los investigadores y se acercaron a él.

—Aquí están —dijo Mara, entregándole unos papeles. Era un resumen de la investigación sobre el antropólogo que el comisario había solicitado para remitirlo a las altas esferas.

—Excelente —juzgó Farci tras una ojeada rápida—. ¿Alguna novedad?

—De momento poca cosa. Pero esperamos que esta misma tarde la Brigada de Investigación Tecnológica y los forenses puedan proporcionarnos algunos elementos nuevos.

—Los necesitamos como el pan, Croce, porque he de retirar algunas personas del equipo.

—¿Por qué? —preguntó Mara.

—Ha habido un robo a un furgón blindado en la 554. Algo gordo, de profesionales. Ha intervenido un colega que estaba fuera de servicio, le han herido y él ha matado a uno de los ladrones. Los otros han huido.

—Mierda.

—¿De cuántos hombres deberemos prescindir?

—Al menos de cinco o seis.

—Es un buen recorte.

—El subjefe habría querido más agentes, porque para él el caso Murgia está cerrado.

—Yo no me preocuparía tanto. *Pagu genti, bona festa* —comentó Rais.

—¿Qué significa? —preguntó Croce.

—Pocos pero buenos. Es lo que significa más o menos —tradujo Farci—. ¿Cuándo queréis volver a la carga con el profesor?

Eva iba a responder cuando el teléfono empezó a vibrar en el bolsillo trasero de los tejanos.

—Perdone, comisario —dijo—. Es Paola Erriu.

—Contesta.

—Hola, Paola.

Rais y Farci vieron que la inspectora palidecía y murmuraba unas palabras ininteligibles.

—Eh, ¿qué coño sucede? —preguntó Mara.

Eva bajó el aparato y, consternada, murmuró:

—Se trata de Nieddu.

103

No todos los casos de asesinato son iguales. Algunos se te pegan a la piel para siempre. Los llevas dentro como cicatrices. Al cabo de unos años dejan de hacer daño y ya no les prestas atención. Se convierten en parte de ti. La marca de la cicatriz se va borrando hasta que acabas ignorando su presencia. Pero basta un detalle, un perfume, una mirada o una palabra para infectar de nuevo la herida, para reabrir la caja de Pandora que casi todos los investigadores llevan dentro, liberando recuerdos corrosivos y sentimientos de culpabilidad insidiosos como parásitos intestinales. Y por mucha distancia física o mental que pongas entre tú y el caso, este siempre te encontrará, como un espíritu que no halla la paz y te atormenta en busca de justicia. Hace cola contigo en la caja del supermercado, te observa en la sala de espera del médico, sientes su presencia detrás de ti mientras cenas con tu familia. Te persigue con la misma obsesión de un amor que no has tenido el valor de vivir. La sed de verdad languidece con el tiempo, pero no para esas almas condenadas a una noche eterna que en cierto modo te corresponde iluminar. Es tu trabajo. O tal vez es algo más, es lo que eres. Es aquello para lo que sientes que has nacido. Tu misión. Tu condena. Y si intentas olvidarlos, los espíritus de las víctimas te impiden dormir. Los sientes a los pies de la cama. Te susurran tu culpabilidad. Te acusan de haberte rendido. Con el tiempo te llevan a la locura y harías cualquier cosa para ahuyentarlos. Cualquier cosa.

Barrali conocía muy bien ese tipo de obsesión, porque convivía con ella desde hacía más de cuarenta años. Contemplando el cadáver del viejo colega en la bañera inundada de sangre, Moreno se preguntó cuál había sido el caso que había contagiado a Maurizio; *el pecado original*, como solía llamarlo, ese primer contacto violento con la oscuridad que marcaba una cesura en la vida de un policía. Fuera el que fuese, el asesinato de Dolores debía haber despertado en Nieddu malos recuerdos, demonios que no había conseguido nunca superar. La oscuridad había acabado por vencerle.

Barrali se santiguó y volvió a la cocina, donde Rais y Eva intentaban consolar a Paola Erriu. La policía estaba en evidente estado de shock.

—¿Ha dejado alguna nota? —preguntó Moreno a Croce.

La inspectora le mostró el mensaje que Paola le había remitido por correo: «No cometas el mismo error que yo. Deja esta mierda de trabajo y disfruta de la vida».

Barrali asintió, sombrío. Puso una mano en el hombro de la muchacha que estaba llorando y le susurró ánimos. Cuando salió de la casa, las dos inspectoras lo siguieron.

—¿Habías visto alguna vez una cosa así?

—¿Por qué me lo preguntas? —replicó Moreno, mirando interrogativamente a la cagliaritana.

—Porque no pareces muy sorprendido, Moreno. Casi se diría que te lo esperabas —dijo Rais. En aquel momento habría vendido un riñón a cambio de un cigarrillo, pero la promesa hecha a su hija pudo más que la ansiedad.

—Solo una vez —respondió el policía—. Hace muchos años.

—Todas esas fotos de Dolores... Es como si hubiese buscado una expiación —dijo Eva.

—Yo también lo creo —convino Barrali, jugueteando con el mango de su bastón. Estaba sumamente inquieto. Tenía la sensación de que Maurizio era solo el primero de ellos en ser embestido con tanta brutalidad. Y además sabía de dónde procedía aquella amenaza, del pasado—. No me toméis por loco, pero Nieddu estuvo presente en la escena del crimen en 1986. Vio los resultados de aquel asesinato, aunque era muy joven.

—¿Qué quieres decir? —preguntó Rais.

—Que todo nace de ahí. Todo este mal, toda esta inquietud, vienen del pasado. Es como si esos viejos casos hubiesen generado una entropía capaz de alterar los equilibrios incluso de los años futuros.

—Perdona, pero no te sigo —intervino Rais.

—Alguien diría, superficialmente, que es una maldición —intentó explicarle Moreno—. Yo creo más bien que el asesinato rompe un equilibrio vital, y que si ese equilibrio no se restablece de alguna manera, la falta de justicia crea ondas caóticas que repercuten en las vidas de todos nosotros: policías y víctimas. El mal que no ha sido curado engendra más mal, en una espiral infinita.

«Vale, está completamente ido», se dijo Mara, asintiendo para seguirle la corriente.

—No me mires así. No estoy loco, Rais. Y si crees que me equivoco, desgraciadamente acabarás reconsiderando estas palabras, porque Maurizio es solo el primero —dijo Barrali, acalorándose—. Os espero en el coche.

Las dos inspectoras lo vieron alejarse hacia el coche de Mara.

—¿Has oído? Tenemos un filósofo con nosotros. Nietzsche en salsa sarda —comentó Rais.

Croce no tuvo el valor de decirle que en su opinión Barrali tenía razón. Percibía en la piel la fuerza negativa originada por la muerte de Dolores: era como una corriente magnética de la que ella misma se sentía impregnada.

—Hemos perdido un aliado valioso y un amigo —dijo Eva—. Yo me concentraría en esto. Lo único que podemos hacer para honrar su memoria es cerrar esta historia de una vez para siempre.

—Sobre esto no hay dudas —replicó Rais, observando a los técnicos de la Científica salir de la habitación y dar paso a los de la funeraria—. Primero Dolores, Deidda luchando en el hospital y ahora Nieddu. La cuenta se está haciendo cada vez más abultada.

Croce asintió. En su interior repasó el relato de Moreno desde el primer asesinato, el de 1961.

«Todo empezó allí», reflexionó.

«El mal no curado engendra más mal, en una espiral infinita», había dicho Moreno. No podía estar más de acuerdo; si querían detener el violento caos que había irrumpido en sus vidas, era necesario limpiar el mal que había generado aquella fractura. Y para ello tenían que encontrar al verdadero asesino de Dolores Murgia.

104

Café degli Spiriti, bastión de Saint Remy, Cagliari

Decir que fue la muerte de Maya lo que provocó una fractura entre ellos sería un error. Algo se había roto ya para siempre incluso antes, cuando los médicos le diagnosticaron el tumor a la niña. Osteosarcoma con un alto grado de malignidad: condena inapelable. Eva se había dado cuenta de que algo no funcionaba porque hacía unos días que Maya se despertaba con hematomas, tumefacciones y bultos que ni ella ni Marco sabían justificar; era como si alguien, durante la noche, la golpease o la sacara de la cama para arrojarla al suelo. Cuando los médicos la visitaron, a Eva le bastó una mirada suya para sentir que le arrancaban el alma. Pocos días después empezaron los dolores. Punzadas muy agudas, continuas: «Como si un perro me estuviese mordiendo los huesos», decía la pequeña. A los seis años, Maya había sufrido la primera amputación y empezado un ciclo de quimioterapia. Cuando el especialista le enseñó los resultados de la gammagrafía ósea y del PET, Eva pensó en la rosa del desierto, ese mineral trabajado por la arena y el viento que se encuentra en las zonas desérticas; era como si su hija tuviese ese conjunto de cristales junto a los pulmones y en otras zonas del cuerpo. Cuando el pediatra le aconsejó que empezara un curso de psicología oncológica, Eva comprendió que no había esperanza de curación.

Fue entonces cuando terminó la relación con su marido. Eva no quiso aceptar el destino nefasto de la niña y siguió viviendo en la negación, aferrándose tercamente a la esperanza de que Maya se curaría. Marco, en cambio, entendió que rechazar la verdadera naturaleza de la enfermedad y vivir en aquella burbuja de ilusión ocasionaría más daño y dolor aún, sobre todo a su hija.

Eva pidió una excedencia y la acompañó a lo largo de aquel calvario, sin dejarla sola ni un segundo, desarrollando una relación casi obsesiva con la pequeña. Ocho meses después del diagnóstico, los médicos se vieron obligados a amputarle las dos piernas. Un día, mientras la cogía en brazos para trasladarla de la silla a la cama, Marco rompió a llorar delante de su hija. Eva le hizo salir del apartamento y literalmente le pegó, amenazándole con no dejarle ver a la niña si volvía a mostrarse débil delante de ella; aquellas palabras aumentaron la distancia entre ellos. La Eva de la que Marco se había enamorado y con la que se había casado ya no existía, devorada por la *madre* Eva, ebria de dolor y de rabia contra todo y contra todos.

Mientras le esperaba en el Café degli Spiriti, la terraza panorámica más exclusiva de la ciudad, que desde lo alto del bastión de Sant Remy dominaba toda la ciudad de Cagliari y su golfo, Eva pensó de nuevo en aquellos días de aflicción total, su reacción violenta derivaba de un profundo sentido de culpabilidad; si Maya había nacido con aquella enfermedad en el cuerpo, en cierto modo la responsabilidad era suya, que la había envenenado. Los dolores eran tan fuertes que la pequeña había desarrollado una adicción a la oxicodona, un opiáceo tan potente como la morfina. Las noches estaban marcadas por los gritos y los llantos de la niña.

La inspectora cerró los ojos y se obligó a dejar de torturarse con aquellos recuerdos.

—Me has sorprendido —dijo él al cabo de unos minutos, sentándose a la mesa bajo el elegante cenador—. Me habría esperado cualquier cosa menos que quisieras verme.

—Ayer estuve más cabrona de lo habitual —replicó Eva, encogiéndose de hombros.

—Viva la sinceridad —dijo él, sonriendo. Detuvo a una camarera y le encargó lo mismo que ella estaba bebiendo, un dry Martini.

—¿Has llamado a mi amigo de la Científica?

—Sí, pero no he querido verte por eso.

—Ah, ¿no?

Eva bebió un sorbo y negó ligeramente con la cabeza.

—¿Quieres disculparte?

—No, todavía no he llegado a ese nivel de bondad.

Marco sonrió.

—¿Puedo preguntarte qué te ha hecho cambiar de idea?

—Uno de los investigadores con los que estaba trabajando se suicidó anoche.

Marco arqueó una ceja.

—Vamos a ver: tú disparas a una tía, un colega se suicida, las fotos de la muchacha muerta en tu pared... ¿Qué demonios está pasando, Eva?

—No lo sé, pero esa no es la cuestión.

—¿Cuál es entonces?

—La desaparición de esta persona me ha hecho pensar en muchas cosas, y también en nosotros. Hay varios asuntos que nunca hemos abordado o, mejor dicho, que yo nunca he abordado.

—Por ejemplo, ¿el hecho de que ni siquiera fueses al entierro de tu hija?

Eva se esperaba aquel golpe, pero no había previsto que le dolería tanto.

—Por ejemplo —se limitó a responder, con el corazón sangrando.

La camarera le llevó la bebida. Marco aprovechó para pagar y le dijo a su mujer que prefería hablar en un lugar más tranquilo. Se acercaron a las barandillas del bastión y se sentaron en un banco.

—Todas las mujeres de ese local se te estaban comiendo con los ojos. Tienes buen aspecto.

—Gracias.

—No te molestes en mentir. Sé que no puedo decir lo mismo de mí: estoy hecha un asco. Sinceramente no tengo mucho interés en causar una buena impresión.

—Lo sé, pero tienes que seguir adelante, tienes que dejar esta...

—Marco, no lo digo para llevarte la contraria ni para herirte, pero por muy inteligente e intuitivo que seas no puedes meterte en la cabeza de una madre. No puedes entender lo que se siente. Sé muy bien que Maya también era tu hija, pero yo no quiero seguir adelante. No sola, al menos. Quiero decir que, si sigo, lo hago con ella. Con su recuerdo.

—¿Por qué te has teñido el cabello, entonces?

—Un intento fallido. Creía que podría engañarme a mí misma. Pero pronto me di cuenta de que no funciona así, y lo he comprendido estos días en que, paradójicamente, he estado más cerca de la muerte que nunca.

—No entiendo.

—Ya sé que no lo entiendes. Eres un hombre.

—¿Bromitas de género también, ahora?

—Formo equipo con una colega bastante mordaz. Seguramente me está contagiando su carácter de mierda.

Ambos sonrieron y, durante unos minutos, bebieron en silencio.

Como él no encontraba el valor para hacerlo, fue Eva la que abordó el tema. Lo hizo dando un rodeo:

—¿Estás saliendo con alguien?

Por la expresión de sus ojos supo que Marco iba a mentirle, pero al final cambió de idea:

—Sí, salgo con una mujer.

Eva asintió, sin animosidad.

—Me alegro por ti. Créeme, no es una cuestión de victimismo, no quiero dar lástima ni impresionar a nadie con mi dolor.

—Nunca ha sido una competición para ver quién sufría más, Eva, aunque a veces llegaste a darme esa impresión.

—Lo sé, y lo siento. Si estás rehaciendo tu vida, me alegro mucho.

—Gracias.

—Vamos, dímelo.

—¿El qué?

—El motivo por el que has venido aquí.

—¿Qué?

—¿Me tomas por estúpida? Estoy segura de que todavía nos tenemos cariño, y siempre serás el padre de mi hija. Pero nuestra relación se acabó hace mucho tiempo. Así que no tengas tanto miedo. Basta con que me lo pidas.

Marco no pudo sostener la mirada de su mujer más de un segundo.

—De acuerdo —admitió con un suspiro.

105

Bastión de Saint Remy, Cagliari

Eva dejó pasar unos segundos, luego le preguntó:
—Ha sido ella la que te lo ha pedido, ¿no?
—Sí.
—Así que va en serio.
—Sí, ella dice que... Dice que es la única manera de acabar definitivamente con...
—Entiendo.
La diferencia abismal que los convertía ya casi en dos extraños estaba justamente ahí: Marco quería olvidar; Eva, en cambio, no podría hacerlo nunca. La policía comprendió lo que en cierto modo siempre había sabido, que toda aquella insistencia en buscarla, en restablecer un contacto con ella, no era fruto tan solo de su preocupación y de su afecto; tal vez también por esto nunca le había contestado, para no cortar definitivamente el cordón emocional que unía a ambos con Maya. Si él también desaparecía, Eva se encontraría completamente sola, atrapada en la espiral vertiginosa del dolor y de la soledad.
—Debería haberte dejado ir mucho antes. He sido realmente una egoísta al mantenerte atado a mí durante todo este tiempo, aunque solo con un vínculo... como diría... platónico.
—No, por favor, es que...
—Sé que me he equivocado. Y te pido perdón. Que sepas que lo he hecho porque... No estaba aún preparada para perder a toda la familia. Necesitaba tiempo. No sé si puedes entenderme.
—Sí —dijo él.
Pero Eva sabía que nunca podría hacerlo, por un motivo muy

simple: Marco no quería comprender, solo quería olvidar y pasar página.

—¿Tienes aquí los papeles?

Marco asintió con aire avergonzado.

—Yo… quiero decir, yo no…

—No te preocupes. Dime dónde tengo que firmar.

El hombre le entregó el acta de separación de común acuerdo y otros documentos para un divorcio rápido.

—¿Me invitarás a la boda? —le preguntó una vez hubo firmado.

Marco se sonrojó y balbuceó unas palabras.

—Tranquilo. Estaba bromeando.

—Realmente te has vuelto una cabrona. Te hace daño esta ciudad.

—No, al contrario, me está salvando. Mira, yo también tengo que decirte una cosa, pero esta nos afecta a nosotros como familia. Antes de que sigas tu camino hay algo que debes saber. Algo que probablemente te hará daño. También por esta razón me alejé tanto de ti.

Marco la miró desconcertado.

—Se trata de Maya.

106

Viale Poetto, Cagliari

A veces es más fácil decirse adiós con un beso que con palabras. Sobre esto reflexionaba Croce al salir de la ducha. Después de aquella revelación que había ocultado a su marido durante más de dos años, había esperado una reacción muy distinta a la que tuvo; Marco había permanecido en silencio durante unos minutos y luego le había dicho simplemente: «Gracias».

Nada más.

Aquella respuesta la había pillado completamente desprevenida y, por el alivio de haberse quitado aquel peso de encima, los ojos de Eva se humedecieron de lágrimas, al igual que los de él.

Impulsado tal vez por la convicción de que no sabría expresar con palabras lo que quería decirle, Marco la había besado. Un beso profundo, pero infinitamente diferente de los que habían intercambiado en sus primeras noches febriles de pasión; era algo más íntimo, una forma de acariciarle el alma y de hacerle entender, como hombre y como padre, cuánto le agradecía su sacrificio y ese gesto de valor y de humanidad. Luego se había marchado, porque cualquier palabra habría vulgarizado su último momento juntos.

Eva desempañó el espejo del baño y se pasó la mano por el cabello húmedo. Por primera vez se sentía en paz consigo misma. La confesión la había purificado. Cerró los ojos y le pareció escuchar de nuevo las palabras que le había dicho.

«En tus ojos leí que no tendrías el valor de hacerlo, así que no te lo pedí nunca expresamente», le había dicho. «Los médicos habían anunciado que los últimos meses serían los peores, que cuando el dolor alcanzara su punto álgido, la niña no podría soportarlo y habría que inducirle el coma. Era probable que tuvieran que extirparle de nuevo trozos de hueso. Así que más operaciones, más mutilaciones, nuevos sufrimientos atroces... No podía seguir viéndola sufrir de esa manera. Anestesiada, hinchada por la cortisona, ya no era nuestra niña. Era solo un alma en pena».

Había conseguido no llorar durante todo el relato. «Una madre no puede ver a su pequeña en estas condiciones. Es algo inhumano, contra natura. A esa agonía continua, precisamente como madre, tenía que ponerle fin... y lo hice».

«¿Cómo?», había balbuceado Marco.

Se lo había dicho y él había asentido, al fin y al cabo era policía y sabía cómo no dejar rastro.

«Por eso no fui al funeral. Yo le había dado la vida, pero también se la había quitado. Soy una asesina. No podía haber sitio para mí en aquella iglesia. Espero que un día lo entiendas y puedas perdonarme».

No había visto en sus ojos ni la mínima sombra de acusación. «¿Marco?», le había sacudido, esperando lo peor.

Sin embargo, él solo le había dado las gracias.

La vibración del teléfono la distrajo de aquellos pensamientos. Podía ser algo relacionado con la investigación, de modo que le echó un vistazo. Era un mensaje de Mara en el que adjuntaba la fotografía que habían tomado la noche de la captura de Melis, rodeadas de los colegas sonrientes. En la selfie del grupo aparecía también Nieddu, con aquella media sonrisa suya: «Sigo mirándolo y no puedo creer que realmente lo haya hecho. Tenemos que acabar con esto. También por él», había escrito Rais.

«Lo haremos», le respondió Eva.

Siguió mirando la foto durante unos segundos.

«El mal no curado engendra más mal, en una espiral infinita», había dicho Barrali. Croce comprendió que su compañera tenía toda la maldita razón, tenían que resolver el caso antes de que otros inocentes se vieran implicados.

107

Archivo de la Móvil,
jefatura de policía de Cagliari

Eva Croce había asistido a la reunión matutina del equipo especial, donde tomó notas sobre las últimas novedades y luego se había encerrado en el viejo archivo de la Móvil, «sede» de la unidad de Casos sin resolver. Necesitaba soledad y silencio. La idea era examinar de nuevo todo el material sobre el asesinato de Dolores, partiendo de la hipótesis de que el líder espiritual de la Nuraxia no era el autor material de la muerte.

Cuando oyó pasos en la escalera, echó una ojeada al reloj: las dos y media pasadas. El tiempo había volado. Pensó que era Rais que regresaba del laboratorio de la Científica, pero no era ella.

—¡Paola! —exclamó, sorprendida.

—Hola. ¿Qué demonios haces aquí abajo?

—Bueno, en realidad es mi lugar de trabajo —dijo Eva—. Nos relegaron aquí, como Casos sin resolver.

—Ahora entiendo por qué Rais está siempre tan cabreada.

Erriu se acercó a Eva y, tras un momento de incomodidad, las dos policías se abrazaron.

—¿Cómo estás? —le preguntó Croce, observándola, iba sin maquillar y tenía un aspecto demacrado—. No esperaba verte por aquí.

—Un poco mejor, pero todavía aturdida.

—Me lo imagino. ¿Has venido a hablar con Farci?

—Sí. Le he pedido estar presente en la autopsia. No esperamos desde luego un resultado distinto al... Pero, teniendo en cuenta lo sucedido últimamente, queremos eliminar cualquier duda sobre su muerte.

Croce asintió. Tenía la absoluta certeza de que Nieddu había decidido acabar con todo, la escena que había compuesto no dejaba lugar a la ambigüedad.

—¿Crees que es una buena idea? Quiero decir, ¿estás preparada para asistir a la autopsia?

—No sé si estoy preparada o no. Pero siento que es algo que debo hacer, por él.

Eva le acarició un brazo y asintió.

—También quería decirte personalmente que si Trombetta confirma el suicidio, pediré una excedencia y tal vez dejaré el cuerpo. Primero Dolores, ahora Maurizio. Es como si ya no estuviese a la altura.

Croce iba a preguntarle por qué, pero en el último momento se detuvo. No le correspondía a ella juzgar las decisiones y el comportamiento de su colega, sobre todo en aquellas circunstancias.

—Te entiendo perfectamente. Yo también, aunque en una situación distinta, pedí una excedencia. A veces es la mejor manera de saber qué camino tomar.

—Sí. También hay otra razón por la que he querido verte en persona.

—Dime.

—Tendrás que disculparme, pero ayer estaba completamente ida y se me olvidó.

—No te preocupes. No tienes ni que pensarlo.

—Espero que este retraso no os cause problemas, de todos modos...

Paola Erriu sacó de la bolsa una carpeta y un pendrive y se los entregó.

—Tenías razón sobre Dolores.

Croce sintió un escalofrío.

—¿Respecto a qué?

—Ayer por la mañana interrogué a una de sus mejores amigas. Fui un poco insistente y al final conseguí hacerla hablar... Total, que me lo contó.

—Quieres decir...

—Sí —dijo Paola—. Dolores y el profesor tenían una relación.

108

Oficinas de la Brigada Móvil,
jefatura de policía de Cagliari

Cuando la grabación acabó, en el despacho de Farci se hizo el silencio más absoluto. El comisario movió incrédulo la cabeza y miró a los presentes: las dos inspectoras, Aiello y Ferrari, que las ayudaban con los registros telefónicos y el análisis de las redes sociales, y la magistrada Adele Mazzotta.

—Diría que esto agrava la posición del profesor —dijo Farci—. Todos sabemos que estadísticamente la víctima de un asesinato casi siempre conoce a su asesino. En este caso tenemos además una relación íntima. En este momento Nonnis tiene todos los números para ser un sospechoso perfecto, ¿no?

Todos asintieron. Farci había limitado la reunión a ellos seis, porque la tesis oficial del equipo especial seguía siendo que el asesino era Melis: esa había sido la noticia con que se había alimentado a la prensa para apaciguar a los periodistas y a la opinión pública, por orden de los de arriba.

—Sobre todo si a esto añadimos todas las mentiras que él y su mujer nos han soltado —dijo Eva.

—Hay más cosas —intervino Rais—. A partir de la geolocalización y del rastreo de los *ping* del teléfono de Nonnis, la unidad de Delitos informáticos ha establecido que la noche antes del crimen este se hallaba en una zona muy próxima al monte Arci.
—Mara pasó la información a la magistrada—. Al cabo de un rato se perdió la señal, pero durante tres cuartos de hora aproximadamente el profesor estuvo moviéndose por esa zona, y probablemente durante más tiempo incluso.

—¿Y luego? —preguntó Farci.

—Luego se marchó. Antes de regresar a Cagliari, se detuvo en la zona de Barumini —explicó Rais.

—¿Queda de paso? —preguntó Eva.

—Ni de coña... Uy, perdón. Quería decir no, esta es exactamente la cuestión. Está a una hora de camino del monte Arci. Se detuvo entre Barumini y Gergei durante otra hora aproximadamente y luego apagó el móvil. Volvió a encenderlo a las seis de la mañana, y la triangulación nos indica que a esa hora ya estaba en Cagliari.

—Gergei está a unos diez minutos en coche de Serri —casi suspiró Farci.

Las tres mujeres intercambiaron una mirada de satisfacción: el rastro que conducía a Nonnis era cada vez más sólido.

—Diría que esto es bastante ambiguo respecto a lo que declaró a las inspectoras —comentó el ayudante jefe Gioele Aiello.

—¿Alguna idea sobre lo que podía estar haciendo el profesor en esa zona? —preguntó Adele Mazzotta.

—Bueno, no creo que estuviese recogiendo espárragos a esa hora de la noche —contestó Mara.

—¡Rais! —la reprendió Farci, lívido.

—Disculpadme.

Eva cruzó la mirada con Mara, que asintió, como dándole su aprobación.

—Según nuestra reconstrucción, basada en los elementos de que disponemos, creemos que la chica fue trasladada —dijo Croce, dirigiéndose a Mazzotta—. En un primer momento podría haber participado en los ritos en el monte Arci, donde es muy probable que sufriera las violaciones por parte de Melis y de sus adeptos, y luego fue trasladada a otro lugar donde permaneció un día o un día y medio aproximadamente, periodo en que se encontraba en estado vegetativo, según el informe de la autopsia.

—¿Así que Nonnis podría ser la persona que la llevó del monte Arci a la zona de Gergei? —intervino Mazzotta.

Las dos policías asintieron.

—¿Y vosotros qué opináis? —preguntó la magistrada a los dos hombres que habían colaborado en la investigación sobre la vida virtual del profesor.

—De las pruebas reunidas hasta ahora, magistrada, parece deducirse que participó de alguna manera en el asesinato. Es más, me atrevería a decir que se está convirtiendo en una sólida sospecha.

—Y va camino de convertirse en certeza —cortó Rais—. Ya que por el informe de los dos agentes que vigilaban a Nonnis, sabemos que ayer por la tarde el profesor llevó el coche a lavar. Una limpieza a fondo del interior, con «desinfección de asientos y moquetas», cito del informe.

—Esto no significa nada. Si hubiese sido el culpable, lo habría lavado ya la mañana siguiente —discrepó Paolo Ferrari.

—En circunstancias normales te daría la razón —continuó Mara—. Pero, siempre según los colegas, el coche del profesor «ya estaba perfectamente limpio antes de que lo llevase al túnel de lavado».

—Exceso de celo —comentó Eva—. Después de nuestra conversación con su mujer seguro que se escamó, se puso nervioso, y prefirió no correr riesgos, borrando cualquier rastro que se le hubiese escapado la primera vez. De ahí el segundo lavado.

—¿No estamos exagerando con las reconstrucciones fantasiosas? —protestó Farci, provocador.

—No, yo no diría eso —intervino la magistrada—. Me parece una reconstrucción fáctica que no carece de fundamento.

Una sonrisita socarrona se dibujó en los labios de Rais y Eva le dio «accidentalmente» una patada en la pantorrilla.

—También añadiría que ayer, gracias a la vigilancia digital, oímos discutir a la pareja —informó Aiello—. La mujer estaba muy preocupada, pero él la hizo callar de un modo bastante brusco y no se delató. En ese momento apagaron los móviles y no pudimos escuchar el resto. Pero la tensión estaba por las nubes, como entre dos personas que están ocultando algo.

—Interesante —comentó Mazzotta.

—¿Qué quiere hacer ahora, magistrada? —preguntó el comisario.

—Si Valerio Nonnis realmente ha tenido algo que ver con este crimen, ahora, por muy nervioso que pueda estar, tiene la seguridad de que Melis ha sido reconocido como el único ejecutor material. Y puesto que la muerte del gurú de la secta ya es de dominio público, creo que el profesor se siente bastante a salvo de nuestras sospechas.

Los otros asintieron.

—Yo sugeriría que jugáramos la partida del siguiente modo: aprovechemos bien esta ventaja psicológica. Si lo detuviéramos, Nonnis se cerraría en banda y reclamaría la presencia de un abogado. Convoquémosle más bien como persona informada de los hechos y grabemos la charla con la excusa de que no podemos perder el tiempo consignando cada una de sus palabras. Las inspectoras, que ya hablaron con él, pueden invitarlo a acompañarlas a la jefatura, sin ninguna obligación. Mientras lo interrogamos, quiero que registren la casa y el coche del profesor. Hablaré personalmente con la Científica, porque exijo un examen riguroso.

Farci escribió una nota en un papel y asintió.

—Cuando hayan traído aquí a Nonnis —continuó Mazzotta—, Aiello y Ferrari pueden traer también a la mujer del profesor e instalarla en otra sala. Es importante que el profesor no sepa que también estamos interrogando a su esposa, porque leyendo su informe me parece entender que se trata de una persona que presenta..., cómo diría, un alto potencial de colaboración, ¿es así?

Las dos policías asintieron.

—Sí, es débil. No aguantará ni cinco minutos conmigo —confirmó Rais.

—Bien. Yo observaré y escucharé, pero al principio no quiero intervenir. Háganlos hablar, y en cuanto caigan en contradicción desmóntenlos. En esta primera fase necesitamos otras pruebas que apoyen esta nueva versión de la historia. Con un poco de oficio y si juegan bien sus cartas, ellos mismos se las darán. ¿Le parece bien, comisario?

Farci asintió.

—¿Alguna pregunta?

Nadie respondió.

—Excelente. A trabajar, entonces —dijo la magistrada levantándose y poniendo fin a la reunión.

109

Estación del Cuerpo forestal, Orani

Cuando Bastianu Ladu vio que era su móvil personal el que vibraba, salió del despacho y se encerró en el baño. No respondió hasta haber abierto los grifos del lavabo. Muy pocas personas tenían ese número. Y tanto sus hermanos como sus primos sabían que solo debían llamarlo en circunstancias excepcionales.

«Seguramente han encontrado a Micheli», se dijo.

—¿Diga?

—Soy yo —dijo Nereu, uno de sus hermanos más jóvenes.

—¿Lo habéis encontrado? ¿Dónde estaba?

—No Bastia', no te llamo por tu hijo...

—Entonces ¿por qué? Ya sabes que no debes...

—Se trata de tía Gonaria.

—...

—Ha muerto, Bastia'.

Aquel hombre gigantesco se sintió de pronto como un niño. Indefenso e impotente. Tuvo que sentarse en la taza del váter para asimilar aquel golpe y no caer al suelo, presa de un entumecimiento físico casi total.

—¿Estás ahí?

—Sí, estoy aquí —dijo con un hilo de voz al cabo de unos segundos, mientras el corazón parecía estallarle en el pecho.

—No la toquéis y no os atreváis a moverla. Voy para allá.

Cortó la llamada y se secó los ojos bañados en lágrimas. La sensación de culpa por no haber estado a su lado en el momento de la muerte lo torturaba.

«Sé un hombre», se dijo mordiéndose el interior de las mejillas hasta hacerlas sangrar. «Te corresponde a ti mantener unida a la familia. Cueste lo que cueste».

Bastianu Ladu escupió la sangre en el lavabo y se lavó la cara. En pocos segundos su expresión recobró su dureza habitual.

Barrio de Genneruxi, Cagliari

—Sabes que si nos hemos equivocado estamos bien jodidas, ¿no? —dijo Rais, observando desde la ventanilla la casa de Nonnis. Apagó el motor pero no bajó del coche. Golpeaba el volante con las uñas pintadas de un rojo intenso semipermanente. Unos segundos más oyendo ese repiqueteo y Eva se las arrancaría de una en una.

—No nos hemos equivocado —replicó su compañera con frialdad.

—Al menos para esta ocasión ¿no podías haber elegido un atuendo un poco más de adulta y un poco menos de adolescente metalera?

—No empecemos con este cuento. Cuando te sientes insegura me atacas, ahora ya te conozco... ¿Estás lista?

—Aquí están las fuerzas de apoyo. ¿Y si los Nonnis se ponen difíciles y no quieren acompañarnos a la jefatura? —preguntó Rais.

—Hacemos lo que ha dicho Mazzotta: primero lo detenemos a él, a ella nos la llevamos con cualquier excusa y la acribillamos a preguntas. ¿Qué pasa? ¿Estás nerviosa, Rais?

—Un poco. Estoy pensando en Nieddu y en Deidda. Me siento responsable...

—No pienses en ellos. Piensa en Dolores y en lo que le hicieron.

Por un instante Mara cerró los ojos y su mente se inundó de imágenes del cadáver del pozo de Serri y de las fotografías del informe de la autopsia. Se identificó con la madre de aquella pobre chica, y pensó qué sentiría si su hija hubiera estado en el lugar de Dolores.

Cuando volvió a abrirlos, sus ojos eran dos esquirlas de hielo.

—De acuerdo. Por Dolores —dijo.

—Por Dolores —repitió Eva.

Las dos inspectoras bajaron del coche camuflado y cruzaron la calle. Estaban a punto de llamar al timbre de la casa de Nonnis cuando oyeron detrás de la puerta primero un llanto y luego un grito de mujer. Oyeron claramente a Rita Masia que gritaba: «¡Ya está bien, tienes que decirles la verdad!».

—Qué coño… —murmuró Mara, llevando la mano derecha a la culata de su Beretta.

Eva acercó la oreja a la puerta. Oyó el chasquido sordo de una bofetada y un ruido seco de cristales rotos.

—Vamos —dijo a su compañera.

Las dos empuñaron las armas e hicieron señas a los colegas apostados al otro lado de la calle para que se reunieran con ellas.

—Mierda —murmuró Eva, aterrorizada ante la idea de tener que recurrir de nuevo a la violencia.

111

Barrio de Genneruxi, Cagliari

Cuando, tras un minuto de gritos y maldiciones por parte de los policías, Valerio Nonnis abrió finalmente la puerta, se encontró con las bocas de cuatro pistolas apuntándole.

—¡Manos a la cabeza, retrocede dos pasos y arrodíllate! —gritó Mara.

El profesor, pillado por sorpresa, los miró estupefacto como si no pudiera entender la situación. En cuanto intentó balbucear unas palabras, los dos hombres se abalanzaron sobre él y lo tiraron al suelo. Lo esposaron sin contemplaciones, hincándole la rodilla sobre la columna vertebral y presionando el cañón de la Beretta contra el cuello.

Era imposible ignorar que la casa estaba patas arriba. Vieron a la mujer de Nonnis y Mara fue a socorrerla mientras Eva, pistola en mano, registraba la casa para comprobar que no hubiera nadie más.

—Nadie —dijo volviendo al salón—. ¿Cómo está?

Rais le enseñó el rostro tumefacto de Rita Masia. A juzgar por el moretón que se estaba ennegreciendo, Nonnis debía haberle dado un bofetón bastante violento.

—No ha pasado nada. No me ha hecho nada —seguía repitiendo la mujer, en evidente estado de shock.

—¿Dónde están sus hijos? —preguntó Eva.

—¿Señora? —insistió Rais, chasqueando los dedos delante de sus ojos—. ¿Dónde están sus hijos?

—En casa de mi madre.

—Levantadlo —ordenó Eva.

Croce vio a Mara dirigiéndose hacia el profesor con aire belicoso y la detuvo, agarrándola por un brazo.

—Tranquila. Tenemos que hacer un trabajo, recuérdalo —le susurró.

Rais resopló e «invitó» a Nonnis a sentarse en el sofá.

—No lo perdáis de vista —ordenó Mara a los dos agentes.

—Yo puedo explicar... no es como...

—¡Cállate! —gritó Rais.

Llevaron a Rita a la cocina y cerraron la puerta a sus espaldas. Eva abrió el congelador, cogió cubitos de hielo, los metió en la primera bolsa de plástico que encontró y se la dio a la mujer, que se la colocó sobre la herida, frunciendo el ceño a causa del dolor y del contacto gélido.

—¿Necesita una ambulancia? ¿Quiere que la vea un médico? —le preguntó Eva.

—No, no... Estoy bien... A Valerio soltadlo, no quiero presentar denuncia, no ha sido nada.

Las dos policías se intercambiaron una mirada cargada de significado. Utilizarían ese episodio de violencia doméstica para lograr que la mujer se derrumbara, y sin la más mínima vacilación. Pero antes de esto había otra cosa que las había alarmado y que querían aclarar: en la casa estaba todo patas arriba, como si hubiese sido registrada a fondo, pero ¿por quién? ¿Y por qué?

—De su marido nos ocuparemos luego: ¿ahora podría decirnos qué ha ocurrido aquí?

—¡Señora! —la abroncó Rais, harta de la afasia de la mujer.

—Yo... no... Un robo... Han intentado robar, pero...

Rita rompió a llorar.

Rais, en cambio, se echó a reír.

—Señora, ¿de quién se está cachondeando? Me está haciendo perder la paciencia, y, créame, ni usted ni su marido están en condiciones de permitírselo. ¿Qué ha pasado, joder?

Rais había elegido su papel en el interrogatorio. Por tanto, Eva se metió en el suyo.

—Rais, cálmate. Ven, hablemos un segundo —dijo agarrándola por un brazo y llevándola de vuelta al salón. Mandó a uno de los hombres a vigilar a la mujer.

—¿Se ha calmado? —preguntó Mara al profesor.

Valerio asintió.

—¿Nos quiere decir qué ha ocurrido en la casa, profesor? —preguntó Eva en un tono más amable que el de su compañera.

—Hemos sufrido un…

—No, no. Tal vez no nos hemos explicado bien —dijo Rais, flexionando las rodillas, con una sonrisita diabólica insinuándose en sus labios—. Ya está bien de gilipolleces, Nonnis. Habíamos venido a charlar y a pedirle que echase un vistazo a unas fotografías, pero hemos asistido a una agresión. Golpes, lesiones, violencia doméstica: en un momento añadimos dos o tres delitos, además del desacato a la autoridad, que es casi de oficio, ¿no? ¿Le gustaría pasar un semestre enseñando antropología en la cárcel de Uta?

En esa fase era importante seguir tratándole de usted: pasarían al tú en el momento más oportuno, cuando lo hubieran llevado al punto de ruptura. Al principio era más conveniente para el interrogatorio crearle la ilusión de que todavía estaba en una posición de igualdad frente a ellas.

—Profesor, usted nos mintió la última vez que nos vimos —dijo Croce, con cierto tono de decepción en la voz—. ¿Realmente quiere seguir burlándose de nosotras?

—Yo… No.

Ni siquiera tenía valor para mirarlas a la cara. Y ahora que podían verle sin bufanda reconocieron las marcas del cuello: arañazos. No había duda. Otro elemento que corroboraba su tesis, al que se sumaba la actitud violenta del hombre hacia su mujer. Nonnis tenía un problema de gestión de la ira, y teniendo en cuenta el estado del cadáver de Dolores, la persona que la había matado seguramente había perdido el control, presa de un feroz arrebato de cólera. Como le acababa de ocurrir al antropólogo.

—¿Y bien? —preguntó con brusquedad Rais.

Si a Mara le correspondía tratarlo con amenazas y dureza, Eva debía inspirarle confianza y franqueza.

—¿Por qué no hacemos una cosa, profesor? Ante todo vamos a quitarle esas esposas.

—¿Qué? ¿Estás loca? —se opuso Rais, perfectamente metida en su papel de poli mala.

Fue la propia Eva la que liberó las muñecas del hombre.

—¿Mejor así? —le preguntó, dándole una palmada en el hombro.

—Decididamente mejor —respondió el hombre.

—Bien. Volvamos a nuestro asunto. ¿Qué le parece si vamos a hablar a la oficina? ¿Nos explica así con calma lo que está pasando?

—Yo... Mi mujer. ¿Está bien? Me gustaría verla antes.

—¿Y eso, es que quiere terminar el trabajo? —le vaciló Mara.

—¡No, por Dios! No. Solo quiero asegurarme...

—Cómo no, cómo no —dijo Rais, yendo a buscar a Rita.

—¿Ha sido usted el que ha puesto la casa en este estado? —preguntó Eva.

—¿Qué? No, de ningún modo.

La policía asintió. La pareja estaba ocultando algo. O a alguien.

—¡Valerio!

Las dos inspectoras dejaron que marido y mujer se abrazaran como si la pelea de antes hubiese sido solo un paréntesis insignificante que ya habían dejado atrás.

—Su mujer se ha caído y se ha golpeado la cabeza. Preferimos no correr riesgos y llevarla a urgencias, por simple precaución —explicó Eva.

—¿Qué? Yo no... —protestó la mujer.

—¿Tiene algo que objetar? —preguntó Rais, dirigiéndose al hombre, casi desafiándolo con la mirada.

—Yo... No, por supuesto que no. Vamos, cariño. Es mejor que lo comprueben, nunca se sabe.

—¿Y tú?

—Estate tranquila. No te preocupes. Ve a que te miren y perdóname de nuevo.

—¿Vamos? Cuanto antes aclaremos esto, antes podrá volver con ella —mintió Croce.

Nonnis asintió.

—Chicos, ¿nos podéis llevar al profesor y a mí? —preguntó Croce.

—Por supuesto, inspectora.

Mientras salían, Eva guiñó un ojo a su compañera sin que la vieran.

—¿Qué tal si se pone una chaqueta o algo más grueso? —preguntó Rais a la mujer.

Rita Masia asintió y Mara la acompañó a coger un abrigo. Cuando regresaron, Gioele Aiello y Paolo Ferrari estaban entrando en la casa, con los distintivos bien visibles en el pecho.

—¿Quiénes…?

—Son nuestros colegas. Vigilarán la casa hasta su regreso —explicó Rais—. ¿Tiene algo que objetar a este respecto?

—No.

«Peor para ti», pensó Mara.

—¿Está todo claro? —preguntó la inspectora a los dos colegas, que asintieron. Esperarían la llegada de los técnicos de la Científica, pero esto Rita no tenía que saberlo.

—Perfecto. Yo acompaño a la señora al hospital. Nos vemos luego.

Rais abrió la puerta de su coche e hizo sentar a la mujer. Se sentó ella también, puso el motor en marcha y salió del barrio.

—Pero… ¿a qué hospital vamos? —preguntó Rita al cabo de diez minutos, cuando vio que Rais iba en dirección contraria al Brotzu, el centro más cercano.

—He cambiado de idea, señora. Si entramos en urgencias a esta hora, por un simple rasguño, no salimos hasta mañana por la mañana. En la oficina tenemos un montón de médicos que pueden echarle un vistazo en un santiamén —aseguró Mara con la sonrisa en los labios—. ¿O quiere ir al hospital de todos modos?

—Yo… No, de acuerdo.

—Estupendo —dijo Mara. Ya no pronunció palabra durante el resto del viaje; esto también formaba parte de su estrategia. Sabía que en aquel momento la mujer se estaba torturando con mil preguntas, cuyo único efecto era agravar su estado de ansiedad. Rais no podía desear nada mejor.

TERCERA PARTE

Terra mala

Rostros remotos reaparecen entre los que me rodean: personas desaparecidas de la tierra y de la memoria, personas disueltas en la nada, y que sin embargo se repiten sin saberlo en las generaciones, en una eternidad de la especie, de la que no se sabe si es el triunfo de la vida o el triunfo de la muerte.

SALVATORE SATTA,
El día del juicio

112

Oficinas de la Brigada Móvil,
jefatura de policía de Cagliari

Hicieron creer al profesor que aquella convocatoria era realmente para pedir su colaboración y lo dejaron casi una hora solo en una habitación mirando fotos de seguidores de la Nuraxia, en busca de rostros que le resultaran familiares. Al mismo tiempo, su mujer fue conducida a otra habitación donde un médico la visitó y le curó los hematomas de la cara; las dos inspectoras le habían pedido por favor que tranquilizara a la mujer, haciéndole creer que lo peor ya había pasado y que pronto volvería a casa con su marido. Estupideces. Aquella noche nadie se movería de allí.

Tras haber informado a Farci y a Mazzotta sobre los últimos sucesos, la magistrada había firmado una orden de registro y confiscación de posibles pruebas y cuerpos del delito válida también para el despacho del profesor: de modo que Aiello se había dirigido a la universidad con dos técnicos de la Científica, mientras Ferrari seguía registrando minuciosamente la casa con un equipo más numeroso, que también examinaba el coche de Nonnis.

El más fuerte de los dos, desde un punto de vista psicológico era él, de modo que Rais y Croce acordaron con Mazzotta una línea de interrogatorio «suave», que le hiciese bajar la guardia. La idea era mantenerlo tranquilo y ganar tiempo hasta que los colegas hubiesen encontrado —en casa, en el interior del coche o en el despacho— pruebas irrefutables que les permitieran proceder a una acusación oficial. Eva era la que había establecido una relación de más confianza con el sospechoso, de modo que sería ella la que lo interrogaría.

—Es importante que lo haga sola, para no darle la impresión de que está siendo investigado —dijo Mazzotta.

—No hay problema, magistrada.

—En cambio, usted ha de adoptar una estrategia diametralmente opuesta —sugirió la magistrada a Mara.

—Tengo que patearle el culo.

—Yo lo habría expresado de otra manera, pero sí, el concepto es este —respondió Adele Mazzotta sin lograr reprimir una sonrisa—. El comisario Farci y yo lo observaremos y escucharemos todo, a fin de poder intervenir en caso de necesidad. ¿Podemos empezar?

Las inspectoras asintieron y dio comienzo el baile.

113

*Sala de interrogatorios n.º 1 de la Brigada Móvil,
jefatura de policía de Cagliari*

—Aquí estamos —dijo Eva, entrando jadeante en la habitación. Debajo del brazo llevaba un grueso expediente; en las manos, una taza de café humeante y una botella de agua de dos litros con dos vasos de plástico.

—Tome, esto es para usted. He pensado que lo necesitaba —dijo tendiéndole la taza de plástico.

—Muchas gracias. Muy amable —replicó Nonnis.

—De nada. ¿Ha encontrado algo? —dijo quitándose la chaqueta de cuero y colgándola de la silla. Había pedido a Farci que subiera la temperatura de la sala unos cuantos grados cada media hora: un viejo truquito de policía.

El hombre había apartado una docena de fotografías con las correspondientes fichas informativas de los sujetos.

—Estos. La mayoría son personas con las que me he cruzado en congresos o presentaciones de libros. Actos vinculados a la arqueología o a la antropología sarda. Cuando en una conferencia se tocaba cualquier tema esotérico, estos individuos brotaban como setas —dijo con cierta repulsión en la voz.

—Excelente —comentó Eva, abriendo una libreta y anotando aparentemente algunos datos—. Mi colega me ha dicho que su mujer está bien, no ha tenido complicaciones a consecuencia de la «caída». Dentro de una hora estará de nuevo en casa.

Nonnis asintió. Su rostro delataba ansiedad e inquietud. Se notaba que tenía prisa por hacerle un montón de preguntas, pero fue lo suficientemente astuto como para mantener la boca cerrada.

Mientras le servía un generoso vaso de agua, Eva dijo que era necesario empezar con buen pie.

—Fuimos a verlo porque habíamos leído los informes de la investigación del inspector Barrali, en los que elogia su competencia en la materia. Nuestra intención era proponerle oficialmente una consulta sobre el aspecto, podríamos decir, *cultural* del asesinato de Dolores Murgia.

El hombre bebió un sorbo de café y asintió.

—No esperábamos encontrarnos con una pelea conyugal, si he de ser sincera.

Ninguna reacción.

—No tenemos mucho interés en denunciar el delito de violencia doméstica a la magistrada, a menos que su mujer quiera presentar cargos, pero me ha parecido entender que no lo hará. Mi colega y yo estamos tratando de cerrar este caso de asesinato, asegurando todas las pruebas contra Melis y, para ser sinceros, tenemos cierta prisa. Si pudiésemos evitar perder el tiempo rellenando un montón de papeles... Quiero decir: si usted, hipotéticamente, decidiera echarnos una mano, digamos que cabría la posibilidad de convencer a mis colegas de que su mujer simplemente se ha caído.

—De acuerdo.

—Espere. Si queremos proceder de esta manera, prefiero ser clara desde el principio: no más mentiras. Si siento que me está engañando, se acabó el trato, llamo a la magistrada y abrimos una causa por lesiones y violencia doméstica.

—No hace falta. Seré sincero con usted —aseguró el hombre.

—Muy bien. Otra cosa: como ve, estoy sola y en teoría debería levantar acta de nuestra conversación para poder adjuntarla al informe para la magistrada sobre el caso Melis. ¿Le importa si nos ahorramos este coñazo y grabamos la conversación, a fin de ganar tiempo y que ambos podamos volver a casa antes de cenar?

Eva estaba adoptando un tono de voz coloquial, en absoluto inquisitorio, y Nonnis no se sintió amenazado por sus palabras.

—De acuerdo. Por mí no hay problema —replicó.

—Por cuestiones de privacidad tengo que pedirle que firme este impreso en el que autoriza la grabación. Le comunico además que está aquí en calidad de persona informada de los hechos, puesto que conocía al presunto culpable del asesinato, Roberto Melis. ¿Me confirma que lo conocía personalmente?

—Sí.

—Si tuviésemos que pedirle que testificara ante un tribunal para ayudarnos a valorar la pista ritual del asesinato y los vínculos entre esos ritos y la Nuraxia, ¿aceptaría?

—Por supuesto.

—Estupendo. Puede pedir la asistencia de un abogado, si esto le hace sentir más tranquilo.

El hombre era lo bastante astuto como para comprender que la solicitud de un abogado revelaría cierta reticencia a hablar con ella; reticencia que la policía podría interpretar negativamente como una especie de admisión de culpa.

—No, no necesito un abogado.

Las videocámaras y los micrófonos ya estaban en funcionamiento, pero Nonnis no sabía que lo estaban grabando desde que había puesto el pie en aquella habitación, hacía más de una hora.

Eva puso en marcha la grabadora, se identificó, recitó la hora y el lugar de la entrevista, invitó al profesor a identificarse y le preguntó de nuevo si quería solicitar la asistencia de un abogado de su confianza o acogerse a la justicia gratuita. Nonnis respondió que no y firmó el documento en el que rechazaba la asistencia legal.

En su interior Eva estaba exultante: el muy idiota acababa de pegarse un tiro en el pie.

—Se me olvidaba —empezó a decir la inspectora—. Antes ha dicho que usted y su mujer habían sufrido un allanamiento de morada. ¿Tiene intención de denunciarlo?

—¿Serviría de algo?

—¿Sinceramente? A menos que usted sepa quién ha sido o sospeche fundamentalmente de alguien, diría que no.

Se acordó que sería Rais la que se encargaría de descubrir —a través de Rita Masia— qué había ocurrido en la casa; se habían repartido los temas que se debían abordar con los respectivos sospechosos, con una pausa de una hora aproximadamente para intercambiar las informaciones obtenidas en los interrogatorios.

—Entonces no. O por lo menos deme tiempo para hablarlo de nuevo con mi mujer y luego veremos qué hacer.

—Claro, claro. Una última cosa y después podemos empezar.

¿Me confirma que no ha tenido contactos con la prensa sobre el caso de Dolores Murgia?

—Ninguno en absoluto.

—¿No ha aparecido nadie?

—No.

—Excelente —dijo Eva, aparentemente aliviada—. Entre nosotros, los medios nos están acosando y queremos cerrar este caso cuanto antes.

Manifestar un cierto sentimiento de complicidad, llevar al sospechoso al propio bando, hacer que se sienta parte del equipo de los «buenos»: Croce sabía cómo manejar un interrogatorio.

—Hábleme otra vez de Roberto Melis. Cuándo lo vio por primera vez, etcétera.

Lo dejó hablar durante cuarenta minutos sin interrumpirlo ni una sola vez, ni siquiera cuando se desviaba hacia cuestiones que nada tenían que ver con el caso y con el propio Melis; se mostró interesada, dándole la impresión de estar totalmente a su merced. En cuanto percibió que el profesor había bajado del todo la guardia y había terminado su café doble, bebiendo entre tanto al menos un litro de agua, ya que la inspectora se había encargado de ir llenando sistemáticamente el vaso, sacó una serie de fotos del expediente y se las mostró.

En ellas aparecía el cuerpo desnudo del hombre que Rais había encontrado ahorcado en Serramanna, pero sin la máscara.

—Este es Ivan Curreli... ¿Lo conoce?

Aquel brusco retorno a la realidad desorientó al antropólogo, que palideció.

Pero Croce no había hecho más que empezar.

No le dio tiempo a responder y ya le apremió con otra pregunta:

—Dígame, ¿su mujer sabe que usted mantuvo una relación de casi un año y medio con Dolores Murgia?

114

Sala de interrogatorios n.º 2 de la Brigada Móvil,
jefatura de policía de Cagliari

Mara había utilizado el mismo truquito que su colega y había hecho firmar a la mujer una autorización en la que daba su consentimiento a la grabación del interrogatorio y renunciaba a la presencia de un abogado. A diferencia de Eva, no obstante, no había embaucado a su testigo, sino que la había amenazado diciendo que si no colaboraba encerraría a su marido por agresión.

Tras las habituales preguntas preliminares para ir cogiendo ritmo, Mara lanzó la primera bomba.

—Su marido declaró que había pasado la noche del 31 de octubre al 1 de noviembre en casa, con usted y los niños. ¿Lo confirma? —preguntó como por descuido, como si se tratase de un hecho cierto y solo necesitara dejar constancia por escrito.

—Sí.

—¿Se acostaron al mismo tiempo y pasó toda la noche en casa? —continuó.

—Exacto —respondió Rita Masia, cayendo en la trampa de la inspectora. Durante los primeros ataques verbales de la policía la mujer se había estado mordiendo una cutícula hasta hacerse sangre. Ahora se estaba chupando el dedo como si fuera una niña.

Rais pensó que probablemente incluso su hija de ocho años habría sido capaz de romper sus defensas.

—Excelente, así que estaban juntos.

Mara sonrió y negó con la cabeza.

—¿Me puede explicar entonces cómo esa noche las triangulaciones de la señal del móvil de su marido lo sitúan en la zona del monte Arci primero y en el área de Gergei unas horas más tarde? —le preguntó, cáustica, mostrándole el informe de la Unidad de delitos informáticos.

Rita palideció y balbuceó unas palabras ininteligibles.

Rais le enseñó otra fotografía sin dejar de presionarla:

—¿Este coche es el suyo?

La imagen parecía tomada desde un paso elevado.

A Rita no le quedó más remedio que asentir.

—La testigo ha respondido afirmativamente a mi pregunta —recitó la inspectora ante la grabadora.

—Bien, es extraño que su marido estuviese con usted aquella noche, señora, porque esta foto fue tomada por la policía de tráfico hacia las 23.30, en la 131. Su marido tenía bastante prisa... ¿Qué me dice de esto? ¿Tiene el don de la ubicuidad?

A diferencia de la declaración de Nonnis, totalmente inventada por la policía, la foto de Tráfico era real: Farci se la había entregado poco antes de entrar en la sala.

La mujer estaba completamente aterrorizada. En contra de lo que pudiera parecer, Mara sentía empatía y compasión hacia ella. Rita había sido traicionada varias veces por su marido, y para proteger la seguridad de la familia ahora estaba intentando defenderlo, aunque con ello empeoraba su propia posición. Como mujer y como madre sentía que estaba de su parte y habría querido apagar la grabadora para sugerirle que no volviera a abrir la boca y reclamara la intervención de un buen penalista; pero como policía —por mucho que le pesara moralmente— debía llegar hasta el final, a costa de pisotear su dignidad. Se lo debía a Nieddu y a Deidda. Pero, sobre todo, a Dolores.

—¿Su marido le había pegado antes? —preguntó, suavizando el tono.

—No.

Las lágrimas le impidieron leer en sus ojos si le estaba mintiendo.

Mara le sirvió un vaso de agua y le dio un pañuelo.

—Respire hondo.

La mujer, sorprendida por aquel repentino cambio de actitud, obedeció. Este gesto también estaba calculado: un buen interrogatorio se componía de un noventa por ciento de psicología y el diez por ciento restante de una mezcla de lógica e intuición investigadora. No se dejaba nada al azar. Ni siquiera una mirada.

Rais iba a atacar de nuevo cuando alguien golpeó violentamente la puerta.

Rita se sobresaltó y se llevó una mano al corazón.

—Espéreme un segundo. Enseguida vuelvo —dijo Mara en tono amable.

Salió y se encontró delante a Farci y Mazzotta.

—¿Qué ocurre? Soy buena pero no *tan* buena. Necesito un poco más de...

Por toda respuesta el comisario jefe le enseñó una fotografía de su móvil.

—La acaba de mandar Ferrari. La han encontrado registrando la casa.

Era una nota escrita a mano: «Danos el vídeo o vamos a por tus hijos».

A Rais se le puso la piel de gallina.

—Es plausible que la hayan dejado los que han puesto la casa patas arriba, ¿no? —dijo la magistrada.

Mara asintió.

—Así que estaban buscando algo. Este «vídeo».

—Sí —dijo Farci—. Pero la cosa no acaba aquí. Al examinar el coche el equipo forense ha encontrado rastros de sangre. Salpicaduras de impacto medio, así que...

—La golpearon en el coche —se anticipó Rais.

—Si la sangre es de Dolores, sí. Es pronto todavía para decirlo —intervino Mazzotta—. Esto explica todo el interés de Nonnis en el vano intento de lavar el coche.

—¿Puedes mandarme la foto de la nota? —preguntó Mara a su superior.

—Claro. Te la estoy enviando.

—Necesitamos saber cuánto sabe la mujer sobre este vídeo y si el marido está siendo chantajeado. Podría ser este el vínculo con Melis —dijo la magistrada—. ¿Se siente capaz de continuar o quiere un cambio?

—¿Cómo le va a Croce?

—Estupendamente —respondió Farci—. Esta muchacha es

muy buena. A ti, en cambio, te veo algo ansiosa. ¿Quieres que continúe yo?

—Ni hablar. ¿Podéis pasarme algunas fotos de los restos de sangre en el coche?

—Dame unos minutos.

—Vale. Esta vez que me las traiga alguien de uniforme, ¿de acuerdo?

—Sí.

Mara envió un mensaje a su madre diciéndole que aquella noche era mejor que Sara durmiera en su casa y regresó a la sala de interrogatorios más decidida aún.

—Disculpe. Un aviso de servicio —le dijo a la mujer, que respondió a su sonrisa cordial—. Mire, señora, permítame hacerle una pregunta que seguramente le parecerá extraña.

—Adelante.

—¿Quiere usted a sus hijos?

—¿Qué? Por supuesto que sí, qué clase de…

Mara le enseñó la fotografía de la nota con la amenaza:

—Pues entonces será mejor que me hable de esto.

115

*Sala de interrogatorios n.º 1 de la Brigada Móvil,
jefatura de policía de Cagliari*

—Sigo esperando una respuesta —dijo Croce, sin apartar los ojos de los del profesor—. ¿Su mujer está al corriente de su relación?

—No, no lo sabe —admitió Valerio.

—¿Y de las otras alumnas con las que ha estado a lo largo de estos años?

—Yo no...

—No nos engañemos, profesor. Las noticias vuelan. También hemos hablado con el rector, y nos ha informado de que esas aventuras suyas son las que han truncado su carrera y que a partir del próximo semestre dejará de dar clases en la Universidad de Cagliari. ¿Tampoco le ha dicho esto a su mujer? Creo que ella no trabaja, ¿verdad? ¿Cómo se las arreglarán para mantener a dos hijos pequeños?

Nonnis se puso morado y sus ojos se inyectaron en sangre.

Eva había subido a propósito la temperatura del interrogatorio para probar la gestión de la ira del sospechoso. Al observar que su rostro se deformaba como el papel de un caramelo ante una llama, tuvo la seguridad de que había sido él quien había golpeado a Dolores. Esto le devolvió una sensación de malestar casi epidérmica, pero al mismo tiempo le provocó una descarga de adrenalina propia de la caza: había atrapado a su presa.

Tal vez para no explotar y conseguir unos segundos de tregua, el profesor se sirvió un vaso de agua y se lo bebió lentamente.

Eva aprovechó para mirar los mensajes que Farci le había enviado unos minutos antes. Pese a la sorpresa producida por esos nuevos hallazgos, tuvo buen cuidado de no traicionarse y conservó una expresión imperturbable.

—Me había dicho que el objeto de esta entrevista era…

—Lo siento, pero usted ha seguido mintiéndome —le interrumpió con brusquedad—. ¿Qué relación de confianza podemos establecer si me oculta un hecho tan importante como una relación sentimental con la víctima del asesinato para el que le estoy pidiendo su colaboración?

Nonnis, desconcertado todavía por el repentino cambio de ritmo y de tono impreso por la policía, no supo qué responder.

—Y, perdóneme, pero no es este el único punto problemático.

—¿Qué más hay? —preguntó contrariado.

—¿Puede volver a explicarme cómo se desolló las manos?

—Bueno, creo que llegados a este punto…

—Vuelva a sentarse, profesor, de lo contrario tendré que pedir a mi compañera que traiga aquí a su mujer y la interrogaré, informándola del hecho consumado de que usted tuvo una relación con Dolores Murgia, y no solo eso, sino que además está a punto de perder el trabajo, y que procederemos de oficio a acusarlo del delito de lesiones y violencia doméstica, lo que supondrá la retirada de la patria potestad. ¿Sabe lo que dirán los asistentes sociales cuando les digamos que su mujer no ha querido denunciarlo?

Nonnis parecía estar conteniendo la respiración.

—Les bastarán tres segundos para concluir que su familia es disfuncional y que su mujer es incapaz de cuidar a los niños, de modo que también le quitarán la patria potestad. ¿Es esto lo que quiere? ¿Que sus hijos sean separados e internados en una institución?

Las manos del profesor empezaron a temblar.

—Si usted vuelve a levantarse de la silla, dígame ¿cómo voy a poder defenderlo de las acusaciones de mi colega, que está absolutamente convencida de su culpabilidad? —presionó aún más Eva.

—¿Culpabilidad?

—Muy bien, si quiere que juguemos… ¿Tiene una coartada para las noches del 30 de octubre al 2 de noviembre?

El hombre exhibió una sonrisa tranquilizadora.

—Por supuesto, estaba en casa con mi mujer y mis hijos, como todas las noches.

—Ah, ¿sí? ¿Y entonces este quién es? ¿Su hermano gemelo? —dijo Eva mostrándole la fotografía tomada por la policía de tráfico en la 131.

Nonnis palideció. Esta vez se guardó muy mucho de abrir la boca.

—Si yo interrogo a su mujer y ella confirma su coartada la acuso en dos segundos, no bromeo. Su teléfono móvil lo sitúa en la zona del monte Arci y unas horas más tarde cerca de Gergei, a diez minutos de Serri. ¿Le resulta familiar ese pueblo?

Valerio no pudo controlarse y parpadeó varias veces.

—¿Qué hacía allí, a aquella hora de la noche?

—...

—¿Y no le parece, podríamos decir, *extraño* que precisamente usted nos diera el soplo de dónde encontrar a Melis, en el monte Arci? Ese mismo Melis al que usted dijo detestar, palabras textuales.

—...

—Y además, discúlpeme, pero ¿se ha mirado en el espejo? ¿Sabe cómo se llaman en criminología esas heridas que tiene en el cuello? Arañazos defensivos, típicos de una mujer que intenta escapar de una violación. Y da la casualidad de que Dolores fue violada. Varias veces. Dígame otra vez cómo se hizo esos arañazos, por favor.

—...

Como un púgil que consigue arrinconar al adversario en una esquina, Eva no redujo la frecuencia ni la intensidad de los golpes, sino que lo golpeó con más fuerza aún.

—Interrogada sobre la cuestión, su mujer declaró que usted se había lastimado las manos reparando el coche, y en cambio usted mismo nos dijo que había sido un accidente durante una excavación arqueológica. ¿A quién debemos creer? ¿Hay alguien que pueda testificar a su favor? Soy toda oídos, dígame quién estaba con usted durante la excavación y mando a alguien para que le tome declaración. Adelante.

—...

—Tengo el testimonio de otros tres oficiales de la Policía Judicial, además del mío propio, de que usted golpeó a su mujer, lo que demuestra un temperamento violento. Mire en qué estado quedó Dolores.

Le enseñó algunas fotografías del rostro tumefacto del cadáver. Nonnis apenas podía mirarlas, como si le costase un esfuerzo enorme.

—Vamos, mírelas bien… A mí me parece que quienquiera que la golpeara así tiene serios problemas de gestión de la ira, ¿no cree?

—Pero Melis fue…

—Demasiado fácil echarle la culpa a un muerto. Y me permito decirle que hay al menos diez personas que juran que Melis no se movió del campamento de los neonurágicos hasta la noche de nuestra redada. ¿Cuántas personas tiene usted que puedan testificar que no tiene nada que ver con los hechos?

Ojos brillantes. Pupilas dilatadas. Frente perlada de sudor. Hiperventilación. Temblor de manos. Varios tics nerviosos… El profesor estaba a punto de derrumbarse.

—Me gustaría que me ayudara a entender, porque mire, precisamente gracias a su colaboración con nuestro colega, Moreno Barrali, usted tuvo conocimiento de detalles sobre los asesinatos del 75 y del 86 desconocidos para la mayoría, que nunca se publicaron en la prensa. Por tanto, puede decirse que es usted un experto en esos delitos, como atestiguan los informes que elaboró para Moreno. Por consiguiente, ¿quién más que usted podría escenificar un asesinato ritual exactamente igual a los ocurridos treinta y cuarenta años atrás, cargándole el muerto al chivo expiatorio perfecto, su gran rival Roberto Melis?

—Creo que en este momento realmente es mejor que…

—¿Ya se está derrumbando? ¿Al cabo de una hora y media? Yo sé qué quiere hacer, a *quién* quiere llamar… Pero como ya le he dicho, si usted abandona, si se niega a hablar conmigo, voy a buscar a su mujer, ¿y cuánto cree que tardaré en hacerla confesar?

—No, por favor, ella no tiene nada que ver…

—No me parece una persona especialmente resistente, al contrario. Es el típico testigo manejable, al que si lo haces bien puedes conseguir que confiese cualquier cosa. ¿Cree que cuando oiga y vea algunas pruebas que atestiguan su relación con Dolores seguirá defendiéndolo? Le voy a plantear toda una serie de delitos, entre los que figuran encubrimiento, complicidad moral en asesinato y simulación de delito, solo para empezar. ¿Quiere obligarme a hacerlo?

—…

—No, usted no necesita a nadie, créame. Vamos a encontrar una solución juntos, ¿de acuerdo? Quédese conmigo y seré especialmente considerada. Pruebe a darme la espalda y…

Del expediente sacó unas fotografías tomadas por sus colegas, que lo situaban en el túnel de lavado.

—¿Qué me dice de esto, por ejemplo?

—¿Acaso ahora también es un delito lavar el propio coche?

—¿Confirma que es usted?

—Sí.

—¿Y confirma que es el mismo coche que inmortalizaron las cámaras de Tráfico?

Pregunta más para un abogado penalista que para un antropólogo. Nonnis no tenía ni idea de cuál era la mejor respuesta, así que guardó silencio. En aquellas circunstancias, cualquier silencio suyo equivalía a un asentimiento.

Eva buscó en su teléfono y le enseñó las fotografías tomadas por la Científica del interior de su coche, que le había enviado Farci.

—Eso que ve son manchas de sangre. Se esforzó mucho por limpiarlas, pero debería haberse esforzado más, ¿no cree?

—…

—Hagamos una apuesta: ¿cuántas probabilidades cree que hay de que esa sangre pertenezca a Dolores?

—…

—¿Quiere que hablemos del móvil? Móvil pasional, el que más les gusta a los jueces y a los jurados, y que sumado al estrés por la pérdida del puesto en la universidad y a sus evidentes problemas de control de la ira…

—…

—¿No quiere hablar de ello? Muy bien, hablaré yo. Con esta cantidad de pruebas, ¿cuánto cree que tardaría un juez en pedir al tribunal una orden de detención para usted? Ya se lo digo yo: cero segundos. ¿Y de verdad cree que el juez que tiene delante a un perjuro, a alguien que se folla a las jovencitas y pega a su mujer se mostraría blando? Yo creo que no. Al contrario.

En la sala se hizo un silencio enervante, en el que parecía hundirse el profesor.

—¿Y bien? —preguntó Eva al cabo de un minuto y medio.

—¿Y bien qué? —murmuró él, anonadado.

—¿Quiere que vaya a llamar a su abogado?

El hombre se secó los ojos y la frente con el dorso de la mano y se sorbió los mocos. En su lado de la mesa brillaban las gotas de sudor que le habían resbalado de la cara.

—No —murmuró al cabo de unos segundos.

116

Oficinas de la Brigada Móvil,
jefatura de policía de Cagliari

—Joder, qué buena es —comentó Farci observando el interrogatorio en la pantalla.

—Es cierto —convino la magistrada, impresionada—. Le ha puesto contra las cuerdas y él no ha tenido ni siquiera fuerzas para negarlo.

—Sí, no está mal —dijo Rais, cruzando los brazos en un gesto irritado.

El comisario y la magistrada le lanzaron una mirada irónica.

—¿No está mal? —repitió Farci—. Es una puta crack, Mara.

—Ahora no exageremos.

Mara no había tenido suerte con la mujer de Nonnis: Cuando le enseñó la foto de la nota y le dijo que el equipo forense la había encontrado en su casa, Rita rompió a llorar histéricamente y la policía no consiguió calmarla. Ante aquella reacción neurótica, Mara se había enfurecido por su propia estupidez, había dado por supuesto que la mujer estaba enterada de aquella amenaza, pero era evidente que se equivocaba; el marido la había mantenido al margen. De modo que le dijo que se tomarían un descanso y la dejó sola para ir a seguir el interrogatorio de su compañera.

—Está ocultando algo —les dijo Rais a los dos investigadores—. Croce le ha presentado claramente un escenario de homicidio voluntario, agravado con premeditación y el componente de agresión sexual, y no ha pestañeado. Hay algo que le da más miedo que la cadena perpetua, y no creo que sea su mujer.

Farci y Adele no dijeron ni una palabra. Sabían que Mara tenía razón.

—¿Quieres ir a echarle una mano? —propuso Farci.

—No, no serviría de nada. Este no hablará.

La magistrada iba a replicar cuando un colega de Homicidios llamó la atención del comisario.

—Ahora no —le cortó Farci, y volvió a fijarse en el monitor.

—Es importante, comisario. Se trata de Ilaria.

Los tres rodearon, temerosos, al colega: estaban pendientes de sus palabras.

—¿Vas a hablar o no? —le instó Mara.

—Ilaria... No lo ha conseguido. Ha muerto hace unos minutos.

Rais vio que Farci hacía un gesto de dolor como si le hubiesen disparado en pleno pecho. Se llevó la mano al corazón y se encorvó tanto que su compañera tuvo que sostenerlo.

Lo ayudaron a sentarse y alguien llamó a urgencias.

—No, ambulancias no. Estoy bien, estoy bien... Ha sido solo un momento de...

Sus ojos se llenaron de lágrimas.

Mara tuvo que volverse, porque al mirarlo ella misma se estaba emocionando.

A la inspectora la asaltaron de nuevo las imágenes de los ojos muy abiertos de Ilaria mientras le taponaba las heridas y sentía su sangre caliente que le empapaba la blusa. Ahogó los sollozos y se sentó, completamente mareada, mientras la trágica noticia se extendía como un virus entre los policías de la jefatura.

117

Sala de interrogatorios n.º 1 de la Brigada Móvil,
jefatura de policía de Cagliari

Había sido la negativa a aceptar la asistencia de un abogado la nota discordante que alarmó a Croce. Aunque no le había planteado una salida —posibilidad que no debe faltar nunca en un interrogatorio de ese tipo, y que Eva se disponía a presentarle—, Valerio Nonnis había manifestado su deseo de continuar solo, consciente de los riesgos que esto comportaría.

«¿Por qué?», se preguntó la inspectora.

Solo se le ocurría una respuesta bastante plausible: «Porque hay algo que le da más miedo aún que la cárcel. O más bien, *alguien*».

Consciente de que no debía perder la iniciativa, Eva se dispuso a jugar la carta de la nota amenazadora.

—¿Qué me dice de esto? —preguntó, enseñándole la foto del móvil.

—No tengo nada que decir.

—Alguien ha entrado en su casa, la ha revuelto completamente buscando ese vídeo fantasma, ha amenazado a sus hijos, ¿y usted no tiene nada que decir? ¿Qué clase de padre es?

—...

—¿Su mujer ha visto esta nota?

Por el destello de angustia que iluminó su rostro, Eva tuvo la seguridad de que el hombre había conseguido ocultarle a su mujer aquel mensaje.

—Mire, profesor, me gustaría que le quedara clara una cosa. Otro investigador, en mi lugar, se habría levantado hace ya rato y habría vuelto con un magistrado para detenerlo y enviarlo a la cárcel. Según mi experiencia, las pruebas en su contra son irrefutables, mientras que las de su defensa son nulas. Pero mi principal interés, en este momento, es impedir que otros inocentes paguen por culpas ajenas. Me refiero concretamente a su mujer y a sus hijos. Esa nota lo dice con claridad: están amenazando a sus hijos. Tiene que decirme quién. Podemos protegerlos.

—No sabe cuánto me gustaría creerla —dijo Nonnis, acompañando esas palabras con una sonrisa melancólica.

—¿En qué sentido? —preguntó Eva desconcertada.

—No fueron capaces de proteger a Melis ni siquiera en la cárcel. Y lo mismo digo del que fue su mano derecha. ¿O es que usted cree que realmente se suicidaron?

Esta vez fue Eva la que no dijo palabra. Titubeó unos segundos y luego continuó:

—¿Quién hay detrás de esta historia?

El antropólogo negó con la cabeza.

—Realmente es usted una ingenua. Cree que tiene la situación controlada, pero en realidad no tiene ni la más mínima idea de lo que está sucediendo.

—Dígamelo usted, entonces.

—¿Para acabar como Melis? No, gracias.

La mente de Eva estaba trabajando a velocidad vertiginosa para encontrar una brecha en la armadura psicológica del hombre.

«La respuesta es Dolores: vuelve a ella», se dijo.

—Mire, volvamos al principio, porque hay otra cosa que no me encaja... Usted y Dolores mantenían una relación íntima desde hacía más de un año. Sin embargo, apenas hay registros de contactos telefónicos entre ustedes, algo realmente extraño, por lo que deduzco que usted y la chica utilizaban móviles de prepago para comunicarse.

Casi percibió el crujido de la grieta que se había abierto en su defensa. Había dado en el clavo.

—Usted ya tenía experiencia en traiciones y sabía qué hacer para no dejar huellas. Si la sangre de su coche resulta ser de Dolores, usted se convertiría en el acto, tal como están las cosas en este momento, en la última persona que vio a la chica con vida.

—Qué tiene que ver esto con los...

—Sí tiene que ver, sí, porque en tal caso habría tenido tiempo de sobra para deshacerse de los teléfonos.

—...

—Sin embargo, tal vez se le escapa algo. Es cierto, lo admito, que por ahora no conocemos los números de teléfono de los dos aparatos. Pero, pero… Por lo que me han dicho los colegas del lugar, Gergei no es una gran ciudad. ¿Cuántas personas habrá?, ¿mil?

—¿Adónde quiere llegar?

—Usted estaba fuera de la ciudad, nos lo indica su teléfono personal. Y a aquella hora de la noche, en pleno campo, ¿cuántos móviles podían estar activos en aquel lugar?

—…

—¿Sabe lo que están haciendo los especialistas en comunicaciones en este momento? Están controlando todas las señales emitidas durante ese tiempo en la zona donde se rastreó su teléfono móvil.

Nonnis no pudo disimular su sorpresa.

—En cuestión de horas, o tal vez de minutos, tendremos los números de sus móviles ocultos, porque los habrán captado los mismos repetidores que detectaron el suyo. Entonces ya no lo necesitaré para descubrir la verdad, ¿entiende? Rastrearemos el historial de todos sus mensajes, de sus llamadas, las posiciones, etcétera. Le estoy ofreciendo una última oportunidad. Si tiene una pizca de sentido común, colabore… ¿Qué estaba haciendo allí arriba?

—Hay una cosa que usted no entiende, inspectora: ni usted ni sus colegas pueden protegerme —dijo el hombre en tono neutro, casi resignado—. Es como si ya estuviera muerto.

Lo dijo con tal naturalidad que a Eva se le puso la piel de gallina.

Luego Nonnis estalló en una risa histérica incontrolable.

118

Territorios de los Ladu, Alta Barbagia

El cadáver había sido lavado, vestido y colocado sobre un ta-
blón de madera junto a la chimenea apagada, extendido sobre una mesa utilizada como catafalco, y cubierto con una sábana
nívea. Las *attitadoras*, las plañideras, estaban reunidas junto al
cadáver de Gonaria, por orden de ancianidad, oscuras e inmóviles
como cuervos. La improvisada cámara mortuoria tan solo estaba
iluminada por una decena de velas. El silencio era total.

Cuando Bastianu entró en la casucha a las afueras del pueblo,
las mujeres rompieron el círculo para que pudiera acercarse. Con
delicadeza casi sacral el hombre levantó la sábana descubriendo
el rostro de su tía. Se maravilló de ver cómo la muerte había es-
tirado su piel, haciéndola parecer más joven de lo que en realidad era.

Bastianu le regaló la última caricia que no había podido ofre-
cerle antes de que muriera. Luego se inclinó y besó a su tía en los
labios, reprimiendo los sollozos.

En una situación normal, las *attitadoras* habrían gritado, se
habrían tirado del cabello y rasgado las vestiduras; cuando era un
niño y un muchacho, Bastianu había asistido a muchos velatorios
en su familia, y la característica común era una violenta exhibi-
ción de dolor, en forma de gritos y llantos, por parte de las ancianas, que en algunos casos se tiraban al suelo, como presas de
convulsiones. Pero aquella noche las mujeres permanecieron en
silencio y rígidas, como les había ordenado. La muerte de Gonaria
la celebrarían en otro momento.

Bastianu indicó con un gesto a sus primos que se llevaran el
cadáver y tomó la pala que le ofrecía Boele, uno de sus hermanos,

con la que cavaría personalmente la fosa. Luego se dirigió a la cabeza del cortejo, seguido de las mujeres.

De pronto Boele se puso a su lado y le murmuró al oído: «Bastia', sé que no es el momento, pero Nereu ha llamado diciendo que ha encontrado a tu hijo y a la muchacha».

El cabeza de familia asintió, se secó los ojos húmedos y respondió: «Dile que los lleve a casa, a los dos, lo antes posible. Por las buenas o por las malas. Y no se lo digas a nadie, ¿entendido?».

Su hermano asintió y abandonó la procesión, dirigiéndose a paso rápido hacia el poblado de los Ladu. Mientras caminaba, Boele se dio cuenta de que nunca antes había visto llorar a Bastianu, y esta revelación lo perturbó profundamente.

119

Sala de interrogatorios n.º 2 de la Brigada Móvil,
jefatura de policía de Cagliari

Mara interrumpió la reproducción del vídeo en el ordenador portátil y bajó la pantalla. Se quedó mirando a Rita Masia y cruzó las piernas, en una actitud completamente fría. La idea se le había ocurrido poco antes: le había preguntado a uno de los agentes que se ocupaban de grabar las conversaciones y los interrogatorios si podía proporcionarle un extracto de la conversación entre Croce y Nonnis; el colega le respondió que no había ningún problema, y le había pasado la filmación a un portátil. Esta maniobra tuvo el efecto esperado, a juzgar por el aspecto anonadado de la mujer.

—Esta es la situación en que se encuentra su marido —dijo tras unos segundos la policía, en tono aséptico, sin ensañarse. Los silencios del antropólogo y las acusaciones de Eva ya se habían encargado de noquearla—. No esperaba que hubiese llegado tan lejos, ¿verdad?

La mujer negó lentamente con la cabeza. No había derramado ni una sola lágrima durante el visionado. Su dolor iba mucho más allá del llanto.

—Mi colega ha sido muy clara con Valerio, por tanto, yo seré muy sincera con usted. Su marido está implicado en el asesinato de Dolores Murgia.

La mujer ahogó un grito, tapándose la boca.

—Si se atreve a ponerse a llorar de nuevo la planto y me voy, llamo a la magistrada y hago que la encierren por ser cómplice moral de asesinato y encubrimiento —rugió Rais—. ¿Sabe lo que eso significa? Que cuando salga de la cárcel sus hijos ya estarán acabando el bachillerato.

Le dejó unos segundos para digerir la amenaza.

—¿Es esto lo que quiere? ¿Acabar en la cárcel por encubrir a un hombre que la ha traicionado y que ha puesto en peligro la vida de sus hijos?

Rita negó enérgicamente con la cabeza.

—Oiga, que la boca la tiene para hablar: acabe ya con ese juego del mimo. ¿Puede decirme algo sobre este vídeo, sí o no?

—No, no sé nada.

—¿Hay algo que sí sepa? Si no me ofrece nada, no sé qué haré con usted. Si no me da ninguna información, no podré convencer a la magistrada para que haga la vista gorda.

—Aquella noche salió hacia las once. No me dijo adónde iba. Volvió por la mañana, parecía conmocionado. Tenía las manos sucias de sangre, como si hubiese golpeado a alguien.

Mara lanzó una mirada cómplice hacia la microcámara oculta y luego volvió a mirar a la mujer. No la presionó. A efectos procesales siempre es mejor no interrumpir una declaración espontánea, para evitar que la defensa pueda aducir manipulación del testigo.

—No quiso decirme qué le había sucedido ni dónde estaba... Me pidió que tuviera paciencia, que tenía una solución para ganar algo de dinero con el que podríamos arreglarlo todo. No debía hacerle preguntas, sino encubrirlo, en caso de que alguien fuera a preguntar por sus movimientos.

«Dinero, sexo, sangre: la Santísima Trinidad del delito», pensó Mara. Siguió escuchando sin interrumpir.

—Me repitió hasta la náusea: «Tienes que comportarte con naturalidad, no llamar la atención de ninguna manera...». Yo no entendía lo que pasaba. Supuse que se había metido en algún lío, pero nunca hubiera pensado en algo así —dijo señalando el ordenador—. Cualquier cosa menos esto.

Rais le dejó unos segundos más, pero cuando vio que no continuaba, le hizo una pregunta:

—Necesito que ahora se muestre lúcida. Respire hondo y escúcheme bien, porque va en ello su vida y la de sus hijos. ¿Se le ocurre algún motivo para que su marido se desplazara del monte Arci a Gergei? ¿Qué fue a hacer allí? ¿Acaso tienen alguna propiedad o hay en esa zona alguna casa de amigos o parientes?

Rita Masia se secó los ojos y sorbió los mocos, luego murmuró:

—Quiero garantías, por escrito.

Rais se echó a reír.

—¿Lo dice en serio, señora? ¿Cree que esto es un episodio de *Criminal Minds*?

—Quiero garantías —repitió la otra sin inmutarse.

—Garantías... Por supuesto, le puedo dar una ahora mismo.

Se levantó, se puso detrás de la mujer y le susurró al oído: «Le garantizo que no saldrá de la cárcel en mucho tiempo. Y dígame, ¿quién cuidará de sus hijos cuando usted y su marido estén entre rejas?

Rita Masia la sorprendió manteniéndose impasible.

La policía se dirigió a la puerta despreocupadamente.

—Ponedle las esposas y lleváosla —ordenó a los dos policías de uniforme, que entraron en la habitación. Mara ya había cruzado el umbral cuando le llegó la voz chillona de la mujer.

—¡Una casa! Tenemos una vieja casa de campo que heredé de mis padres, a las afueras de Gergei.

Rais sonrió, le guiñó un ojo a Eva, que la estaba esperando fuera, y juntas entraron en la sala.

120

Oficinas de la Brigada Móvil,
jefatura de policía de Cagliari

—Y pensar que vine aquí con la idea de pasar una especie de vacaciones —dijo Eva, comiendo unas galletas que había sacado de la máquina expendedora del área de restauración.

Rais soltó una carcajada y se limpió las manos con una toallita húmeda. Cada vez que salía de la sala de interrogatorios tenía que sacudirse una sensación de suciedad que le provocaba náuseas.

—Vacaciones... por supuesto.

—Tengo la impresión de que será de nuevo una larga noche.

—Eso seguro. ¿Crees que fue él? —preguntó Rais.

Se hallaban en la salita desde la que visionaban las filmaciones de las cámaras de videovigilancia, incluidas las de las salas de interrogatorios. Croce estaba observando a Nonnis: hacía más de una hora que estaba solo, con los codos apoyados en la mesa y las manos sosteniendo la cabeza. Parecía estar al límite, pero no se había quejado ni una sola vez por aquella enervante espera. Más bien parecía aburrido.

—¿Sinceramente? No lo sé. Hay varias cosas que no me encajan —admitió Eva.

La sala número 2 estaba vacía. Tras la revelación de la casita en Gergei, las dos policías habían metido a Rita Masia en un coche patrulla para que guiara a sus colegas hasta allí. Con ellos iba un equipo reducido de la Científica, que haría una primera inspección y un posible análisis de la escena del crimen, si sus sospechas resultaran fundadas.

—¿Con todas estas pruebas en su contra? Croce, ni siquiera

Perry Mason conseguiría evitarle una cadena perpetua en la sala de lo penal. El tipo está acabado. *Spacciau.*

Al finalizar el turno, las oficinas se habían vaciado. Muchos agentes habían ido a despedir a Ilaria Deidda, entre estos Farci. Mara también habría querido ir, pero no podía. Estaban esperando una llamada que confiaban que pudiese confirmar de manera definitiva la culpabilidad del antropólogo.

—Cuando Barrali sepa que el profesor cuyos consejos había solicitado utilizó estas informaciones para escenificar un asesinato... No quiero ni imaginar cómo reaccionará —dijo Rais—. Solo espero que para entonces la demencia le haya comido el cerebro.

—Realmente eres un ser horrible.

—Lo decía por su bien, ¿qué te crees?

La vibración del móvil de la cagliaritana cortó de raíz la discusión.

—Son ellos —dijo a su compañera.

Eva llamó a la magistrada, que estaba escuchando de nuevo con los auriculares el interrogatorio de Nonnis unas mesas más allá.

—Son los colegas de la Científica —le explicó.

—Excelente —replicó Adele Mazzotta, acercándose a Mara que había puesto el altavoz.

—Estamos aquí. También está con nosotros la magistrada Mazzotta. Adelante —dijo Mara.

—Hemos encontrado la casa siguiendo las indicaciones de la mujer, y a primera vista creemos que puede ser el lugar donde estuvo secuestrada la víctima.

Las tres mujeres sintieron punzadas de gélida consternación. En un nivel subliminal habían esperado equivocarse.

—¿De qué lo deduce? —preguntó la magistrada.

—Rastros de sangre difusos. Cuerdas y una mordaza, también manchada de sangre. Restos de cabellos largos y oscuros. Esto a primera vista, repito, pero probablemente hay más cosas. He querido informarles enseguida para...

—Ha hecho muy bien —intervino Croce—. Solo le pedimos, si es posible, que nos envíe algunas fotos del lugar, para hacernos una idea aunque sea aproximada.

—Ningún problema —respondió el técnico.

—A primera vista, ¿le parece que las manchas pueden hacer pensar en algún tipo de paliza? —preguntó Mara.

—De entrada diría que no. Repito, más bien parece que la víctima fue encerrada aquí. Probablemente ya estaba herida o por lo menos sangrando.

—Si encontrara teléfonos móviles, le ruego que nos llame enseguida —dijo Mazzotta.

—Cuente con ello, magistrada.

—Hasta luego y gracias —se despidió Mara, cortando la llamada.

Se intercambiaron miradas cargadas de tensión. Apenas un minuto más tarde llegaron las primeras imágenes.

—Pobre muchacha —murmuró la magistrada al contemplarlas. Las fotografías de aquel tugurio reavivaron su rabia y su sed de justicia.

—Vamos —dijo Rais, dirigiéndose a toda prisa hacia la sala.

Eva la detuvo, agarrándola por un brazo.

—Espera. Antes vamos a ponernos de acuerdo. Si entramos ahí sin habernos preparado, corremos el riesgo de estropearlo todo.

—Tiene razón —convino la magistrada.

—Pensemos un instante en lo ocurrido aquellas noches y en la cronología —propuso Eva—. Supongamos que Dolores estuviese realmente con Melis y los neonurágicos, ¿de acuerdo? Ahora sabemos que Nonnis va a aquella zona. Probablemente se lleva a la chica en su coche, tienen una violenta discusión y si los tiempos coincidieran con la reconstrucción de Trombetta, lo más seguro es que Dolores, tras la paliza, entrara en un estado comatoso.

»En ese momento el hijo de puta se caga, porque no es un asesino. Como no sabe qué hacer, se la lleva a un lugar tranquilo, esto es, la casita de campo de su mujer, en Gergei.

—¿Por qué no abandonarla allí o simplemente pedir ayuda? —preguntó la magistrada.

—Tal vez tiene miedo de que la muchacha se despierte y le acuse de algo —respondió Mara.

—Así que piensa que es mejor llevarla a un lugar seguro y aislado y esperar a que vuelva en sí —dijo Eva.

—Pero cuando se da cuenta de que no recuperará la conciencia…

—Entonces comprende que no hay alternativa. De ahí la idea de cargarle la culpa a otro, ¿y por qué no a Melis? —sugirió Croce—. Ya se ocuparía más tarde de limpiar la casa y borrar las huellas, pero en ese momento el problema es otro: deshacerse de la muchacha.

Rais asintió.

—Sí, se sostiene.

—¿Y el vídeo? ¿Qué papel desempeña en todo esto? ¿Y cómo encajan en esta reconstrucción las muertes sospechosas de Melis y de su brazo derecho?

Las dos inspectoras miraron a Mazzotta sin conseguir encontrar una respuesta sensata.

—Ya desde el comienzo de las investigaciones las tres sospechamos, por así decirlo, que había una especie de nivel superior, ¿o no es así?

Las policías asintieron.

—Sospechamos que a Melis lo protegían personas importantes. Y, si lo piensan bien, es la misma conclusión que sacamos del interrogatorio del profesor. Le dijo a la inspectora Croce que ni ella ni sus colegas podrían protegerlo. Esto permitiría pensar que él también es víctima de este «nivel superior», ¿o no es así?

—Supongamos que sea así —propuso Eva—. ¿Y el vídeo? ¿Qué pinta en todo esto?

—Tal vez Nonnis tenía algo comprometedor de alguno de esos tipos —dijo Rais.

—¿Y cómo lo pudo haber obtenido? —preguntó Adele.

Mara se encogió de hombros.

—Dolores —dijo Croce—. Tal vez la clave de todo es precisamente la muchacha.

—¿En qué sentido?

—Piénsalo, Rais. No olvidemos que Dolores frecuentaba desde hacía unos meses el grupo de los neonurágicos, pero sabemos que en realidad mantenía una relación con Nonnis desde mucho antes, y el profesor odiaba a Melis. No creo que ella lo ignorara, al contrario. Es una conexión importante.

—Barrali nos dijo que sospechaba que frecuentaban la secta incluso personas de alto rango —casi suspiró Mara—. Para entendernos, magistrada, las «tres M».

—Exactamente —replicó Croce. Sus labios esbozaban una sonrisa triste—. Retrocedamos un poco en el tiempo y recordemos que Nonnis era consciente de que su carrera universitaria estaba acabada.

—*Ergo*, también el dinero —dijo la magistrada—. Y su mujer en el interrogatorio declaró, textualmente, «me dijo que había encontrado una solución para ganar algo de dinero».

—Bingo —dijo Rais, intuyendo el razonamiento de las colegas—. El muy cabrón habría podido utilizar a la muchacha como una especie de espía dentro de la secta, para recuperar material comprometedor con el que chantajear a alguien.

—Maldita sea... —murmuró Adele Mazzotta.

—Y a juzgar por la nota, la casa patas arriba y su reticencia a colaborar, diría que lo consiguió —dijo Eva—. Pero algo debió de salir mal.

—La violación. Dolores fue violada. El material genético hallado debajo de las uñas no miente: Melis y el otro cabrón la violaron —sostuvo Mazzotta—. Tal vez consiguió alejarse o aprovechó la primera oportunidad para escapar y llamó a Nonnis para que fuera a buscarla.

Eva asintió.

—Pero algo salió mal. Se pelearon. ¿Por qué?

—Tal vez porque Dolores se echó atrás o porque tuvo miedo. Tal vez no quería entregarle las pruebas de lo que había visto. Quién sabe, aquella noche podría haber sido testigo de algo terrible y haber reconocido a individuos demasiado poderosos como para chantajearlos... Por desgracia, esto no lo sabremos nunca —dijo Mazzotta.

—A menos que nos lo diga él —respondió Rais.

—¿Por qué iba a hacerlo? No se fía de nosotras —replicó la magistrada.

—No, no se trata de eso —dijo Eva. Las otras dos la miraron, expectantes.

—Miradle —sugirió Croce señalando el monitor—. ¿Os parece un hombre desesperado? A mí no. Sabe que está a salvo, porque todavía tiene un as en la manga.

—El vídeo —murmuró Mazzotta.

—Exacto. Le permite mantener la partida en tablas. Sobre

todo ahora que está en nuestras manos y que *esas personas* no pueden tomar represalias.

—Entonces ¿qué hacemos? —preguntó Rais.

—Tenemos que conseguir el vídeo antes que nadie —dijo la magistrada.

121

Sala de interrogatorios n.º 1 de la Brigada Móvil,
jefatura de policía de Cagliari

Aparentemente, Nonnis se había quedado dormido. No era tan inusual: el impacto emocional de un interrogatorio generaba un estrés devastador para quien no estaba acostumbrado a policías y comisarías. No obstante, esto dio que pensar a Eva, porque si estuviera en el lugar del profesor se sentiría atenazada por la tensión, sin contar las horas sometido al duro interrogatorio, y no podría pegar ojo por nada del mundo.

Rais resolvió la cuestión de la cabezadita golpeando la mesa con las manos y haciendo un ruido espantoso.

Nonnis se despertó sobresaltado y dio un bote en la silla.

—Bienvenido de nuevo entre nosotros —lo saludó la inspectora, sentándose al otro lado de la mesa—. ¿Ha dormido bien?

Eva también se sentó y, sin demasiados rodeos, le mostró en el móvil las imágenes del refugio cercano a Gergei.

—¿Le resulta familiar?

Nonnis se sorprendió.

—Como ve es solo cuestión de tiempo —dijo Croce, guardando de nuevo el móvil—. Poco a poco todo sale a la superficie.

—Un poco como la mierda... O mejor, como *les merdes* —se burló Rais—. Bonito el *bed and breakfast* de los horrores. ¿Qué dijo Dolores? ¿Cuántas estrellas te dio?

—...

—¿Tú crees que se ha ofendido? —preguntó Mara a su colega. Eva observó que la compañera había pasado a tratarlo de tú, señal de que iba a presionarlo a fondo.

—Uf. Me parece que sí.

—Yo... —balbuceó el hombre.

—Ah, así que no te has comido la lengua. Excelente noticia.

—¿Qué le parece si hablamos del vídeo? —propuso Eva.

Antes de que pudiese proferir palabra, la puerta de la sala se abrió de golpe y apareció el subjefe Grataglia, seguido de un tipo muy elegante que parecía salido de la portada de GQ.

—¡Fuera las dos! —gritó Grataglia, abrasándolas con la mirada.

El figurín se apresuró a entrar en la habitación y, al pasar por delante de Rais, le guiñó un ojo.

—¿Tú? No, no me lo puedo creer —protestó la inspectora—. Dime que es una broma.

—¿Qué sucede? —preguntó Eva.

—Habéis traspasado los límites, esto es lo que sucede —respondió el dandi. Se sentó junto a Nonnis y le susurró algo al oído mientras le tendía un impreso.

—¿Qué es lo que no entendéis de la palabra «fuera»? —resopló Grattaglia.

Cuando se volvió de nuevo hacia el profesor, Eva vio que Nonnis estaba firmando un documento.

—¿Puedo hablar con mi cliente unos minutos, por favor? En privado.

—Mierda —susurró Croce.

Las dos policías se rindieron a la evidencia y salieron de la sala. Antes de cerrar la puerta, el abogado se asomó al pasillo y, dirigiéndose a Grataglia, dijo:

—Señor, seguro que ya lo sabe, pero la inspectora Rais es mi exmujer y nuestras relaciones en este momento no son precisamente idílicas. Si lo desea le remitiré una solicitud por escrito, pero me parece que es causa obstativa suficiente para relevarla de sus funciones, ¿no cree? Lo digo por el bien de todos, en especial por la transparencia de la investigación.

—¡¿Qué demonios sucede?! —gritó Adele Mazzotta, irrumpiendo en el pasillo.

El exmarido de Rais cerró la puerta con una sonrisa en los labios.

—Sucede que estas dos han meado fuera de tiesto —dijo Grataglia—. ¿Dónde está Farci?

—En el hospital, junto a Deidda —respondió Rais.

—Señor Grattaglia, ¿podemos hablar un momento? —preguntó la magistrada—. Su tono era cortante como la hoja de un cuchillo.

El hombre asintió, luego se dirigió a las dos subordinadas:

—Rais, tú quedas fuera de esta investigación con efecto inmediato.

—Pero...

—Vete a casa antes de que me cabree de verdad. Mañana a las ocho preséntate en mi despacho. Croce, ¿por casualidad te ha llegado el informe final de la comisión sobre el uso de la fuerza letal en el servicio?

—No, señor.

—A mí tampoco. Entonces ¿qué coño haces trabajando?

—...

—¡Largaos! —ordenó.

122

Poblado de los Ladu, Alta Barbagia

Se lo arrojaron a los pies como si fuese un saco de abono. Le habían atado las manos a la espalda y cubierto la cabeza con un saco negro. Por los gruñidos que salían de la basta tela, Bastianu comprendió que lo habían amordazado.

El chico pataleaba y se retorcía como una bestia.

—Basta —dijo el padre.

Al oír el sonido grave de aquella voz, Micheli se quedó quieto.

El hombre hizo un gesto a Nereu, que le quitó la capucha. Se hallaban en el taller de Benignu Ladu. Bastianu estaba sentado en la mecedora del anciano, con las grandes manos sobre las rodillas y los ojos fijos en su hijo. El crujido lúgubre de la madera, que apenas podía sostener el peso de aquel gigante, parecía cortar el silencio.

—Me has traicionado.

El muchacho percibió toda la decepción y el dolor del padre ocultos detrás de aquellos ojos de obsidiana. En ese momento comprendió que ninguna pena o castigo que pudiera imponerle podría dolerle más que aquella mirada. Era como un adiós. Esa toma de conciencia lo destrozó.

—Me has traicionado a mí y a tu familia... Tía Gonaria ha muerto. Benignu pronto se reunirá con ella. Si me hubieses escuchado, probablemente nada de esto habría ocurrido.

Bastianu tomó entre las manos la máscara tallada por el abuelo. Se levantó, la dejó caer al suelo y luego la pisoteó varias veces con las botas de faena, destrozando aquella maravilla que tanto sudor había costado.

—Ahora es demasiado tarde para arreglar las cosas. Todo el

mal que venga, y puedes estar seguro de que vendrá, será tan solo culpa tuya.

Antes de irse, el hombre se volvió apenas y dijo:

—Me has roto el corazón, hijo mío.

Micheli se puso de pie e intentó gritar cuánto lo sentía, pero sus tíos ya habían cerrado la puerta y corrido el pesado cerrojo. Oyó el ruido del candado y, humillado, se dejó caer en el suelo como un alma perdida.

123

Aparcamiento de la jefatura de policía de Cagliari

Antes de que las inspectoras abandonaran las oficinas, desmoralizadas, cansadas y cabreadas, Adele Mazzotta le había enviado un mensaje a Eva pidiéndole que se reunieran con ella en el aparcamiento de la jefatura. La estaban esperando dentro del coche de Rais, sumida cada una en sus propios pensamientos.

—Al menos tiene buen gusto para vestir —dijo de pronto Croce, rompiendo el pesado manto de silencio.

Mara soltó una carcajada y Eva la imitó.

—Sí, un gran pedazo de mierda, pero de punta en blanco.

—Podía haber sido un gran pedazo de mierda vestido también de mierda. Míralo por el lado positivo, ¿no?

—Oh, gracias de corazón, Croce. Me acabas de dar una buena inyección de autoestima.

—¿Es bueno en su trabajo?

—Desgraciadamente para nosotras, sí. Mucho.

—Por lo poco que he visto de él, el reloj, los zapatos y el traje, no me parece que Nonnis pueda permitirse un abogado como ese.

—Seguro que no. Está absolutamente fuera de su alcance y del de la mayoría de las personas que conozco. Es una estrella en ascenso.

—¿Y cómo te lo explicas, entonces?

—¿Que estuviese conmigo? ¡Que te jodan, Croce! —explotó Rais, indignada.

—No, idiota, ¿qué has entendido? —dijo Eva, sonriendo—. Quería decir, que se haya presentado así, de la nada. A mí me parece que nos lo han enviado.

—¿*Ellos*?

—¿Quién si no? Piénsalo: la fuente que tienen en la jefatura les chiva que estamos a punto de lograr que se derrumbe, que tenemos un montón de pruebas, y entonces, temiendo que encontremos antes nosotras este vídeo fantasma, si es que en realidad existe, envían al mejor penalista del lugar. Que da la casualidad de que es tu ex.

—Una jugada astuta, porque como has visto me han excluido de la investigación, precisamente cuando estábamos a un paso de la verdad.

—¿Es verdad que andáis a la greña?

—¿Es la policía o la mujer la que lo pregunta?

—Las dos.

—Me hizo mucho daño. Me engañaba, un poco con todas. En los últimos tiempos ni siquiera disimulaba. Me humilló tanto que fui yo la que arrojé la toalla.

—Lo siento mucho.

—Respondiendo a tu pregunta: sí, le odio.

—¿Así que descartas que te diga quién lo ha contratado?

—Pura ciencia ficción. Olvídalo.

Eva no sabía por qué, pero estaba a punto de abrirse y hablarle de Maya: sentía que había llegado el momento de hacerlo, tal vez porque por primera vez Mara se había quitado la máscara de frialdad tras la que ocultaba su verdadera identidad y era justo que ella también le mostrase una parte de sí misma. Pero cuando las primeras palabras salían de su boca, Rais la interrumpió.

—Aquí está. Vamos —dijo, abriendo la puerta y saliendo al frío de la noche.

Eva la imitó y juntas se dirigieron al encuentro de la magistrada.

—¿Grattaglia sigue vivo o se lo ha comido? —comenzó Rais.

Adele esbozó una media sonrisa y encendió un Marlboro. Luego, pasándose la mano por la barriga, dijo:

—Todavía lo estoy digiriendo.

Las dos investigadoras le devolvieron la sonrisa.

—Han hecho un trabajo excelente, quería que lo supieran.

—Lástima que vaya a servir de poco —replicó Mara, tratando de resistir a la tentación de pedirle un cigarrillo.

—Esto lo dice usted.

—Tal vez conseguirá inculpar a Nonnis, pero no a la persona que ha venido a salvarle el culo. Perdone la expresión, magistrada —continuó la cagliaritana.

—¿Cree que Grattaglia también forma parte de la banda? —preguntó Eva.

—No lo sé. Más bien me ha dado la impresión de que lo han obligado a salir de la cama, vestirse y venir a solucionar este «problema». Puede que la orden venga de alguien de más arriba todavía.

—El jefe superior, seguro —dijo Rais.

—Probablemente. En cualquier caso, solo he conseguido mantenerla a usted, Croce, en el equipo. En cuanto a usted, Rais, no ha habido nada que hacer.

—No me sorprende, magistrada.

—Lo siento mucho. He insistido en que Grattaglia la mantenga en el equipo especial, Croce, porque sinceramente ahora que ya no están Nieddu, Erriu ni Deidda, aparte de Farci ya no sé de quién fiarme. Ustedes han demostrado que están de mi parte, y les puedo asegurar que no pararé hasta que este caso esté cerrado. Así que mañana volvemos al trabajo, inspectora Croce. En cuanto a usted, Rais…

—Hum, este tono me huele a trampa.

—No, qué va. Solo quería pedirle que nos cubra las espaldas, si puede.

Mara asintió.

—Bien. Yo vuelvo a entrar para gestionar el papeleo. Aiello y Ferrari han regresado y me están ayudando. Ustedes vayan a descansar, se lo han ganado.

Antes de que se diese la vuelta, Eva se atrevió a hablarle.

—Magistrada, perdone, querría pedirle un último favor.

—¿Una de sus habituales peticiones irracionales? —preguntó Adele, pero con la sonrisa en los labios.

—Exactamente.

Mara la miró extrañada.

—Me curo en salud y le ruego que no me tome por loca.

Esta última afirmación acabó de despertar su curiosidad.

—Tiene mi palabra de honor, Croce. Dígame.

124

Territorios de los Ladu, Alta Barbagia

El hedor a putrefacción y a enfermedad era tan intenso que resultaba insoportable. Al acercarse a la habitación, el nieto incluso llegó a pensar que su abuelo había muerto. Pero no era así, aunque su aspecto físico hacía pensar lo contrario.

—Bastianu... Por fin has tenido el valor de subir —murmuró el anciano con una punta de ironía en su voz de ultratumba.

Aquel «por fin» lo alarmó. Los tablones del suelo crujieron bajo su peso. Bastianu intentó ignorar la pestilencia repugnante, se sentó junto a la cabecera de su abuelo, encogido sobre el costado izquierdo, y le puso una mano en la espalda.

—¿Ni siquiera tienes agallas para decírmelo?

De nuevo tuvo la sensación de que el anciano le estaba hurgando en el alma.

—¿Decirte qué?

—Soy viejo y ciego, es cierto. Y además voy a morir. Pero no soy idiota.

Bastianu se sintió enrojecer de vergüenza.

—Mi hija.

Bastianu emitió un largo suspiro y cerró los ojos.

—Desgraciadamente, ya no está.

—¿De verdad creías que no me había enterado?

—No. Perdóname, *mannoi*.

—¿Sufrió?

Ya no tenía sentido mentir. Con él, no.

—Sí, creo que sí. No fue una buena muerte.

—Exactamente igual que en mis sueños.

—No he sido un buen nieto, lo siento. Y tampoco un buen padre.

—Te lo han traído a casa, ¿no? Tu hijo.

«¿Cómo demonios consigue…?», se dijo, pero se rindió al hecho de que el anciano poseía una conciencia superior. «Tal vez realmente habla con las sombras».

—Sí, ahora está en tu taller. Encerrado con llave, como un ladrón.

—La muchacha…

—Esdra.

—Ella. Huyeron juntos, imagino.

—Sí, *mannoi*.

—Tú todavía no lo entiendes, ¿verdad?

—¿Entender qué?

—¿Realmente pensabas que yo lo creía capaz de matar a la chica que amaba? ¿Que su amor por la Diosa era tan grande que llevaría a cabo semejante sacrificio?

Bastianu se quedó petrificado.

—Si hubiese sido fuerte, si hubiese sido realmente *tu* heredero, *mi* heredero, lo habría hecho sin pestañear, como lo hiciste tú con tu mujer… Pero no ha sido así. Prefirió escapar, traicionarnos.

El nieto estaba consternado.

—Tú ya sabías que…

—Por supuesto. Solo necesitaba que abrieras los ojos. El hecho de ser padre te impidió ver la verdad. No lo hice por él, lo hice por ti, Bastianu.

Solo en ese momento el hombre tuvo conciencia real de su enorme ineptitud como cabeza de familia. Los ojos se le humedecieron, porque comprendió lo que el anciano iba a pedirle.

—No, no puedo —tartamudeó.

—Si no puedes, entonces por favor mátame con tus propias manos. Prefiero morir a ver cómo mi familia se desmorona… Y si tampoco tienes valor para proporcionarme ese consuelo, dame el cuchillo y lo haré yo mismo.

—Tú lo sabías desde el primer momento —repitió Bastianu, sin molestarse ya en ocultar la angustia en la voz—. Tú sabías que él escaparía.

125

Viale Poetto, Cagliari

Antes de abandonar la oficina, Eva había imprimido la foto que Rais le había enviado la noche anterior. Cogió la hoja, la desplegó y la pegó en la pared, junto a la fotografía de Dolores. Las sonrisas entusiasmadas de Nieddu, Ilaria y todos los demás, incluidas ella y Mara, contrastaban ahora con la oscuridad de las otras fotografías, iluminando toda aquella negrura con el resplandor del instante de felicidad captado por la selfie. Comprendió que dondequiera que la llevase la vida aquella foto iría con ella.

Deslizó los dedos sobre esos rostros y en su interior rezó por los dos compañeros que ya no estaban. Se acercó a la maleta de Maya, la abrió, y de un bolsillo interior extrajo una bolsa de celofán cerrada al vacío. La abrió y sacó las trenzas pelirrojas de su hija. Se las había cortado con lágrimas en los ojos antes de inyectarle la dosis letal de potasio que había puesto fin a los atroces sufrimientos de Maya y la había condenado a ella a vivir un infierno en la tierra. Extendió las trenzas sobre la cama, cerró los ojos y las acarició, dejando que la memoria táctil hiciera resurgir las sensaciones que experimentaba tocando el cabello de la pequeña.

«Siento que te estás yendo», susurró a la casa vacía. «No sé si es bueno o malo, pero he comprendido que debo dejar que lo hagas».

Las yemas de sus dedos se deslizaban sobre la sedosa textura de los cabellos, recreando la ilusión de que ella estaba en aquella habitación y la escuchaba.

La isla y aquel caso habían sido una especie de purgatorio para ella. Lo había comprendido una hora antes, cuando la niebla de su mente se había disipado y había visto, con toda claridad, la solución del asesinato de Dolores.

«Tal vez estoy loca por pensar esto, pero he tenido la impresión de que fuiste tú quien me trajo aquí, a esta isla, como si supieras que necesitaba hacer esto para liberar a Dolores, para liberarte a ti, y para...».

Era difícil admitirlo. Pero hizo un esfuerzo y lo dijo: «Y para dejarte marchar, mi amor».

Abrió los ojos de nuevo y se dio cuenta de que, si alguna vez Maya había estado en aquella buhardilla, ahora ya no estaba.

Se llevó los cabellos a la nariz, pero su perfume hacía tiempo que había desaparecido.

«Gracias por haberme perdonado», dijo tumbándose.

Cuando el sueño se apoderó de ella, todavía estrechaba en la mano las trenzas de Maya.

En sus labios se dibujaba la sonrisa serena de quien ya no teme soñar.

Territorios de los Ladu, Alta Barbagia

El anciano se movió con dificultad hasta tumbarse boca arriba.
—Por supuesto que lo sabía —susurró al cabo de unos segundos.

—El verdadero sacrificio no era el de Micheli, sino el mío —dijo Bastianu, todavía incrédulo.

Benignu asintió con un movimiento de cabeza imperceptible.

—En tiempos de gran carestía, no basta sacrificar a cualquiera de nuestras mujeres. A la Diosa no le basta… Cuando la tierra languidece y los cielos no dan tregua, entonces el *mazzamortos* ha de renunciar a lo que más quiere en el mundo para que la Diosa lo considere digno de su perdón.

—Así que tú sacrificaste a mi padre. No lo mató una enfermedad, fuiste tú…

Las lágrimas surcaron las mejillas del anciano, perdiéndose como dos corrientes de agua en los recodos y los diques formados por las arrugas que le marcaban el rostro.

—Lo hice para salvarte a ti, a tus hermanos, a todos los Ladu y a las personas que habitan estas montañas. Somos los guardianes de la Diosa. Sacrificarnos por el bien de la comunidad, este es nuestro destino. Y así ha sido durante siglos y siglos.

Bastianu se irguió con toda su ciclópea altura.

—Cuando maté a mi hijo, gané otro. Te tuve a ti —susurró el anciano.

El nieto se inclinó y le tomó la cabeza entre sus manos. Ignoró el hedor de la muerte y besó su rostro, humedeciéndose los labios con aquellas lágrimas amargas, recordando cuánto le había gustado de niño que le cogiera en brazos aquel gigante que era su abuelo. Ahora los papeles se habían invertido.

—No hace falta que te mate —murmuró Bastianu—. Y tampoco hace falta que lo hagas tú... En cuanto a mi padre, hiciste lo correcto. Todos deberíamos agradecer tu decisión.

Benignu suspiró.

El nieto le dio un beso en la frente y lo dejó marchar.

—Ahora me toca a mí hacer lo mismo —dijo.

El anciano esbozó una sonrisa y supo que por fin podía morir en paz, sin más preocupaciones.

—Adiós, *mannoi* —se despidió de él Bastianu, estrechándole la mano por última vez.

Localidad de Capitana,
Quartu Sant'Elena

Eva había esperado a que Rais acabase con Grattaglia y luego, sin decir palabra, se habían dirigido juntas hacia el aparcamiento. Mara arrancó el coche y partieron. No pronunciaron palabra en todo el viaje.

Rais no rompió el silencio hasta que aparcó el coche delante de la casa de Barrali.

—¿Estás segura de que quieres hacerlo?

Eva asintió.

—Entonces, vamos.

Fue Grazia la que les abrió la puerta y las saludó, sonriente.

—Buenos días, chicas.

Se saludaron e intercambiaron algunas frases de cortesía.

—¿Cómo está? —preguntó Eva.

Una sombra veló el rostro de la mujer.

—La muerte de Nieddu le ha afectado mucho. En realidad lo ha derrumbado.

—Nos ha cogido a todos por sorpresa —dijo Mara—. Pero Moreno seguramente es el que más ha sufrido, porque habían trabajado juntos.

—¿Dónde está ahora? —preguntó Croce.

—Detrás, en el jardín. Le obligo a hacer un poco de ejercicio físico —dijo Grazia, guiñando un ojo.

—Escucha… —empezó Eva, azorada.

—Necesitáis hablarle del caso, lo había intuido —cortó Grazia, observando las carpetas que Mara llevaba en la mano—. Muy bien. De hecho, creo que voy a aprovechar para ir a hacer unas compras. Ya estamos en esa fase de la enfermedad en que tengo miedo de dejarlo solo. ¿Os importa?

—En absoluto. Nosotras nos quedamos con él, no hay problema —la tranquilizó Mara.

—Perfecto. Conocéis el camino, ¿verdad?

Las dos policías asintieron.

—Hasta luego, pues.

—Hasta luego —la saludaron.

Eva y Mara intercambiaron una larga mirada y fueron a reunirse con Moreno en el jardín, detrás de la casa, donde estaba ocupado podando.

—¡Manos arriba! —gritó Mara, provocándole un sobresalto.

Eva negó con la cabeza y con una mano se cubrió el rostro.

—No me puedo creer que hayas dicho eso.

—No he podido resistirme. Perdona, Moreno.

El hombre se llevó una mano al corazón y la maldijo en barbaricano.

Rais se carcajeó y se sentó debajo del pórtico.

—Perdónala, Moreno. Debe de haber tenido una infancia muy difícil —se excusó Eva.

—Mira quién habla —replicó la otra.

—¡Por Dios!, por poco me matas. Esta me la pagarás, Rais —dijo el policía, dejándose caer en una de las sillas de hierro forjado—. Buenos días, no esperaba vuestra visita.

—Sí, discúlpanos —dijo Eva, sentándose también—. Tenemos algunas novedades sobre el caso y queríamos preguntarte tu opinión. Te adelanto que no te va a gustar.

El hombre se quitó los guantes de jardinería y asintió.

—No me sorprende. ¿Queréis tomar algo? ¿Un café?

—Yo lo hago —dijo Mara, levantándose y dirigiéndose a la cocina—. Tú, Croce, ponle al corriente.

Eva le entregó los papeles.

—¿Hasta qué punto he de preocuparme? —preguntó Barrali, recuperando las gafas de leer.

—Se trata de una de tus fuentes —dijo Eva—. Valerio Nonnis, el antropólogo. Creemos que fue él quien mató a Dolores.

128

Localidad de Capitana, Quartu Sant'Elena

Media hora más tarde, una vez que se le hubo informado sobre las novedades de la investigación, Barrali cerró el expediente y asintió, mientras se quitaba las gafas.

—Lo habéis hecho jodidamente bien. Muy bien, de verdad.

—Mazzotta nos ha ayudado mucho. Sin ella y sin su cobertura, estaríamos todavía en el punto de partida —replicó Eva.

—Siento lo de tu exmarido —dijo Barrali, dirigiéndose a Mara—. Ha sido un golpe realmente muy bajo.

—La verdad es que no me ha sorprendido tanto. De un gilipollas como él cabía esperarlo.

—¿En qué puedo ayudaros, chicas? Creo que habéis hecho un trabajo ejemplar.

—Hay algo que nos preocupa —dijo Mara.

—Veamos.

—La historia se sostiene hasta cierto punto. Luego hay algo que no funciona, precisamente la noche de *sa die de sos mortos* —continuó la cagliaritana.

—Hemos podido interrogar a Nonnis dos veces —prosiguió Eva—. En ambas ocasiones hemos comprobado que efectivamente ese cabrón tiene un temperamento violento, pero no es capaz de actuar a sangre fría. Al contrario. Me bastó muy poco para llevarlo al punto de ruptura y entonces comprendí que nunca habría podido cometer un asesinato. O por lo menos no el de Dolores, que exigió una frialdad y una planificación meticulosas.

—A menos que lo hubiese organizado todo previamente, como una especie de plan de emergencia —sugirió el investigador.

Eva y Mara cruzaron las miradas, luego la milanesa contempló el azul cobalto del mar. Se dio cuenta de que era el primer día realmente otoñal desde que había llegado a la isla. Nubes de tormenta se acumulaban en el cielo. Una hora a lo sumo y caería un diluvio.

—No —dijo la policía, posando los ojos en Barrali—. Creemos que sucedió de otro modo.

—¿Cómo?

—Bueno, nadie lo sabe mejor que tú, Moreno —dijo Rais, con la voz palpitante de rabia.

—No fue Valerio Nonnis el que mató a Dolores —dijo Eva—. Fuiste tú.

Localidad de Capitana, Quartu Sant'Elena

—¿Cómo lo habéis descubierto? —se limitó a preguntar el viejo policía, tras unos instantes de silencio.

—Pregúntale a ella —dijo Mara—. La idea ha sido suya.

Barrali miró a Eva y se encogió de hombros.

—¿No vas a permitirte ni siquiera esta satisfacción?

—Cometimos un error sistémico: seguir pensando como policías. Nuestra mayor preocupación era encontrar pruebas sólidas para una acusación incontrovertible, y esto nos desvió, impidiéndonos ver la cosa más obvia del mundo. Un error de suma importancia... Pero cuando me puse en la piel de Nonnis y me pregunté qué habría hecho yo en su lugar con una muchacha que está prácticamente en coma, con su sangre esparcida por todo mi coche y mi ropa, y todas las pruebas apuntando únicamente hacia mí, entonces pensé en ti.

—¿Por qué?

—Porque la verdad nunca es algo muy complejo. La verdad siempre es extraordinariamente banal, simple. Y si yo hubiese estado en el lugar del profesor, en aquella situación, con la adrenalina a mil y el terror de ser atrapado que me impedía razonar, habría hecho la cosa más natural del mundo: pedir ayuda.

—¿Y a quién si no a su querido amigo policía? —continuó Rais—. Es decir, *tú*, el único que en aquel momento podía ayudarlo a salir del trance.

—Por si acaso le pedí a Mazzotta que examinara el registro de las llamadas de tu móvil. En el fondo esperaba equivocarme —continuó Eva.

—Pero no se equivocaba —dijo Rais.

—A partir de esos registros descubrimos que la noche anterior al asesinato recibiste una llamada de un número desconocido. Te pusiste en marcha y llegaste al refugio de Nonnis, en Gergei, adonde había llevado a la muchacha.

—La geolocalización de tus desplazamientos no miente, Moreno —dijo Mara—. Así como algunas huellas impresas en las superficies que la Científica detectó y que te relacionaban con los hechos.

Barrali no dijo ni una palabra y por un momento las inspectoras creyeron que lo habían perdido.

—Continúa —dijo luego, dirigiéndose a Eva.

—No podemos saber qué ocurrió exactamente aquella noche ni qué os dijisteis. Lo que pensamos es que tú, al ver que ya no se podía hacer nada por la chica, propusiste escenificar el asesinato, cargando la culpa a Melis, para desviar las investigaciones —explicó Eva.

—Cuando Croce me insinuó sus sospechas, aun antes de tener los registros de llamadas, le dije que estaba loca. De modo que para convencerme me habló de noviembre del 61... Esto hace que sea bastante sencillo establecer un móvil: escenificando el homicidio ritual en Serri, con las mismas características de los antiguos delitos, creías conseguir suficiente atención sobre el caso como para reabrir también los viejos expedientes: tu obsesión, desde siempre. Sangre fresca para rescatar una vieja investigación olvidada ya por todos.

—Habías comprendido que nosotras solas no conseguiríamos defender tu causa, de modo que nos echaste una mano, por así decir —dijo Eva.

—De un solo golpe sacaste a Nonnis de la mierda y pusiste de nuevo el foco de atención en los delitos rituales —le echó un cable Rais—. Un golpe maestro.

—Estamos prácticamente seguras de que también fuiste tú quien dio el soplo a la prensa, ¿es correcto? —preguntó Croce.

Barrali asintió.

—Sabías que la mente te estaba traicionando y que tal vez aquella era tu última ocasión de reabrir el caso, ¿me equivoco? —preguntó Rais.

—No, Mara. No te equivocas —admitió el policía.

—Imagino que Grazia no sabe nada —dijo Eva.

—Imaginas bien. Ella no tiene nada que ver. Dejadla al margen de esta historia.

Croce asintió. Sentía una gran lástima por Barrali. Su obsesión estaba tan arraigada en él que le había llevado a cometer un asesinato con tal de obtener justicia. Moreno encarnaba una terrible paradoja, la pesadilla de cualquiera que persiga la verdad: dejarse pervertir por la propia misión. Sin embargo, aquel gesto tan contra natura, pero al mismo tiempo tan humano, hacía que lo sintiera cercano: eran más parecidos de lo que pensaba. Ella también había matado por un fin superior, a costa de perderse a sí misma. Por esto le resultaba tan difícil condenar su gesto.

—Podrías haberte esforzado más por borrar el rastro de tu implicación —le indicó Rais.

—Habría podido, sí, pero me importaba un bledo. Sabía que tarde o temprano la verdad saldría a la luz. Aunque no pensé que fuera tan pronto. Os había subestimado.

—¿Por qué golpeó Nonnis a la chica? Supongo que se lo preguntaste, ¿no?

—Al principio a Valerio solo le movía la sed de venganza contra Melis. Había convencido a Dolores para que se introdujera en el círculo de los neonurágicos a fin de obtener pruebas con las que desacreditarlo. Por aquel entonces sabía que algunas personas importantes también participaban de estos ritos, pero no tenía pruebas. Cuando Dolores le explicó a quién había visto, tuvo una idea.

—Ponerle una microcámara a la chica —intuyó Eva.

—Exacto... Sin embargo, la noche del 31 las cosas se torcieron para Dolores. La invitaron a participar en orgías, pero ella se negó. Entonces la obligaron a tomar drogas y la violaron. Una y otra vez... Esto os da una idea de por qué no tuve ningún escrúpulo en incriminar a ese hijo de puta de Melis: tenía que pagar, de un modo u otro.

—Continúa —dijo Mara.

—No sé cómo, pero Dolores consiguió huir del campamento y llamar a Valerio, que fue a buscarla y se la llevó de allí. No sé muy bien qué ocurrió. Su versión apesta a mentira desde un kilómetro de distancia... Supongo que debió de preguntarle si había podido grabar, ella probablemente le dijo que sí, pero que no se veía capaz de seguir adelante, porque las personas que había grabado a escondidas eran muy poderosas. Tal vez no quiso entregarle la microcámara. Valerio debió de perder la cabeza. Quizá ella le amenazó con denunciarlo o con joderle diciéndoselo a su mujer, y ya podéis imaginar el resto.

—Fuiste tú el que le cortó el cuello, ¿no?

—Sí, Mara. Nonnis no lo habría hecho nunca. Si te hace sentir mejor, la muchacha se hallaba en estado totalmente vegetativo y no respondía a ningún estímulo. Si hubiese habido la más mínima posibilidad de salvarla o despertarla, no le habría hecho ni un rasguño. Lo juro por mi mujer.

—¿Tú has visto ese vídeo? —preguntó Eva.

—Es distinto, Croce —intervino Mara—. Él *tiene* ese vídeo, ¿no es cierto? Por esto Nonnis todavía no ha dado tu nombre, porque eres tú quien ahora tiene el poder de hacer inclinar la balanza.

—Lo habéis hecho muy bien. Siento haberos engañado, y nunca me perdonaré que Nieddu muriera por... Pero no tengo intención de ir más lejos.

—¿Por qué?

—Por vuestra propia seguridad. Ya habéis visto lo que les pasó a Melis y a Curreli. Y no podemos descartar que no ocurra lo mismo con Nonnis... Olvidaos del vídeo. No es tan importante para la investigación.

Eva iba a insistir cuando vio que Barrali desviaba la mirada hacia alguien que estaba a sus espaldas. Croce se volvió y vio llegar a Adele Mazzotta, a Aiello y a Ferrari. El tiempo que la magistrada les había concedido se había agotado.

Barrali se levantó.

—Ha sido un placer trabajar con vosotras —les dijo a las dos inspectoras. Su voz destilaba tanta sinceridad que ni siquiera a Rais se le ocurrió nada que replicar.

—Lo mismo digo, Moreno —dijo Eva, tendiéndole la mano derecha. El hombre la estrechó y le sonrió. Al mirar aquellos ojos plácidos y dulces, Eva no pudo ni por un momento considerarlo un asesino.

130

Valle de las almas, Alta Barbagia

Por la temperatura exterior, Micheli dedujo que debían de estar a bastante altura. No podía ver dónde se encontraban a causa de la capucha, que no le habían quitado ni un momento.

—¡Alto! —le ordenó su tío, agarrándolo por el brazo.

Cuando le quitaron el capuchón, instintivamente el muchacho retrocedió. Se hallaba al borde de un precipicio.

—Son unos doscientos metros de altura —dijo Bastianu detrás de él, con las manos cruzadas a la espalda.

Micheli se volvió y observó a su padre, envuelto en un pesado abrigo de orbace.

Cuando era pequeño, esta cresta rocosa era el camino más corto para ir de la meseta al valle. Desde luego había que tener agallas para saltar. Había que salvar dos metros para llegar al otro lado. El que no se atrevía y se cagaba de miedo era humillado por todo el pueblo.

—Papá...

Bastianu lo ignoró y siguió hablando:

—En cierta ocasión, una primita nuestra, Badora, se empeñó en seguirnos y en intentar saltar. Yo tenía seis años, todavía lo recuerdo como si fuera ayer. Tomó carrerilla y saltó. Por un instante la vi suspendida en el aire y pensé que podía lograrlo... Sin embargo... ¿Te acuerdas, Nereu?

El hermano menor asintió.

—Lo que quedó de ella parecía una baya de madroño pisoteada por un asno.

Bastianu se rio.

—Diría que esta es la idea, sí.

—Papá, por favor…

—¿Sabes qué te digo? No creo que seas mi hijo. Si lo fueses, yo no estaría aquí, en esta situación.

El muchacho empezó a llorar.

Bastianu negó con la cabeza y susurró:

—Me avergüenzo de haberte traído en presencia de nuestros antepasados… ¿Sabes lo que sucedía aquí?

Micheli negó con un gesto, intentando que su padre hablara para ganar tiempo.

—Cuando nuestros patriarcas eran demasiado viejos para guiar a la familia, y su cuerpo empezaba a traicionarlos, humillándolos, los hijos mayores preparaban un banquete para toda la comunidad, una gran celebración, como si fuera un nacimiento o una boda, pero al acabar la fiesta cogían al anciano jefe de familia y lo traían aquí, a veces sobre sus propios hombros.

Micheli temblaba de arriba abajo, intuyendo adónde quería ir a parar su padre. Estaba seguro de que solo pretendía impresionarle, darle una lección. Sin embargo, la fijeza de su mirada disipaba su confianza.

El joven, durante la caminata, le daba al anciano unas hierbas para masticar. Tenían el poder de serenar la mente, de alejar el miedo a la muerte y, cuando llegaban aquí a la cima, el anciano solía sonreír feliz, listo para el sacrificio.

Bastianu llegó al borde calcáreo del acantilado y miró hacia abajo, hacia la boca de aquel abismo de piedra.

—El hijo abrazaba al patriarca, que le daba su bendición, y luego el joven lo empujaba al vacío… Aquella muerte violenta sancionaba con la sangre el paso del testigo en el seno de la familia. El anciano se sacrificaba por la continuidad de su estirpe, ¿me entiendes?

Micheli asintió.

—Si las cosas hubieran ido como debían, dentro de unos años tú deberías haberme traído aquí arriba y sacrificarme ante la Diosa. Mi sangre se habría colado hasta el fondo de las cuevas, asegurándote a ti y a nuestra familia años de prosperidad bajo su protección.

Se volvió hacia el muchacho.

—En cambio, míranos ahora. La tradición se ha roto, los papeles se han invertido.

Micheli empezó a gritar y a forcejear.

Bastianu hizo una seña a Nereu, que metió un trapo en la boca de su sobrino, ahogando sus gritos.

—Déjame solo, Nereu —pidió a su hermano, que asintió y tomó el camino de regreso al pueblo.

—Es muy hermoso desde aquí arriba, ¿no? Es como si pudiéramos ver toda la isla.

El muchacho intentó huir pero Bastianu, con una velocidad salvaje, lo agarró por un brazo y lo atrajo fuertemente contra su corazón. Lo estrechó en un abrazo que le cortó la respiración y casi le rompió los huesos. Toda su desesperación de padre se habría podido medir por la fuerza de ese apretón.

—Chis, chis. Muere al menos como un hombre, hijo mío —le susurró, y luego lo besó en los labios—. He hecho que te taparan la boca para no oírte gritar. No te preocupes, no sentirás nada.

Antes de poder cambiar de opinión, lo arrojó por la falla a las fauces de la montaña con aquellos brazos hercúleos, y se dio la vuelta para no mirar.

Desde allí arriba ni siquiera oyó el ruido sordo del cuerpo, pero sintió cómo el eco de una risa de mujer resonaba por todo el acantilado.

«Es una broma de tu mente», se dijo, secándose las lágrimas.

«*A una bida nche l'ant ispèrdida in sa nurra de su notte. Custa morte est creschende li lugore a sa luna. Abba non naschet si sàmbene non paschet...*», recitó, alzando la vista hacia el cielo oscurecido por las nubes. Unos segundos después, los primeros truenos rasgaron el aire y la temperatura, ya fría, bajó de golpe varios grados. Bastianu se refugió justo a tiempo en una grieta de la roca. Poco después cayó un diluvio sobre la montaña con una violencia inaudita.

«No había visto tanta agua en mi vida», pensó, contemplando extasiado aquella tormenta. «*Mannoi* tenía razón. Eso significa que tu trabajo no ha terminado. Te corresponde a ti completar lo que tu hijo no pudo hacer: Esdra debe morir, para expresar nuestra gratitud a la Diosa que nos ha perdonado. No hay tiempo para lágrimas. El rito debe ejecutarse esta misma noche».

A pocos kilómetros del Valle de las almas, en el poblado de los Ladu, Benignu, al escuchar por fin cómo la lluvia caía con generosidad al otro lado de la ventana, sonrió, feliz de que su nieto le hubiera escuchado, y al cabo de unos minutos murió tranquilo.

Epílogo

Oí con claridad
otro tiempo
y lo vi.

MARCELLO FOIS,
L'infinito non finire

Santuario nurágico de Santa Vittoria, Serri, verano de 2017

Me resulta extraño volver aquí, donde empezó todo. He decidido venir poco antes de la hora del cierre para evitar la multitud de turistas. El hombre que me ha vendido la entrada me pregunta si necesito una guía. Debería reconocerme, porque es la persona que encontró a Dolores aquella mañana de hace nueve meses. No es así. Me toma por una simple turista, hasta el punto de hablarme en inglés. Le sigo la corriente y con mi acento de Cork le respondo que no la necesito. Desde que he recuperado mi color natural de cabello, a menudo me confunden con una extranjera.

Mientras me dirijo al santuario, me doy cuenta de que soy la única investigadora que sigue aquí de los que estuvieron implicados en el caso de Dolores. Farci murió antes de Navidad. La noche del interrogatorio de Nonnis había sufrido un «infarto silencioso», había tenido dolores, pero siguió trabajando como si no ocurriera nada, lo que empeoró la situación. Un mes más tarde, mientras llegaba a casa desde la central, cayó fulminado por una isquemia cerebral. Sus colegas sostenían que era el último coletazo de aquel caso maldito. Ante el temor de correr la misma suerte que Giacomo, Ilaria y Maurizio, Rais pidió una excedencia de un año: necesitaba desconectar y estaba harta de las bromitas en los pasillos augurándole que sería la próxima en caer. Nadie sabe si volverá. Hace casi seis meses que no sé nada de ella.

Contemplo el panorama desde lo alto del santuario y abarco con la vista toda la Giara di Serri. Es un lugar increíble, que te reconcilia con el mundo. Respiro hondo unas cuantas veces y sigo andando rodeada de recuerdos.

Barrali fue el último en dejarnos, hace una semana. Si hoy estoy aquí, también es por él. Esta mañana he encontrado una carta en el buzón. Pesaba tan poco que he creído que no contenía nada. En el reverso del sobre había solo cuatro palabras escritas a mano. Ni sello ni destinatario. Solo una inscripción en una hermosa caligrafía femenina: *De parte de Moreno*. Cuando la he abierto y he visto la tarjeta de memoria MicroSD, he entendido enseguida de qué se trataba. Era la manera de disculparse que Barrali había elegido.

En el despacho no he hecho más que darle vueltas a la tarjeta entre los dedos, preguntándome qué debía hacer, si llevarla a la magistrada, destruirla o simplemente mirar el vídeo. Varias personas han muerto por culpa de esas imágenes robadas, y ese pensamiento me ha cargado con una responsabilidad enorme. Finalmente he tomado una decisión y espero que —dondequiera que esté— Moreno no se lo tome a mal.

Cuando llego al pozo sagrado, tengo una sensación de vértigo. Me inclino y rozo con las manos las piedras donde fue asesinada Dolores. A contraluz todavía se distinguen algunos restos de la sangre coagulada. Y ahí deposito la azucena de mar que le he traído. Miro a mi alrededor. Estoy sola.

—Adiós, Dolores —susurro. Me beso la punta de los dedos y los pongo sobre la piedra—. Solo he venido a despedirme y a decirte que mañana esta historia se cerrará para siempre.

Sí, porque al final no he tenido valor de mirar ese vídeo. Me he limitado a hacer cuatro copias y a enviarlas de forma anónima a los dos principales periódicos de la isla y a dos diarios digitales independientes. Probablemente mañana, a esta hora, ya se habrá vuelto viral y quienes tienen las manos manchadas de sangre se encontrarán clavados a la cruz de sus propias culpas.

—Te lo debíamos, Dolores. Todos nosotros —digo levantándome.

Mientras camino hacia la salida pienso de nuevo en el inútil sacrificio de Moreno. La sección de Casos sin resolver ha sido disuelta por el momento: los viejos expedientes del 75 y del 86 han vuelto al archivo a cubrirse de polvo y creo que permanecerán sin resolver para siempre. A mí me han trasladado a Homicidios. Todavía no sé si es un ascenso o el enésimo castigo. Lo único que sé es que he decidido quedarme en Cagliari. Es el lugar donde he nacido por segunda vez y aquí estoy empezando a sentirme como en casa.

Cuando llego al coche, con una maravillosa sensación de ligereza por haber dejado definitivamente atrás esta horrible historia, noto vibrar el teléfono. Cuando veo el número, sonrío.

—¿Así que sigues viva? —digo.

—¿De verdad creías que te habías librado de mí?

—Eso esperaba, sí.

—¿Dónde estás?

Miro a mi alrededor y luego digo:

—No te lo creerías nunca.